El bosque de los cuatro vientos

Novela

María Oruña

El bosque de los cuatro vientos

DESTINO

Ediciones Destino, un sello editorial de Editorial Planeta, S. A.
Avda. Diagonal, 662-664, 08034 Barcelona (España)
www.edestino.es
www.planetadelibros.com

Adaptación de la cubierta: Booket / Área Editorial Grupo Planeta
Ilustración de la cubierta: © Roberto Pastrovicchio / Arcangel
Primera edición en Colección Booket: septiembre de 2021
Segunda impresión: octubre de 2021

Depósito legal: B. 11.678-2021
ISBN: 978-84-233-6007-9
Impresión y encuadernación: CPI Black Print
Printed in Spain - Impreso en España

Biografía

María Oruña (Vigo, 1976) es una escritora gallega que desde joven conoce a fondo Cantabria. Allí ha ambientado la serie de novelas «Los libros del Puerto Escondido», todas publicadas en Destino: *Puerto escondido* (2015), un exitoso debut en el género negro que ha sido traducido al alemán, al francés y al catalán; *Un lugar a donde ir* (2017), *Donde fuimos invencibles* (2018) y la nueva entrega *Lo que la marea esconde* (2021). En todas estas historias de misterio, los protagonistas son los paisajes cántabros y el equipo de la teniente Valentina Redondo, que se ha ganado la admiración de cientos de miles de lectores. *El bosque de los cuatro vientos* es la primera novela al margen de la serie y ha supuesto su consagración en nuestro país.

Instagram: @mariaoruna
Twitter: @maria_oruna
Facebook: @Maria.Oruna.Reinoso

Para mi bella y querida Galicia

Que lo dejen pasar como un rumor más, como un perfume agreste que nos trae consigo algo de aquella poesía que naciendo en las vastas soledades, en las campiñas siempre verdes de nuestra tierra y en las playas siempre hermosas de nuestros mares, viene directamente a buscar el natural cariño de los corazones que sufren y aman esta querida tierra de Galicia.

Introducción a *Follas Novas* realizada
por la propia autora, Rosalía de Castro,
refiriéndose al contenido de su nueva obra.
Marzo de 1880

I

Mi trabajo consiste en analizar a las personas, en saber cómo respiran con tan solo observarlas durante lo que dura un silbido. Si dispongo de un poco más de tiempo, puedo incluso averiguar cuánto han perdido para convertirse en lo que son ahora. Esas renuncias son las que me interesan. Las que no se ven. Las que atisbo en los gestos cansados, en la forma descreída al mirar, en el sarcasmo.

Pero ni siquiera yo, que estoy entrenado para observar, pude medir la fuerza de lo que tenía entre manos. Iba a ser el gran descubrimiento. El definitivo. Mi asentamiento en el pequeño universo de los detectives del mundo del arte. Ya me había imaginado elegantemente vestido, impecable, aceptando reconocimientos en museos y universidades y dibujando una sonrisa de humilde eficiencia ante los periodistas.

—¿Cómo supo de la existencia de estas reliquias milenarias, señor Bécquer?

—Oh, fue pura casualidad —explicaría, fingiendo restarme mérito—, en unas vacaciones. Imagínese, ¿cómo iba a suponer que podía encontrar una historia tan increíble de camino a un *spa*?

El periodista se reiría y yo lo acompañaría sin estridencias, mostrando mi sonrisa de investigador joven, atractivo y triunfador. Lo cierto era que, con treinta y tres años, ya había alcanzado cierta fama con algunos logros sonados, en los que mi colega Pascual y yo habíamos conseguido incluso recuperar un anillo de Oscar Wilde robado en Oxford.

—¿Y cómo fue la investigación de la leyenda, Jon? ¿Tuvo usted dificultades con el obispado?

—No, no —habría negado con contundencia—. Me he encontrado personas amabilísimas, y esta investigación ha supuesto una gran aventura, como de costumbre —concluiría, guiñándole un ojo al periodista con exagerada complicidad.

Pero no. Todo esto no iba a suceder, porque no había sido más que una fabulación ingenua y soberbia por mi parte. En realidad, no soy experto ni en arte ni en historia, aunque en mi favor he de decir que sí he tenido desde pequeño cierta facultad para discernir el arte falso del que no lo es. Posiblemente se deba a la larga época de mi infancia y adolescencia en que pasé las tardes en el taller de mi abuelo paterno; era restaurador y tenía una tienda de antigüedades en el barrio de Salamanca, en Madrid. Fue él quien me explicó que al menos un tercio de lo que le intentaban vender en la tienda era falso, y fue él quien me enseñó pequeños secretos y técnicas para discernir qué había de verdad en los objetos y pinturas que me mostraba. Reconozco que solo despertaban mi interés aquellas piezas que guardaban una buena historia, porque a mí lo que me atraía de verdad no era el arte, sino el alma del objeto, el motivo mismo de su existencia.

No sé si este interés por el sentido de las cosas sería el motivo, entre otros, de que me hiciese antropólogo. Observar y entender a las personas, su evolución y sus expectativas; porque aquella era mi idea primitiva, comprender y estudiar a los hombres desde la perspectiva social, biológica y evolutiva: supongo que sí, que fue lógico que terminase siendo profesor universitario de Antropología Social. Pero jamás habría imaginado que me terminaría convirtiendo en detective, francamente.

Todo cambió cuando conocí a Pascual, que daba clases de Historia del Arte en mi misma universidad, la Autónoma de Madrid. ¿Cómo íbamos ambos a suponer que, tras un par de cervezas en la cafetería de la facultad, terminaríamos trabajando juntos y siendo conocidos como los Indiana Jones del mundo del arte?

Él estaba especializado en antigüedades griegas y romanas, y además de trabajar en la universidad colaboraba de forma estable con el MAN, el Museo Arqueológico Nacional de Madrid. Fue allí donde le colaron un busto romano del año cero que, en realidad, había sido creado en el siglo XXI. Su reputación y su amor propio se vieron en entredicho. Le ayudé como pude, en una larga historia que ahora no viene al caso, y que concluyó cuando localizamos en Sevilla al falsificador, que como los de la mayoría de su oficio resultó ser un antiguo restaurador de arte. Sus trabajos eran tan extraordinarios que ni siquiera los expertos eran capaces de ver las diferencias entre sus bustos y los originales, de dos mil años de antigüedad. A pesar de que no era nuestra intención original, Pascual y yo terminamos destapando con aquel hallazgo una red de falsificadores de nivel internacional, por lo que acabamos saliendo en la prensa nacional, europea y hasta en la norteamericana. Esto no nos supuso ninguna recompensa económica, pero sí un inesperado prestigio en nuestras respectivas facultades universitarias y el germen de una idea: ¿y si nos dedicásemos a aquello, a desenmascarar a estafadores, ladrones y falsificadores de arte?

Tras alguna experiencia más y un par de años supervisando otros casos de estafas y robos artísticos, terminamos creando Samotracia, nuestra propia empresa de detectives de arte. Pascual se encargaba de lo técnico, del estudio pormenorizado y artístico de cada obra de arte que debíamos localizar, y yo era el que viajaba, el que contactaba y se reunía con clientes, marchantes, coleccionistas y casas de subastas. Esta distribución de funciones era la más lógica, dado que yo carecía de conocimientos de arte, porque en antropología social solo me había formado en gestión sociocultural, con un máster en Intervención Psicosocial y

Comunitaria; muchos de nuestros clientes de Samotracia pensaban que había estudiado antropología arqueológica, pero desde luego nunca me había molestado en sacarlos de su error.

Pascual y yo habíamos acordado organizarnos para que él permaneciese casi siempre en Madrid: no solo para atender su plaza como profesor y su colaboración con el MAN, sino también para conciliar su vida junto a su mujer y sus dos hijos pequeños, de tres y seis años. Por mi parte, carecía de ese tipo de vínculos familiares y podía permitirme reducir mis colaboraciones con la universidad, de modo que Pascual también delegó en mí los contactos con prensa y las charlas y conferencias en universidades, porque prefería mantenerse en la sombra y dedicarse a la divulgación histórica y científica de nuestros hallazgos en revistas especializadas.

Por ese motivo llegué yo solo a Galicia, donde tras terminar en la Facultad de Historia de Ourense mi conferencia «Los mercados del arte», me encontré con casi dos días enteros sin nada que hacer hasta la siguiente charla, que se había demorado por un error en la agenda. Ante este inconveniente, fue el propio Pascual quien me hizo por teléfono la propuesta que lo cambiaría todo:

—Tómatelo como unas minivacaciones... Como un día de relax, para variar.

—Claro que sí, hombre, como unas vacaciones en el Caribe. Ya conozco Ourense, ¿sabes? No creo que tenga gran cosa que hacer por aquí.

—Pues no duermas en la ciudad... ¿Por qué no te vas al parador de Santo Estevo? No debe de estar lejos del centro, tal vez solo a media hora en coche. Me han dicho que es un sitio increíble, y de hecho hasta lo hemos hablado Elisa y yo, que cuando vayamos a Galicia tenemos que visitar ese monasterio.

—Si es un parador —le contradije desganado—, ya no quedará mucho del monasterio.

—No seas aguafiestas, Jon. Anda, joder, anímate y así me cuentas.

—No sé. Suena aburrido.

—Que no. Además, ¿no querías un poco de tranquilidad para acabar de preparar las ponencias que tenías pendientes en tu facultad?

Me dejé convencer. Me vendría bien un descanso después de dos interminables semanas de prensa, conferencias y reuniones con coleccionistas de arte en la zona norte, de las que no había conseguido gran cosa. Aquella misma tarde abandoné mi hotel en el centro de la ciudad de Ourense y me dirigí hacia Santo Estevo.

Recuerdo haber llegado al monasterio a punto de anochecer, tras haber sorteado unas cuantas curvas que atravesaban bosques centenarios y pueblos con casas desparramadas sin ningún orden aparente. En el último tramo, cuando ya consideraba la posibilidad de haberme perdido, apareció ante mí, de frente y a la derecha, una estructura de piedra gigantesca que hizo que frenase suavemente el coche. Los tejados eran colosales, inmensos, y el color de arcilla nueva de sus tejas contrastaba con el gris viejo y poderoso de la piedra. ¿Qué habría llevado a unos simples monjes a construir aquel refugio descomunal en un lugar tan alejado del mundo y de sus caminos?

Tras dejar el coche en un aparcamiento exterior, comprobé que se accedía al parador por el más grande de sus tres claustros; lo llamaban «de los Caballeros» y era enorme, se encontraba ajardinado y estaba cubierto por un mar impecable de césped. A la derecha, si buscabas el acceso a la recepción y detenías la vista solo unos metros más allá, descubrías el verdadero corazón del inmenso edificio: un claustro pequeño y antiguo, ecléctico, con varios estilos entremezclados que por entonces no supe determinar. La piedra de sus arcos había sido tallada en giros imposibles, como si la humilde mano del hombre hubiese hecho ganchillo con ella hasta encontrar la alquimia exacta de la belleza.

A pesar de la espectacularidad de mi alojamiento, aquella noche, cansado, no investigué y me dirigí directamente a mi cuarto, en el que parecían haber encajado el siglo XXI con el Medievo de la forma más natural imaginable, como si ambos tiempos se hubiesen fundido en una sola época. Recuerdo haber dormido profundamente aquella noche, ajeno al descubrimiento que me esperaba por la mañana, y que iba a ser el misterio más extraordinario que yo hubiese investigado nunca. Y sí, fue cierto que lo encontré de camino al *spa* mientras paseaba por aquel recinto fortificado.

Por la mañana, mis pasos me dirigieron inevitablemente hacia aquel claustro escondido cerca de la recepción. Me quedé absorto observándolo, y eché de menos a Pascual, porque yo apenas comprendía el valor histórico de lo que estaba viendo, y supe que él me habría encandilado durante un largo rato contándome los secretos que él, con todos sus conocimientos, vería en aquellas enigmáticas piedras.

—Impresionante, ¿verdad?

Me di la vuelta. Una joven rubia, delgada y de mejillas sonrosadas, vestida con la chaqueta del personal del parador, me observaba con una sonrisa.

—Soy Rosa, la jefa de recepción; le atendí ayer noche a su llegada, señor Bécquer.

—Por supuesto, no la había reconocido, perdone. Estaba ensimismado admirando esta maravilla.

—Es el claustro de los Obispos, el más antiguo del monasterio —me explicó con gesto comprensivo, como si estuviese acostumbrada a que ese claustro produjera aquel impacto en quienes visitaban el lugar por primera vez—. Si quiere saber más sobre el parador, hay más de treinta carteles por todo el recinto explicando la historia de cada estancia, somos el primer parador museo de la historia —añadió sin disimular su orgullo—. Esta parte es especial porque aquí estuvieron enterrados los nueve obispos. Habrá visto usted sus mitras en el escudo del monasterio, ¿verdad? Los anillos de estos obispos atrajeron a miles de peregrinos durante siglos —concluyó haciendo ademán de marcharse y, desde luego, dando por hecho que yo sabía qué demonios era una mitra.

—¿Sus anillos? —le pregunté, frenándola—. ¿Y qué tenían de especial?

—Curaban a la gente, hacían milagros... Ya sabe, esa clase de cosas.

—Ah. ¿Y dónde están ahora?

—No lo sé... Desaparecieron. Ya sabe cómo son estas cosas, quizás se trate solo de una leyenda. Pero si está interesado en el tema, ahora los restos de los obispos están en la iglesia, al lado del altar. Aunque me temo que la iglesia abre solo los fines de semana.

Me la quedé mirando mientras la curiosidad escalaba ya por mi cabeza. Ella me sonrió y comenzó a girar de nuevo sus zapatos hacia la recepción, en un gesto de discreta y cordial despedida.

—¡Espere! ¿Y esa puerta que hay ahí? Sus detalles de arte sacro son espectaculares. Es románico, ¿no? El tipo del puñal y el otro, el que lee un libro... ¿Qué significan? —pregunté señalando un lateral del claustro, que tenía, además de aquellas, otras curiosas formas esculpidas en un arco de piedra que daba paso a un rellano y a unas espectaculares escaleras. La joven se acercó.

—Ah, ese era el acceso al monasterio original y a la antigua sala capitular. Y, en efecto, se trata de románico, siglos XII y XIII, igual que la parte inferior del claustro. La parte superior —aclaró señalando con la cabeza el segundo piso— es del siglo XVI. Las figuras..., ¡le confieso que no sé bien qué significan! —reconoció riéndose y encogiéndose de hombros.

Asentí y dejé que se marchase sin reconocer que no tenía claro qué era una sala capitular, aunque me sonaba que se trataba de un lugar de reunión para los monjes. Mis trabajos en Samotracia me habían acercado al mundo griego y también al pictórico del siglo XX, pero no al monacal. Fuera lo que fuese, aquella sala capitular se había convertido ahora en un modernísimo aseo para huéspedes y visitantes.

Di un paseo más sereno y minucioso alrededor de todo el claustro, leyendo algunos de sus carteles informativos. Nueve obispos del Medievo que entre los siglos x y xi habían ido allí a morirse, cuando aquellas piedras cobijaban a monjes benedictinos y no a turistas de alto nivel. Cada obispo con su propio anillo episcopal y con su mitra, que resultaba ser una especie de gorro alto y apuntado que los revestía de autoridad. Comprendí entonces a qué se había referido la jefa de recepción, qué era lo que yo mismo había visto tallado en piedra por todas partes: aquel extraño escudo con nueve triángulos picudos, que no eran otra cosa que las arcaicas mitras. Pero todo esto no era más que historia gastada, pisoteada por el tiempo.

¿Qué me importaban a mí esos nueve anillos? Nadie había encargado a Samotracia su localización, y eran unas reliquias tan antiguas que encontrarlas sería un milagro. Además, Pascual y yo habíamos comenzado a especializarnos en arte romano y griego y en pintura del siglo xx, amén de todas las piezas robadas que venían de Afganistán, que eran muchas. Las reliquias religiosas no eran nuestro fuerte, tal vez porque la posible remuneración que pudiese ofrecer la Iglesia ante un hallazgo de aquel tipo no sería especialmente generosa. Los importes que prometían las compañías de seguros de los jeques saudíes y de los funcionarios centroeuropeos eran mucho más interesantes, desde luego. Sin embargo, por algún motivo inexplicable, aquellos nueve anillos habían comenzado a fascinarme de inmediato, y no por sus supuestos milagros, sino por su desaparición. Si la historia era cierta, habían tenido que ser muy venerados y estar, además, fuertemente custodiados. Mil años de antigüedad e historia... ¿podían evaporarse sin más?

Pensativo, abandoné el claustro y atravesé varios túneles de piedra centenarios, que por su iluminación suave y estudiada invitaban a la confidencia, a la intimidad. Así, me deslicé en silencio hasta el sótano del parador, donde se encontraba el *spa*. Me sumergí en una de sus burbujeantes piscinas calientes, cerré los ojos y comencé a imaginar qué podría haber pasado con aquellas reliquias. Habían tenido que ser muy relevantes para el paso de peregrinos. Tal vez los responsables de la mismísima Catedral de Santiago de Compostela hubiesen hecho desaparecer aquellos objetos milagrosos, preocupados porque su veneración en Ourense pudiese reducir su propia afluencia de fieles y viajeros a Compostela. Era un planteamiento fantasioso, pero no descabellado.

La idea de averiguar qué habría sucedido con aquellas inusuales reliquias me fascinaba. ¿No sería extraordinario que pudiese encontrarlas? Tal vez no como trabajo formal de Samotracia, sino como puro pasatiempo, por curiosidad. Reconozco que a veces me gusta entretenerme con imposibles, creo que para olvidar que, a pesar de mi apariencia amable, yo mismo soy, y siempre seré, un extraño monstruo.

Cuando regresé a Madrid, le conté la leyenda de los nueve anillos a Pascual; se mostró interesado, aunque, como suponía, no le vio mucha rentabilidad a la investigación. Por entonces estaba más pendiente de la búsqueda de un cuadro de Picasso que había desaparecido del yate de un jeque, porque nuestra comisión del diez por ciento del hallazgo, de lograrlo, resultaría mucho más interesante que la búsqueda de unos viejos anillos que nadie reclamaba.

Así las cosas, volví a mis ocupaciones en Samotracia y durante todo el verano trabajé buscando el cuadro de Picasso y reuniéndome con marchantes de toda Europa. A comienzos del mes de septiembre empecé mis vacaciones, y decidí emplearlas en la búsqueda de aquellos anillos que tanto y tan sorprendentemente habían estimulado mi curiosidad. Regresé por mi cuenta al monasterio de Santo Estevo para hospedarme de nuevo en lo que era ahora un parador escondido en el inmenso bosque que bordeaba el río Sil. Comencé a indagar, acudí al Archivo Histórico del Obispado y al Archivo Provincial de Ourense, e incluso subí a preguntar a los vecinos del pueblo puerta por puerta. Descubrí, para mi sorpresa, que la misteriosa desaparición de aquellos anillos de mil años de antigüedad no encontraba su clave en el Medievo, sino mucho más tarde, a comienzos del siglo xix.

Tardé casi dos semanas en desvelar parte del extraordinario viaje que habían hecho los anillos, y hoy, y ahora, siento que este rincón secreto del mundo es uno de esos lugares donde ha sucedido absolutamente todo y donde ya no queda rastro de nada, salvo en sus piedras, esculpidas por el agua, la historia y el musgo de lo pretérito y vetusto.

Pero tras este breve tiempo en el parador, en el que aún permanezco, un incómodo hormigueo asciende desde mi estómago y me angustia. Acaba de morir una persona y creo que puede haber sido por mi culpa. Esta mañana la chica de la recepción ha encontrado el cuerpo, y no sé si le habrá aterrado más la visión del cadáver o el creer que había viajado al pasado, doscientos años en el tiempo.

He sabido que ya ha llegado la policía judicial, y acabo de solicitar una entrevista con el responsable al mando. Entre tanto, espero en este pasillo del parador, y no puedo apartar mi vista del claustro de los Caballeros, como si contemplar su manto de césped rodeado de arquería y de galerías de piedra pudiese darme un poco de calma. No, no tengo otra opción. Debo contarle a la policía toda la verdad, todo cuanto ha sucedido desde hace dos semanas, cuando comencé a buscar los nueve anillos.

2

La noche había ido bien en el parador de Santo Estevo y Alfredo Comesaña se sentía satisfecho. Él grupo era bastante grande, y a diez euros por cabeza había compensado vestirse de monje, impostar la voz e inventarse historias. Sin embargo, al final de la queimada el dolor había empezado a ser insoportable. Había comenzado un par de horas antes: en el pecho, en el estómago, por todo el cuerpo. Tenía que cuidarse más, ya se lo había dicho el médico.

Esta noche haría la versión corta del *show*, la más rápida. Todavía le sorprendía la infantil fascinación que producía en los turistas el conjuro de la queimada. ¿Sería el fuego?

> Mouchos, coruxas, sapos e bruxas;
> demos, trasnos e diaños...

Cuando terminó su actuación, Alfredo Comesaña recogió y guardó el pote de la queimada junto con el poco aguardiente que había quedado sin quemar y fue a devolver las llaves del antiguo refectorio. No, la verdad es que no se encontraba nada bien. No sabía si aguantaría en pie hasta la cita de aquella noche. Fue al servicio y vomitó hasta que no le quedó más que el alma dentro. Creyó sentirse mejor, aunque había comenzado a notar frío, a pesar del calor que solía pasar con aquel hábito de monje. Salió al exterior y comprobó que el claustro de los Caballeros era un hervidero de gente; los turistas que él había llevado de paseo se fundían con los invitados a una boda, y la mayor parte de ellos ya estaban un poco borrachos.

De pronto, víctima de una contradicción térmica, Alfredo sintió calor. Un calor frío y extraño, acompañado de unas náuseas intensas. Toda aquella gente lo agobiaba, provocándole una sensación de claustrofobia. Decidió dirigirse al claustro de los Obispos. Allí seguramente estaría más tranquilo y podría recomponerse mientras esperaba a su cita en un ambiente más relajado en el que respirar aire fresco.

> Ouvide! Escoitade estos ruxidos...!
> Son as bruxas que están a purificarse
> nestas chamas espiritosas...

No, imposible. Los invitados a la boda también habían inundado el claustro más antiguo del parador, intoxicándolo con su presencia. Ah, si los antiguos monjes levantasen la cabeza. Un lugar santo, de recogimiento, lleno de infieles ebrios tomándose fotos. Alfredo necesitaba aire. Cada vez le dolían más el pecho y el estómago. Además, no quedaba mucho para la cita. ¿Dónde podría hacer tiempo? Tenía que salir de allí. Iría al bosque. Los turistas nunca se adentraban de noche en el bosque privado del parador. Era un idílico jardín de árboles centenarios, atemporal y único, tranquilo. Allí tomaría aire.

Alfredo avanzó a través de la atestada cafetería y salió por la puerta directa al bosquecillo. Se sentaría en el primer banco que viese, el más próximo. Miró al cielo: las estrellas parecían más acogedoras y legendarias que nunca. Cuando se aproximaba al lugar donde pensaba sentarse, escuchó gemidos. A solo un par de docenas de metros, dos invitados a la boda se poseían desesperados, completamente desinhibidos y sin haberse quitado apenas la ropa. Alfredo se agarró el estómago de puro dolor, se dio la vuelta y caminó en dirección contraria. Quizás tuviese que cancelar la cita. No, podía ser su única oportunidad de tener una reunión discreta, sin miradas ni dedos acusatorios. ¿Quién podía saber si su interlocutor no pensaba marcharse pronto, quizás incluso al día siguiente? Aquella cita podría cambiar su vida para siempre.

E cando este gorentoso brebaxe
baixe polas nosas gorxas,
tamen todos nós quedaremos libres
dos males da nosa alma
e de todo embruxamento.

Pero llegó un momento en que Alfredo ya no pudo pensar. Tuvo que detenerse, agotado. Era como si el cuerpo le ardiese por dentro. Se apoyó en una vieja pared de piedra, y vio que era la antigua huerta monacal. Debía regresar a la cafetería y pedir ayuda. Nunca se había sentido así, jamás. De pronto, otra fortísima náusea le provocó un nuevo vómito. Para su sorpresa, todavía llevaba dentro algo que vomitar sobre la hierba. El dolor era tan intenso e insoportable que no era capaz ni de gritar, ni de pedir auxilio siquiera a la pareja que se entregaba en el bosque. Se derrumbó sobre la hierba y agarró la tierra con las manos como si así pudiese agarrar la vida, pues supo que se le escapaba. Comprendió, asombrado y en un brevísimo instante de lucidez, quién le había provocado aquel terrible sufrimiento. Quiso volverse buscando oxígeno, intentando que su última mirada fuese para las estrellas, pero al siguiente segundo ya estaba muerto.

3

El sargento Xocas Taboada era bajito y delgado, pero la profundidad de sus ojos oscuros parecía aportar a su presencia la solidez de las rocas. Quizás fuese la lacónica manera de mirar, concisa e inteligente. O tal vez la curvatura de los labios, que parecían estar siempre a punto de sonreír de forma cáustica, como si el mundo fuese una broma. Unas amplias entradas comenzaban ya a despejar la frente ganando espacio al cabello, todavía oscuro, pues apenas había cumplido cuarenta años.

Ahora, el sargento observaba el cadáver con los brazos cruzados, pensando. Dos de sus guardias acababan de acordonar la zona de acceso al viejo huerto, aunque la dirección del parador de Santo Estevo ya había bloqueado antes la entrada de los clientes a su magnético y centenario bosque.

—A ver, Lucho, entonces, ¿qué?

—Que nos lo llevamos y ya veremos. A ver si te piensas que soy del CSI.

Xocas suspiró sin cambiar la posición de los brazos y miró al forense, que estaba agachado inspeccionando el cadáver.

—Pero podrás apreciar si hay o no hay indicios de criminalidad.

—Puede que sí, puede que no. Hasta la autopsia, nada. ¿Qué más te da?, ¿no has activado ya el protocolo?

—Sí, pero es la primera vez que nos encontramos un cuerpo en este estado.

—¡Anda, la leche! ¿En qué estado? Ya te lo dije, insuficiencia cardíaca aguda, sin más. ¿Tú le ves un puñal clavado, una soga, un... qué sé yo..., un rito satánico alrededor? No se aprecian contusiones, ni cortes ni signos de violencia.

—No, pero si hubiese indicios de criminalidad deberíamos llamar al juez para levantar el cuerpo.

—Hostias, Xocas, no me jodas —replicó el forense riéndose amigablemente, haciendo que su incipiente barriga se moviese como gelatina en manos de un niño. Se incorporó y se acercó al sargento—. ¿Cuánto hace que nos conocemos? ¿Diez años? ¿Y tú has visto en este tiempo a algún juez acercarse por aquí a levantar nada?

El sargento Xocas sabía que no, que en la práctica los jueces nunca asistían a aquella clase de cosas. No en su demarcación, al menos. Lo cierto era que en los diez años que llevaba destinado en el cuartel de la Guardia Civil en Luíntra solo había tenido que asistir a levantamientos de cadáveres de ancianos que vivían solos o que se habían accidentado con el tractor o que, sencillamente, habían sufrido una mala caída. Su cuartel pertenecía a Nogueira de Ramuín, donde se encontraba el parador de Santo Estevo. Los habitantes de la zona eran de edad muy avanzada, salvo en verano y algunos fines de semana, cuando los pueblos parecían volver a respirar. El sargento descruzó los brazos y paseó de nuevo alrededor del cadáver, observando los detalles del entorno. Posiblemente, aquel lugar habría sido en su día un huerto lleno de vida, orden y color, con aromas a toda clase de hierbas medicinales que cultivarían para la botica monacal.

Sin embargo, ahora solo quedaba un trozo de tierra abandonado y cubierto de hierbajos desiguales. Un desierto verde que hacía juego con la soledad grisácea de aquellos muros deshabitados. El voluminoso cadáver había aparecido justo a la entrada del huerto, boca abajo y con las manos cerradas sobre la tierra, como si el hombre hubiese intentado sujetarse a ella. A pesar de lo trágico de la escena, el oscuro hábito monacal que llevaba el muerto encajaba a la perfección con el ambiente ancestral y melancólico, y era la policía judicial la que parecía fuera de lugar entre aquellos muros. El sargento se agachó cerca del cadáver, y fijó su mirada en lo que parecían unos discretos restos de vómito.

—¿Y esto?

—Ya he tomado muestras —replicó Lucho resoplando.

—¿Y es normal que se vomite antes de un infarto?

—Otro que ve mucho la tele. A ver, ¿qué pensabas?, ¿que cuando te da una insuficiencia cardíaca te llevas la mano al pecho porque te duele y ya está, como en las películas?

—Y yo qué sé, por eso te pregunto.

—Pues resulta que hasta es habitual tener los mismos síntomas que los de una indigestión... Ya sabes, náuseas, vómitos y todo lo demás. Hay gente que incluso puede notar una presión en la espalda o en la mandíbula, sin llegar a sentir ningún dolor en el pecho. ¿Qué?, ¿cómo te quedas?

Xocas le lanzó una mirada cargada de incredulidad al forense y suspiró antes de volver a hablar.

—¿Cuánto tardarás en tener el informe de la autopsia?

—Tres o cuatro días. Las pruebas de tóxicos tardarán más. Pero, a ver, que a este ya te digo yo que le ha fallado el corazón, sin más. La coloración en la cara y el cuello, el sobrepeso... típico de las insuficiencias cardíacas. Ah, por si te interesa, debe de llevar muerto unas cuantas horas, desde la madrugada.

—¿Y el tipo no era un poco joven para un infarto? —preguntó el sargento, que le había calculado al muerto solo unos treinta o treinta y cinco años.

—Eso nunca se sabe, Xocas. Este tipo tampoco tiene pinta de haberse cuidado mucho —añadió, observando el evidente sobrepeso del cadáver—. De momento, solo te diré que no puedo certificar la causa de la muerte de forma clara. Además, si hubiese algo raro, lo llevarían los de la Unidad de Personas de Ourense, así que... ¿a ti qué más te da?

Xocas volvió a cruzar los brazos.

—Pues me da, Lucho, me da, porque aquí hay algo que no me cuadra.

—Lo del hábito de monje ya te lo explicaron los del parador.

En efecto, la directora del hotel, al reconocer el cuerpo, había confirmado que se trataba de Alfredo Comesaña, un guía que, ocasionalmente, hacía rutas teatralizadas vestido de monje benedictino. Comesaña era un hombre soltero que por no tener no tenía ni multas de tráfico, ni antecedentes ni nada en su vida que en apariencia resultase relevante. Vivía solo, pues no tenía más familia que un hermano que había emigrado a Alemania hacía muchísimos años. Trabajaba en un supermercado de Luíntra, y desde hacía unos meses realizaba aquella breve ruta para turistas para sacarse un dinero extra. Sin embargo, estas premisas y la posibilidad del fallecimiento a causa de un lamentable e inesperado infarto parecían no convencer al sargento.

—¿Y es normal que tengan la cara así?

—¿*Así* cómo?

—Con ese gesto de dolor, tan descompuesto, como si lo hubiesen torturado.

—¿Y qué pensabas, que al morir siempre se le queda a uno la cara plácida, como si lo estuviese acunando su mamaíta? Xocas, joder, que no la palmó durmiendo, que le dio una insuficiencia cardíaca.

—Ya, ¿y por qué estaba aquí, precisamente? ¿Por qué en este huerto y él solo? —preguntó el sargento, más como si hablase consigo mismo que como si se tratara de una pregunta para el forense.

—A ti lo que te pasa es que estás aburrido porque aquí nunca pasa nada.

Xocas arrugó la nariz, dejando que sus ojos marrones sonriesen.

—Puede ser.

Media hora más tarde, y tras haber atendido las incesantes peticiones de discreción de la directora del parador, el sargento Xocas Taboada se encontraba en uno de los despachos del hotel tomando declaración a Rosa, la jefa de recepción. La joven, de piel clara y limpia, parecía tener las mejillas más sonrosadas que nunca. A pesar de los nervios y del susto que había sufrido al haber sido ella quien había descubierto el cadáver de Alfredo Comesaña, ahora parecía haberse repuesto por completo, y se mostraba serena y centrada.

—Entonces, usted conocía personalmente al fallecido, Alfredo Comesaña.

—Sí, señor. Venía un par de veces al mes a hacer rutas teatralizadas. Ayer por la noche hizo una.

—¿Y las hacía de noche?

—Sí, resultaba mucho más interesante para las visitas, más... —dudó, buscando la palabra adecuada— más misterioso; terminaban preparando una queimada en una de las salas del parador, la que antiguamente era el refectorio.

—¿El qué?

—El comedor de los monjes.

—Ah. ¿Y sabemos algo de los turistas que llevó Alfredo Comesaña a la ruta? Me refiero a si hubo intoxicaciones, alguna incidencia...

La joven negó con la cabeza.

—No me consta; de hecho, eran todos de un grupo que vino en autobús y se ha marchado esta mañana a primera hora, después del desayuno. Siempre les preguntamos qué tal la experiencia, y desde luego, por lo que me han dicho mis compañeros, se han ido encantados.

—Así que están todos vivos.

Rosa enarcó las cejas y terminó por asentir, como si la prueba de vida fuese realmente necesaria.

—Y la ruta, ¿incluía el bosque privado del parador?

—No, que yo sepa. Normalmente hacían el recorrido por la iglesia y los tres claustros y terminaban con la queimada. De hecho, ayer Alfredo hizo lo habitual; después de terminar, como siempre, dejó las llaves en recepción... Así que lo normal habría sido que se marchase.

—Pero no se fue.

—Eso parece.

—No la veo muy afectada.

La joven se encogió de hombros.

—Solo lo conocía por el tema de las rutas, y no hacía más que unos meses que se organizaban. Pero lamento lo que le ha pasado, claro. Ya se lo he explicado antes. Al principio, cuando encontré el cuerpo, ni siquiera pensé que fuese él, se lo juro. Estaba tan fuera de contexto... Yo no supe, o no sé, no pude relacionar... Estaba aterrorizada, ¿entiende? No podía encontrar explicación a que hubiese un monje muerto en nuestro bosque.

El sargento asintió mirándola directamente a los ojos. No le pareció que mintiese.

—Recapitulemos. A primera hora de la mañana, a través del teléfono de recepción, le contacta a usted la novia que se había casado la tarde anterior, ¿cierto?

—Sí, señor.

—Bien. Le pide que le encuentre una... —y aquí el sargento revisó sus notas— chaquetilla nupcial blanca, porque no sabe si la ha perdido durante el banquete o en la sesión de fotos previa en el bosque. ¿Vamos bien?

—Sí, señor, tal cual. Una chaqueta torera carísima, parecía piel de oso polar.

—De acuerdo; usted decide ir personalmente al bosque a buscarla y cuando pasa cerca del antiguo huerto del monasterio se encuentra el cadáver...

—Bueno, antes di una vuelta por el bosque —puntualizó la joven jefa de recepción—, porque ya le digo yo que se camina en diez minutos, y me sé bien todos los sitios adonde los fotógrafos llevan a las parejas de novios. Como no encontré la dichosa chaqueta en la antigua panadería, ni bajo los árboles más antiguos, regresé hacia el parador por si el fotógrafo los había llevado donde estaban antes las cocinas, que fuera hay una *pía* enorme donde a veces hacen fotos.

—Y de camino se encontró a Comesaña en el huerto.

—Sí, sargento. Tal cual.

—Rosa, usted conoce muy bien el bosque del parador... ¿Vio algo que le llamase la atención, algo fuera de su sitio habitual?

—Nada en absoluto —negó ella, convencida—. Ahora mismo, si le digo la verdad, solo tengo la imagen del cuerpo tirado sobre el suelo del bosque. Ya le digo que ni siquiera pensé en Comesaña al verlo —insistió—. Creo que la impresión fue tan fuerte que me desubiqué por completo.

El sargento asintió, admitiendo con el gesto que aquella escena habría sido difícil de digerir para cualquiera.

—¿Por qué cree que Comesaña entró en el bosque?

—No tengo ni idea, la verdad.

—¿Y cuántos accesos hay?

—¿Cuántos? Pues, a ver, no sé..., la cafetería, el *spa* y el restaurante, supongo. Pero el acceso desde el *spa* lo tenemos normalmente cerrado.

—¿Y el perímetro del bosque del monasterio está completamente amurallado?

—Sí, ya lo ha visto. Es una muralla medieval, debe de llevar ahí cientos de años.

El sargento se quedó pensativo, sopesando la información.

—Y cámaras de vigilancia... ¿tienen?

—Por supuesto, pero en la entrada o en los claustros, no en el bosque privado.

—Entiendo... En todo caso, por si fuese necesario, por favor, conserven las grabaciones de esta noche. Por si hubiese que echarles un vistazo, ¿de acuerdo?

—Lo que usted diga, sargento.

Xocas sopesó la posibilidad de solicitar la revisión de las cámaras de inmediato, pero ¿para qué? En principio, la videovigilancia privada solía conservar las imágenes durante un máximo de un mes, y él tenía a un fallecido de infarto que había ido a morirse en un sitio un poco inusual, cierto, pero eso era todo.

Además, en el bosque no había cámaras y sus accesos eran numerosos: la cafetería, el *spa* y el restaurante eran solo los caminos más habituales para entrar, pero Xocas ya se había fijado en que el muro medieval estaba semiderruido en varios puntos, por lo que cualquiera un poco ágil podría haber accedido al bosque por allí. Encima, con una boda de por medio, la noche anterior habría sido una locura, con el trasiego de personas y de caras desconocidas. ¿Por qué se complicaba tanto? Sencillamente, tenía a un individuo con sobrepeso que había muerto de un infarto después de su jornada doble de trabajo en un supermercado y en un apaño laboral como guía turístico. Normal que el pobre tipo estuviese agotado.

—Sargento —le avisó la guardia Inés Ramírez, que había llamado a la puerta abriéndola al mismo tiempo—, tenemos ahí fuera a un antropólogo, un profesor universitario que asegura que investiga arte perdido o algo así..., dice que quiere hablar con usted.

—¿Un antropólogo?

—Oh, ¡será el señor Bécquer! —intervino la jefa de recepción, sorprendida.

—¿Quién?

—Jon Bécquer, un detective de arte robado que también es profesor de Antropología en Madrid. Si le digo la verdad, aunque es muy conocido, ahora mismo tampoco podría concretarle exactamente su actividad... ¿No les suena un reportaje del *National Geographic* sobre un anillo de Oscar Wilde que había sido robado en Inglaterra? Bécquer lo encontró y salió con su socio en todos los telediarios, y después... —La joven se detuvo un instante, como si necesitase hacer memoria—. Sí, después creo que encontraron una corona africana que llevaba veinte años desaparecida. En fin, ya sabe, esa clase de historias. Lleva aquí hospedado casi un par de semanas investigando leyendas, no sé si para uno de sus casos o para qué.

—Leyendas... —repitió lentamente Xocas, con media

sonrisa y sin ocultar su sorpresa—. Así que no sabe el motivo de la estancia del señor Bécquer en Santo Estevo.

—Oh —se asombró la joven—, ¡nunca se me ocurriría preguntárselo! Sería una descortesía y una falta de discreción imperdonable. Tal vez haya venido simplemente a descansar... Pero sí le puedo confirmar que el señor Bécquer se ha mostrado muy interesado en todas las leyendas del monasterio y de la zona.

El sargento tomó aire lentamente y pareció valorar aquella información con interés. Después, se volvió hacia la agente Ramírez.

—¿Te ha dicho ese Bécquer por qué quiere hablar conmigo?

—Sí, sargento. Por algo relacionado con el hombre que han encontrado muerto esta mañana. Dice que lo conocía y que cree que...

Ramírez pareció darse cuenta de algo, así que miró a la jefa de recepción y después a su superior, dándole a entender a este que aquella información no podía decirla alegremente delante de un civil. Xocas comprendió el mensaje de inmediato, se disculpó con la joven un segundo y salió del despacho con Ramírez. Se quedaron junto a la puerta tras haberla cerrado.

—A ver, ¿qué dice el detective?

—Que cree que al monje lo han asesinado.

—Joder. ¿Asesinado? ¿Y dónde está?

—Allí, mi sargento, al fondo del pasillo. Es el alto, el que mira por la ventana.

Xocas dirigió la mirada hacia Jon Bécquer, que pareció percibirlo por puro instinto, pues volvió el rostro, que hasta ese momento parecía estar concentrado en admirar el claustro de los Caballeros, y lo miró con decisión. En su gesto, el sargento pudo percibir la urgencia angustiada de quien tiene algo extraordinario e importante que contar.

Marina

Hay tiempos en los que sucede que no pasa nada. Se vive en una calma imaginaria, dejando que transcurran los días como si nunca se fuesen a terminar. Y existen otros tiempos en los que cada respiración es un milagro, y en los que hay que estar preparado para ver por dónde soplará el viento al día siguiente. A comienzos del siglo XIX, tras la primera revolución industrial y con los nuevos aires de la Ilustración, en Europa todo eran cambios y nuevos posicionamientos científicos, filosóficos y hasta literarios. La progresiva emancipación de las colonias sudamericanas afectaba especialmente a las arcas españolas, y comenzaban a caer algunos de los legendarios gigantes de la historia.

La Iglesia era uno de aquellos colosos que había visto cómo, con el paso del Antiguo Régimen al liberalismo, sus privilegios y riquezas le eran progresivamente arrancados; el Gobierno pretendía evitar que las propiedades eclesiásticas estuviesen invariablemente bajo su dominio, en lo que se denominaba «manos muertas». Todo cambiaba constantemente, y el estar alerta era en ocasiones cuestión de vida o muerte.

En el año 1830, Marina solo tenía diecisiete años, pero sabía bien que todo, absolutamente todo, podía cambiar por completo en un instante. Hacía tan solo un año que su madre había muerto por culpa de unos bultos en el pecho. Era cántabra de nacimiento, y en Vega de Pas había aprendido remedios naturales para muchos males, pero ninguno había sido suficiente para el que le carcomía el pecho y que, al final, se la había llevado al solitario sepulcro.

Marina había preguntado, había querido saber. Pero todo habían sido susurros, silencios y cuidados. Su padre, que era uno de los médicos más reconocidos de Valladolid, lo había intentado todo. Pastas mercuriales y arsenicales, ácidos minerales concentrados, y ya al final, emplastos de cicuta para aminorar el dolor. La opción quirúrgica, arriesgada, había sido desestimada por su propia madre. ¿Acaso debían los hombres caminar por senderos diferentes de los que el Señor había pensado para ellos?

El padre de Marina, el doctor Mateo Vallejo, había enmudecido con el dolor. Se había recluido en sí mismo, en una jaula de tristeza invisible. «Buenos días. Sí. No. Entiendo. Claro, niña mía, claro que te escucho. Saldremos juntos de este afán, de esta pesadumbre.» Pero al final el doctor Vallejo no había atemperado su dolor con los consejos y atenciones de sus allegados ni con la compañía de su única hija, la bella Marina. Solo había encontrado algo de consuelo en las cartas que recibía de su hermano Antonio, que era abad en el extraordinario monasterio de Santo Estevo. Tal vez fuese un designio del Señor que, precisamente ahora, resultase necesario reponer un médico al servicio monacal; el anterior, tras cinco años de servicio, se había marchado a Valencia. ¿No sería saludable el cambio de vida, la búsqueda de un poco de calma, lejos de la ciudad? Su hermano mayor sabría darle descanso a su espíritu.

—Padre, ¡qué malos son estos caminos!

—Ah, Marina, es que Galicia se encuentra en el estado más puro, ¡el de la primitiva naturaleza!

—¿Pues qué le costaba a la naturaleza dejarse abrir paso en condiciones?

Marina se lamentaba entornando sus grandes ojos azules, mientras el traqueteo del carruaje hacía inevitables los saltitos en el asiento escasamente mullido sobre el que viajaba. Su criada, Beatriz, reía. Asistía con diversión a cómo el cabello negro y rizado de Marina bailaba al paso del carruaje, despeinándola. La criada era, al igual que su señorita, delgada y menuda, aunque sus rasgos se dibujaban más afilados y su nariz más aguileña que la de Marina, cuyo rostro armonioso se perfilaba con mayor suavidad.

—No desespere, señorita Marina —dijo Manuel Basanta, el criado. Él era el único gallego del carruaje, y estaba feliz de dejar la meseta para regresar a su tierra—. En Galicia encontrará el hogar más verde y alegre de todos. ¡Es una tierra llena de leyendas!

—No me diga, Manuel... Cuénteme —le pidió Marina, más por entretenerse que por verdadero interés.

El criado, mozo todavía joven, miró al doctor Vallejo solicitando consentimiento, que este dio con un tibio cabeceo.

—Pues ha de saber que, para empezar, acabamos de dejar atrás el bosque más antiguo del mundo.

—Qué cabeza de chorlito —murmuró Beatriz, que enseguida se dirigió al criado—. Pues cómo va a ser el más viejo del mundo, hombre.

—Como poco, habrá de ser el más viejo de Europa. ¿Le viene mejor ese recorte, Beatriz? —replicó él.

—Me viene y conviene, gracias.

—Pues como le decía, señorita Marina, por Valdeorras dejamos atrás el Teixadal de Casaio, que tiene los árboles más viejos que nadie ha visto, con unos tejos tan antiguos como la Biblia. Lo sé porque fui cuando chico, que las primas de mi madre vivían en Casaio. Sus troncos eran anchos como casas, y allí se escuchaba el respirar del bosque.

—Debe de ser un lugar muy bonito —concedió Marina—, pero no le veo yo el misterio, Manuel.

—Ah, ¡pero es que el misterio no está en el bosque, sino en lo que pasa en el bosque, señorita! En Galicia se levantan los difuntos a partir de la medianoche. Van vestidos de negro y con una gran capa para que no se les vea el rostro, anunciando la muerte al desgraciado que se los encuentra. Dejan a su paso un olor a cera quemada que se mantiene hasta el alba. ¿Nunca escuchó hablar de la Santa Compaña?

—¡Válgame Dios, Manuel! —exclamó el doctor, reconviniendo a su criado con la mirada al tiempo que se ajustaba sus modernas gafas de montura metálica que había hecho traer desde Madrid—. No le cuente tonterías a la niña, hombre.

—Padre, si no me asusto. Esa historia ya me la contó la tía Herminia, aunque en León la llamaban la Hueste de las Ánimas.

—De eso no encontrarás en Santo Estevo, hija mía. Allí Dios nos protege de estas supersticiones de labriegos. ¿No ves que tu tío es el abad de uno de los monasterios más importantes del Reino de Galicia?

Marina asintió y disimuló un suspiro, agobiada por la sola idea de vivir en el campo y lejos del mundo moderno. Le habían contado que Galicia se había estancado en el tiempo, que todo era pobreza y hábitos del Antiguo Régimen. Le agradaba, sin embargo, poder disponer de más tiempo para estar con su padre y poder aprender todo lo posible sobre medicina. ¿Habría sido ella capaz de hallar un buen remedio para el mal que se había llevado a su madre? El doctor Vallejo, por fortuna, no solo había tornado el ánimo en melancólico y más callado, sino también en más consentidor, y a Marina le parecía que hasta le agradaban su compañía y sus preguntas sobre sus libros de anatomía y enfermedades. ¡Qué ingrato que las mujeres, ya bien entrado el año de 1830, no pudieran estudiar los secretos de la medicina!

Los avances intelectuales de la Ilustración europea habían llegado demasiado suavemente a España y habían favorecido solo, y por lo visto, a los hombres. Su padre nunca permitiría que ella fuese siquiera curandera, y antes le buscaría un buen marido con el que pudiera darle nietos, pero todavía era pronto. Con un padre viudo podría aguantar sin marido, por lo menos, hasta los treinta, pues virtuosa sería la hija que atendiese en buena forma a su padre. Después, ya vería ella cómo sortear lo que Dios le pusiese en el camino. Lo único que la animaba en su viaje a Santo Estevo era la posibilidad de conocer los secretos de la botica monacal, de tan buena fama y solvencia.

Cuando el cochero los avisó de que habían llegado a Alberguería, ya casi había caído la noche.

—¿No podemos continuar un poco más, mozo?

—No, doctor. Con la oscuridad los caminos se vuelven peligrosos. Si mañana salimos pronto, tal vez lleguemos a Santo Estevo al mediodía. A decir verdad, hay otro punto de descanso más adelante, que le llaman Parada Seca, pero no tiene fonda ni dónde comer en condiciones, señor.

—Bien está, entonces. Hallaremos aquí nuestro alojamiento esta noche, pues.

El doctor se puso su sombrero de copa alta y se ajustó la capa, abriendo la portezuela del carruaje. Bajaron los criados y Marina, que ya deseaba estirar las piernas. Todavía quedaba la suficiente luz como para ver claramente dónde se encontraban. Marina pensó que no había visto tanto verde en toda su vida. Solo piedra y verde. Árboles, prados y espesura allá donde mirase. Y un cielo cada vez más oscuro, que los avisaba antes de envolverlos, que les susurraba que ya estaban en el Reino de Galicia y que el reino estaba en ellos. Paseos de calles estrechas y retorcidas, velas que ya se comenzaban a encender en algunas ventanas y, especialmente, en la gran fonda ante la que acababan de detenerse. Peregrinos deambulando y descansando en algunos portales, y algunos disponiéndose ya para dormir al raso. Las casas eran grandes y mostraban una solidez propia de pequeñas fortalezas; y la noche, aunque agradable, se dibujaba fresca, pues el otoño se aproximaba.

—¿Quiénes son esos, padre?

El doctor miró hacia donde señalaba discretamente Marina, cerca de la fonda. Había siete u ocho jinetes desmontando de sus caballos. Algunos llevaban un uniforme azul con puños rojos y cuellos altos y almidonados del mismo color. Una banda blanca les cruzaba el pecho con forma de equis, e iban bien armados: fusil, pistola y lo que parecía un pequeño sable.

—Esos... Esos, hija mía, son del Cuerpo de los Voluntarios Realistas.

—¿Voluntarios?

—Sí, Marina. Voluntarios del rey Fernando VII.

—¿Y por qué unos llevan uniforme y otros no?

—Porque no es obligatorio. Los que no lo llevan visten esa escarapela, ¿ves? A decir verdad, pensaba que ya apenas quedaba rastro de estas milicias...

Al instante, y como si los hubiese escuchado, aunque a aquella distancia era imposible, se les acercó a paso firme uno de los voluntarios uniformados. A Marina le sorprendió su juventud, pues apenas tendría tres o cuatro años más que ella. El muchacho se retiró el sombrero militar de copa alta que portaba y se lo acomodó en un lateral del pecho, con un gesto mecánico que resultaba evidente que había hecho con relativa frecuencia.

—Buenas noches, señor.

—Muy buenas, ciertamente.

—¿Todo bien? Veo que viaja con su familia —apuntó el joven, lanzando una mirada llena de intención a Marina.

—En efecto. Me dirijo a Santo Estevo, donde seré el nuevo médico a la orden del monacato. Soy el doctor Mateo Vallejo, y esta es mi hija Marina.

—Qué amable coincidencia de caminos, entonces... —replicó el muchacho, haciendo una educada reverencia con un simple gesto de cabeza—. Mi padre es el alcalde de Santo Estevo; mi nombre es Marcial Maceda, para servirle a usted y a su familia. Soy alguacil en la Casa de Audiencias, pero también oficial del Batallón Realista de Ourense —dijo, con marcado orgullo.

—Le confieso que pensaba que apenas quedaban batallones como el suyo, oficial.

—Sí, ciertamente se aprecia menos entusiasmo por ser voluntario de la causa de nuestro rey y señor, pero en estos pueblos no existen apenas fuerzas del ejército, de modo que somos nosotros los que hemos de patrullar y cuidar los caminos.

—Una labor que agradecemos, oficial.

El joven sonrió satisfecho. Su cabello liso y oscuro, algo largo, contrastaba con sus ojos: no por el color, que era idéntico, sino por la fuerza y el brillo que transmitía con ellos. Cierta insolencia y un evidente aire de superioridad que Marina no supo si mantendría o no sin su uniforme.

—Mañana los escoltaremos hasta Santo Estevo.

—Oh, no deben pasar esos trabajos por nosotros, oficial.

—Descuide. Hoy nos vimos en la obligación de perseguir a unos alborotadores, y llegando la noche hemos decidido dormir en la fonda. Mañana debemos iniciar el regreso, y no nos queda más camino que hacer que el que ustedes van a andar.

El doctor Vallejo asintió, no quedándole más remedio que consentir el acompañamiento. Cuando se quedaron a solas, Marina le preguntó a su padre sobre aquel batallón de voluntarios y sobre la validez del cargo que aquel muchacho de mirada impertinente decía ostentar.

—Las milicias no son cosa de broma, niña. Las formaron cuando terminó el Trienio Liberal en el 23, y están bajo el mando del Ministerio de la Guerra. En las ciudades no creo que guarden muchas patrullas, pero en los pueblos todavía se les guarda respeto.

—Mientras viva el rey.

—¡Niña!

—Madre decía que mientras tuviésemos este rey no llegaría la Ilustración, que si aún tuviésemos la Pepa dejaríamos de ser los atrasados de Europa.

—Marina —la reprendió su padre con gesto severo,

aunque sin ánimo de ahondar en el comentario de su hija sobre la Constitución de 1812—. Cuidado con lo que dices y dónde lo dices, ¿estamos? Tu madre —comenzó, deteniéndose y titubeando por el mero recuerdo de su esposa— era una idealista, pero el rey respalda a Dios Nuestro Señor y a los monacatos, sustento de los pobres y los sencillos. ¿Acaso olvidas que será a ellos a quienes prestaré mis servicios?

Marina intentó hablar, pero su padre alzó una mano en señal inequívoca de que solo el silencio sería bienvenido.

—Ah... A fe mía que las mujeres no debierais enjuiciar política, ni usos ni costumbres. Mañana, y todos los días, guárdate en la discreción y el silencio. Escucha y calla, hija mía. Por tu bien te lo digo.

—¿Pues qué he hecho, padre, para tener que callar?

—De momento, nada más que pensar como tu madre. Pero aquí, si te dicen que muerte a los liberales, pues mala peste con ellos. ¿Estamos?

—Sí, padre.

Y así, llegada la mañana y con la escolta prometida, salió el carruaje del buen y prudente doctor, con su hija y los criados, camino de Santo Estevo. Marina miraba todo con curiosidad desde su ventanilla, asomada hasta el límite de la prudencia. Desde luego, aquel paisaje carecía del bullicio de la ciudad, pero su belleza era tan sorprendente y acogedora que la joven no podía apartar la mirada de los árboles centenarios, los prados con ganado, los campesinos que se cruzaban en su camino. Le parecieron pobremente vestidos y hasta necesitados, pero les sonrieron con humildad al pasar.

Marina, durante el trayecto, percibió algo que la espiaba, que la desnudaba por completo. Aquella mirada. Cada vez era más descarada e insistente. Si fuese fuego, la habría llegado a quemar. Se enfrentó a ella y comprobó cómo el oficial Marcial Maceda, con una absoluta falta de educación, no apartaba la vista y le sostenía la mirada. Ella procuró endurecer el gesto y desafiar su descaro, pero el oficial mantuvo su postura con una media sonrisa de abierto desafío. Al final, vencida y molesta, Marina se alejó de la ventanilla del carruaje. Se había imaginado el Reino de Galicia como un lugar antiguo y desprovisto de sus conocimientos del mundo moderno, donde ella sabría manejarse con soltura. Pero allí, en aquel reino verde y primitivo, tal vez no le sirviesen sus anteriores aprendizajes. Llegó un momento en que el oficial y sus hombres adelantaron al carruaje, y la joven volvió a acomodarse junto a las pequeñas ventanillas de su transporte.

En el último tramo, el camino pareció ensancharse. Un nuevo suelo empedrado, a cambio del de tierra, marcaba la cercanía de un lugar importante. Cuando dejaron atrás un denso pasillo de árboles y el sol volvió a acogerlos, comenzaron a descender. Marina notó en el hombro la mano de su padre, que miraba en la misma dirección. Los criados, sin disimulo, se apretujaron en aquel lado del carruaje para poder ver también aquella impresionante construcción pétrea. El enorme monasterio de Santo Estevo surgió de pronto de la espesura, y les pareció más grande y magnífico que la propia naturaleza.

4

El sargento Xocas Taboada no tenía ni idea de quién era aquel profesor universitario, antropólogo y detective *tan conocido*, que ahora se sentaba ante él en la misma silla que hacía solo unos minutos había ocupado la jefa de recepción. Seguramente, su mujer Paula sí supiese quién era. Ella estaba suscrita al *National Geographic* y leía muchísimo, todo lo que cayese en sus manos. Ensayos, biografías... Pero lo que más le entusiasmaba era el arte, de modo que si era cierto que aquel tal Jon Bécquer era tan famoso en aquel campo, sin duda ella lo conocería. Su trabajo como funcionaria en la Agencia Tributaria de Ourense le dejaba las tardes libres para estar con la pequeña Alma, la hija de ambos, y para leer de forma incansable todas esas revistas sobre arte e historia. De hecho, para sus próximas vacaciones, había insistido en que viajasen a Grecia para visitar «algunas de las maravillas del mundo».

Ahora, y ajeno a su supuesta popularidad, Xocas observaba a aquel singular individuo, Jon Bécquer. Le había sorprendido su altura. Su nariz aguileña presidía un rostro de mirada profundamente oscura. Se intuía, en su ya de por sí pálida piel, un ligero cambio de coloración a la altura del cuello, bajo la oreja derecha; era una especie de gran lunar que descendía hacia el torso, como una mancha de la que uno no podía intuir su final ni sus verdaderas dimensiones. ¿Qué le habría pasado en la piel a aquel joven? ¿Sería aquella la marca de una antigua quemadura? No, no lo parecía. ¿Vitíligo, quizás? Una prima de su mujer lo había sufrido en las manos. El sargento Xocas, a pesar de su tono habitualmente desprendido y cáustico, era en realidad un gran observador que apreciaba los detalles. El aspecto de Bécquer, en general, le pareció el de un hombre normal y aseado, incluso atractivo. Tampoco le pasó desapercibido que vestía ropa deportiva y juvenil, pero evidentemente cara, de calidad, que además hacía resaltar su complexión atlética.

No había que ser muy listo: si el antropólogo llevaba ya casi un par de semanas en el parador, desde luego la economía no era uno de sus problemas en la vida. Ambos hombres se saludaron formalmente y comenzaron a conversar, aunque el gesto de angustia en el rostro de Bécquer dejaba intuir claramente que estaba nervioso.

—Veo que habla usted mi idioma...

El sargento enarcó las cejas, sorprendido no solo por el comentario, sino por el alivio en el rostro del profesor.

—¿En qué idioma esperaba usted que le hablase?

—Pues, no sé..., llevo ya aquí un par de semanas y cuando me contestan en gallego me entero de la mitad.

—Quédese tranquilo, que aquí somos todos bilingües —le replicó con sorna.

El comentario se dirigía también a la agente Ramírez, que los acompañaba y que esperaba a que el sargento acabara de tomarle la declaración a Bécquer en una esquina del despacho, en silencio. Era una joven muy delgada y de aire despistado, y llevaba poco tiempo en el puesto; ahora observaba la escena con gran curiosidad, pues era cierto que en la demarcación de Nogueira de Ramuín casi nunca pasaba nada, ni siquiera asesinatos imaginarios.

—¿Y usted de dónde es...? ¿De Madrid?

—Sí, señor, de Madrid.

El sargento Xocas asintió, pensando en lo raro que le parecía que un profesor universitario de capital como aquel estuviese en un rincón escondido de Galicia investigando leyendas.

—Sargento, perdone —insistió Bécquer—, pero... ¿es usted lugareño?

—¿Qué?

—Lugareño, de aquí, quiero decir. Un nativo.

¿Un nativo? Xocas estaba cada vez más sorprendido. Le daba la sensación de que el profesor le hablaba como si estuviesen en una selva amazónica y él mismo fuese un indígena de una sociedad primitiva y oculta que acabasen de descubrir.

—Soy de Vigo, pero le informo de que llevo años viviendo en Ourense, ya que veo que le interesa —respondió con indisimulado sarcasmo—. Si no le parece mal, creo que las preguntas tengo que hacerlas yo.

—¡Por supuesto, por supuesto! Solo quería saber si estaba usted al corriente de las leyendas de la zona, disculpe.

—¿Qué leyendas?

—En realidad, una en concreto: la de los nueve anillos.

—Algo he oído —concedió Xocas, que recordaba vagamente haber leído algo de unos anillos milagrosos y unos obispos del antiguo monasterio.

Se dio cuenta de que Bécquer no había pretendido ser pedante, sino que, con cierta candidez, se mostraba a sí mismo como un investigador casi espacial estudiando un entorno falsamente primitivo.

—¿Tienen algo que ver esos anillos con Alfredo Comesaña? Le ha dicho usted a Ramírez que sospechaba que había sido asesinado —concretó, intentando comenzar a construir una versión que tuviese sentido en relación con el cadáver.

Bécquer asintió, situándose en el borde de la silla y moviendo mucho las manos, como si con ellas pudiese explicar mejor sus pensamientos.

—Sí, no puedo asegurarlo, pero creo que lo han matado por algo que pensaba contarme respecto a los anillos. Él sabía dónde estaban, ¿comprende? Iba a contármelo, estoy seguro.

—Pero ¿esos anillos... existen? Pensé que se trataba de una leyenda.

—Sí, existen. Al principio de mi investigación consideré que podrían haber sido destruidos, vendidos o incluso fundidos... Pero eran un elemento litúrgico sagrado, ¿comprende? Así que tuvieron que ser fuertemente custodiados para mantenerlos a salvo.

—¿A salvo? ¿A salvo de qué?

—De los políticos, de los propios monjes, de los ladrones... ¿Conoce usted la desamortización de Mendizábal?

—Eeeh... Claro, a ver... ¿Eso no fue cuando se cerraron todos los monasterios?

—Exacto. La primera exclaustración fue en 1820, durante el Trienio Liberal, pero en 1823 los monjes pudieron regresar a sus monasterios. Y la segunda, la definitiva, fue la de Mendizábal, en 1835.

—¿Y los anillos de los que me habla son de esa época?

—No, no. Tienen mil años de antigüedad.

—¿Mil años?

El sargento subrayó la cantidad en la libreta en la que tomaba anotaciones. Le hubiese gustado tener allí su ordenador para después no tener que transcribir todo aquello pero, desde luego, cuando lo habían llamado del parador aquella mañana, no había sospechado encontrarse a un falso monje muerto ni a un detective que le hablase de anillos milenarios o de asesinatos imaginarios. Tomó aire.

—Y, claro, esos anillos tendrán un valor económico considerable...

Bécquer pareció dudar. Llegó incluso a encogerse un poco de hombros.

—No lo había pensado. Supongo que tendrán su valor, solían estar hechos de oro y piedras preciosas, pero lo más destacable de ellos no sería eso, sino su importancia religiosa y su antigüedad. Es algo que tendré que consultar con un experto —añadió con un gesto de fastidio consigo mismo.

Había sido imperdonable no haber considerado aquel

punto, ni siquiera con Pascual. Le resultó increíble que su fascinación por aquellas reliquias hubiese limitado su lado pragmático, sin siquiera indagar su valor de mercado. Al instante, se disculpó mentalmente a sí mismo, pues recordó que ese no era uno de sus trabajos en Samotracia y que nadie había reclamado aquellas antigüedades porque, hasta ahora, solo habían sido una leyenda. El sargento miró a Bécquer con gesto inquisitivo.

—Si esos nueve anillos no tienen un valor material espectacular, ¿puede explicarme por qué iba a querer nadie matar por ellos?

—Ya le he dicho que, en ese sentido, no sé en cuánto podrían tasarse, pero como elemento litúrgico, como símbolo y, por supuesto, por su antigüedad, su valor es incalculable. Cualquier coleccionista pagaría una fortuna por ellos.

El sargento se acodó sobre la mesa y juntó las manos como si fuese a rezar, entrelazándolas, y apoyó la barbilla sobre ellas. Comenzó a hablar con un tono irónico que no dejaba lugar a dudas de lo ridículo que le parecía aquel planteamiento.

—En conclusión, y según usted, Alfredo Comesaña, que trabajaba en un supermercado, sabía dónde estaban esos anillos, que habían desaparecido hace no sé sabe cuánto tiempo y que tienen, aproximadamente, unos mil años de antigüedad. Y este secreto tan relevante y antiguo iba a contárselo a usted, precisamente a usted, al que supongo que hasta hace dos semanas el ahora fallecido no conocía en absoluto. ¿Es así?

—Sí, pero...

El sargento lo interrumpió con un suave gesto de la mano, pues la pregunta había sido retórica.

—Y no solo eso, sino que la simple intención de contarle a usted ese secreto pudo hacer que lo asesinasen. ¿Es esto lo que nos quiere decir?

Jon Bécquer frunció los labios con fastidio, pues comprendía lo fantasioso del planteamiento.

—Sé que parece todo muy raro, pero si viene a mi

habitación le mostraré toda la información que he encontrado: los planos, las entrevistas... He rastreado todo el pueblo, ¿comprende? Déjeme que ordene todo y le cuente lo que me ha sucedido desde que he llegado a Santo Estevo. Déjeme empezar por el principio.

El sargento suspiró.

—Lo que está usted contando es lo bastante estrafalario como para suscitar mi curiosidad, desde luego, pero ¿sabe que Alfredo Comesaña ha fallecido, en principio, de muerte natural?

—No puede ser.

—Puede ser, se lo aseguro.

—¡Pero si ayer estaba fresco como una lechuga! ¿Y si lo han envenenado? ¿Y si le han dado un golpe que ustedes aún no han podido ver?

Xocas volvió a enarcar las cejas, dejando translucir a su interlocutor que a lo mejor se estaba excediendo en sus suposiciones.

—Esto no es una novelilla de misterio, señor Bécquer.

—De acuerdo, tiene usted razón —concedió el profesor, poniendo las manos sobre la mesa con fuerza, como si fuese necesario agarrarla—, pero ha muerto un hombre, y yo le digo que creo que puede haberle sucedido algo más allá de una muerte natural. Habíamos quedado ayer después de su ruta con los turistas y no apareció.

Xocas se estiró en su silla. Ese dato sí le interesaba.

—¿Dónde habían quedado?

—En el claustro de los Obispos, precisamente. Le digo que iba a contarme algo.

El sargento reevaluó a Jon Bécquer y estudió sus gestos, su vehemencia, su mirada. ¿Quién era realmente aquel extraño profesor reconvertido en detective? ¿Un demente? ¿Una de esas personas que viven siempre dentro de su imaginación, creando mundos que los satisfagan? En cualquier caso, estaba claro que fuera quien fuese había dejado de lado sus nervios para defender un planteamiento del que estaba convencido de veras.

—¿Y puede saberse por qué habían quedado en ese claustro y no en una cafetería como todo el mundo?

—¿Qué? Ah, él quería un sitio discreto. Una charla amigable sin curiosos. Aquí se conocen todos, y los empleados del hotel viven también por aquí; me dijo que él tenía que venir a trabajar justo esa noche, que si nos podíamos ver cinco minutos, nada más.

—De acuerdo —suspiró el sargento, descreído—. Supongamos que fuese verdad. Que hubiesen asesinado a Alfredo Comesaña. ¿Quién cree que pudo hacerlo?

—No lo sé. He hablado con muchas personas estos días, pero estoy convencido de que más de una me ha mentido o, al menos, no me ha contado todo lo que sabe. Ha podido ser cualquiera. Alguien del parador, del pueblo, de la misma iglesia...

Xocas se puso en pie. Aunque era más bajito que el profesor, con su uniforme y su mirada compacta su presencia impresionaba.

—De acuerdo. Vayamos a su habitación y muéstrenos ese material que tiene.

Jon Bécquer se tomó el gesto como un tanto a su favor, como si alguien, por fin, le diera un poco de credibilidad a su historia. Ambos hombres, seguidos por la agente Ramírez, que continuaba en silencio, se dirigieron hacia la habitación del extravagante profesor. Atravesaron el gran claustro de los Caballeros, que todavía conservaba alguno de los adornos de la pasada noche nupcial, y que destilaba un ambiente de calma y ensueño natural, quizás por la música que sonaba. Por los altavoces del parador se deslizaba, a un volumen moderado y discreto, la flauta del grupo Matto Congrio tocando *Camiño de Santiago*, logrando que la magia de la melodía fuera como un trance obligado al que acudir.

Bécquer y los guardias civiles, concentrados y ajenos a aquel ambiente casi bucólico, subieron a la primera planta de la fachada sur, en la que los ventanales de las habitaciones daban a la entrada del parador. Caminaron sobre suelos suavemente enmoquetados, de aire moderno, y llegaron a la entrada de la habitación.

Ante ellos se dibujaba un marco grueso y pétreo. El pasado.

Dentro del marco, una puerta moderna de color haya. Bispo G. Osorio, rezaba un cartel a la derecha.

—Le han dado el cuarto de un obispo, por lo que veo.

—¿Qué? Oh, no —negó Bécquer, que rebuscaba en sus bolsillos para encontrar la tarjeta de su habitación—, me han dicho que todas las habitaciones del primer piso tienen nombres de obispos y las del segundo, de reyes.

—No me diga.

—Sí, pero la mía es especial —añadió, sonriendo y abriendo la puerta por fin.

Todos accedieron al cuarto. De inmediato, Xocas comprendió lo que había querido decir el profesor. Aquella habitación disponía de una espectacular cúpula de piedra en el techo. A la derecha, había una gran cama de forja de metal reluciente y plateado. A la izquierda, un baño que parecía un cubo enorme instalado dentro del espacio rectangular que conformaba la habitación; de frente, un escritorio y, al fondo, un ventanal en el interior de un espacio abocinado, cuya estructura albergaba dos bancos de piedra, uno a cada lado. El sargento sabía que a aquellos lugares, en Galicia, se les llamaba *faladoiros*, pero solo los había visto en castillos, nunca en las habitaciones de ningún hotel. Se acercó, admirando la obra de mampostería, y comprobó que a través de la ventana podía verse, de frente, el pequeño pueblo de Santo Estevo, tan cercano. A la izquierda, el atrio con el cementerio y la entrada de la iglesia y del propio parador; y a la derecha, el comienzo del gran bosque y alguna de sus rutas de senderismo.

—Me han dicho que esta habitación formaba parte de la cámara abacial desde el siglo XVIII —les aclaró Jon, divertido ante el asombro de la guardia y el sargento. Ramírez silbó con admiración.

—No vivía mal, el señor abad.

—No, parece que no.

El sargento se volvió y observó la gran cantidad de material de que disponía Bécquer sobre el escritorio. Planos, una carpeta cerrada de la que sobresalían apuntes y unos quince o veinte libros que parecían de temática religiosa e histórica: todos eran gruesos y algunos parecían muy antiguos, contrastando con los que eran evidentemente nuevos. El profesor miró a Xocas con ademán de abrir la carpeta, como si estuviese solicitando permiso para comenzar. El sargento asintió y se sentó cerca del ventanal.

—Bien, señor Bécquer. Adelante, cuéntenos su historia desde el principio.

5
La historia de Jon Bécquer

Dicen que todos los monasterios esconden un misterio y, al menos, una pregunta. En el caso de Santo Estevo, la gran incógnita era averiguar si habían existido o no aquellos nueve anillos. ¿Dónde estarían? Que hubiesen realizado o no milagros me resultaba indiferente, porque su leyenda, su indiscutible magnetismo, había logrado que nueve obispos perdurasen en la historia, tallando su leyenda en escudos de piedra.

En los archivos y bibliotecas de Madrid no había conseguido encontrar gran cosa, salvo un libro publicado en los años setenta por un sacerdote ya fallecido que se llamaba Emilio Duro Peña, del que la Real Academia de la Historia decía que había sido, quizás, «el mejor archivero de las catedrales de Galicia». Este libro estaba dedicado exclusivamente al monasterio de Santo Estevo de Ribas de Sil, y en él, entre otras muchas cosas, descubrí que tres incendios habían eliminado, en gran medida, mis posibilidades de lograr documentación sobre la que investigar.

El primer siniestro había sucedido a mediados del siglo XIV, y había destruido gran parte del archivo y del edificio que existía entonces. El segundo databa de 1562. A finales del siglo XVIII, un tercer incendio había liquidado de nuevo gran parte de los libros que por entonces albergaba la biblioteca, por lo que mis fuentes de información, definitivamente, iban a ser reducidas. No me quedaba más remedio que investigar sobre el terreno y en los archivos locales. Decidí que ya era el momento de adentrarme definitivamente en los misterios del viejo monasterio orensano.

Mis ponencias como profesor de Antropología en la Universidad Autónoma de Madrid no comenzarían hasta octubre, de modo que...

—Perdone, perdone —interrumpió el sargento Xocas, que ya había visto que aquel relato del profesor iba para largo, porque la forma de narrar de Bécquer era detalladísima, casi literaria—. Disculpe, pero antes de continuar sería interesante que nos explicase cuál es exactamente su trabajo. Ya no sé si es investigador de arte robado, si profesor universitario o si antropólogo... ¿Me explico?

—Ah, por supuesto. No se preocupe, comprendo la confusión. Es que me dedico a todas mis facetas.

—¿A todas?

—A todas —confirmó Bécquer, íntimamente satisfecho del interés que había despertado en el sargento—. Soy profesor universitario de Antropología Social, pero desde hace más de un año solo imparto clases puntuales en la Universidad de Madrid, además de dar conferencias por todo el territorio nacional... Pero mi dedicación principal, ahora, se encuentra en la búsqueda de arte robado y antigüedades.

—Vaya. Pensé que para eso habría que ser historiador o algo por el estilo —observó Xocas con tono cáustico, aunque sin disimular su curiosidad.

El profesor se rio.

—Sí, debería serlo. De hecho, hace tiempo que estudio arte por mi cuenta, aunque más bien pictórico del siglo XX y escultura de la época romana... Mi socio Pascual es el que sabe de arte e historia de verdad.

—¡Oh, tiene un socio!

—Sí, ambos gestionamos Samotracia, nuestra empresa de..., en fin, de detectives, aunque a mí me cuesta un poco autodenominarme de esa forma, francamente. Somos más bien investigadores y negociadores. Y yo me sigo sintiendo profesor de Antropología Social, qué quiere que le diga. Eso es lo que fundamentalmente soy, un profesor de Antropología —insistió, como si acabase de convencerse a sí mismo de que aquella era su verdadera identidad.

La agente Ramírez, sin levantar la mirada de su teléfono móvil, no dudó en intervenir.

—En Google dice que a ustedes dos los llaman los Indiana Jones del arte.

Jon Bécquer miró a la guardia con gesto cansado.

—Sí, no crea que nos hace mucha gracia, parece que estemos todo el día de aventuras, cuando en realidad la mayor parte del tiempo nos limitamos al asesoramiento para la compra y venta de arte y antigüedades, o a visitar coleccionistas y archivos para investigar la procedencia de distintas piezas.

—Ah, pero aquí dice —insistió ella, leyendo en su teléfono móvil la información que acababa de encontrar en internet— que el año pasado usted y su socio recuperaron una corona etíope del siglo XVIII... ¡y llevaba veinte años desaparecida!

Jon Bécquer sonrió con tímido orgullo.

—Ese caso me temo que es más mérito de mi socio que mío, trabajó en él durante muchos meses, aunque fuimos juntos hasta Holanda para recuperar la corona. Fue muy bonito devolvérsela al Gobierno de Etiopía, la verdad. Se trató de un caso especialmente curioso...

—¿Sí? —El sargento Xocas, para su asombro, también estaba interesado. Aquel tipo, desde luego, tenía historias que contar—. ¿Y por qué fue un caso tan especial?

—Ah, porque la corona había desaparecido del país en los años setenta, escondida dentro de la maleta de uno de los muchos etíopes que huían del sistema político de entonces... y terminó en Holanda, donde la encontró un hombre que decidió no devolverla, sino cuidarla.

—¿Cuidarla?

—Sí, custodiarla hasta que el sistema político etíope fuera estable; decidió que solo entonces la devolvería, porque si lo hacía antes sabía que la corona desaparecería.

—No puedo creerlo —reconoció Xocas—, un *guardián* en toda regla.

—Eso es. Después de veintiún años, y con nuestra intermediación, la entregó por fin al Gobierno africano.

—Ya... ¿Y cómo...? Quiero decir, ¿cómo supieron que aquel hombre guardaba la corona?

Jon Bécquer sonrió con un gesto tibiamente travieso.

—El mundo del arte está lleno de contactos inesperados.

Xocas asintió, conformándose con aquella explicación, porque sabía que no obtendría ninguna otra. Miró con renovado interés a Bécquer, y recordó por qué estaban en su cuarto, dispuestos a escuchar todo lo que tuviese que contarles sobre el fallecimiento de Alfredo Comesaña. El sargento, con creciente curiosidad, le pidió al profesor que continuase contando su investigación sobre los legendarios nueve anillos.

¿Sigo, entonces? Bien, ¿dónde estaba? Ah, sí. Había agotado todas las gestiones que podía hacer desde Madrid, de modo que dejé instrucciones a la asistenta para que cuidase a mi gato *Azrael* y salí muy temprano de mi ático en la calle Castelló, muy cerca del parque del Retiro de Madrid. Conduje mi propio coche hasta Santo Estevo de Ribas de Sil, y me adentré en la zona poco después de la hora de comer. Había comenzado el mes de septiembre y el paisaje era de ensueño. La mezcla de colores en los bosques parecía una acuarela, nunca había visto nada parecido. Desde luego, me impresionó mucho más que la primera vez que había estado. Ahora, el otoño, como si fuese un niño, dibujaba los caminos llenándolos de tonos amarillos, tostados y verdes, coloreando con inesperada calidez un aire que debiera ya de ser frío.

La primera noche en el parador la disfruté especialmente, porque descubrí la existencia del bosque privado tras la cafetería, algo que inexplicablemente me había pasado desapercibido en mi primera visita. Las ruinas de la vieja panadería, edificada a finales del siglo XVII, eran maravillosas. Ya no quedaban techos ni apenas paredes, pero sí la gran chimenea y varios hornos. El paseo por aquella espesura amurallada era breve pero delicioso: robles y castaños antiquísimos se retorcían sobre la tierra buscando el cielo, al que siempre llegaban antes los centenarios y señoriales abedules.

Pero yo no había venido a Santo Estevo para recrearme en su belleza y paisajes encantadores, de modo que a primera hora de la mañana siguiente me dirigí al Archivo Histórico Diocesano, donde ya había solicitado una cita con el director del archivo, un religioso llamado Servando Andrade.

Tras una media hora de camino desde el parador, llegué a la ciudad de Ourense y ascendí por una cuesta pronunciada hasta llegar al Seminario Mayor, un edificio de piedra enorme que dominaba la ciudad y que era donde se encontraba el Archivo Diocesano. Cuando aparqué, me detuve dos segundos a contemplar las vistas; desde luego, aquel mirador describía bien la ciudad, que se mostraba partida en dos por el río Miño, cosido a base de puentes desde tiempos inmemoriales.

Don Servando me hizo esperar una hora y media, así que aproveché para volver loco a su ayudante e ir consultando sus archivos.

—¿Es usted el señor Bécquer, el detective? Disculpe la espera, llevo una mañana de locos y había olvidado que venía hoy.

Me volví y descubrí a mi espalda un hombre con aspecto, en efecto, de estar siempre atareadísimo. Llevaba las llaves del coche en una mano y varios libros en la otra, con la que, además, y a pesar de estar ocupada, el religioso intentaba recolocarse unas gafas de pasta sobre la nariz.

Debía de tener unos sesenta años, e iba vestido de gris, dejando espacio para un alzacuello impoluto.

No quise perder el tiempo, de modo que no me molesté en aclararle que yo no era exactamente un detective, y me limité a pedirle que me contase todo lo que supiese sobre mis nueve anillos.

—Lo siento, señor Bécquer. Dudo incluso que esos obispos hayan existido.

—¡Qué me dice! Pero si hay documentación que acredita que...

—Lo sé, pero precisamente esa documentación es la que suscita mis dudas. Para empezar, no está claro que las diócesis que se les adjudican a cada uno les correspondiesen.

—No, no, mire —le apremié, acercándolo a la mesa donde yo había dejado fotocopias, libros y otra documentación que había encontrado—. ¿Lo ve? El primero fue el obispo Ansurio, en el año 922. Después, Vimarasio, Gonzalo, Froalengo, Servando, Viliulfo, Pelayo, Alfonso y Pedro —enumeré, indicando sobre el papel la diócesis de cada uno, que tenían ubicaciones tan dispares como el propio Ourense, Braga o Coímbra.

El director del archivo me observó con una sonrisa cargada de paciencia.

—Eso que ha encontrado usted en legajos sueltos contradice los archivos de algunas de las diócesis que ha marcado.

—No me diga.

—Lo siento —me dijo poniéndome una mano en el hombro en señal de compasión.

—Pero no puede ser —respondí—. Quizás haya un error en las diócesis de origen, pero los nueve obispos llegaron a Santo Estevo, eso seguro. ¿Cómo explica, si no, el escudo con las nueve mitras? Mire —dije señalando una fotocopia del libro de aquel archivero que había escrito sobre Santo Estevo—, ya se los veneraba en el siglo XIII.

En efecto, don Servando leyó con atención el documento que yo le mostraba, que databa del año 1220 e iba firmado por el rey Alfonso IX:

> Doy y concedo al monasterio de Santo Estevo, y de los nueve obispos que allí están enterrados, por quienes Dios hace infinitos milagros, todo lo que pertenece y debe pertenecer al derecho real en todo el coto del monasterio citado.

Don Servando se sujetó la barbilla con los dedos índice y pulgar, como si reflexionara profundamente. Comenzó a hablar sin levantar la vista del texto que yo le había facilitado.

—Usted sabrá que, supuestamente, nueve santos cuerpos fueron trasladados en el siglo xv desde el claustro de los Obispos hasta el altar de la iglesia...

—¡Lo sé, lo sé! En el año 1463 —exclamé triunfador.

—Veo que ha hecho los deberes. Pero sabrá que, de esos cuerpos, tres estaban a nivel del pavimento, y solo seis de los sepulcros eran alzados.

—No lo sabía —reconocí—. Pero tampoco entiendo... ¿Qué importancia tiene la altura a la que estuviesen enterrados? Perdone, pero no sé qué me quiere decir.

—Quiero explicarle que no todos tenían la misma categoría, y que puede ser que incluso alguno no fuese obispo, aunque fuera tratado con honores póstumos similares. Y que yo, personalmente, insisto en que tengo mis dudas en relación con los tiempos en que se supone que fueron enterrados y sobre su rango dentro de la Iglesia.

—Lo comprendo, pero ¿qué hay de los anillos? Aun suponiendo un baile de fechas, de diócesis y de categorías, como obispos, tendrían que llevarlos, ¿no? ¿O al jubilarse en el monasterio se los quitaban?

Don Servando se rio de buena gana.

—¿Jubilarse? Lo que debió de ocurrir, más bien, fue que escaparon de las invasiones musulmanas y, al buscar un refugio donde terminar sus días, habrían acabado en Santo Estevo. ¡*Fuga mundi*, señor Bécquer!

—¿Fuga... del mundo? —traduje sin gran precisión, recordando el poco latín que había retenido tras mi paso por el instituto.

—Exactamente. La búsqueda de una vida ajena a los valores de la sociedad terrenal. Y en cuanto a los anillos episcopales, los habrían llevado hasta su muerte como signo de su autoridad católica.

Me quedé mirándolo unos segundos, cada vez más convencido de que aquellos anillos todavía existían en alguna parte. Me sorprendía el escepticismo del actual archivero: ¿tenía fe en Dios y no en aquella historia, que sí estaba parcialmente documentada?

—Mire, don Servando —insistí mostrándole más documentación—. Los obispos, en efecto, fueron trasladados en 1463 a la iglesia, y los colocaron en una única caja de madera; pero en 1594 volvieron a ser separados y los restos de cada uno se pusieron en varias arcas pequeñas de madera de castaño. Hoy mismo pueden verse cinco cajas a un lado del altar y cuatro al otro. ¿Sabe cómo lo sé?

—No tengo ni idea —replicó el archivero, que por fin parecía estar intrigado.

—¡Por las facturas!

—¿Qué facturas?

—Las de los carpinteros que realizaron las arcas. Se conservaron, ¿sabe?

—Bien —suspiró cruzando los brazos—. Y supongo que ahí es cuando pierde la pista de los obispos y sus anillos.

—Casi. Pero aquí viene lo mejor, porque pasados casi cien años, en 1662, hubo un intento de canonizar a los obispos —le expliqué con vehemencia mientras le mostraba el libro de aquel archivero que tanto me había facilitado el trabajo—. Hubo una comisión dirigida por un juez para que ante notario se informase sobre los santos cuerpos y sus reliquias, ¿y sabe qué pasó?

—Imagino que nada bueno, porque lo que sí le aseguro es que esos supuestos obispos no fueron canonizados.

—Exacto, no lo fueron, pero porque murió el abad que había promovido la causa y el asunto se terminó archivando. Sin embargo, sí tenemos constancia, gracias a ese proceso, de la existencia de exactamente nueve obispos y nueve anillos.

—¿De los anillos también?

—Sí, de los anillos y de sus milagros. En el informe notarial se verificaron e inspeccionaron los sepulcros; además, dieciséis testigos, entre los que estaban los más ancianos del pueblo de Santo Estevo, confirmaron el culto inmemorial a las reliquias. Se comprobó también la existencia de los anillos, conservados en una caja de plata. Los testigos decían que al tocar la caja o al beber agua pasada por los anillos se curaban.

—¿Se curaban? Pensaba que tenía constancia de milagros —apreció don Servando con cierta ironía mientras se ajustaba de nuevo las gafas sobre su pequeña nariz chata.

—La tengo, la tengo. Mire, certificados ante notario y recopilados durante los últimos años previos al proceso. —Y le pasé directamente el libro de su archivero antecesor.

> Año 1594 [...] niña ciega de nacimiento, ahijada de Bautista, maestro que hacía el retablo [...] recupera de forma íntegra la visión. Pedro Rodríguez [...] tullido con un año en cama recupera la movilidad. Juan Carballo y Pedro Algueira, que sanaron de *asombramiento* y pasmo, tras quince días sin habla [...] Doncella Polonia del Prado, sanó de calenturas muy peligrosas [...] Alonso Carballo, que estaba para morir con hinchazón muy grande en la garganta, sanó tras tocar los anillos.

—Vaya —reconoció por fin don Servando—, admito que su investigación me ha dejado sin palabras. Aunque lo cierto es que los milagros no parecen muy extraordinarios, salvo el de la niña ciega. ¿Qué más tiene?

—¿Qué más? Pues... nada más —confesé apurado—. Los restos de los obispos siguen en el altar de la iglesia, que yo sepa, pero de anillos y milagros no tengo más información. La última pista se pierde en este registro notarial de 1662.

Don Servando frunció el ceño.

—Admiro su tesón, señor Bécquer, pero suponiendo que todo lo que me ha contado sea cierto, seamos realistas. Han pasado casi cuatro siglos desde la última noticia de esos anillos que tanto le interesan. ¿Cree realmente posible que todavía existan o, lo que es más improbable, que pueda encontrar documentación que lo lleve hasta su paradero?

—Precisamente por eso estoy aquí. Tras el último incendio del monasterio, a finales del siglo XVIII, sé que algunos documentos de la biblioteca sobrevivieron. Quizás ahí encuentre algo de información... He pensado que lo más probable es que los tengan ustedes.

—¡Qué más quisiera! ¿No ve que después de ese incendio vino el más terrible de los males, el que arrasó con todo?

Enarqué las cejas. ¿Cuál sería el más terrible de los males? ¿La peste? Don Servando suspiró, como si resultase absurdo explicarme algo que, supuestamente, yo ya debería haber tenido en cuenta.

—¡La desamortización, hombre, la completa exclaustración! En 1835 se cerraron todas las puertas de los monasterios de España, y le aseguro que fueron desvalijados. Lo poco que se pudo rescatar de las bibliotecas de los monacatos de Ourense terminó en la Biblioteca Provincial.

—Ah, ¡pues iré allí! —exclamé, animado por mi convencimiento de haber logrado tirar del hilo.

Don Servando volvió a palmearme el hombro, y me dio la sensación de que ahora lo hacía con un matiz lleno de comprensión, de cierto compañerismo.

—Lo siento, señor Bécquer, pero la Biblioteca Provincial ardió hasta los cimientos en 1928, y con ella desaparecieron más de treinta mil volúmenes de la historia de los conventos y monasterios de Ourense.

Mi sentimiento fue de pura desolación. Sentí cómo me desinflaba. Don Servando se compadeció de mí, y estuvimos charlando un rato de cómo el tiempo y los hombres, y no solo las llamas, habían ido calcinando todo a su paso. El archivero me regaló más de media docena de ejemplares de una revista de arte orensano, *Porta da Aira*, de la que él era coordinador, y que se volcaba sobre todo en el arte religioso, las costumbres y la historia de la zona; en realidad, más que revistas parecían libros, pues estaban maquetadas como si lo fuesen y su grosor era muy considerable.

—Quizás le sirvan de algo.

—Ojalá... Gracias.

Justo cuando íbamos a despedirnos, me pareció que don Servando perdía interés en la conversación, como si estuviese pensando en otra cosa. Quizás lo había atosigado demasiado con mis fantasías de anillos milenarios y obispos que se habían dado al *fuga mundi*. De pronto, el archivero se palmeó la frente.

—¡Claro! ¡Los cuadros!

—¿Los cuadros? ¿Qué cuadros?

—Ay, caramba, ¡lo había olvidado por completo! Se encontraron unos cuadros escondidos cuando se hicieron las obras del parador.

—¿Escondidos? ¿Sabe dónde?

—Ah, eso ya no sabría decirle.

—Pero entonces... tuvo que ser por el 2004, ¿no? ¿No es cuando convirtieron el monasterio en parador?

—Sí, supongo. No recuerdo cuántos cuadros se conservan, pero cada uno representaba a uno de los obispos de Santo Estevo. Le confieso que la primera vez que los vi pensé que los habían pintado en honor a la leyenda, pero ahora que he hablado con usted..., no sé, quizás tengan mayor significado. ¿Quiere verlos?

—¡Por supuesto! No sabe la alegría que acaba de darme. ¿Dónde están?

—Aquí al lado, en el taller de restauración, que lo tenemos en el seminario menor. Espere, que llamo a Amelia, la restauradora.

Y mientras don Servando telefoneaba a aquella tal Amelia, yo notaba cómo el corazón me golpeaba rápido. Era como si supiese que estaba a punto de entrar en un mundo en el que una noche podía durar siglos, en el que lo inasible, lo imprecisable, podía tener explicación. Sin saberlo, desde que había llegado a Galicia, había comenzado a viajar por las trenzas del tiempo.

Marina

Habían llegado ya bien entrado el mediodía y un sol amable calentaba el aire con suavidad mientras el carruaje descendía la cuesta de entrada al monasterio. A Marina le sorprendió la animación de Santo Estevo. Pasaban campesinos con sus mulos cargados, costureras con sus labores en grandes bolsos de tela, lavanderas con cestos de coladas por hacer.

Su escolta de jinetes del Batallón Realista los abandonó nada más llegar a la entrada de los muros del monacato, insistiendo el oficial Maceda en que se verían muy pronto, pues serían vecinos.

—Cómo la mira el oficial, señorita —le había susurrado Beatriz, intentando aguantarse la risa.

La criada tenía quince años, pero la picardía suficiente para saber de algunas cosas del querer. Marina la había pellizcado con familiaridad, acostumbrada a los comentarios siempre chispeantes de Beatriz, y ambas habían reído. Sin embargo, aunque a Marina la halagasen las miradas de los hombres, cada vez más llenas de significados ocultos, no estaba interesada en aquellos coqueteos ni cercanías. De momento, solo pensaba en investigar para ahondar en los misterios de la medicina y las plantas. La negra sombra que se había llevado a su madre les había arrancado la alegría pura y limpia a todos, y era aquello en lo que concentraba sus ambiciones. Ah, ¡si ella pudiese dar con los remedios para esos males! Para una mujer, naturalmente, debiera ser imposible, pero accediendo a los libros y conocimientos de su padre quizás pudiese, al menos, comprender. Y, además, aquel joven oficial era bien parecido, pero había algo en él que le inspiraba rechazo. Tal vez fuese ese aire nada sutil de superioridad, ese descaro en la mirada. ¿Qué sería?

A la puerta del monasterio, Marina vio como un grupo más o menos abundante de mendigos hacía cola ante la puerta de acceso al recinto, donde eran atendidos y despachados sin darles opción a entrar. Todos se volvieron al ver llegar el carruaje.

—Manuel, ve a anunciar que hemos llegado.

—Sí, doctor.

El criado descendió ágil como una ardilla y, aun con sus ropas sencillas, al lado de los mendigos parecía casi un terrateniente. Sorteó el grupo de mendicantes y adelantó a todos sin escuchar queja, tal vez porque los humildes intuían que aquel joven no iba a por los favores que ellos iban a pedir.

—*Deo gratias* —le dijo a modo de bienvenida un monje entrado en años, de porte tranquilo.

Llevaba el capuchón del hábito retirado y la tonsura bien marcada en su cabeza, en la que ya comenzaba a escasear el cabello. Manuel pudo comprobar que estaba repartiendo centeno y castañas secas a los pobres diablos a los que había adelantado, que ahora lo observaban a él con cuchicheante curiosidad.

—Buenos días, padre. Vengo con mi señor don Mateo Vallejo, hermano del excelentísimo abad.

—Ah, ¡el médico!

—Conque está usted enterado de nuestra llegada...

—Por supuesto. Hágame el favor de rogarle a don Vallejo que entre por aquí para esperar a nuestro señor abad. Los criados y el cochero pueden acceder por las caballerizas, este mozo los guiará —añadió señalando a un muchachito de apenas once o doce años, que a un solo gesto del monje acudió rápidamente hacia el carruaje.

Cuando el doctor Vallejo y Marina bajaron, fueron objeto de miradas y comentarios mal disimulados. Muchas manos pedigüeñas se acercaron a solicitar limosna.

—Apartad, insensatos. Tened decoro —los amonestó el monje, que se presentó como fray Anselmo—. Disculpe el tumulto, doctor Vallejo. Damos limosnas dos veces por semana, y ha llegado usted en el momento de ofrecer socorro a estos pobres hijos del Señor.

—Pierda cuidado, me hago cargo.

—Pase, pase —lo animó, introduciéndolo en el zaguán de entrada. Hizo llamar a otro monje para que diese cuenta de la visita al abad y acompañó al doctor y a su hija al claustro de los Caballeros—. Esperen aquí, llegará enseguida el reverendísimo padre... Disculpe, doctor, pues he de atender a estos pobres hombres —se excusó el monje, que regresó a su reparto de alimentos a los mendicantes.

El doctor Vallejo asintió, y se quedó con Marina contemplando el impresionante claustro, en el que setos de boj perfilaban caminos geométricos y abundantes flores daban color y alegría, a pesar de que se acercaba ya el otoño.

—Padre, ¿por qué iba vestido de negro ese monje?

—¿Pues qué hábito debería vestir?

—Uno que fuese más claro... Cuando visité con madre el monasterio de Santa María de Valbuena pude ver algún monje, e iban todos vestidos de blanco.

—Ah, mi niña querida, ¡pero es que esos eran cistercienses! ¿No ves que estos son benedictinos?

—¿Y en qué se diferencian?

El padre de Marina suspiró, sonriendo a su hija.

—En poca cosa, creo, pues todos siguen las reglas de san Benito, aunque dicen que los monjes blancos lo hacen más fielmente, y los monjes negros de forma más... —«Relajada», pensó el doctor, sin decirlo. A cambio, concluyó de otra forma—. Digamos que siguen las reglas de forma menos estricta.

De pronto, pudieron ver a su derecha, escurriéndose por lo que parecía otro claustro mucho más pequeño, una fila de monjes negros con sus capuchas puestas, que caminaban de forma ordenada y silenciosa. Aquel pequeño claustro parecía un mágico refugio atemporal, con un jardín verde y florido en cuyo centro se alzaba una fuente de piedra; esta había sido construida con platos de varias alturas sobre los que no dejaba de deslizarse y bailar el agua. El sol incidía sobre aquella superficie líquida y cristalina, logrando un brillo irresistible que invitaba a acercarse. Marina pudo ver como varios de los monjes se aproximaban a la fuente para mojar sus manos y continuar después su camino.

—Válgame Dios, todos de negro... ¡Diríase que fueran ellos la Santa Compaña!

—¡Marina! —exclamó el doctor, negando con la cabeza pero esbozando una sonrisa—. No he de dejar que Manuel vuelva a relatarte cuentos de campesinos. ¿No ves las horas que son? Habrán terminado sus rezos e irán a comer. ¿No has visto como se lavaban las manos?

—Sí, padre, lo siento. ¿Habremos de poder visitar ese claustro? ¡Parece extraordinario!

—Yo mismo llevaré a mi sobrina a conocer el claustro de los Obispos cuando guste —dijo una voz robusta y de tono amigable a sus espaldas.

Marina se volvió y pudo ver a un monje un poco más alto que su padre y con unas facciones asombrosamente parecidas a las de él, aunque con algo más de peso. La joven nunca había visto a su tío, y le impresionó su hábito y su tonsura, que le daban un aire de elevación religiosa que de inmediato le infundió respeto.

—¡Hermano!

El padre de Marina se aproximó al abad y se inclinó para besarle la mano, pero este le hizo levantarse y le dio un abrazo formidable, que solo dio por terminado cuando palmeó muy fuertemente y varias veces la espalda del doctor. Después, se dirigió a Marina. Ella le besó en la mano y él le acarició el rostro durante un segundo. A él le agradó el sobrio recato de las ropas de Marina, que aún guardaba luto por su madre. Llevaba un vestido negro y largo hasta los pies, del que solo destacaba un elegante encaje blanco que ascendía suavemente por el cuello. Si llevaba miriñaque, desde luego era muy discreto, y el corsé favorecía su figura. A Marina le gustaba vestir de forma sencilla, y ni siquiera se había abombado las mangas siguiendo las modas, sino que las mantenía ajustadas a los brazos, en un gesto práctico que no aminoraba su femineidad.

—Igualita que tu madre. Ah, ¡qué alegría que por fin estéis en Santo Estevo! Venid, venid. Estaréis agotados de estos caminos. He dado orden de que atiendan y den de comer a vuestros criados; después subirán vuestros equipajes a la vivienda que ocuparéis, ya está todo preparado. Hoy comeréis conmigo en la cámara abacial.

El abad volvió a exclamar «qué alegría» palmeando a su hermano en la espalda, y por un instante Marina no supo qué hermano necesitaría más al otro. Ojalá aquel monje benedictino le devolviese la alegría a su padre, ya que el tiempo transcurrido desde su luto no parecía haberlo logrado. Subieron unas imponentes escaleras de piedra y llegaron a una sala ancha y alargada, cuyos ventanales ofrecían vistas inmejorables del pequeño pueblo de Santo Estevo.

Las paredes estaban vestidas de tapices y de cuadros religiosos, y tras lo que parecía una sala de reuniones llegaron a otra más íntima y próxima a la cámara privada del abad, con una magnífica cúpula de piedra en el techo. Allí comprobaron que una mesa estaba terminando de ser dispuesta por unos criados. Poco después, comieron en ella un delicioso guiso de carne con verduras y castañas, y los hermanos hablaron de recuerdos, de familia y de viejos amigos hasta que llegaron a cuestiones más prácticas.

Marina, deseosa de seguir escuchando la conversación, ansiaba hallar una excusa para no ser invitada a salir de la cámara, por lo que pidió permiso para leer un pequeño ejemplar de la Biblia en unos asientos de piedra cubiertos por cojines de terciopelo rojo hechos a medida. Aquel espacio abocinado junto a la ventana le resultó de lo más encantador. Así, ella se dispuso a tomar una infusión y el abad y el doctor un licor amarillo que llamaron *de hierbas*, y Marina pudo escuchar la conversación de los dos hombres. Ambos, sin saberlo, le mostraron a la joven con sus confidencias cómo era realmente su nuevo y extraordinario mundo.

6
La historia de Jon Bécquer

Descendí por el camino serpenteante hasta el seminario menor, y me encontré con un edificio de arquitectura similar al del Archivo Diocesano, pero mucho más pequeño y discreto. Dentro de aquella estructura, al parecer, se encontraba el Centro de Restauración San Martín. No sabía muy bien por dónde tenía que entrar, pero las indicaciones de don Servando habían sido claras: «La puerta estará abierta, entre directamente y pregunte por Amelia».

El lugar me pareció desangelado, frío. A la izquierda del recibidor había una gran sala desnuda que en su interior guardaba un paso procesional enorme, con muchas tallas de lo que debían de ser santos, todos con gesto severo y grave. Debían de estar restaurándolo. Observé también, en una esquina, un cristo clavado en una cruz, que me impresionó. Seguramente no le habría prestado atención si hubiese estado dentro de una gran iglesia, pero en aquel espacio su tamaño se me antojaba desproporcionado y me cohibía, me reducía a una muda inquietud.

—Veo que nos ha encontrado.

Por segunda vez en el mismo día, alguien me sorprendía mientras yo, dándole la espalda, curioseaba sus dominios. Me volví.

—Disculpe, no sabía muy bien por dónde entrar.

—Nosotros solemos utilizar la puerta.

Sonreí. Me vi reflejado en unos astutos ojos marrones que me observaban con curiosidad. El hombre tendría unos cuarenta años, e iba vestido con vaqueros y con una camisa blanca y un moderno jersey de cuello de pico de color azul. Me pareció que tenía un aire insólitamente juvenil, especialmente porque se presentó como el padre Pablo Quijano, y me chocó la idea de que, además, alguien tan atlético fuese religioso. Reconozco que, de haberlo conocido en otras circunstancias, jamás habría pensado que Pablo Quijano fuese cura. Me pidió que lo acompañase a lo largo de un ancho pasillo blanco que parecía dar a distintas salas de restauración. Fui leyendo los carteles de cada puerta, y así supe que íbamos dejando atrás los talleres de pintura, de barnizado y ebanistería. Por fin, y sin mediar una palabra, nos detuvimos ante una gran puerta de madera blanca. A la derecha, un cartel rezaba: TALLER DE DESINFECCIÓN.

—Pase —me invitó Quijano, empujando la puerta, ya entreabierta—, pero no toque nada, ¿de acuerdo?

Asentí y pensé que jamás podría llamar a ese hombre *padre* Quijano, porque casi tenía mi edad, y porque desde luego su imagen distaba mucho de mi primitiva idea de cómo eran los religiosos. Entré en aquella habitación, similar al resto de los talleres. Techos altos y tres ventanales con contraventanas de madera blanca abiertas hacia el interior. Olía bastante a algo que parecía disolvente y que me recordó a mis clases de plástica y manualidades del colegio, cuando solo era un niño.

Había dos mujeres en la estancia. Una de ellas se limitó a alzar la vista y a saludarme discretamente con un suave cabeceo, para seguir de inmediato trabajando en una especie de mezcla química. Peinaba el cabello muy corto, a lo *garçon*, y teñido de color azul. Recuerdo haber pensado que, aunque el personal de aquel taller bien pudiese ser agnóstico, la Iglesia se estaba modernizando de forma asombrosa. La otra mujer no parecía haberse percatado de mi presencia. Vestía, al igual que su compañera, una bata blanca, y trabajaba con una aguja sobre una colorida talla del tamaño de un bebé de verdad, que me pareció que representaba al niño Jesús. Escondía su rostro tras una máscara blanca y negra con redecillas de protección, por lo que solo pude ver sus párpados inclinados sobre la talla. El cabello, de color castaño, lo llevaba recogido en una de esas coletas hechas sobre la marcha, sin mucho afán ni coquetería, solo para recogerse la lisa y larga melena.

—Amelia, tenemos aquí al detective.

—¿A quién?

—Al detective, por el que llamó antes Servando.

—¿Ya? ¡Qué rápido!

Levantó la mirada con gesto de curiosidad y me clavó los ojos más verdes que he visto en mi vida.

—Lo siento, no quería interrumpir su trabajo.

—No se preocupe. —Su voz, tras la máscara, sonaba un poco metálica—. Es un segundo, ¿ve? —me indicó, señalando el último agujerito de la talla donde insertaba la aguja—. La carcoma casi desintegra a este pobre niño Jesús.

—Ya veo, ya. —Y, en efecto, pude observar, más de cerca, la cantidad de agujeros finos y alargados que devoraban la madera.

Amelia apartó una especie de lámpara blanca, larga y extensible, que tenía sobre su mesa y que acababa en una enorme lupa iluminada. Se retiró la máscara y los guantes y me ofreció la mano, que estreché de inmediato. Para ser restauradora de arte sacro, me sorprendió que fuese tan joven. Quizás tuviese cuatro o cinco años más que yo. Su breve nariz chata acompañada de decenas de diminutas pecas que también bailaban sobre sus mejillas le hacían parecer una niña. Sin embargo, su mandíbula era marcada y dura, y los dos disparos que tenía por ojos me evaluaron sin asomo de discreción.

—Así que usted es el detective que quiere ver los cuadros de los obispos.

—Bueno, detective... —intenté aclarar, cansado de que me denominasen de aquella forma—. Soy, digamos, investigador. Profesor de Antropología Social en la Universidad Autónoma de Madrid.

—Ah. No sabía que a los antropólogos les interesase el arte sacro.

—Supongo que no especialmente —sonreí—, pero ya le he dicho que también soy investigador... Me dedico a encontrar piezas perdidas.

—¡Vaya! —Amelia no ocultó su sorpresa—. Su trabajo debe de ser interesante, sin duda, aunque le prevengo de que la calidad artística de los cuadros es bastante limitada... ¿Le interesan por algo en particular?

—No..., digo... sí. Quiero decir que hasta hace un rato no sabía que existían. En realidad, lo que me interesa son los nueve anillos de los obispos de Santo Estevo.

Escuché pequeñas expresiones de exclamación y sorpresa por todos mis flancos, incluso por parte de la joven de cabello azul, que aparentemente estaba a lo suyo, sin prestar atención. Quijano enarcó las cejas y Amelia me sonrió con gesto de curiosidad.

—Vaya, no me diga. Pero ¿eso no era una leyenda?

—Yo no lo creo. En todo caso, quiero tirar del hilo, a ver hasta dónde puedo llegar.

Ella asintió en gesto apreciativo.

—Disculpe la indiscreción, pero no suelen venir investigadores a nuestro taller —me dijo, pausando y exagerando el tono en la palabra *investigadores*—. ¿Puedo saber quién le encomienda la búsqueda de esos anillos?

—Oh, nadie —respondí con franqueza—, supongo que su búsqueda se ha convertido en algo personal. Suscitan mi curiosidad.

Ella sonrió con un gesto que me pareció un misterio.

—¿De dónde es usted, de la capital?

—Sí, de Madrid.

—Ya veo... Pues aquí, en Galicia, le aseguro que tenemos reliquias y antigüedades para curiosear durante mil vidas. ¿Por qué tanto interés en esos anillos? Creo que hasta el padre Servando los considera una leyenda —me dijo, aludiendo al director del Archivo Histórico Diocesano.

—No lo sé —reconocí, comenzando a sentirme avergonzado—, supongo que hay objetos que nos buscan para contarnos su historia.

Amelia alzó las cejas sorprendida y miró de reojo a su compañera de cabello azul, que continuaba simulando no prestar especial atención, para después cruzar un gesto de complicidad con Quijano, que permanecía a mi lado. La restauradora pareció darse cuenta de que me había dejado en una posición algo incómoda, y me pidió disculpas.

—Perdone, es que aquí nunca suelen pasar cosas muy emocionantes, y menos que vengan antropólogos a investigar sobre obispos. ¿Su nombre era...?

—Jon Bécquer.

—Bécquer, Bécquer... ¿Como el poeta?

—Exacto, pero... —y aquí me adelanté, porque ya sabía la retahíla de preguntas que solían venir después— ni me consta que seamos familia ni vengo de Sevilla, sino de Madrid, como le he dicho, que es la ciudad natal de toda mi familia paterna. Imagino que mi bisabuelo sería primo lejano del escritor, pero ya le digo, nada que ver.

Por fortuna, nadie preguntó por el origen de mi nombre, porque me constaba que, al menos en Madrid, no era tan común llamarse Jon. Eso era cosa de mi madre, que había querido hacer un guiño a su tierra, pues tanto ella como su familia eran de Bilbao.

Amelia asintió y me pidió que la esperase un rato en el pasillo, encomendándole a Quijano que me hiciese compañía mientras ella guardaba el material con el que estaba trabajando. Los apenas cinco minutos que tuve que esperar se pasaron volando, porque Quijano comenzó a contarme lo que sabía sobre las leyendas de Santo Estevo y sobre cómo vivían los monjes cientos de años atrás. Aseguró no querer desanimarme, pero me contó que un tal Morales había visitado Asturias y Galicia en el siglo XVI por orden de sus majestades, solo para comprobar e inventariar la existencia de bienes y reliquias de la Iglesia en la zona, y que de su paso por Santo Estevo no había reflejado la existencia de ningún anillo milagroso. Le rebatí con la posibilidad de que, simplemente, al tal Morales se le hubiese olvidado mencionarlos, pero este moderno cura sacó su teléfono móvil y accedió a algo llamado Biblioteca Digital Hispánica, dejándome fuera de combate.

—¿Ve? Lea, lea aquí. Se confirma la existencia de los obispos, tenidos por santos en Santo Estevo, pero mire cómo continúa: «Este monasterio se ha quemado dos veces, y allí se consumieron reliquias, libros, escrituras».

Miré a Quijano con fastidio. Por listillo y por tener conocimiento de un archivo público de consulta del que yo hasta ahora no tenía ni idea. ¡Si hasta aparecía escaneado el libro original del *Viaje de Morales*!

—Bueno, solo le dedica una página a Santo Estevo, no iba a incluir todas las reliquias el pobre hombre. Pienso quedarme el tiempo necesario para investigar y llamar puerta por puerta a vecinos, historiadores y religiosos... ¡Algo encontraré!

Quijano asintió y me miró con una sonrisa que no sabría definir si encerraba escepticismo, burla o admiración.

7

Tan pronto como Jon Bécquer y Pablo Quijano salieron del taller, la joven del cabello azul estalló en una carcajada.

—Joder, ¿y este era el detective? ¡Me cago en la leche, está buenísimo!

—Bah, eres una exagerada, Blue. Es mono, nada más. Y estaba un poco pálido, le falta color —repuso Amelia.

—Exagerada, dice. Espera, que lo busco en internet —replicó la joven, sacando un teléfono móvil del bolsillo de su bata—. Encima se llama Bécquer. «Volverán las oscuras golondrinas en tu balcón sus nidos a colgar...» —comenzó a declamar exageradamente, sin apartar la mirada de su teléfono móvil, sobre el que ya había comenzado a teclear—. ¿Te has fijado en esa manchita que tiene debajo de la oreja? —le preguntó a Amelia mientras esperaba que floreciesen los resultados de su búsqueda en la pantalla del teléfono—. Es como si ahí estuviese decolorado...

—Será una marca de nacimiento —supuso Amelia sin prestar mucha atención a Blue.

Ella apenas había percibido aquel detalle en el profesor de Antropología. Se había concentrado en su mirada, que le había parecido algo triste, y en su búsqueda de los nueve anillos de Santo Estevo. Continuó recogiendo su instrumental sin dejar de sonreír ante las continuas ocurrencias de su ayudante. Admiraba que siempre estuviese tan viva, tan despierta. A ella, aunque no pensaba confesarlo, también le había parecido que Bécquer era atractivo.

—Blue, no te emociones buscando. A lo mejor dice que es investigador y resulta que se ha escapado de un sanatorio. A mí no me sonaba de nada.

—Y una leche. ¡Mira, mira! —la apremió, acercándole la pantalla de su teléfono—. Aquí dice «El Indiana Jones del mundo del arte...». ¡Este tío ha encontrado desde una corona etíope hasta un puñetero anillo de Oscar Wilde! Pero si están hasta detrás de la localización del Evangelio de Judas...

—¿Qué? No puede ser, ¿el evangelio prohibido, el del siglo II?

—Eso pone aquí. Tiene un socio, a ver... Aquí está. Joder, vaya pinta. El típico profesor, con bata, gafas de pasta y pelo revuelto, mira...

Y Blue giró la pantalla de su móvil hacia Amelia para mostrarle a Pascual, que salía en una foto junto a Bécquer; era mucho más bajo que él y de constitución delgada, aunque su aspecto era blando, como el de todos aquellos que le dedican casi todas sus horas al estudio y ninguna al ejercicio. Sin embargo, en el rostro del profesor de arte se adivinaba cierta calma, una bondad tranquila y amable. Para Amelia, aquella imagen de Pascual, con su aspecto y su cabello rubio y revuelto, le otorgaba sin duda el perfil del típico investigador y ratón de biblioteca.

—Vaya, ¿de dónde has sacado esta foto?

—De su web... Su empresa de detectives se llama Samotracia... ¡Vaya nombre! Joder, este Bécquer debe de estar forrado. Y encima, por lo que estoy viendo aquí, está soltero.

—Será gay —dijo Amelia con tono escéptico.

—¿Como Quijano? No creo.

—No inventes, que lo de Quijano no lo sabemos.

—Pues yo creo que está enamorado de ti y que es gay.

—Las dos cosas no pueden ser.

—A ver... —Blue no le hacía caso y seguía saltando de página en página de internet sin localizar una información definitiva y satisfactoria sobre Jon Bécquer—. Pues no, no debe de ser gay. Varias novias en el historial y todas están bastante cañón. Claro, un tío joven, guapo y con pasta..., normal. Un casanova. —Blue suspiró, mostrándole a su jefa una mueca de lástima—. No tienes nada que hacer.

—Muy amable, gracias.

—Mujer, si yo tampoco tengo posibilidades..., aunque no estoy interesada.

—Ya, se te nota.

—Ah, no, no, que lo digo en serio. Si ayer volví a quedar con Luis.

—¿Sí? ¿Estáis juntos otra vez?

—Más o menos. Pero este detective a ti *te vendría de maravilla*... para darte una alegría, mujer —añadió Blue, con un guiño malicioso—. Luego, el casanova que se vuelva para Madrid.

Amelia se acercó a su amiga y le dio un cariñoso pellizco en el brazo.

—Lo del amor, la admiración mutua, los intereses comunes... a ti plin, ¿no?

—Oye, que fornicar también supone una actividad perfectamente saludable, perdona.

—¡Blue!

—¿Qué? —se excusó, riéndose—. El ejercicio físico genera endorfinas, es como opio para el alma. No sé cómo Quijano puede sobrevivir sin darle al asunto. Dime la verdad, con todas las excursioncillas que hacéis juntos, ¿nunca te ha insinuado nada?

—Que no, pesada.

—¿Ves? Si es que tiene que ser gay, ¿cómo va a estar casado con Dios un tío tan buenorro?

—Me parece que eres tú la que estarías encantada de hacerte un *pájaro espino* con Quijano.

—¿Un qué?

—Ah, da igual... Eres demasiado joven.

Amelia no le explicó a Blue que *El pájaro espino* era una vieja serie de televisión en la que un apuesto cura suspiraba de amor por una joven que, por supuesto, le correspondía. La restauradora guiñó un ojo a su amiga y continuó cerrando envases de productos químicos. Amelia, desde que su novio había fallecido en un accidente de tráfico tres años atrás, no había vuelto a tener pareja. Pasados muchos meses, su ayudante Lara, a la que todos apodaban Blue por el color de su cabello, comenzó a recomendarle toda clase de solteros, y todos con el argumento de *venirle de maravilla*. Sabía que ella le gastaba bromas y que la incitaba a salir con buena intención, pero Amelia no sentía necesidad de ampararse bajo los brazos de nadie. ¿Cómo hacerlo, si seguía enamorada de un hombre que estaba muerto?

Terminó de recoger con rapidez los materiales con los que estaba restaurando aquel niño Jesús, pues sabía que la esperaban Quijano y Bécquer; sin molestarse siquiera en rehacerse la coleta, salió del taller sonriendo a su ayudante y amiga, que le decía adiós con la mano con gesto pícaro, al tiempo que fingía estar dando un beso de infarto al aire, como si Jon Bécquer estuviese allí mismo.

Marina

El doctor Mateo Vallejo degustó con deleite el extraordinario licor de hierbas, y admiró el ornato y riqueza de las dependencias privadas del abad, al que reiteró sus elogios y felicitaciones.

—Me siento dichoso de verte en tan buena posición, hermano.

—Oh, no creas. En Santo Estevo manejamos litigios todos los días del Señor. Este siglo está resultando poco amistoso para los caminos de la Iglesia. Cuando vinieron los franceses, ocuparon el monasterio y se llevaron alhajas y toda clase de ornamentos. Hubieron de darse hasta sesenta mil reales para la guerra contra ellos, y no creas que nos hemos recuperado prontamente.

—Ah, ¡pero de eso hace veinte años!

—¿Y acaso el tiempo ha mejorado las cosas? Las Cortes de Cádiz abolieron los señoríos, y debimos prescindir también del pago del fumage, que aún ahora nos guerrean los nobles. Y con la exclaustración perdimos buenos y devotos hermanos... Muchos embarcaron desde Coruña hasta islas africanas, y otros pocos regresaron, pero ya no somos lo que fuimos.

—Pero nuestro rey os protege, debéis tener confianza.

—En Fernando VII guardaré la fe con miramientos, hermano. Si no llega a volver con los Cien Mil Hijos de San Luis, seguiríamos viviendo bajo miradas de desprecio y camino del ostracismo.

—De eso ha ya siete años, hermano. Debes dar tiempo al tiempo.

—No, Mateo. Tiempo es el que Dios no va a poder darnos, pues cuando muera nuestro rey no sé qué será de nosotros. Apenas tenemos novicios, y resulta difícil mantener la observancia de la regla. Tras tres años de vida secular muchos hermanos no se han vuelto a adaptar a nuestra vida de meditación y silencio. Muchos de los que regresaron se han convertido en miserables sarabaítas y otros, los peores, ya no son más que giróvagos errantes por el mundo. Esta es una época de cambios y de pérdida de fe. España se desmorona, hermano. La Corona pierde poder y con su desmoronamiento cae la Iglesia. Las colonias ya son perdidas, y hasta están promulgando sus propias constituciones; Uruguay, Ecuador... y en estos días dicen que habrá de publicarse la de Venezuela. Temo que con los ingresos perdidos de las colonias el Gobierno busque en la Iglesia el alivio de sus arcas.

—¡Qué bien informado te encuentras! —se asombró el doctor—. Te imaginaba más recogido en meditaciones y oficios religiosos, hermano.

—Para servir bien a Dios he de ser yo quien más infringe la regla, Mateo. Ni todas las oraciones y rezos puedo seguir a diario, ni tampoco los cánticos a Dios Nuestro Señor, pues he de ocuparme de la supervivencia de la fe. A vuestra entrada habréis visto algunos centinelas y otros muchachos sencillos; a uno de ellos, que es soltero, lo mando dos veces por semana a Ourense para traer nuevas y correos, pues el servicio a nuestra estafeta se demora durante semanas. Y la última nueva ya comienza a corroer hasta a los hombres de los claustros.

—¿Pues qué ha pasado?

—El rey y su Pragmática Sanción, ¿acaso no lo sabes?

—Ah, bien... ¡Conque era eso! El derecho de las hembras a la sucesión tampoco debiera preocupar tanto en los claustros —se extrañó el doctor.

—Me temo, hermano, que tu triste luto te ha adormecido el juicio —le dijo el abad en tono afectuoso—. La reina María Cristina está embarazada, y si Dios lo permite, antes de que termine el año dará a luz una criatura. Con la Sanción, el rey se ha asegurado de que, de tener una niña, sea esta la que reine, por lo que su hermano Carlos quedará fuera de la sucesión. Y son muchos los que daban por hecho como sucesor a Carlos, aun cuando lo que naciese fuese un niño. ¡Aunque fuese de regente! ¿No ves que el infante Carlos ya es un hombre político, de trayectoria y peso en España? Muchos lo verían mejor en el trono que al propio Fernando VII.

—¿Me hablas de una guerra civil, hermano?

—Te hablo de dos caminos; el de la tradición y el de la revolución. Unos ven en Carlos la única vía para mantener la fe y la cordura en España, y otros ven en la descendencia de Fernando el camino para los liberales y la reposición de la Constitución de 1812.

—Y la causa de don Carlos es la que mejor baila con la Iglesia —razonó el doctor Vallejo, pensativo.

—En efecto, pero la Iglesia se debe al rey.

—Lo contrario es traición, hermano.

—Lo contrario, tal vez, signifique sobrevivir. Pero me consta que hasta los monjes de mi propia congregación hacen sus propios bandos, y algunos, para mi asombro, imaginan una Iglesia en un mundo liberal. Su candidez solo me resulta posible por su ignorancia del mundo exterior tras estos muros.

—Hermano, no desesperes en tu fe en el hombre ni sufras por esos tortuosos caminos que imaginas para la Iglesia... Todos precisamos el auxilio de la fe, la paz de espíritu y las misas; la Iglesia se mantendrá erguida hasta el fin de los tiempos, gobierne el rey o gobiernen los liberales y su república.

—¿Su república?

—No soy tan ingenuo como piensas, hermano. ¿Acaso dudas de que la Constitución del 12, por mucho que afirmase una monarquía constitucional, no iba a terminar con el derrocamiento del rey? Sin embargo, sean cuales fuesen los avatares políticos, la Iglesia nunca dejará de ser el sostén del pueblo, ¿no lo ves? ¿Quién daría consuelo a las almas, quién cuidaría el espíritu?

—Ah, Mateo... No todos los cristianos disponen de un corazón tan grande como el tuyo. Fuimos los frailes los que cristianizamos América, los que cuidamos las conciencias de príncipes y reyes y los que, incluso, sembramos la semilla de la valiente insurrección contra los invasores franceses en la guerra de la Independencia, y ahora nos vemos obligados a velar por lo que nos pertenece como si fuéramos ladrones o señores que oprimen a los pobres con sus diezmos. ¡Nosotros! ¿Acaso un diez por ciento de la siembra supone la explotación del pueblo, de los campesinos? Dime, ¿has visto a la gente que cuidamos?

—Los he visto, hermano. Nada más llegar.

—Entonces convendrás conmigo en que no rehusamos el trato de los humildes, y en que nos entregamos a la causa del cuidado del prójimo en cuerpo y alma.

—Nunca lo he dudado, Antonio —dijo el doctor, llamando al abad por primera vez por su nombre de pila—. Por eso he venido aquí con mi hija —añadió señalando a Marina, que guardaba un respetuoso silencio en su butaca y simulaba que leía, aunque no había perdido ni una palabra de la conversación—. Ella me ayudará en el despacho de enfermos, pues tiene buena mano y conocimiento de remedios.

—Debiera dedicarse a la costura y prepararse para ser una buena esposa, hermano.

—De momento ayudará a su viejo padre —sonrió el doctor satisfecho—. Y has de saber que no lo hace nada mal. Marina —añadió, elevando el tono. Ella levantó la mirada—, ¿verdad que guardabas interés en ver la botica del monacato?

—Sí, padre.

—Pues cómo, ¿también nos salió curandera? —se asombró el abad.

—Salió con intereses por la ciencia y la medicina, sí. Pero es una buena hija, de ancho corazón.

Marina agradeció el cumplido con una sonrisa, y el abad asintió reflexivo. Regresó al tono confidencial con su hermano, y la joven volvió a fingir que leía.

—Sea, pues. Le mostraremos la botica en su momento. Pero cualquier acceso al monasterio habrá de estar medido, pues aunque no llevamos clausura estricta, los hermanos del monacato no dejan de ser hombres, y ella, aunque recatada, ya apunta formas de doncella hermosa.

—Se parece tanto a su madre —suspiró el doctor, melancólico.

Su hermano asintió y le apretó la mano con afecto, pero no quiso ahondar en nostalgias.

—Mañana os mostraremos todo el monasterio, incluida la botica y la huerta donde fray Modesto cultiva sus hierbas.

—Gracias, hermano.

—Te presentaré al sangrador y al cirujano que podrán asistirte, y también al alcalde de Santo Estevo.

—Oh, conocimos a su hijo..., el oficial Maceda. Un muchacho muy resuelto, he de decir. Me sorprendió ver milicias realistas por aquí.

—No tenemos otra cosa, de momento. Guardan los caminos, que no es poco... —explicó el abad, que dio un último trago al licor de hierbas y apoyó en la mesa la botella con un gesto resuelto y contundente, como si resultase necesario ser enérgico para pasar a otra cosa—. Ahora debo atender mis obligaciones, y he de dejar también que vayáis a instalaros. Como te dije por carta, dispondréis de casa y huerta propia, más tres mil trescientos reales anuales; dispondréis también de un derecho de paso diario en barca sin coste alguno, y os facilitaremos caballería cuando preciséis. El carruaje en el que habéis venido, ¿es vuestro?

—Sí, hermano.

—Bien. Lo guardaremos en nuestras caballerizas y atenderemos a las bestias. Ah, y si te tropiezas con mendicantes, no les prestes mayor caso. Sus causas siempre serán urgentes y de la mayor gravedad, y así te lo mostrarán en su discurso. Tu encomienda es atender solo a monjes, huéspedes y criados, y también a priores y curas de prioratos, por lo que no estarás ocioso, te lo aseguro.

—No lo dudo.

—En vuestro alojamiento encontrarás, en la bodega, dos fanegas de centeno, otras dos de castañas secas y tres moyos de vino, aunque confío en que vendréis en más ocasiones a visitarme para compartir el tiempo de la comida —concluyó, levantándose y volviendo a palmear a su hermano en la espalda.

Se acercó a Marina y se dirigió a ella con una sonrisa.

—Sin duda, aquí disfrutaréis de aire limpio y tiempos felices, dulce niña. Mañana os mostraré el monasterio a ti y a tu padre, pero ahora debéis conocer vuestro alojamiento.

Y así, tras más afectuosas palabras y promesas de una estancia tranquila y feliz, el doctor y su hija fueron acompañados por dos criados al empinado pueblo de Santo Estevo, que los recibió en silencio, acaso por ser la hora de la siesta. Subieron con curiosidad la estrecha y retorcida calle principal, y divisaron a Beatriz poniendo orden en unos baúles en la puerta de una casa que se veía a la derecha. La vivienda no era muy grande, pero con dos plantas se prestaba lo suficientemente amplia. Un escudo con nueve mitras marcaba la vivienda como propiedad del monasterio. Enfrente, una casa ostensiblemente más grande y con un escudo mucho más deslumbrante parecía saludarlos con glacial seriedad. A su puerta, varios caballos permanecían atados a un poste de madera. Uno de ellos era, sin duda, el que había cabalgado Marcial Maceda hasta aquella misma mañana.

—¿Y esa propiedad, mozo?

—Es la Casa de Audiencias, señor.

—¿Y esa otra? —preguntó Marina, observando una justo frente a ellos, con otro escudo diminuto.

—Ah, la notaría. Donde pagamos los impuestos, señorita.

Marina dio una vuelta sobre sí misma y observó el pueblo. Al lado de Valladolid, desde luego, aquel lugar era absolutamente diminuto. No obstante, desde aquella altura, el monasterio, que se veía con mayor perspectiva, incrementaba incluso su majestuosidad. La *casa del médico* que debían ocupar, sin embargo, le dio una primera impresión desangelada. Sin jardines, sin nada más que piedra y más piedra. ¿Serían capaces de tener allí un verdadero hogar, en un emplazamiento tan rústico y alejado del mundo? La joven tomó aire y, mentalmente, fue ordenando ya todos los pasos que iría cubriendo para hacer de aquella casa el lugar acogedor que habría logrado su madre. Tuvo la sensación, antes de entrar en la vivienda, de que varias miradas invisibles, tras las cortinas y las sombras de las ventanas, seguían cada uno de sus pasos con silenciosa e inquietante curiosidad.

8

La historia de Jon Bécquer

Amelia, Quijano y yo nos dirigimos por los pasillos hacia aquella gran sala que ella llamaba el depósito. Mientras caminábamos, me dio la impresión de que Amelia me miraba de otra forma, evaluándome con un gesto de desconfianza, como si yo fuese una persona diferente a la que le había presentado Quijano solo unos minutos antes. Deambulamos entre toda clase de esculturas, tallas y cuadros parcialmente cubiertos.

—¿Todo esto lo tienen aquí para restaurar?

—No todo. A veces lo retiramos de su lugar de origen para evitar que se deteriore, pero si no hay proyecto ni presupuesto... En fin, se queda aquí. Al menos en este depósito tenemos controlada la humedad y el calor. Mire, ahí tiene sus cuadros.

—Oh, ¿son estos?

No sé por qué, pero me sorprendió su tamaño. Un discreto metro de ancho por menos de metro y medio de alto. Me los había imaginado más rotundos. Pero allí estaban, tan comedidos. Amelia comenzó a moverlos con cuidado para mostrármelos todos.

Los tonos eran oscuros, casi siniestros. Me recordaron un poco a algunos trabajos del Greco, aunque con un estilo más sencillo. A pesar de que yo no era Pascual y de que mis conocimientos de arte eran limitados, por mi experiencia supe al instante que en aquellos lienzos no había falsificación alguna. En ellos, cada obispo mostraba una actitud diferente. Uno miraba al horizonte, otro sostenía un libro, alguno dirigía su gesto al espectador. No parecían obispos, porque iban vestidos con una túnica negra, como si en realidad fuesen sencillos monjes. Sin embargo, en todos los casos se repetía un mismo patrón. Una lujosa mitra sobre una mesa, una silla o incluso sobre el suelo, que en todos los casos era ajedrezado, en tonos marrones y negros. Y todos llevaban, claramente y en primer plano, un anillo episcopal dorado con una única piedra preciosa, que parecía en algunos casos un rubí, en otros una esmeralda y, en menos ocasiones, un zafiro.

—¿Qué es ese bastón que tienen todos?

—El báculo pastoral —me contestó Quijano—, el símbolo de la función pastoral.

—Ah, ¿y qué pone abajo, en amarillo? Eso es la firma, ¿no?

—No exactamente —intervino Amelia de nuevo—, más bien sería la identificación del obispo, porque los cuadros no tienen firma. Mire, fíjese en estos dos. ¿Lo ve? Hice una cata y limpié los nombres.

Y, en efecto, pude verlo, pues donde ella señalaba el cuadro estaba claramente más limpio y se podía leer a qué obispo se refería la tela.

«S. Pedro. Arzobispo de Braga. Hijo de esta casa.» «S. Froalengo. Obispo de Coímbra. Hijo de esta casa.» Y lo mismo con Gonzalo, Vimarasio y Pelagio. Había uno que resultaba imposible identificar porque el cuadro estaba roto justo en esa parte.

—Pero faltan obispos, ¿no? Aquí hay... uno, dos... seis cuadros. Faltan tres, si no me equivoco.

—Faltan cuatro cuadros, en realidad. —Amelia se agachó como si necesitara examinar mejor las pinturas—. Tres obispos y san Franquila.

—¿San Franquila?

—El fundador de Santo Estevo. Si no recuerdo mal, en el siglo x ya había una inscripción con su nombre en una ermita cercana a donde se construyó después el monasterio. Se supone que las pinturas en su día debían de estar en la biblioteca o en la cámara abacial, eso no lo tenemos claro. Pero en estos cuadros me he encontrado algo que en mis quince años de carrera no había visto nunca...

La miré expectante. Si quería captar mi atención, lo había conseguido.

—¿Y qué es?

—Los clavos. Mire. —Señaló, marcando con el dedo índice las uniones entre los lienzos y los marcos—. ¡Son de madera! Eso es extrañísimo, porque se utilizan de hierro desde mucho antes del Medievo.

—Ah... —me limité a decir, haciendo memoria; no, yo tampoco había encontrado nunca clavos de madera en ninguno de los lienzos con los que había trabajado, claro que mi experiencia con arte pictórico hasta ahora se había limitado, casi de forma exclusiva, al siglo xx—. ¿Y eso significa algo? —Mi tono fue de decepción, no pude evitarlo. Ella se encogió de hombros y me sonrió, cautivada por aquel pequeño misterio.

—No lo sé; lo he investigado revisando escuelas pictóricas, épocas y estilos, pero no he encontrado todavía ninguna explicación, la verdad.

—Entonces, ¿no se sabe en qué fecha fueron pintados? ¿No hay alguna marca, aunque sea detrás de los marcos?

—No, no hay nada —negó Amelia con un breve mohín de decepción—, pero yo creo que deben de ser del siglo xviii... o puede que anteriores, del xvii.

—¿Y no pueden hacer alguna prueba para comprobarlo? No sé, la del carbono 14 o alguna otra técnica de datación.

Amelia se rio y se puso de pie, mirándome con afabilidad; al parecer, mi ignorancia la había enternecido.

—Me temo que, de haber algún presupuesto para restauraciones o dataciones, estos cuadros no serían la prioridad de nadie, señor Bécquer. ¿Ha entrado ya en la iglesia de Santo Estevo? Habrá visto que su estado de conservación tampoco es muy bueno.

—La verdad es que solo he curioseado por fuera, me han dicho que está cerrada hasta el sábado, que el párroco no vive ahí, que solo va a dar misa los fines de semana.

—Claro, don Julián está muy mayor y vive en Allariz. Cuando vaya, fíjese en el contraste entre el parador y la iglesia. El primero está impecable, pero la iglesia... Casi no hay vecinos y los pueblos se vacían —se lamentó, con un suspiro—, imagínese, si apenas hay presupuesto para mantener todas las casas parroquiales de Galicia, ya ni le cuento para restaurar cuadros...

Amelia lo explicaba todo al trasluz de la ventana, y su cabello tomaba tonos más claros o más oscuros y trigueños según se movía. A pesar de que llevaba la bata, pude distinguir un perfil fuerte y sano: ni delgado ni obeso, ni opulento ni esmirriado. La restauradora, desde luego, no seguía el prototipo de las figuras de las revistas de moda, pero no me parecía que le importase demasiado.

Desvié mi atención de nuevo hacia aquellos oscuros cuadros. Me daba la sensación de que sus báculos pastorales, sus mitras y sus anillos de oro brillaban cada vez con más fuerza. De pronto, me di cuenta de que todavía no sabía de dónde habían salido exactamente aquellos lienzos.

—¿Y cómo es posible que se encontrasen los cuadros en el monasterio cuando hicieron las obras del parador? ¿No se suponía que con la exclaustración había desaparecido todo?

—Lo desvalijaron todo, más bien —intervino Quijano, que se había apoyado de perfil en la pared y nos observaba con las manos en los bolsillos, como si fuese un espectador, aunque su pose habría servido perfectamente, él sí, para una foto de una revista de moda—. Antes de que lo convirtiesen en parador, el Gobierno, los vecinos y los ladrones ya se habían llevado hasta los marcos de las puertas. Algunas de las columnas que faltan en los claustros están en Santo Estevo, en el pueblo. ¿No se ha fijado en los muros de las casas?

—Eeeh... no —reconocí, pues casi no le había prestado atención a las apenas veinte casas que conformaban el pueblo que había frente al parador—. La verdad es que prácticamente acabo de llegar y me he centrado en el monasterio, aún no he investigado los alrededores, pero pienso...

—Investigar y llamar puerta por puerta —me interrumpió Quijano—. Sí, ya me lo ha dicho antes.

El cura se despegó de la pared con un suave impulso y se acercó a mí con gesto concentrado.

—El monasterio era solo el corazón del bosque, pero sus dominios y su influencia se extendían muchos kilómetros a la redonda. La Casa de la Inquisición o la del sangrador son buenos ejemplos de lo que le digo.

—¿Las qué? —Mi gesto debió de ser de puro estupor, porque por primera vez vi sonreír al padre Quijano.

—Llamaban Casa de la Inquisición a la Casa de Audiencias, donde se hacían los juicios, y la del sangrador era la del médico. Creo que tenían hasta cirujano, pero de eso no estoy seguro.

—Pero ¿dónde están?, ¿en la provincia de Ourense?

—Y tanto. Están en el propio Santo Estevo, a unos pasos del monasterio. En sus fachadas tienen los escudos con las nueve mitras.

—Pero eso... ¿era del monasterio y lo construyeron fuera?

—Claro. El monasterio era para los monjes, su paraíso privado, ¿entiende? Como mucho atenderían la botica, al lado de la portería, pero la gente no podía tener acceso al interior así como así.

—Pero la panadería la tenían dentro, en su bosque privado.

—Tenían otra fuera, aunque ahora mismo no recuerdo... —Se llevó la mano derecha a la frente mientras hacía memoria.

—Sí que sabe usted cosas de Santo Estevo.

—El padre Quijano es licenciado en Historia —me apuntó Amelia— y le aseguro que sabe muchísimo sobre la historia de Ourense. Bueno —añadió mirando al religioso—, y de Santo Estevo en particular, ¿no?

Quijano sonrió con modestia, aunque creo que satisfecho por el reconocimiento.

—Hace cinco años tuve que sustituir al padre Julián durante varios meses, cuando no pudo atender la parroquia.

—Pulmonía —apuntó de nuevo Amelia—. El padre Julián está muy delicado desde entonces.

Asentí y miré a ambos con asombro. Estaba enfadado conmigo mismo por no haber sido capaz de enfocar la vida del monasterio de forma completa, limitándome a su corazón. Sin embargo, comprendí que, a causa de todo lo que me había ido contando Quijano, me había desviado de mi propósito inicial: ¿de dónde habían salido aquellos cuadros? Insistí, pero Amelia no supo darme una respuesta.

—Yo aún no trabajaba aquí. Cuando llegué, los cuadros ya estaban en el depósito de San Martín.

De pronto, me di cuenta de una evidencia que en sí misma era extraordinariamente clarificadora. Cuando el archivero me había desvelado la existencia de los cuadros, me había dicho que los habían encontrado *escondidos* en alguna parte. Ese dato, en un monasterio que había sido desvalijado hasta los cimientos y que estaba siendo devorado por la maleza... ¡Eso significaba que había un escondite, y que era muy bueno! Emocionado, les trasladé a Quijano y a Amelia mis pensamientos. Ella, sorprendida, pareció aumentar su interés por mis estrafalarias suposiciones.

—Y si los cuadros estaban ocultos... —me dijo mirándome fijamente y enunciando la evidente conclusión a la que yo había llegado—, eso quiere decir que los anillos también podrían estar en algún escondite del monasterio, ¿es eso?

—¡Exacto! ¿Cómo podría averiguar dónde los encontraron?

—Pues no lo sé. Lo que sí recuerdo muy bien, porque

me fijé en ese detalle, es que cuando le hice la cata a los cuadros encontré tierra y una especie de barro pegado a la base. Tal vez en el parador le puedan ayudar, hubo varias empresas de construcción en el proyecto.

—Quizás nosotros también podamos echarle una mano —intervino Quijano, que me pareció que ya se había dejado llevar por mis fantasías investigadoras—. Pasado mañana teníamos programado visitar Santo Estevo para revisar el estado del relicario de la sacristía. El padre Julián estará allí para abrirnos la iglesia. ¿Le apetece venir?

Iba a gritar que sí, pero la restauradora frunció el ceño y cruzó los brazos.

—Quijano, tendríamos que pedir permiso al obispado, comunicárselo a Patrimonio...

El cura, sonriendo, miró a Amelia con gesto despreocupado y agitó una mano en el aire, como si barriese el viento con ella y restase importancia a sus observaciones.

—Entonces, señor Bécquer, ¿le apetece ver la verdadera tumba de los obispos?

9

El sargento Xocas Taboada apoyó el codo sobre la mesa y se frotó la frente con la mano, convencido de que así podría ordenar un poco mejor la secuencia de los hechos. Tanto él como la joven agente Ramírez y el propio Bécquer se habían movido de posición desde que el profesor había comenzado su relato. Ahora, Ramírez estaba sentada en una silla, absorta en la exposición de Bécquer. Al sargento no se le había escapado la forma en que ella miraba al antropólogo, como embobada. Desde luego era bien parecido, no podía negarlo. Aunque tal vez fuese también, en parte, a causa de ese halo que acompaña a las personas exitosas, como si por el mero hecho de tener dinero y de triunfar en alguna parcela de sus vidas fuesen realmente más interesantes. A pesar de ello, el sargento intuía en Jon Bécquer un punto oscuro e indefinido, un brillo de serena tristeza y resignación.

Xocas volvió a detener la mirada sobre su ayudante: la conocía lo suficiente como para adivinar que en aquel momento hasta ella estaba deseando saber dónde demonios estarían aquellos absurdos anillos. Sobre una mesita descansaban varios cafés y unos trozos de tarta de Santiago que les había subido el servicio de habitaciones a petición de Bécquer.

«Qué cabronazo, ya sabía que teníamos para rato», pensó Xocas repasando aquel avituallamiento. Todavía estaba asombrado por el detalle con que lo contaba todo aquel tipo tan fantasioso. Al principio pensó que podría ser uno de esos hombres famosos que simulan normalidad y sencillez, cuando en realidad están pagados de sí mismos y viven en un mundo de lujos inaccesibles para la mayoría. Una de esas personas excéntricas que se dedican a profesiones delirantes solo porque pueden permitírselo y porque cualquier otra opción las condenaría al aburrimiento. Sin duda, y siendo detective de éxito, tenía que ser vanidoso, pero su discurso era vehemente y al menos miraba a los ojos con franqueza. ¿Qué luces y sombras se ocultarían tras la mirada de aquel singular profesor de Antropología? El sargento aprovechó el breve respiro en la narración de Jon Bécquer para aclarar el punto de su historia al que habían llegado.

—A ver, un momento. Entonces... ¿Quijano, Amelia y usted accedieron a las tumbas de los obispos?

—No exactamente. Digamos que les echamos un vistazo —replicó Bécquer con una media sonrisa algo triste.

Lo que hasta entonces le había parecido emocionante y divertido se había tornado opaco y gris, porque había muerto un hombre y porque él, a pesar de los indicios de muerte natural, seguía sintiendo que allí, en aquel lugar, ni la muerte ni la vida surgían de la casualidad.

—Pues eso es llegar y besar el santo —observó Ramírez, apreciando la fortuna de Bécquer al haber podido acceder tan rápido a las dependencias de la iglesia.

—Supongo que llegué en el momento adecuado, aunque Quijano y Amelia hacían esas cosas a diario.

—¿Quijano también? —apuntó Xocas en su libreta, cada vez más repleta de anotaciones—. ¿Pero no era ella la restauradora?

—Sí, pero trabajan en equipo. Él es cura y hasta juez del Tribunal Eclesiástico, pero la acompaña siempre. Imagino que como representante de la Iglesia, para supervisar la recogida de material y todo eso, aunque sospecho que en realidad a él le encanta ir con ella. No olvide que es licenciado en Historia.

—Bien, pues si no le importa, vamos a ir concretando lo que vieron en la iglesia y lo que descubrieron, porque después voy a tener que pasar su declaración al ordenador, y a este paso me va a llevar una vida.

—Oh, ¡pero aún no hemos llegado a esa parte!

—¿No?

—No. La cita en Santo Estevo con Quijano y Amelia fue dos días después de conocerlos.

Xocas suspiró.

—Ya me imagino que a usted, con un día libre de por medio, le habrá dado tiempo a encontrar cámaras ocultas, pergaminos secretos y pasadizos, pero a lo mejor resulta más interesante que concretemos; vamos, me refiero a que nos cuente solo aquello que a usted le haga sospechar que Alfredo Comesaña no haya fallecido de muerte natural.

—¡Pero es que todo me hace sospechar!

—Vaya por Dios.

—Seré breve, se lo prometo.

Y, diciendo esto, tomó varios documentos que estaban sobre su escritorio y los desplegó sobre la cama. Algunos eran planos en hojas que triplicaban el tamaño ordinario y que, sobre la descripción puramente geográfica del terreno, tenían decenas de anotaciones hechas con un bolígrafo azul, con el que además había trazado flechas en muchas direcciones.

—Miren, ¿ven? En el monasterio tenían hasta tres puertos fluviales, aquí, aquí y allí —dijo señalando en el río puntos próximos a los monasterios de Santa Cristina, de Pombeiro y del propio Santo Estevo. Después rodeó con un círculo el plano completo del cenobio de Santo Estevo, del que varias flechas salían disparadas a puntos que parecían encontrarse a varios kilómetros—. Quijano tenía razón, el monasterio era el centro de algo mucho más grande. Cuando regresé al parador, me puse a estudiar todos los planos y algunos libros que me había dado Servando.

—¿Quién?

—Servando Andrade, el archivero, el que me reveló la existencia de los cuadros.

—Es verdad. Prosiga.

—Bien, pues toda esta zona pertenecía al monasterio, e incluso los pueblos habían adaptado sus nombres según el servicio que le prestaban. Observen. ¡Pombar! ¿Saben lo que es un *pombar*?

—Imagino que usted sí lo sabe, a pesar de sus problemillas con el idioma —replicó Xocas, sarcástico.

Resultaba evidente que él también sabía perfectamente qué era un *pombar*. Bécquer aceptó deportivamente la ironía esbozando una sonrisa.

—Bien, tenemos un *pombar*, es decir, un palomar. Pues existe un pueblo al lado del parador que se llama así, Pombar. ¿Saben por qué? ¡Pues porque allí se criaban las palomas por orden de los monjes! Y hay más. Aquí... —marcó en el mapa—, Val de Porca, o sea valle del cerdo, ¿no? Pues ahí criaban los cerdos. Otra aldea, Corte Cadela; eso en castellano significa cuadra y perra, que era donde los pastores conducían los rebaños del cenobio; otro, a ver...

—Si no hace falta que nos cuente todo al detalle.

—Ya termino, ya termino. Aquí fui al día siguiente de lo de los cuadros —insistió, marcando un punto más alejado, al menos a cinco o siete kilómetros.

—¿A Alberguería?

—Exacto. A que no adivina por qué el pueblo se llama todavía así.

—Hum. ¿Era un albergue?

—¡Justo! El albergue de los peregrinos cuando iban a visitar el monasterio y aún les quedaba medio día para llegar. Descubrí que allí también estaba la otra panadería del monasterio, la que me había dicho Quijano. ¿Saben qué encontré cuando fui?

—Ilumínenos.

—Nada, ¡nada en absoluto! Le pregunté incluso a un anciano que había nacido allí, y ni siquiera tenía ni idea de que en su propia aldea hubiese habido una panadería monacal.

—A lo mejor su información era equivocada.

—No lo creo. Paseé por el pueblo y las estructuras eran nobles, los viejos edificios de piedra tenían la base de las balconadas talladas en mampostería y con unas paredes que sostendrían a un gigante. Allí hubo algo, pero lo barrió el tiempo.

—¿Y entonces? —Xocas se impacientaba.

—Entonces regresé a Santo Estevo. ¿Recuerda lo que me había dicho Quijano sobre la casa del médico y la de la Inquisición? Pues las encontré, y le aseguro que entrar en ellas sí supuso, definitivamente, un viaje en el tiempo.

Marina

Amaneció tras una noche de sueños cálidos en los que Marina volvió a la niñez, a los brazos de su madre y a las tardes en que ella tocaba el piano en el gran salón, en su casa de Valladolid. Cuando despertó, se sintió todavía dentro del sueño, y se dio cuenta de que no había cambiado de posición en toda la noche. Sin duda, había llegado a Santo Estevo más agotada de lo que imaginaba. Muchas horas de carruaje por los caminos enredados y misteriosos de aquel reino, y muchas emociones consecutivas. Escuchó a su padre en el piso inferior, en la cocina, silbando una melodía inventada. Le pareció buena señal. Hacía muchos meses que el doctor Vallejo no se levantaba con aquel ánimo, desde luego. Tal vez fuese cierto que los nuevos comienzos prendían pequeñas esperanzas.

Cuando Marina bajó a la cocina, su padre la recibió con una sonrisa.

—Qué bien que ya estés lista, hija mía. Toma tu almuerzo, que en un rato bajaremos al monasterio.

—¿Tan temprano, padre?

—¡Tan tarde! ¿No ves que los monjes se levantan antes del amanecer? Si llegamos sobre las nueve, ellos llevarán ya más de tres horas en pie.

—El horario canónico no otorga concesiones a la pereza —observó Marina ahogando un bostezo—. ¿Pero no deberemos esperar a que los religiosos estén en misa, padre? Digo por no perturbar en el monacato.

—No, hija mía. Se presentó al alba un criado de mi hermano para concertar que estuviésemos allí antes de las diez. Si nos cruzamos con algún monje, hemos de saber que apenas nos saludará, pues tienen voto de silencio.

—¿De silencio? ¿No hablan en toda la jornada?

—No, salvo cuando se reúnen en la sala capitular, una vez al día.

—Válgame Dios, ¡yo no lo resistiría! —intervino Beatriz, que apareció tras una puerta cargando un poco de leche.

Todos rieron, sabiendo que, en efecto, sería imposible que Beatriz guardase silencio apenas durante una hora. Después, el doctor les explicó que, por lo que él sabía, los monjes se turnaban para leer mientras comían en el refectorio, y que en efecto dedicaban el día a orar y a leer en silencio, además de turnarse en trabajos de cocina, en el huerto y con otras labores. Como ejercicio vocal, que él supiese, solo cantaban en los coros de la iglesia, en la que solo se reunían obligatoriamente por maitines, laudes y vísperas, pues en el resto de los horarios canónicos podían rezar, sencillamente, donde se encontrasen trabajando.

—¡Qué vida tan dura! —exclamó Marina, asombrada—. Pensé que tenían unos hábitos más descansados, más vinculados al estudio teológico y de la filosofía.

—Eso también, pero procuran seguir las reglas de san Benito. ¿No observaste el hábito de tu tío, qué sencillo era? Nada había en él que lo identificase como abad, pues todos se consideran hermanos —explicó el doctor con notable orgullo por la austeridad y rectitud de su hermano—. Lo que hizo ayer tu tío con nosotros fue excepcional, querida niña. Lo habitual es que tenga su horario de comidas junto con los otros monjes en el refectorio. Ha sido una deferencia por su parte al tenernos como invitados, pues cuando hospeda a personalidades relevantes cambia sus costumbres. Y que nos permita acceder al monasterio también es un honor poco corriente, no lo olvides. Para ellos es terreno santo, su refugio espiritual. Por eso debemos acudir con total respeto y decoro, atendiendo a las circunstancias.

Marina asintió y, cuando por fin bajaron al monasterio, vieron como muchos campesinos ya iban y venían con sus aperos y sus cargas de labranza y los saludaban con un gesto de cabeza, mientras el doctor Vallejo hacía lo propio llevándose la mano a la base de su sombrero de copa alta, como si resultase preciso agarrarlo. Por su parte, Marina vestía un pequeño y elegante sombrero, a juego con su cabello negro y su vestido. Las mujeres con las que se cruzaba admiraban sus ropas, pues ellas solo llevaban un humilde paño en la cabeza y vestidos oscuros de líneas sencillas. Desde luego, allí no había llegado la ya pasada moda imperio que había visto vestir a su madre, ni la actual, de volúmenes extraordinarios. ¿Para qué iban a querer vestidos semejantes unas campesinas? Ni siquiera a Marina le gustaban, pues le parecían incómodos y recargados.

Cuando por fin se reunieron con el abad, este los recibió con la misma afectuosidad del día anterior. Les pidió que lo acompañasen a través del extraordinario jardín y les mostró con detalle el claustro de los Caballeros y el de los Obispos, que a Marina le pareció un lugar único y repleto de misterios antiguos: tras cada sombra, tras cada puerta parecía esconderse un secreto. El abad, complacido por el interés de la joven, terminó relatándoles a ella y a su padre los milagros de los nueve anillos.

—Deben de ser las reliquias más extraordinarias de Galicia, además de las de Santiago de Compostela —observó Marina, admirada por la historia sobre los anillos que acababa de escuchar y por la belleza del claustro.

El agua de su fuente parecía hacer música según discurría, paralizando el tiempo y hechizando el ambiente. La joven, embelesada, tocó la base de aquel bello manantial artificial; no era exactamente circular, sino que dibujaba en algunos puntos la forma abierta de una flor, como si sus pétalos quisieran escapar de la piedra y deslizarse hasta el suelo. Observó asombrada los relieves de sirenas con pechos descubiertos, e intentó comprender los significados de todos los símbolos y figuras, sin conseguirlo. Su tío continuó hablándole con orgullo de los tesoros que custodiaba aquel monasterio.

—En Galicia, sobrina, guardamos reliquias cristianas extraordinarias. Nuestros hermanos benedictinos de Celanova, a apenas dos días a caballo de aquí, custodian la calavera y el corazón momificado del primer obispo de la Península, san Torcuato, uno de los siete varones apostólicos que evangelizaron España en el siglo I después de Cristo. Y guardan, incluso, restos de san Rosendo, fundador de su monacato en el siglo X. Sin embargo —añadió pletórico de orgullo—, ninguna de sus reliquias hizo los milagros que hicieron las nuestras.

El abad mostró a Marina y a su padre el imponente relicario de la sacristía, dejándolos asombrados con la riqueza y ornato de todo cuanto allí había, y después los encaminó al claustro pequeño, que también llamaban el del Vivero.

—¿Veis estas truchas de aquí? —les preguntó, señalando hacia un enorme estanque—. Serán nuestra comida de hoy.

—Pues cómo, hermano, ¿también hoy almorzaremos en tu cámara? No quisiera que por nuestra causa te distrajeses de tus obligaciones.

—Pierde cuidado, Mateo. Es un encuentro necesario, pues en él te presentaré al alcalde, don Eladio. No solo ejerce la alcaldía y pasa audiencia dos días por semana, sino que también es el capitán general de los Voluntarios Realistas de la demarcación, por lo que me conviene la reunión, dos veces por mes, para revisar el estado de los asuntos de Santo Estevo.

—Cuánta política ha de atender la Iglesia.

—El alcalde también carga lo suyo, hermano. Debe enviar a su majestad, cada quince días y a través del secretario de Guerra, un informe del estado de las fuerzas locales.

—Concentrar tanto poder en una persona puede resultar peligroso —observó el doctor, suspicaz.

Su hermano asintió.

—Recordarás al hijo del alcalde, el oficial que os escoltó ayer hasta Santo Estevo... A veces debo frenarlos, tanto a él como al padre, para que no se excedan en funciones. Ya sabrás cómo son los pueblos.

—¿No es buen alcalde, el padre del muchacho?

—No es malo, pero lleva demasiados años sujetando el poder... *¡conclusa aqua facile corrumpitur!* —dijo sonriendo con cansancio y sin molestarse en traducir su frase en latín, cuyo sentido comprendió el doctor de todos modos, pues era viejo el dicho de que el agua estancada se corrompía fácilmente—. Lo nombró el antiguo abad, y para impartir justicia en ocasiones se deja llevar por las viejas normas.

—¿Y el corregidor? —preguntó el doctor, aludiendo al funcionario real que impartiese justicia en aquel reino.

—En Ourense, hermano, en Ourense. A la capital no se va más que para lo importante, y aquí se solventa todo de forma autónoma, con la Novísima Recopilación, los Fueros y las Partidas.

—Válgame Dios, ¡el Medievo!

—¿Pues qué quieres? Lo único conveniente que hicieron los liberales en el 22 fue el Código Penal, pero ahora ya ni los corregidores saben a qué atenerse, y para impartir justicia han de irse, oficialmente, a lo antiguo.

—¿Y la Inquisición?

—Ah, ya apenas contamos con su auxilio. Ahora tenemos Juntas de Fe, que apenas se dedican ya a los delitos de imprenta, a luchar contra los pasquines irreverentes y gravosos a Dios. ¿No te dije que el mundo se desmoronaba, hermano?

Marina escuchaba todo con el mayor interés y en profundo silencio, por miedo a que los dos hermanos volviesen más prudente su conversación por su mera presencia.

Terminaron por desviar la charla hacia la belleza de la arquitectura de los claustros, y el abad incluso les permitió ver, durante unos instantes, la sala capitular. Una pieza no especialmente grande, pero con dos cúpulas de piedra bellamente esculpidas, con imágenes y simbolismos similares a los de su entrada y con las paredes cubiertas de tapices que hablaban de la Santísima Trinidad.

—La siguiente pieza es el refectorio, pero han de estar limpiándolo ahora, será mejor que dejemos a los hermanos en su recogimiento.

—¿Y este torno, tío? —preguntó Marina, hablando por primera vez y señalando un amplio torno de madera enclavado justo al lado de la puerta que, desde el claustro de los Obispos, daba acceso a la sala capitular.

—Ah, es el torno de los expósitos. Posiblemente lo retiremos, pues los fieles ya no tienen acceso a este claustro.

—¿Y antes sí?

—Sí, querida sobrina. Antes era esta la entrada al monasterio, y después usamos este claustro para las procesiones, pero los tumultos siempre causaban alboroto y disturbio a los hermanos, de modo que ahora solo permitimos a los peregrinos acceso a la iglesia... y a la botica, obviamente. Ahora iremos.

Mientras caminaban, Marina iba pensativa.

—Dígame, tío, ¿qué hacen con los niños expósitos? ¿Los convierten en monjes?

El abad se rio.

—No siempre, querida niña. La vocación no llega a todas las almas y la vida del monacato supone muchas renuncias. Les enseñamos a leer y escribir, y algunos toman los hábitos. Otros se marchan, y algunos se hacen monjes legos.

—¿Legos?

—Sí, no toman parte en los oficios, solo en algunas oraciones, y su razón de ser es servir al monasterio. Los distinguirás bien, llevan hábito marrón y barba, que es algo impensable en el resto de los hermanos.

—De modo que son la mano de obra.

—¡Marina! —exclamó el doctor, reconviniéndola ya solo con su tono. El abad, en cambio, sonrió.

—Déjala, Mateo. Es bueno que sea despierta —dijo el abad, mirándola y evaluando su inteligencia—. Y tiene razón, son los que hacen el trabajo más duro. Ellos y los criados... —añadió, llegando ya casi a la botica, que estaba muy cerca de la puerta de entrada al monasterio. Así evitaban el acceso al recinto más privado del monacato por parte de quien quisiese comprar sus remedios de salud—. Precisamente, uno de los expósitos que acogimos es ahora el ayudante de fray Modesto, el boticario. Iba para monje, pero el muchacho no ha recibido la llamada de Dios, y ni para monje lego nos ha quedado. Pero sí ayuda en botica y atiende la huerta, además de otras tareas.

El abad terminó la frase mientras abría la puerta de la botica. Ante ellos apareció un muchacho rubio que cargaba leña hacia una cocina con chimenea de piedra, donde se cocían hierbas de olores extraordinarios y exóticos. El espectáculo de alambiques, balanzas, tamices, pesas, espumaderas y toda clase de utensilios para trabajar con los misterios de la alquimia y la naturaleza era fascinante. Parecía que hubiesen entrado en un mundo ajeno, lleno de pócimas secretas, en el que el tiempo se hubiera detenido. Sobre una mesa había varios morteros, medidas para líquidos, copas, espátulas y libros tan antiguos que con solo tocarlos parecía que se fueran a desintegrar.

—¡Franquila! Ven, hijo mío, precisamente hablaba de ti.

El joven no era muy alto, pero su aspecto era saludable y bronceado, sólido y fuerte. Acercó su delgada figura a donde lo llamaban. No llevaba tonsura, e iba vestido de forma sencilla y sin hábito. Apenas tendría dieciocho o diecinueve años.

—Páter —se limitó a saludar, sin levantar la mirada.

—¿Y el hermano Modesto? He de presentarle al nuevo médico de Santo Estevo.

—En el almacén, padre, tras la rebotica. Ha venido su primo desde Oseira y están ahí reunidos.

—¡Cierto! ¿Cómo es posible que lo haya olvidado? Llegó anoche, yo mismo firmé el permiso —le explicó el abad a su hermano—. Pero ni tiempo he tenido de saludarlo.

Se acercaron todos a la rebotica, a solo unos pasos y oculta tras un noble biombo de madera adornado con pinturas sacras; un poco más allá vieron una gruesa cortina de terciopelo rojo. Avanzaron hacia ella mientras Franquila seguía trabajando y los miraba con discreción.

Antes de descorrer la cortina, el grupo pudo escuchar una conversación entre los dos hombres, que no habían advertido su llegada.

—Sin duda se conservan bien aquí tus remedios, ¡es bien fresco este almacén!

—Ah, primo, ¿pues cómo es que no entráis en calor?, ¿aún seguís sin vestir ropas interiores? Válgame Cristo, con razón tenéis frío.

—Vuestros refinamientos son innecesarios para el Señor, Modesto. En el Císter no precisamos de esas elegancias.

—Bandido, no lleváis las ropas íntimas para pecar más rápidamente, ¡decid la verdad!

—Tus blasfemias me divierten —dijo el otro—, pues uno de los pecados más severos es el de la gula, y bien se ve que aquí te han cebado como a un cerdo.

—Ah, ¡ruin! El sustento del espíritu también se encuentra en el cuidado del cuerpo... Los que solo os sostenéis con pan y legumbres lo hacéis para combatir vuestra mayor debilidad.

—¿Y cuál es, pecador, ya que tanto sabes?

—¿Y cuál va a ser? La peor de todas, pues teméis sucumbir al vicio del fornicio.

El abad se sonrojó, porque, estando su sobrina presente, aquel tono entre los monjes era intolerable. Era conocedor de que los primos siempre discutían afablemente en todos sus encuentros para compartir hierbas y conocimientos medicinales, y los dejaba a su buen entender. Que uno perteneciese al Císter, en el monacato de Oseira, y otro a la orden benedictina, en Santo Estevo, no era obstáculo para aquel intercambio de conocimientos. A fin de cuentas, las disputas entre ambas órdenes siempre habían sido más económicas que de dogma. Sin embargo, el decoro que debía a la presencia de su familia y el lenguaje blasfemo de los frailes lo obligó a abrir inmediatamente la cortina y a interrumpir aquella discusión entre los monjes.

A Marina le sorprendió ver al más orondo, que sin duda era fray Modesto, vestido con un hábito completamente negro; en contraste, el otro monje, que luego supo que se llamaba fray Eusebio, era mucho más delgado y pálido. Su porte se apreciaba más delicado y esbelto, y vestía un hábito completamente blanco. Ambos debían de haber traspasado hacía tiempo la frontera de los cincuenta años, y portaban en sus manos botes con hierbas, ceras y elementos de alquimia indescriptibles, que sin duda debían de estar intercambiando.

—Que dos de los hermanos más sabios y antiguos de Oseira y Santo Estevo rompan el voto de silencio por causa de sus elevadas labores como boticarios y alquimistas no es pecado, ¡pero vuestras blasfemias son intolerables!

Ambos monjes mostraron un gesto de sorpresa en su rostro, pero fue fray Modesto el que reaccionó más rápidamente.

—¡Reverendísimo padre! Disculpad a estos humildes pecadores siervos del Señor, pues nuestras riñas no son más que un amable recuerdo a nuestras disputas de la infancia.

—Siendo así debería azotaros, pues tal castigo sería el que se llevaría cualquiera de los niños que se crían en este monasterio.

El abad tomó aire y miró al hermano cisterciense, fray Eusebio.

—Hermano, está aquí invitado y atendido con todas

las atenciones precisas, si vuelvo a presenciar conversaciones blasfemas como estas no podré autorizar más visitas, y me veré en la obligación de comunicar estos comportamientos al señor abad de Oseira.

Tras esta declaración, durante unos segundos quedó el aire en suspenso y nadie se atrevió a decir nada. El abad volvió a suspirar y reconvino con la mirada nuevamente a los monjes, especialmente a fray Modesto, aunque por su gesto Marina intuyó que el enfado era liviano y que, posiblemente, quedase sin mayores consecuencias. Acto seguido, sucedieron las presentaciones, y el ánimo pareció suavizarse, pues de inmediato fray Modesto pareció congeniar con el doctor Vallejo, muy interesado en todo el material que veía en estantes y mesas de trabajo. Entre ambos pareció surgir, de forma inmediata, una mutua corriente de simpatía.

—Cuántos tarros de miel tiene usted, fray Modesto.

—Ah, doctor, es que he concluido en la necesidad de cambiar el azúcar por la miel como fórmula para una alimentación saludable. En mis compuestos me encuentro incluyendo más este producto, que es más natural.

—Disculpe, fray Modesto, pero lo que dice carece de sustento científico, pues el azúcar también proviene de una fuente natural.

—Pero es cierto que el azúcar ennegrece y daña los dientes —intervino Marina, prácticamente sin querer, pues solo fue consciente de haber hablado en alto cuando todos tornaron sus ojos hacia ella.

—Ah, la señorita conviene conmigo, entonces. ¿Sabe usted algo de remedios?

—Lo que he podido aprender en los libros de mi padre y lo que me enseñó mi madre, que en paz descanse.

—¿Era curandera, su madre?

—No, por Dios —interrumpió el doctor—, pero se crio en las montañas de Cantabria, y allí le enseñaron algunos remedios de hierbas y ungüentos que luego le enseñó a mi hija.

El monje asintió, apreciando con nueva mirada a Marina.

—¿Guarda usted interés por los conocimientos de la naturaleza y la alquimia, joven?

—Sí, fray Modesto. Conocer su botica era una de las emociones que con más ilusión esperaba en este viaje.

—Oh... —El monje se mostró halagado y complacido, y miró al abad—. Tal vez podamos dar acceso a esta dama a alguno de nuestros libros y conocimientos.

—Sin duda, aunque tales estudios exceden con mucho las cualidades femeninas, y posiblemente mi sobrina preferirá otras literaturas más ligeras, así como atender a su padre y dedicarse a la costura, que es otra actividad bien provechosa.

—Querido tío —replicó Marina, mirando al abad con expresión zalamera—. Si usted diera permiso, nada me haría más feliz que atender las obligaciones que me encomienda y, además, visitar a fray Modesto para conocer sus remedios.

—Ah, bien sabes convencer sin apenas argumento... ¡Ya veremos, sobrina, ya veremos!

Fray Modesto, que era viajado y disponía de un insólito pensamiento moderno, consideraba que las mujeres atendían a más intereses que los que se habían establecido como connaturales a su condición, de modo que se apresuró a intervenir en favor de Marina.

—Aquí siempre será bienvenido el compartir saberes, y más si es con la casa del médico, reverendo padre.

—Por mi parte no habría impedimento —añadió el doctor Vallejo, ganándose una mirada de agradecimiento de Marina—, aunque fray Modesto y yo no convengamos en el asunto del azúcar —bromeó.

—Ah, pues a propósito de ese asunto, he de decirle que dispuse de un permiso de más de dos meses sobre mi clausura, y que en ese tiempo visité los reales hospitales de Madrid. Allí comprobé el exceso de azúcar que se daba a los pacientes, y que en algunos ocasionaba... ¿Cómo explicarle? Un exceso que su cuerpo apenas podía soportar. Me encuentro en la seguridad de afirmar que el ayuno y la eliminación del azúcar han favorecido a muchos pacientes que orinaban en abundancia un líquido ciertamente pegajoso y dulzón, y que se encontraban con sus músculos debilitados y agarrotados.

—No dudo de lo provechoso de su estancia en el real hospital, pero he de insistir en que su teoría carece de fundamento.

Fray Modesto se contuvo en su defensa de la miel, pues ni el abad, ni su primo ni aquella joven y encantadora dama estaban allí para escuchar sus largas y detalladas teorías. Ah, ¡si las antiguas y sabias voces fueran respetadas! ¿No había dicho ya Plinio el Viejo en su *Historia Natural* que era la miel «el más dulce y refinado de todos los jugos»?

El joven Franquila observaba la escena con muda curiosidad y, pensativo, sonrió ante la idea de que la llegada de aquel nuevo médico y su hija supusiese un soplo de aire fresco sobre la rutina de sus días. A su lado, fray Eusebio también se había replegado en un discreto silencio, todavía avergonzado por el encontronazo con el abad.

Justo en aquel instante escucharon griterío y un gran revuelo creciente en el exterior, cerca de la botica. Cuando ya el propio abad iba a abrir la puerta para ver qué sucedía, fue esta la que se abrió y golpeó la pared, provocando un ruido seco y grave. En el umbral, el joven oficial Marcial Maceda, con la cara ensangrentada, soportaba, ayudado por otro joven uniformado, el peso de su padre, que apenas se podía mantener en pie.

—¡Rápido! Socorran a mi padre, ¡por Dios se lo pido!

Al instante, y con horror, Marina pudo ver que el herido llevaba un puñal todavía clavado en la espalda. El abad se santiguó, murmurando «Ave María purísima», y solo reaccionó pasados dos segundos. En su voz podía apreciarse claramente su nerviosismo.

—¡Qué desgracia! ¿Pues qué ha pasado? Siéntenlo ahí, ¡siéntenlo!... Y tú, Marcial, ¿no precisas socorro?

—No, padre, solo tengo unos rasguños. Atiéndanlo a él, por Dios.

—Hermano, ¿podrás hacerte cargo?

—Por supuesto, ¿y el cirujano?, ¿pueden avisarlo?

—No llegará hasta la hora nona, pues estaba convidado a la sobremesa, ¡a estas horas debe de andar por más allá de Alberguería!

El doctor Vallejo examinó al herido, que prácticamente había perdido el conocimiento, y tras tomarle el pulso no le quedó más remedio que anunciar que debería operarlo él mismo inmediatamente, pues de lo contrario no habría salvación posible.

—Yo lo ayudaré, padre —resolvió Marina para asombro de todos y sin admitir réplica, pues ya se remangaba las mangas del vestido.

Fray Modesto tomó así mismo el mando, y obligó a salir de la botica al abad y al resto de los presentes, dejando solo a su primo y a Franquila para ayudar al doctor y a su hija en la gran sala. En una esquina, tras una cortina marrón de lana, había un camastro donde a veces el monje procuraba descansar. Fue allí donde tumbaron al herido de medio lado y prácticamente boca abajo, con extraordinario cuidado de no tocar el puñal, que para alivio de todos parecía ser de hoja corta. Sorprendentemente, no era aquella la peor de las heridas a las que debían enfrentarse, pues cerca del estómago el maltrecho alcalde había sufrido otra cuchillada. Marina observó al hombre, de poca altura y con una calvicie antigua, a pesar de no aparentar más edad que su propio padre. Tal vez su sobrepeso lo hubiese salvado de recibir una puñalada más profunda. Concentrada y decidida, se dispuso a obedecer todas las instrucciones de su padre y de aquellos dos monjes para salvar la vida del hombre que acababa de conocer.

10

La historia de Jon Bécquer

En Galicia tengo la sensación de que lo extraordinario se acepta de forma natural, como si todo atendiese a una lógica sabia y misteriosa, completamente desconocida para los forasteros. Tras cada paso hay una leyenda, un duende inasible que tiene algo de verdad. Tras cada piedra, una historia que merece ser contada. Y, sin embargo, después de mi paseo por la Alberguería aquella mañana, comprobé que ningún vecino prestaba atención a las evidencias de la aldea. Aquellas construcciones que evocaban un pasado glorioso, aquellas ruinas desdibujando su propio legado. Quizás no se hiciesen preguntas porque no les resultaban urgentes ni necesarias las respuestas. O tal vez porque solo se preocupaban por caminar hacia delante.

Desilusionado por no haber encontrado ninguna pista que me pudiese conducir a los nueve anillos, decidí volver al hotel y subir a Santo Estevo a primera hora de la tarde. Entre tanto, y gracias a la directora del parador, pude saber qué arquitectos habían participado en la reforma del monasterio. Uno de ellos seguía en activo, pero al contactar con él por teléfono me aseguró no tener ni idea de cuadros, ni de obispos ni de escondites. Me colgó, lo sé, con el convencimiento de haber atendido a un desequilibrado. ¿Debería intentar localizar alguna de las empresas constructoras? Encontrar al empleado que había dado con los cuadros podría llevarme una eternidad.

Comí en mi habitación un delicioso sándwich al que

llamaban benedictino, con mis pies apoyados en una silla y la mirada clavada en Santo Estevo, al otro lado de mi ventana. Estaba solo a unos pasos, y parecía muy empinado. Nada me llamaba especialmente la atención, ni las estructuras de las casas hablaban de pasados mejores, como en Alberguería. Aunque, a decir verdad, la inclinación del terreno y la superposición de viviendas y árboles no permitían hacerse una composición clara desde mi ventana.

No serían ni las tres de la tarde cuando decidí adentrarme en la diminuta aldea con ánimo de explorador. El pueblo era incluso más pequeño de lo que suponía: dos o tres curvas retorcidas y empinadas y ya llegabas prácticamente hasta la última casa de la aldea, aunque la ladera de la montaña continuaba un rato bastante más largo su camino ascendente hacia el cielo.

Llegué a una especie de rellano, un descansillo casi horizontal que, si hubiese sido más amplio, podría haberse convertido perfectamente en la plaza principal del pueblo. Allí miré a mi izquierda y me quedé con la boca abierta. ¿Cómo podía no haberme fijado en aquella casa tan enorme? No encontraba explicación, aunque quizás fuese porque sus colores, grises y oscuros, se habían mimetizado con el paisaje, como si aquella mole siempre hubiese estado allí, como si perteneciese a la tierra y no hubiese sido hecha por la mano del hombre.

Había un escudo de piedra encajado en la pared, y era más grande incluso que la puerta de acceso a la vivienda, y eso que era de doble hoja. Vi las nueve mitras dentro de la majestuosa forma heráldica, que estaba rodeada de unos cordones de piedra que caían a ambos lados como si fuese una cortina. Debajo, una vieira, símbolo del peregrino. Encima, una cruz. Bajo el escudo, una fecha: 1752. Aquella era, sin duda y según mis planos, la Casa de Audiencias, la de la Inquisición.

Me di cuenta de que su gran chimenea rectangular era la que yo mismo veía desde mi habitación, aunque no había podido hacerme una idea del conjunto por culpa de otros inmuebles y sobre todo de los árboles que se interponían en las vistas. La estructura tenía dos plantas desde mi perspectiva, pero por la inclinación del terreno supuse que habría un sótano o planta baja mirando precisamente hacia lo que en su día había sido el monasterio de Santo Estevo. Parecía un poco abandonada. Puertas y ventanas eran de madera pintada de verde, pero el tono ya estaba descolorido y su apariencia, desde luego, no era muy sólida. Algunas enredaderas comenzaban a engullir parte de un lateral del edificio, sin que a este pareciese importarle.

Llamé a la puerta. Nada. Silencio.

Mi atención se volvió a posar sobre el mapa que había conseguido gracias a los libros que me había regalado el archivero, que detallaban cómo se suponía que habían sido el monasterio y sus dependencias principales justo hasta 1835, cuando la desamortización había hecho que la vida monacal se evaporase de aquellos bosques. Me volví y alcé la mirada. Sí, allí estaba la casa del médico, prácticamente enfrente de la de audiencias. Su escudo también tenía nueve mitras, pero tanto el inmueble como su blasón eran mucho más discretos y pequeños que el primero. Según mi información, la casa del médico era incluso más antigua, pues había sido construida en 1687. Su entrada, desde luego, me pareció más acogedora que la de la Casa de Audiencias: cuatro escalones de piedra y a cada lado un espacio de muro de relleno con superficie suficiente para una jardinera que en tiempos habría recibido al visitante haciéndole un pasillo floral. A la izquierda ahora solo había hierba, pero a la derecha unas hortensias azules bellísimas todavía sobrevivían antes de que se las comiese el inminente otoño.

La casa del médico había sido restaurada con mucho gusto. Una puerta azul y brillante de madera, a pesar de que estaba cerrada, invitaba a llamar. La vivienda tenía dos plantas, y en la superior, al menos en aquella cara del inmueble, solo había una ventana con agradables contraventanas azules abiertas.

Llamé a la puerta y a los pocos segundos me abrió un hombre de gesto afable, con cabello y barba blancos bien recortados y unas gafas de lectura a punto de resbalar de la punta de la nariz. Me presenté como profesor universitario en curso de una investigación, porque aquello de hablar de mí mismo como detective me parecía impropio y exagerado; le expliqué mi búsqueda de los nueve anillos, curioseando abiertamente sobre cuánto tiempo llevaba él viviendo en Santo Estevo.

—Ni vivo ni dejo de vivir aquí —sonrió—. Voy y vengo. Pero pase, pase, ¿le apetece un café?

—Gracias, no quiero molestar...

—¡Por favor! ¿Acaso cree que recibo muchas visitas? —insistió, apoyando su mano en mi hombro y casi obligándome a pasar—. Así que los nueve anillos... No sé si podré ayudarlo demasiado —se lamentó con un sonoro suspiro—. Por cierto, me llamo Germán. ¿Usted era...?

—Jon, Jon Bécquer.

—Es verdad, me lo ha dicho. Qué cabeza. ¡Entre, entre!

Y así, sin dejar de asombrarme ante la confianza de aquel hombre, entré en su casa. El interior no era muy grande, pero sí inesperadamente luminoso; habían logrado aunar el pasado de la vivienda con la modernidad. Era una planta baja diáfana, con suelos y techos de madera; a la izquierda, un acogedor salón y, tras él, un despacho con un ordenador portátil sobre el escritorio. Había muchas estanterías con libros, que llegaban hasta el techo. De frente y a la derecha, una cocina moderna con muebles de madera blanca rústica, con una isla para cocinar y una mesa bajo una enorme campana que habían conservado, y que yo ya sabía que aquí llamaban *lareira*.

Unas escaleras de madera ascendían hacia la segunda planta, pero no me atreví a perseguir su recorrido con la mirada, temiendo parecer demasiado fisgón.

—¿Le gusta? La decoró mi mujer.

—Es muy acogedora —reconocí—, su mujer tiene mucho gusto.

Él asintió y me invitó a sentarme sobre un sofá floreado y alegre, a cuyos pies reposaba una manta cuidadosamente doblada. Al tomar asiento, pude contemplar el gran cuadro que presidía el salón, y que desde el recibidor no había podido ver, pues estaba en el mismo ángulo de la pared de la entrada. Representaba el salón de un marinero, de eso no cabía duda. En el cuadro había detalles oceánicos y simbolismos por todas partes. Al fondo, una ventana se abría al mar azul y a varios veleros navegando.

—Lo puse ahí para poder verlo mientras trabajo —comentó Germán mientras ponía una cafetera italiana al fuego y miraba de reojo a su despacho.

En efecto, desde su mesa tenía frente a sí el salón y el gran cuadro. Había otros lienzos por la estancia, casi todos de paisajes marinos con gaviotas y horizontes azules, pero ninguno como aquel, ni por su tamaño ni por su contenido. La imagen me recordó *El dormitorio en Arlés*, de Van Gogh, pero, en comparación, el cuadro de Van Gogh parecía pintado por un niño pequeño.

—Es de Lugrís, ¿lo conoce?

—Eeeh, no —reconocí, molesto conmigo mismo.

Era cierto que no era historiador ni experto en arte, pero mi trabajo en los últimos tiempos rescatando cuadros perdidos del siglo XX debiera de haberme dado algo más de cultura pictórica.

—Un pintor gallego, buenísimo... *Habitación do vello mariñeiro*. En realidad, es una copia. Ya estaba aquí cuando compré esta casa. Lo encontré envuelto entre mantas ahí mismo. Dígame, ¿qué le dice el cuadro?

—¿Qué? Pues..., no sé, a ver... —repliqué para ganar tiempo.

Me acerqué al lienzo, en el que se podían ver maquetas de barcos, instrumentos de navegación, conchas marinas, libros, diverso mobiliario y hasta un mapamundi.

—Supongo que es la casa de un capitán de barco que en cualquier momento va a entrar por la puerta.

Germán se rio.

—Sí, yo a veces también pienso que va a regresar en el momento más inesperado. Lo fantástico de este cuadro es que, aunque solo muestra objetos, es en realidad el retrato de una persona, ¿lo ve? —insistió acercándose—. Toda la habitación es una biografía y una radiografía de una persona. Son los objetos los que portan la memoria.

—Ah.

En aquel instante me pregunté cómo era posible estar viviendo aquella escena con aquel hombre mayor, pero todavía no anciano, si unos minutos antes yo no era más que un investigador despistado preguntando al tuntún por unos anillos perdidos. No habría esperado encontrarme con ningún experto en arte en aquel pueblo perdido, precisamente. Y mucho menos que fuese tan amable y me invitase a entrar en su casa nada más conocerme; imagino que muchas personas en los pueblos son así, más confiadas y sociables. Y las palabras de aquel hombre coincidían con mis intereses: yo, desde siempre, perseguía las historias de los objetos, no su calidad artística.

—Eso es en lo que trabajo. En los objetos que portan la memoria.

—Ah, ¿usted todavía...?

—Más o menos. —Volvió a sonreír—. Sí, todavía trabajo. Fui profesor veinticinco años en la Facultad de Bellas Artes de Pontevedra, ¿la conoce?

—No, lo siento.

—No importa..., pues todavía colaboro con la universidad dando charlas y conferencias, ya sabe. Y ahora estoy terminando de preparar mi ensayo sobre la vida de los objetos en el arte, lo que expresan sobre sus dueños.

—Qué interesante.

Germán se encogió de hombros.

—Algo hay que hacer. Y usted, ¿dónde imparte sus clases?

Le expliqué mi trabajo universitario como antropólogo social, pero ya dejé entrever, más confiado, mi labor buscando arte robado o perdido dentro de Samotracia.

—Caramba... Entonces, ¿es usted algo así como un Indiana Jones?

—Eso dicen —me vi obligado a reconocer, sonriendo y rendido ante aquel adjetivo que ni a mí ni a Pascual nos pegaba nada—. Algunos nos llaman detectives, pero es un término al que confieso no terminar de acostumbrarme.

—Entiendo... —Me observó con gesto amistoso—. ¿Y por eso busca los anillos, para su empresa?

—Oh, no... Nadie los reclama, me temo —le expliqué, correspondiendo a su confianza y afabilidad. Después, le sonreí con expresión cómplice—. Supongo que los busco porque también sé que en ellos se porta la memoria.

Germán me observó durante unos segundos y me devolvió la sonrisa. Se fue a retirar la cafetera del fuego, que comenzaba a silbar y que ya había inundado la estancia de un agradable aroma. Sacó dos pequeños cuencos de barro brillante y marrón del armario y sirvió allí el café.

—Así que está usted buscando los nueve anillos... Si le digo la verdad, yo pensaba que era una leyenda.

—Estoy comprobando que eso es lo que cree todo el mundo —reconocí—, pero el caso es que he encontrado documentos que acreditan su existencia hasta el siglo XVII.

—Y después de ahí, ¿nada?

—Nada en absoluto.

—¿Y ya le ha preguntado al cura?

—No, me han dicho que no vive aquí. De hecho, hasta mañana no lo conoceré y será cuando pueda entrar por primera vez en la iglesia.

—¿Viene don Julián mañana? ¿Un día de entre semana?

—Es que tiene que abrirle la iglesia a la restauradora del obispado.

—Ah, ¡una restauradora! Pues a ver si hacen algo, está aquello bastante deteriorado, ya lo verá. En comparación con el parador, es el día y la noche.

—Eso me han dicho.

Germán se sentó frente a mí y dejó sobre una mesilla

el café y un par de trozos de bizcocho, que parecía casero. «Lo ha hecho mi mujer», me explicó. ¿Dónde estaría ella? Quizás echando una siesta. Me pareció que no tenía la suficiente confianza como para preguntar.

Quise centrarme en mi objetivo e insistí en el misterio que me había llevado hasta Santo Estevo. Pensé que aquello bien podría ser como en las novelas, en las que el investigador se va topando casualmente con expertos por todas partes; pero en mi caso el único licenciado en Historia con el que me había tropezado, el joven padre Quijano, me había desanimado con los viajes del tal Morales. ¿Tendría la misma suerte con aquel agradable anciano, experto en arte?

—Entonces, ¿no le suena ninguna tradición ni leyenda en relación con los anillos?

—Si le digo la verdad, no. Linda y yo compramos esta casa hará unos veinte años, antes de que arreglasen el monasterio. Allí no había más que ruinas y hierbajos por todas partes, se lo aseguro. Lo único que estaba operativo era la iglesia, que yo creo que no se cerró nunca.

No, estaba claro. Lo mío no iba a resultar como en las novelas. Mis anillos parecían haberse diluido en el tiempo, igual que la panadería de Alberguería. Aunque... ¿Qué acababa de decir Germán sobre la iglesia?

—¿La iglesia?... ¡Pues claro! ¡La iglesia! —exclamé, palmeándome la rodilla—. La desamortización afectó solo al monasterio, no a la iglesia.

Germán me miró con curiosidad. En su expresión intuí que lo que yo había dicho le parecía una obviedad.

—Quién sabe —fabulé—, quizás los anillos estén todavía escondidos allí.

—No quiero desanimarlo, pero ya le digo que en la iglesia y la sacristía, que yo sepa, queda poca cosa.

—No pierdo la esperanza —sonreí, terminando mi café—. Oiga, ¿y cómo terminó viniendo a vivir aquí? Quiero decir, si no es indiscreción..., esto está un poco a desmano.

—Sí, Santo Estevo no es el centro de Manhattan, precisamente. —Germán se rio abiertamente—. Fue cosa de Linda. Había conocido la zona siendo niña, y buscábamos un sitio para los fines de semana, para desconectar, ¿sabe? Ella también fue profesora en la universidad, y de vez en cuando nos venía bien el cambio de aires. Ahora vamos y venimos a Pontevedra, según nos apetece. Tampoco tenemos hijos, así que... En fin, aquí en otoño pueden hacerse unas rutas de senderismo únicas... ¿Ya ha recorrido alguna?

—No, me temo que no he tenido tiempo para el turismo.

—Oh, pues ya que le gustan las leyendas, aquí mismo tiene el camino de subida a Chao da Forca.

—Perdone, ¿a qué?

—A ver... No sé muy bien cómo traducirlo del gallego; creo que sería algo así como el Lugar de la Horca.

—Pero ¿aquí ahorcaban a gente?

—Desde que yo vengo, no —se burló guiñándome un ojo—, pero en su tiempo subían a los ajusticiados allí arriba y los colgaban. ¿Para qué cree si no que estaba la Casa de Audiencias?

Iba a replicar que para celebrar juicios, pero al instante me di cuenta de mi propia ingenuidad, que me avergonzó. Los derechos civiles, por fortuna, han avanzado bastante en los últimos siglos, al menos en Europa.

—Me gustaría verlo. Tal vez usted, si es tan amable, podría enseñarme cómo ir hasta allí. Ah, y hablando de la Casa de Audiencias, antes he llamado y no me ha abierto nadie. Parece un poco abandonado.

—Sí, es verdad, y es una pena. Es que viven en Madrid y vienen solo en verano. Ricardo sí podrá contarle cosas, es descendiente directo de la familia del antiguo alcalde, que creo que compró la propiedad por el siglo XIX. Ricardo es médico y estuvo ejerciendo en Madrid muchos años, pero ya hace tiempo que se jubiló. No le habrán oído llamar, pero estos días están ahí.

—Quizás hayan salido.

—Lo dudo. Desde que Ricardo se operó de la laringe no está para muchos paseos. De hecho, iban a reformar la casa cuando le vino el cáncer, y ahora ya no sé qué harán, la verdad. A su mujer no le gusta tanto el campo como a él. Eso sí, desde que nosotros venimos por aquí ni él ni ella faltan un verano, y muchas veces hasta octubre no se marchan.

—Vaya, pues será muy interesante hablar con ellos. Iré más tarde, entonces.

De pronto, Germán pareció tener una idea que le iluminó el rostro. Con gesto decidido, se levantó y se puso a recoger las tazas de café y lo poco que quedaba del bizcocho, dirigiéndose directamente a la cocina.

—Mire, sobre los anillos yo poco puedo ayudarlo, pero si quiere puedo presentarle a Antón, que fue vigilante del monasterio durante casi treinta años, y después lo acompaño a casa de los Maceda.

—¿De quién?

—De los Maceda, los dueños de la Casa de Audiencias. Si antes no le han abierto ha debido de ser porque estaban con la siesta.

—Ah. Y su mujer... ¿no la avisamos?

—¿Linda? Oh, ¡tranquilo! Con esas pastillas que le hace tomar el médico no creo que se levante hasta las cinco.

Sonreí.

—Ya veo que aquí las siestas son sagradas.

—¡Al sueño nos acercan más los años que las ganas de dormir, señor Bécquer! —exclamó Germán con buen humor, sin atisbo de tristeza—. Venga, ¡vamos!

—¿Seguro que no es molestia? Puedo venir en otro momento.

—Que no, hombre. Si es aquí al lado, dos casas más arriba. Antonio lo recibirá encantado, ya verá.

—¿Y cómo es eso de que fue vigilante del monasterio?

Germán se encogió de hombros.

—Supongo que sería cosa de la Diputación, por la conservación del patrimonio y todo eso. Antonio, de hecho, es uno de los pocos que nació en Santo Estevo y que todavía vive aquí. Trabajó unos años para el ferrocarril y luego fue el vigilante de las ruinas hasta que llegaron los del parador para la reforma.

Me puse de pie y, animado por la nueva puerta que se abría para mi investigación, acompañé al viejo profesor a visitar al que había sido el último guardián del monasterio de Santo Estevo.

11

La historia de Jon Bécquer

Las aldeas de Galicia son, decididamente, lugares mágicos y extraordinarios. Cuando llegas, todo parece en silencio y en calma, e incluso puedes percibir ese indiscutible e incipiente abandono, el que ya ha derretido toda esperanza. Y, sin embargo, si eres paciente y dejas pasar un poco de tiempo, observas una cortina que se descorre y te mira, un aroma agradable de comida al fuego, un detalle floral y fresco en alguna ventana.

Si mi primera impresión de Santo Estevo había sido la de un lugar prácticamente abandonado, con el transcurso de las horas comprendí que en un pueblo tan pequeño había mucha más vida que en mi comunidad de vecinos del centro de Madrid. Todos se conocían, todos sabían y todos comprendían el paso de las horas de la misma forma.

Antón vivía en una casa de planta baja de piedra que parecía bastante antigua, pero no tanto como la de audiencias o la del médico. No tenía escudo, pero sí un nombre: la llamaban la Casa de Sa. Inmediatamente después de que Germán nos presentase, Antón nos llevó a su bodega; parecía el escenario de una película gótica vestida en tonos oscuros y sombríos, pero de una capacidad evocadora irresistible. Había cachivaches por todas partes, faroles antiguos y hasta dos vigas de madera enormes, que Antón justificó explicando que eran de su época como trabajador en la construcción de las vías del ferrocarril.

En mitad de la bodega había una gran cuba de vino vacía en posición vertical, que era claramente utilizada como mesa. A su alrededor, cuatro o cinco taburetes altos, todos diferentes, y creo que alguno de fabricación casera.

Antón mandó a su nieta, una niña de apenas once o doce años, a que fuese a buscar algo de picar para los invitados. En la parte superior de la vivienda, sorprendentemente, se podía intuir vida a raudales. *«É que os netos non empezan a escola ata a semana que ven»*, había explicado mi anfitrión. A ratos me hablaba en castellano, aunque se notaba que con esfuerzo, pues su idioma natural era un gallego melódico, suave y acogedor. Por desgracia, yo apenas lo entendía cuando hablaba su lengua materna, de modo que agucé el oído y el resto de los sentidos para captar cada matiz, cada gesto y cada señal.

Antón era bajito y, a pesar de su edad, su cabeza lucía una contundente mata de cabello canoso, peinado de forma desordenada y que él revolvía de vez en cuando con la mano derecha, como un tic repetitivo e involuntario que ya se había convertido en una costumbre.

Durante casi dos horas nos agasajó con unos embutidos caseros extraordinarios y con un pan tan sabroso y compacto que me habrían bastado y satisfecho para no comer otra cosa durante un mes. Se entretuvo contándonos las bondades del vino blanco que él mismo producía, y de cuya calidad puedo dar fe, pues entre Germán, el propio Antón y yo mismo nos bebimos casi dos botellas de aquel delicioso caldo, que a ellos no parecía hacer efecto, pero que a mí ya me había hecho sentir flotando sobre el suelo. Los estrafalarios objetos que había repartidos por toda la bodega parecían bailar y guiñarme sus ojos invisibles con picardía.

Quizás tuviese razón Germán y los objetos hablasen de sus dueños. Si era así, aquel hombre, Antón, tenía muchos colores e historias dentro de sí mismo. Y, desde luego, era listo: había logrado que yo le contase mis aventuras y experiencias como investigador y, además, todo lo que había averiguado sobre los nueve anillos, aunque hasta el momento él solo había reconocido «haber oído hablar de ellos», afirmando que nunca los había visto. Llegó un momento en que me dio la impresión de que no estábamos en aquella carismática bodega para charlar despreocupadamente, sino que el objetivo real era estudiarme, analizar quién era realmente el forastero.

—*¿Que lle mira á cunca?*

—Quién, ¿yo? ¿Qué le miro a qué...? —Al instante comprendí que se refería al cuenco en el que me había ofrecido la bebida—. Ah, nada, nada... —repliqué a Antón, que me observaba con curiosidad—. Es que me ha llamado la atención que tomen todo en lo mismo —expliqué, alzando el cuenco de barro oscuro que me habían dado para el vino, y que era idéntico al que Germán me había ofrecido antes para el café.

—Claro, hombre —se rio Germán—, ¿no ve que el barro aguanta bien el frío y el calor? Dentro de nada verá como el caldo gallego no le sabe igual si lo toma en un plato y no en una *cunca*. ¡Ya me lo dirá!

Asentí dando otro trago a aquel delicioso vino mientras me imaginaba ya un humeante y delicioso caldo gallego. Germán se excusó para ir un momento a su casa y así traer «otro vino maravilloso» para que lo probásemos; antes de salir, se me acercó al oído y, riendo, me susurró que, de paso, iba a decirle a Linda dónde estaba, porque como ya se hubiese despertado, a lo mejor esa noche dormía en el sofá.

Cuando me quedé a solas con Antón, aproveché para agradecerle de nuevo su hospitalidad, pues era la segunda vez en el mismo día en que un desconocido me invitaba a pasar a su casa y me trataba como a un amigo.

—*E logo*, ¿cómo lo íbamos a tratar?

Sonreí.

—No sé —reconocí—, pero no me imagino en el centro de Madrid a gente tan confiada con los extraños.

—*O mellor é vostede o confiado*, entrando en casas de gente que no conoce.

Antón sonrió divertido, y su mirada traviesa me aclaró al instante, para mi alivio, que estaba bromeando. Fue en aquel momento cuando aprovechó para confesarme sus secretos como último guardián del monasterio. Algunas de sus palabras no las entendía, pero él terminó por hablar en castellano casi todo el tiempo para asegurarse de que su mensaje me llegaba con claridad.

—No lo quiero desanimar, pero no siga buscando. Allí no quedaba nada.

—¿Cómo puede estar seguro, Antón? Aparecieron unos cuadros, tenían que estar escondidos en alguna parte.

Se quedó pensativo.

—Los guardarían en la sacristía, en algún armario... no sé. Pero si mañana va a entrar en la iglesia, preste atención. A la izquierda verá los restos del órgano, la carcasa. ¿Sabe dónde está todo lo que falta? —me preguntó de forma retórica y bebiendo otro sorbo de vino mientras yo me encogía de hombros—. Nadie lo sabe. Se lo llevaron, como casi todo. Dudo mucho que quede nada de valor ni en el monasterio ni en la iglesia.

—Los sepulcros de los obispos sí están.

—¡Pero eso son reliquias sagradas!

—Igual que los anillos —le reté mirándolo a los ojos.

Mantuvimos las miradas en duelo unos segundos, ambos con gesto serio. De pronto, comenzó a reírse y me sirvió más vino.

—Ay, qué gente, la de Madrid. Eres buen rapaz... mira, *non hai ninguén en todo Santo Estevo nin no mundo que coñeza mellor ese mosteiro ca min.* Allí aprendí casi a caminar, y allí iba a buscar moras de pequeño. Pero alguna cosa sí que encontré.

Guardé silencio expectante. El anciano siguió hablando.

—Libros, papeles..., algunos los vendí. No creas que no vino gente de la capital para comprármelos. Para mí no valían nada..., otras muchas cosas desaparecieron, aunque ahora ya es imposible saber quién se las llevó ni adónde.

Había casullas, cuadros, cruces, ¡qué sé yo! Y si mañana va esa restauradora se llevará más cosas.

—Pero solo para arreglarlas.

Antón sonrió con tristeza.

—Lo que se llevan de Santo Estevo ya nunca vuelve.

Me quedé pensativo, midiendo hasta qué punto aquel hombre me decía la verdad, porque a aquellas alturas yo ya estaba convencido de que dentro de su casa conservaba varios de sus hallazgos del monasterio. Quizás no se tratase de los anillos, pero, aun así, me daba la sensación de que se mostraba demasiado parco y hermético respecto a ellos, demasiado prudente.

Justo en aquel instante volvió Germán, botella de vino en mano.

—Ha comenzado a refrescar, por fin —dijo nada más entrar, dejando claro que aquellos restos del verano le sobraban y que añoraba ya la llegada del otoño. Se dirigió a mí—: Los Maceda hasta han encendido la chimenea.

—*¡Pero se non fai frío!* —exclamó Antón, revolviéndose el cabello una vez más.

—Será para hacer un magosto, qué sé yo, pero el caso es que están en casa, ¿quieres ir? —me preguntó, ya tuteándome, pues las dos horas de vinos habían bastado para perder formalidades.

—Sería estupendo, la verdad.

—Antón, ¿te vienes?

—Por qué *non*. Vamos.

Germán dejó la botella sobre la barrica de vino, diciendo que quedaba para otra ocasión, y con paso alegre, como si se tratase de una aventura desenfadada e inesperada que yo estuviese allí investigando, comenzó a capitanear el paseo de apenas un minuto hasta la Casa de Audiencias.

En efecto, de forma súbita, el tiempo había cambiado y era bastante más fresco, intuyéndose ya que las horas de claridad comenzaban a encogerse. La luz desde allí se reflejaba de una forma especial en el bosque que nos rodeaba, que parecía abrigarnos como si fuese un manto protector. Salimos los tres de la Casa de Sa y descendimos hacia la plazuela principal. Me fijé en las ruinas de un edificio que debía de haber sido imponente, y Antón me aclaró que aquello había sido la casa de impuestos, que otros llamaban la notaría. Descendiendo solo un par de docenas de metros más, ya nos encontramos a la izquierda la antigua casa del médico y, a la derecha, la de audiencias. Germán llamó a la puerta de los Maceda con determinación, y esta vez sí, a los pocos segundos apareció en la entrada una mujer delgadísima y exageradamente maquillada, especialmente en la zona destinada al colorete y la sombra de ojos. No sabría decir cuántos años tenía, pero a pesar de la agilidad de sus movimientos a mí me pareció que muchísimos. El cabello, teñido de un rubio exagerado, lo llevaba recogido en un moño que me pareció hasta aristocrático, de otra época. En sus manos, varios anillos de oro a juego con sus pendientes que remataban en esmeraldas sin brillo, pero que indudablemente no eran bisutería.

—¿Qué tal, Lucrecia? ¿Cómo estás?

—Ya me ves, aquí, de puta pena. A ver si nos vamos de una vez a Madrid, coño. A ver, ¿qué queréis? —preguntó, estudiándome de arriba abajo con descaro.

Los vapores etílicos que llevaba conmigo se pusieron en alerta nada más escucharla, recomendándome fingir absoluta sobriedad, porque ya me había quedado claro que Lucrecia no era una amable ancianita. Germán debía de estar acostumbrado a su vecina, porque no había perdido la sonrisa ni un segundo y le seguía la corriente igual que si ella le hubiese ofrecido un pastel recién hecho en el horno y lo hubiese invitado amigablemente a pasar.

—Nada, mujer, qué vamos a querer. Solo pasábamos para ver qué tal estaba Ricardo.

—Pues muriéndose, como todos. ¿Y este quién es?

—Ah, pues un amigo detective que queríamos presentarle a Ricardo.

—Un detective. —Comenzó a reírse y a negar con la cabeza—. Lo que nos faltaba en este pueblo. A ver, ¿y qué investiga, puede saberse? —me preguntó directamente, observándome con descaro.

—Bueno, yo... Soy más bien un investigador interesado en la historia y el arte de la zona. Me llamo Jon Bécquer, soy profesor de Antropología en la Universidad de Madr...

—Por Dios, no me cuente más —me interrumpió, comenzando a apartarse de la puerta para dejarnos paso—, pensé que vendría por algo interesante, y no por la historia de este pueblo. —La mujer suspiró con hastío y se dirigió a Germán—. Ay, Señor, qué cruz. Venga, pasad. Está en el salón.

Lucrecia terminó de abrir la puerta por completo y, sin mediar palabra, nos dio la espalda y se escurrió por un pasillo lateral, dejándonos a Antón, a Germán y a mí completamente solos en el recibidor. Desde luego, el interior de la Casa de Audiencias era mucho más señorial que la ruina que yo intuía desde el exterior. Todo guardaba un aire decadente, pero las paredes de piedra, cubiertas de tapices, susurraban que no, que allí todavía no había llegado la oscuridad.

Según caminábamos hacia lo que yo suponía que era el salón, Germán me susurraba al oído toda clase de explicaciones: «No es tan antipática como parece. Es que la casa es de él, a ella nunca le ha gustado mucho venir». «Así como lo ves todo, esta gente es de mucho dinero, pero viendo a Ricardo tan malito ella ya no lo quiere arreglar..., quizás este sea su último verano. Una pena.» «Sí, sí, ese reloj es auténtico, creo que del siglo XVIII.» «¿Esa colección? Ah, armas de finales del XIX y principios del XX, creo.»

Atravesamos dos amplias bóvedas de piedra, que me dejaron boquiabierto. Desde el exterior, a lo sumo, habría presumido unos suelos y techos de madera noble, pero no aquel despliegue de cantería. Llegamos a un impresionante salón, a cuya derecha pude ver una chimenea de piedra enorme, de la que sobresalía una especie de amplio tejadillo de piedra sostenido por dos columnas. Al lado del fuego, que comenzaba a arder tímidamente y que en efecto parecía haber sido encendido para asar castañas, había un sillón orejero y un reposapiés que completaban la estampa de lugar de recogimiento ideal para cuando llegase el invierno.

De frente y a mi izquierda, una gran biblioteca con libros antiguos y varios sofás gastados, que en su tiempo debieron de ser carísimos. El salón tenía dos ventanas que miraban hacia el parador, y al lado de una de ellas, rompiendo el encanto de aquel lugar añejo, había un pequeño televisor. Frente a él, un hombre sentado en un tresillo de terciopelo rojo nos daba la espalda. Desde su posición, con un simple desvío de mirada, podía ver tanto la televisión como el parador, cuya visión se dominaba de forma completa. Por lo que había dicho Lucrecia, supuse que el hombre debía de estar muy enfermo y me preparé para intentar charlar amigablemente con un hombre a punto de llegar a su propia noche.

Germán ejecutó un carraspeo muy solvente que casi pareció natural. Tras su tos fingida, se aproximó unos pasos. «Le falla un poco el oído», me explicó en un susurro.

—Ricardo, ¿qué tal? Venimos a darte la lata un rato.

Nuestro anfitrión, por fin, pareció darse cuenta de nuestra presencia: para mi sorpresa, se levantó de forma ágil y se dirigió a nosotros. Me pareció menos arrugado que su mujer, pero tampoco resultaba descabellado calcularle, al menos, unos ochenta años.

—Hombre, qué bien. ¿Y cómo habéis...?

—Nos ha dejado pasar Lucrecia, pero como hay confianza ya hemos venido solos.

Ricardo asintió con una de esas sonrisas que guardan un inconfesable cansancio. Su voz me pareció gruesa y estropeada, pero al instante comprendí que tras el elegante fular de seda que llevaba en el cuello debía de soportar algún tipo de cánula o de cicatriz reciente a causa de su cáncer de laringe. Sin embargo, su aspecto, en general, no era malo: el batín que llevaba para estar en aquella inmensa casa era de buena calidad y él estaba afeitado y repeinado hacia atrás con una cantidad indecente de gomina. Su mandíbula bien definida y la limpieza de sus rasgos me hicieron intuir que, de joven, debía de haber sido un hombre razonablemente bien parecido. Se acercó a cada uno de nosotros para estrecharnos las manos y, a pesar de su aspecto aseado, pude apreciar esa inquietante mezcla de olor a medicina y a enfermedad que desprendía. Cada vez que decía una frase con su voz rasgada, se paraba para tomar aire con intensidad; parecía que hubiese estado sumergido en el mar un largo rato y emergiera para respirar.

—¿Y a quién me traes aquí, profesor? —preguntó a Germán, pero mirándome a mí y sin decidirse a soltarme la mano.

Comprendí que aquel hombre me analizaba y radiografiaba con detalle, tal vez incluso desde que yo había entrado por la puerta de su salón.

—Pues mira, a un investigador famoso.

—Oh, no me digas.

Resté importancia al apelativo que me había otorgado Germán, negando con la mano. Al menos no me había presentado como *detective*, porque aquel término solía elevar las expectativas de las personas, que creían estar ante alguien con una vida sumamente interesante, cuando en realidad solo se encontraban conmigo.

—Seguramente no me conozca —dije con falsa modestia y, en el fondo, ya un poco molesto por que nadie me reconociese—. Me llamo Jon Bécquer —me presenté, explicándole un poco mi trabajo en la universidad y en Samotracia junto a mi amigo Pascual.

—Así que Jon Bécquer... —El hombre me miró durante unos segundos, como si estuviese decidiendo qué nota ponerme. De pronto, su rostro se iluminó—. ¡No será usted el del anillo de Oscar Wilde!

—El mismo —confirmé, satisfecho por fin de que el eco de alguno de mis logros hubiese llegado a aquel bosque perdido en el corazón de Galicia.

—Sí, ya sé quién es —dijo con satisfacción—, lo vi en el telediario. Qué interesante... ¿Y cómo es que ha terminado en Santo Estevo?, ¿unas vacaciones?

—Está investigando los nueve anillos de los obispos —le informó Antón, cruzándose de brazos y sentándose en el reposabrazos de uno de los sofás—, pero *xa lle dixen* que de todo lo del monasterio no queda nada.

Por fin, Ricardo soltó mi mano y me miró con renovada curiosidad.

—Así que los anillos... ¿Pero eso no era una leyenda?

—Esa es la pregunta que más me han hecho estos días, la verdad. Pero yo creo que existieron.

Ricardo sonrió.

—La verdad es que en Santo Estevo no se habla de esos anillos desde hace mucho tiempo. ¿Ya sabe que Antón fue vigilante del monasterio?

—Sí, me lo ha contado.

—Pues ya lo ha escuchado entonces... Allí ya no quedaba nada cuando hicieron el parador.

Me encogí de hombros, algo derrotado ante el escepticismo con el que me tropezaba constantemente.

—La esperanza es lo último que se pierde... o eso dicen, al menos.

—Los jóvenes sí, eso dicen.

Tomó aire y me miró con un punto de condescendencia, aunque al instante nos invitó a todos a sentarnos en los amplios sofás, frente a la biblioteca. No pude evitar considerar que muchos de aquellos libros antiguos, seguramente, también habían salido del viejo monasterio. Sobre algunas estanterías y mesas pude observar desde candelabros antiguos hasta elementos litúrgicos repartidos como unos elementos más de la decoración. Sobre el mobiliario había colecciones de toda clase: un par de dagas, una espada y muchas llaves antiquísimas. Tras el cristal de una vieja vitrina, una colección de pistolas más o menos antiguas acumulaba discretas capas de polvo. Todo lo que veía parecía querer hablarme, enviarme mensajes cifrados, pero mi cerebro no dejaba de bailar por culpa del vino que había tomado en casa de Antón.

En aquel instante apareció Lucrecia acompañada de una mujer joven, que por sus rasgos parecía de origen sudamericano. Llevaba una bandeja con vasos diminutos y una preciosa y delicada botella de cristal, en cuyo interior se mecía un líquido tan negro como un mal augurio. Sobre la bandeja, una enorme tarta de manzana ya había sido troceada. ¿Quién lo hubiera dicho? Al final, Lucrecia no era tan mala anfitriona.

—Gracias, Elsa, déjalo ahí —ordenó—. ¡Elsa! Que lo dejes ahí —insistió, alzando exageradamente la voz—. Está sordísima —explicó entornando los ojos y dirigiéndose a mí, pero en un tono más moderado que el que había utilizado con la chica—. A ver, señores. Un licor café, que ya son más de las seis.

—Yo no sé...

—Pues hay que saber, chico, ¡hay que saber! —se rio ella, poniéndome ya un vaso en la mano.

Germán me miró, y en su mensaje no supe descifrar si se limitaba a animarme a probar aquel licor o a explicarme que el no hacerlo sería una descortesía. Lucrecia comenzó a servir todos los vasos y, de pronto, pareció recordar algo y se dirigió a su marido:

—Ay, está ahí Alfredo, ahora viene.

—¿Y eso?

—Nos trajo unas cosas del supermercado, lo tengo en la cocina descargando. Le he dicho que se venga. Como hoy parece que tenemos fiesta, qué coño.

—Ay, Lucrecia. —Ricardo tomó aire y me miró—. Alfredo es un chico del pueblo que, mire, precisamente sabe muchas leyendas de la zona.

Justo en aquel instante entró un hombre que me pareció más o menos de mi edad. Era corpulento, casi obeso, y caminaba con gesto despistado. Se hicieron las presentaciones, y así supe que el nuevo invitado se llamaba Alfredo Comesaña y que, desde no hacía mucho tiempo, se vestía de monje de vez en cuando para los turistas, a los que paseaba por el parador. Pero sus conocimientos de la zona parecían más vinculados a rutas de senderismo que a la historia. De hecho, confesó haberse inventado alguna de las leyendas de ánimas en pena que les contaba a los huéspedes del hotel.

—¿Y se creen esas historias?

—No sé. Cuando paseas de noche por el monasterio es fácil creerse casi todo.

—Será esa queimada que les preparas —sonrió Germán, que ya se había negado tres veces a que Lucrecia le rellenase el vaso de licor café—. Pero lo que quiere saber nuestro invitado es todo lo posible respecto a los anillos de los obispos. ¿Alguna idea?

—Señor Bécquer —dijo Ricardo sin dejar responder a Alfredo Comesaña y tomando aire, como si fuese a hacer una meditada confesión—, yo nunca los he visto. De hecho, ya le he dicho que en realidad pensaba que se trataba de una leyenda. Pero, en todo caso, supongamos que encontrase esos anillos. ¿Para qué le servirían?

—¿Para qué? Son reliquias de hace casi mil años, ¡sería increíble dar con ellos!

—¿Para incluirlos en su lista de logros ante la prensa?

—Le aseguro que ese nunca es nuestro objetivo en Samotracia.

—Por supuesto que no, su objetivo será la recompensa estatal o de los particulares por sus hallazgos, ¿me equivoco?

—No, no se equivoca —reconocí, poniéndome algo tenso—, porque nuestro trabajo tiene un precio, como el de todos, pero nuestra verdadera misión se encuentra en restituir los objetos y piezas de arte a donde pertenecen.

—Qué altruistas.

—No se equivoque —me defendí—, no somos una simple empresa que hace caja; mi compañero Pascual se dedica a la divulgación histórica y hasta científica de algunos de nuestros hallazgos, y sus artículos han sido publicados en las mejores y más prestigiosas revistas del sector.

—Ah, pues en ese caso —intervino Germán, creo que para echarme una mano y restar algo de tensión—, ya solo con todo lo que hay en la bodega de Antón tenéis para diez artículos en el *National Geographic*.

Todos se rieron, y Lucrecia no pudo evitar intervenir.

—¿Esa bodega cochambrosa de la Casa de Sa? No, hombre, no, le enseño yo nuestros viejos calabozos y me los pone en una revista en condiciones, qué carajo.

Sin embargo, Ricardo se mantenía ajeno a las bromas y a ratos me miraba fijamente, para pasar de forma alternativa a estar consigo mismo, en sus pensamientos, completamente ensimismado. Por un instante dudé sobre su cordura. Tal vez fuese una de esas personas que, intuyendo próxima la muerte, se toman la vida de forma especialmente intensa. O quizás, como muchos ancianos, se perdía en sus pensamientos y recuerdos como si en ellos encontrase la única realidad auténtica a la que asirse. Volvió a hablar sin mirarme, dirigiendo la vista hacia el parador a través de la ventana.

—Pero la fama de su empresa sería mayor si diese con los anillos.

—Posiblemente, aunque no estoy aquí por mi trabajo en Samotracia. He venido precisamente en mi tiempo de vacaciones, y mi búsqueda de los anillos obedece a una investigación mía particular, sin interés económico alguno.

—Ya veo... —Ricardo me observó como si mis explicaciones, en vez de suavizar el ambiente, constituyesen una amenaza—. Supongamos que encontrase sus famosos anillos, ¿qué pasaría con ellos?

—Pues no sé..., los llevarían a un museo, y así los podría ver todo el mundo.

—Y a un museo de quién, ¿de la Iglesia, del Gobierno? Porque alguna de sus instituciones tal vez sí le diese una pequeña recompensa.

—Es posible —reconocí—, pero no cuento con ello. Supongo que quien tendría derecho obvio y prioritario sería la Iglesia.

Germán intervino dirigiéndose a mí con gesto pensativo.

—Pero la Iglesia quizás guardase las reliquias en el depósito de arte al que me contaste que te llevó la restauradora, sin mostrárselas al público.

—O podrían llevarse los anillos a un museo extranjero, o venderlos, incluso —añadió Ricardo—. ¿No, Germán? ¿No se han llevado a Picasso, a Murillo y hasta a Velázquez por ahí?

El profesor pareció esforzarse por mostrar un gesto concentrado, aunque había bebido tanto que dos grandes coloretes habían iluminado su rostro y difuminado la claridad de sus pensamientos.

—Sí, bueno... *La venus del espejo* está en la National Gallery de Londres; ¿saben que es el único desnudo femenino que se conserva de Velázquez? —Germán comprobó que el dato no le había interesado a nadie y carraspeó, nervioso—. También tenemos..., vamos a ver..., a Picasso con *La mujer que llora* en Australia, y con *La habitación azul* en Washington... Qué sé yo, ahora mismo no me vienen más a la cabeza.

—Pero aquí hablamos de arte sacro, de reliquias, no creo yo que...

—¿No, señor Bécquer? ¿No cree que se lo llevasen fuera de aquí, como por ejemplo al Museo de Arte Sacro de Santiago, o al de Monforte, o a los museos vaticanos de Roma, incluso? ¿O lo que no cree es que los fuesen a vender a alguna colección privada para sanear su economía? —preguntó Ricardo en tono incisivo.

—No sé si se refiere a la Iglesia, al Gobierno, o a...

—Me refiero a todos. Esos anillos y hasta nosotros

mismos dependemos de quien lleve la batuta en cada momento, ¿no lo ve, señor Bécquer? Los tiempos cambian y las prioridades también. —Ricardo tomaba aire cada vez con más frecuencia—. Ahora, lo espiritual, la esencia de las cosas, ya no vale nada.

—No digo que no lleve algo de razón, pero sigo pensando que encontrar esos anillos, más allá de mis intereses particulares, podría ser muy beneficioso para la zona.

—¿Beneficioso? Qué cree, ¿que vendrían ejércitos de peregrinos a verlos? —rugió Ricardo con su voz rota.

Que continuase hablando contribuyó a tensar definitivamente el ambiente. Su decisión y vehemencia me dejaron claro que para él aquel asunto era muy importante.

—¿O cree, quizás, que de pronto el Gobierno invertiría más en la zona, o que la diócesis arreglaría la iglesia? No sea ingenuo, joven.

—Si lo fuese no habría llegado hasta aquí. —Me puse serio—. Sé cómo funciona el mundo, señor Maceda. Por eso estoy seguro de que en unas buenas manos y con la publicidad adecuada, a lo mejor los anillos podrían volver a atraer a muchas personas a Santo Estevo.

—¿Y cuáles son, según usted, esas buenas manos? ¿Las de los políticos? ¿Las de la Iglesia? —preguntó con marcada ironía, haciendo un descanso para tomar aire.

Se produjo un silencio incómodo, que rasgó Lucrecia acercándose a su marido y obligándolo a sentarse.

—Ricardo, relájate un poquito, coño. Que te me pones intenso por una porquería de anillos. ¡A ver, esa tarta de manzana, que no me quede nada en la bandeja, señores!

Como si con ello pudiésemos destensar el ambiente, todos nos fuimos acercando a aquella tarta para dar cuenta de ella. Germán comenzó a hablar de las virtudes y delicias de la repostería, enlazando el tema de forma sorprendente con la escasez de pasteles que él había registrado en los bodegones de la historia pictórica española. Alfredo Comesaña se me acercó y me habló casi en un susurro.

—¿De verdad cree que esos anillos podrían atraer más turistas?

Asentí, sin saber todavía si era una pregunta o una ironía. Miré a los ojos a mi interlocutor y no atisbé malicia ni sarcasmo en su gesto. Aquel gigantón asintió a su vez, pensativo, y entre todos comenzamos a conversar sobre otros temas menores. Cuando salí de aquella centenaria Casa de Audiencias ya era de noche, y las estrellas parecían pétalos de flores blancas y brillantes iluminando los bosques inmensos que me rodeaban. Me despedí de Germán agradeciéndole sus gestiones como cicerone, y asegurándole que le avisaría para que me guiase al Lugar de la Horca cuando pudiese.

Bajé el empinado camino hacia el parador y, ya ante la gran puerta de entrada que daba paso al claustro de los Caballeros, tuve la sensación de ser observado. Me volví sin ver a nadie, y alcé la vista hacia la Casa de Audiencias. En ella, juraría haber visto a Lucrecia apoyada en el marco de una ventana, fumando y clavándome una mirada tan afilada como la lengua. Al instante, pero muy lentamente, apoyó la barbilla sobre su mano libre e, ignorándome, miró hacia las estrellas.

Fue entonces cuando sentí el peso de los siglos sobre mis hombros, y supe que aquella tarde inolvidable había estado cargada de mentiras.

12

El sargento Xocas Taboada miró el reloj y comprobó que ya casi era la hora de comer. Suspiró profundamente y cerró su libreta. Ramírez fue al servicio y él se frotó los ojos en un gesto de cansancio.

—A ver, que yo me aclare, señor Bécquer. Entonces, conoció al difunto señor Alfredo Comesaña ese mismo día, en la Casa de Audiencias.

—Sí, señor.

—¿Y no habló con él nada más que lo que nos ha contado?

—No, se lo juro. La siguiente vez que lo vi fue el día antes de su muerte, que apareció por la cafetería del parador mientras yo desayunaba y me pidió que quedásemos por la noche para decirme algo importante.

—Y usted pensó que iba a contarle algo de los anillos, imagino.

—Mantuve esa esperanza, sí.

—¿Y no le pareció raro?

—Bastante, pero qué quiere que le diga, no iba a dejar de acudir a la cita.

—Pero no le concretó el motivo del encuentro, supongo.

—No, no lo hizo.

—Qué normal todo, ¿no?

Bécquer se encogió de hombros, con gesto abatido. Xocas se levantó y estiró las piernas, acercándose a la ventana y mirando hacia la que ahora ya sabía que era la vieja Casa de Audiencias.

—Y el difunto... ¿qué sensación le dio? Me refiero a cuando lo conoció en casa de los Maceda.

—¿Qué sensación? Pues no sé, un hombre sencillo, qué quiere que le diga.

—Sencillo cómo. ¿De pocas luces?

—Por decirlo de alguna manera.

Xocas se volvió y fue a coger su libreta, que abrió en una hoja nueva. Sobre ella escribió cuatro nombres. Germán. Antón. Ricardo. Lucrecia. Se los mostró a Jon.

—Antes dijo que todos le resultaban sospechosos. Ya no sé si del supuesto y, de momento, imaginario asesinato de Alfredo Comesaña o si de ocultar información sobre sus misteriosos anillos.

—No lo sé —reconoció Bécquer, sentándose sobre su cama. De pronto, parecía sentirse muy cansado—. Germán es experto en arte, Antón fue el vigilante del monasterio durante treinta años..., imagínese, ¡treinta años! Y Ricardo... ya le he contado cómo hablaba de los anillos, como si perteneciesen a Santo Estevo, como si no quisiese que los encontrase nadie.

—Pues si esos anillos todavía existen y es él quien los tiene escondidos, desde luego con usted ha disimulado bastante mal.

—A lo mejor los ocultan entre todos, yo ya no sé qué pensar, qué quiere que le diga.

—Cuando dice entre todos, ¿se refiere a esa pandilla de ancianos? —se rio el sargento—. La logia de los nueve anillos —añadió impostando la voz en un tono grave y algo teatral. El profesor hizo caso omiso.

—He entrevistado a más gente estos días, no crea. Gente del pueblo, de los alrededores. Todos eran muy amables, muchos me invitaban a pasar a sus casas y le puedo asegurar que gracias a ellos ya sé qué es el café de pota, el buen licor café y la crema de orujo, pero al final casi siempre sucedía lo mismo...

—No me diga más. Le hablaban en gallego y no se enteraba de nada.

Bécquer sonrió, aceptando la chanza.

—Eso también. Pero noté que casi siempre, cuando insistía en mis preguntas sobre los nueve anillos, de pronto, no sabían nada. A algunos les sonaban vagamente, otros me decían que eran una leyenda, y unos pocos cambiaban de tema.

—Posiblemente no le mintieron. Usted mismo comprobó como en Alberguería ni siquiera un anciano de la zona sabía nada de la panadería monacal. ¿Por qué aquí iba a ser diferente con los anillos?

—No sé explicarlo, sargento. Es... es como un pálpito, algo que percibí en las personas, en cómo esquivaban el tema, en cómo Ricardo Maceda se preocupaba por el futuro de los anillos si fuesen descubiertos. ¿Sabe a qué me recordó?

—A qué.

—Al caso de la corona etíope que le conté antes, la que encontramos Pascual y yo en Holanda.

—Hombre, ya mezclar unos anillos del Medievo con una corona de Etiopía a lo mejor es mucho.

—No se burle, que tiene su sentido. Algunos compatriotas del que guardaba la corona sabían que la tenía escondida: ¿sabe cuántas amenazas de muerte recibió para que la devolviese? Pero se mantuvo firme, y ya le conté que solo la devolvió cuando vio que había un gobierno medianamente decente en el país.

—¿Y qué quiere decirme con eso, que esa pandilla de ancianos custodia los anillos hasta que en Galicia tengamos un «Gobierno decente»? —preguntó el sargento, con tono descreído.

—No lo sé —reconoció Bécquer, mostrando con su expresión que aquella posibilidad también a él le parecía un tanto descabellada.

Xocas, viendo la seriedad del semblante de aquel curioso profesor, decidió dejar de mostrarse sarcástico. Sin embargo, la historia que Bécquer le estaba contando, de momento, no le estaba llevando a ninguna parte. En realidad, ¿qué estaba haciendo allí? Todo lo que tenían era una muerte natural y a un extravagante detective de arte que parecía vivir dentro de una película. Sin embargo, tenía que reconocer que él seguía viendo algo raro en todo aquello, en cómo había aparecido el cadáver de Alfredo Comesaña. No podía quitarse de la cabeza sus manos retorciéndose sobre la tierra; pero lo cierto era que, más allá de conjeturas y suposiciones, no tenía nada. Volvió a mirar el reloj justo cuando Ramírez regresaba del servicio.

—Mire —le dijo a Bécquer con semblante circunspecto—, de todo lo que nos ha contado no se puede desprender un ánimo violento o criminal contra Alfredo Comesaña, que le recuerdo que de momento ha fallecido de muerte natural. Cuando recibamos los resultados de la autopsia, si observamos algún elemento indiciario de homicidio, lo avisaré, por supuesto.

—Oh, pero entonces... ¿se van?

—Eso me temo, señor Bécquer.

—¡Pero aún no he terminado de contarles mis investigaciones!

—Ya me imagino que serán muy interesantes, con caballeros templarios de ochenta años escondiendo reliquias milenarias, pero ahora comprenderá que tengamos que ir a comer y a atender otros asuntos.

—Lo entiendo —asintió el profesor, con evidente gesto de fastidio. De pronto, se le iluminó el gesto—. ¡Déjenme que los invite a comer!

—No sé si será lo más adecuado —replicó Xocas sorprendido.

—Los retendré solo el tiempo de la comida, y aprovecharé para contarles el resto de mis averiguaciones. —Jon Bécquer atisbó un gesto de duda en la mirada del sargento, de modo que aprovechó para insistir un poco más—. ¿O es que no quieren saber cómo encontré el escondite de los cuadros de los obispos?

La agente Ramírez, incapaz de resistirse a saber cómo continuaba la historia, miró con gesto suplicante a Xocas. El sargento entornó los ojos y suspiró, comprendiendo que ese día sería largo y que lo pasaría dentro de aquella fortaleza de piedra llena de misterios.

Marina

La operación fue complicada. Ni el doctor Vallejo tenía costumbre ni sus ayudantes experiencia. Por fortuna, el herido no había despertado de su inconsciencia en todo el proceso, y a lo sumo deliraba incongruencias sobre la muerte, el dolor y una mujer llamada Lucía. «Fue su primera esposa», explicó fray Modesto. «Murió al dar a luz a Marcial.»

Llegó un momento en que el doctor Vallejo, ya casi terminando, apenas podía ver a través de sus gafas empañadas, tal era su nerviosismo y la cantidad de sudor que empapaba prácticamente a todos. Fue Marina la que le pidió que descansase para ser ella quien terminase la última costura de piel, pues las vísceras dañadas ya habían sido suturadas y reintegradas al abdomen.

Entre tanto, fray Modesto y fray Eusebio cocinaban una infusión de equinácea y otras hierbas, que aseguraban que, al dársela de beber al herido, rebajaría las posibilidades de infección. El joven Franquila, al tiempo, preparaba en el mortero un emplasto de ajo, miel, vinagre de manzana, cúrcuma y jengibre, que pondrían después sobre las heridas para evitar la temida infección, pues si esta se daba, con frecuencia resultaba mortal.

Solo cuando terminaron de vendar al alcalde cruzaron Marina y Franquila sus miradas por primera vez. Para ella resultó una sorpresa detectar, de inmediato, la inteligencia de aquellos oscuros ojos grises. Se esperaba a un muchacho de gesto más servil y corriente, acostumbrado a obedecer y a discurrir poco por sí mismo. Desde luego, su aspecto no tenía nada de extraordinario. Ni alto ni bajo, ni feo ni guapo, ni vulgar ni carismático. Sus rasgos eran como tantos, un dibujo de cejas, nariz y labios. En él, cejas rubias, nariz discreta y labios finos, que sonrieron al terminar el trabajo con el alcalde y mirarla tranquilamente a los ojos. Debía de ser el único en la botica que había permanecido completamente flemático durante todo el proceso quirúrgico, que les había llevado casi dos horas. A Marina le inquietó aquel aplomo, aquella serenidad pesada y rotunda, más propia de las personas de mayor edad. El fondo del muchacho le pareció indescifrable y, por ello, procuró esquivarlo.

—Conque al final tenía algo de razón el señor abad —dijo fray Modesto, mirando a Marina— y a nuestra joven dama se le da bien la costura.

Todos rieron con esa risa floja que libera las tensiones acumuladas, y el monje boticario llamó a unos criados para que trasladasen al herido a una cama.

—La enfermería la tenemos en la fachada este del monasterio —le explicó fray Modesto al doctor—, que es donde tenía el abad sus estancias durante el invierno, allá por el Medievo. Ya verá, no es grande, pero disponemos de una terraza para los baños de sol, que hemos observado que son buenos para los pacientes.

Según trasladaban al herido en una camilla, avisaron al abad y fueron a buscar al hijo del alcalde, al que tuvieron que mandar llamar a la Casa de Audiencias. Allí custodiaba, en el calabozo, a los alborotadores que habían herido a su padre. Mientras no llegaba el joven oficial, el abad hizo regresar a todos a la botica, pues la entrada al monasterio estaba llena de curiosos.

—Gracias a Dios que habéis podido atender resueltamente al herido, aun sin la asistencia del cirujano.

—Hermano, lo creas o no, ha sido tu sobrina la que me ha ayudado en las últimas suturas. Y este muchacho —añadió el doctor señalando a Franquila— ha resultado ser de pulso firme y tranquilo; sin él y sin los remedios de fray Modesto y fray Eusebio no habríamos salido adelante.

—Alabado sea el Señor, que ha proveído vuestro encuentro en la hora que debía.

El doctor, cansado, no deseaba las alabanzas de su hermano, sino conocer qué los había llevado a aquella situación inesperada.

—Y entonces, ¿qué ha pasado, quién hirió al alcalde?

—Ah, unos forasteros. ¡Qué calamidad!

—Pues cómo, ¿lo agredieron sin más?

—No, por Dios. Aunque me temo —consideró, bajando el tono— que el herido y su hijo se esmeraron demasiado en su cometido. Los violentos fueron varios hombres de una familia asturiana que viajaba con criaturas de corta edad. Uno de los pequeños falleció de calenturas y le dieron santa sepultura en el camposanto, pero no quisieron pagar la luctuosa, con lo que ya se enredó el cuento. El párroco que sí, ellos que no, que no tenían con qué. Y alguien avisó al alcalde, que estaba ya por Santo Estevo, y no fue más que encontrarse y volar los puñales. El padre del niño, antes de que lo esposasen, se defendió atacando... En fin, una desgracia.

—¿Qué es la luctuosa? —se atrevió a preguntar Marina en tono bajo a fray Modesto. Sin embargo, el propio abad la escuchó y respondió por él.

—Es el impuesto que se paga por morir en el coto, querida sobrina, aunque seas forastero.

—¿Pero no estaba en desuso? —se extrañó el doctor—. ¡A fe mía que no habrá ley que lo recoja!

—Pero habrá costumbre, hermano, habrá costumbre. Y aquí se usa, aunque solo sea por pagar los servicios al párroco por la santa sepultura.

—Pero si esos pobres no tenían con qué pagar —intervino Marina—, y además perdieron su criatura, ¿no sería un acto de buen cristiano el perdonarles la deuda?

—Ah, las mujeres siempre con sus blandos cuidados

—dijo una voz a sus espaldas, pues había llegado el joven oficial Marcial Maceda y había escuchado la última parte de la conversación—. ¿Sabe usted, doña Marina, que ya el año pasado se vio obligado el rey a dictar una Real Cédula contra la falta de observancia y respeto a los sacerdotes? ¿Y sabe que tuvo que hacerse por la proliferación de palabras indecentes y contrarias a Dios, por la falta de reverencia en los templos y por los amancebamientos en pecado que crecían en número en el reino?

—Marcial —intervino el abad—, no considero apropiado que...

—Lo sé, padre, discúlpeme. Pero solo con nuestra rectitud podemos lograr evitar la decadencia.

El abad asintió y retomó el control de inmediato.

—Le gustará saber que su padre, gracias a Dios, se recupera ya en la enfermería.

—Estoy al tanto, me han informado los criados.

El muchacho, que ya se había retirado su sombrero militar, se acercó al médico y se inclinó, besándole la mano.

—Gracias por salvar a mi padre, no lo olvidaré.

—No he estado solo en la tarea, oficial. Estos frailes y hasta mi propia hija han ayudado a que la cirugía fuese la adecuada. Ah, y este joven... —añadió mirando a Franquila, que ya se había escurrido a un segundo plano.

Marcial los observó a todos como si los memorizase y asintió complacido.

—Estoy en deuda con ustedes. Y con usted, estimada Marina. Sería para mí una satisfacción imponderable que me permitiesen agradecérselo de algún modo.

—No, no es preciso —intervino el doctor en lugar de su hija—. La pronta recuperación de su padre será la adecuada recompensa. Y debiéramos revisar las heridas de su rostro —sugirió, acercándose al oficial—, tal vez precise sutura. ¿Le han herido en algún otro lugar?

—Algún golpe he llevado, pero apenas lo noto. Se lo agradezco, pero lo que yo quisiera ahora es ver a mi padre.

—Su padre ahora duerme y descansa, hijo mío —dijo

fray Modesto—. Venga, le echaremos un vistazo en la botica.

Y así, regresaron todos a la mágica pieza, donde todavía se cocían, ya echadas a perder, las hierbas aromáticas que hervían dos horas antes. El doctor revisó las heridas del joven, y Marina, como si fuese una enfermera experimentada, lo ayudó a limpiarlas sin que el oficial le quitase ojo de encima. Franquila se acercó con un albarelo que por fuera, y con su elegante letra en color azul, tenía escrito «Cistus. L.».

—¿Qué es eso, criado?

—Ládano, para los golpes.

El oficial miró a fray Modesto como si precisase confirmar que aquello que se le acercaba no era un ungüento emponzoñado, y ante el gesto afirmativo de este se dejó hacer. Franquila, con toda tranquilidad, extendió sobre los moretones del herido aquella sustancia oscura y resinosa, dejando un agradable olor sobre la piel del oficial. Después le limpió unas heridas del brazo con un líquido de color oscuro.

—Por Cristo bendito, ¿qué es eso? ¡Escuece!

—Lo siento, señor —replicó Franquila, que en realidad no guardaba gesto alguno de disculpa en la mirada—, es solo planta pimpinela, para mejorar la cicatrización. Si se abren las heridas, reducirá la hemorragia.

Fray Modesto quiso respaldar a su joven ayudante.

—Quede tranquilo, Marcial. Está en buenas manos; esa planta la utilizan todos los cocineros para curar los cortes, ¿no conoce la *planta de los cuchillos*?

El gesto del joven alguacil evidenciaba que no, que en realidad ni conocía ni tenía interés alguno en saber de plantas ni de sus alquimias. Sin embargo, miró a Franquila con curiosidad.

—¿Cómo te llamas?

—Franquila, señor.

—Franquila... —repitió—. Hoy has hecho algo bueno, lo tendré en cuenta y no lo olvidaré. Gracias —le dijo, levantándose con cuidado.

Ahora que sus nervios se habían templado, su cuerpo parecía comenzar a suplicar descanso. Justo cuando iba a salir por la puerta, le interrumpió a su espalda la voz de Marina.

—Oficial, ¿qué le pasará al padre del pequeño?

El joven se volvió, clavándole la mirada con seriedad.

—No le tenga compasión a ese hombre, señorita. Él era padre, y yo soy hijo. Si no hubiese sido por ustedes, ahora yo sería huérfano y ese desgraciado que tengo en el calabozo un asesino. Y le aseguro que iría a la horca.

—¿A la horca? —intervino extrañado el padre de Marina—. ¿Acaso utilizan un método tan primitivo en este reino?

—Las delicadezas del garrote son para los criminales de la capital, doctor —replicó el joven con una sonrisa cansada que le añadió muchos años y cierto halo de amargura.

El oficial dio dos pasos hacia Marina, que le aguantó la mirada completamente erguida y atenta.

—No me tome por un monstruo, estimada Marina. Aquí procuramos mantener el orden y la paz como sabemos y podemos. Si mi padre se recupera, tal vez ese desdichado se lleve solo unos azotes. ¿Le agradaría resolverlo así?

Marina asintió, pensando en el menor de los males para aquel hombre que acababa de perder a un hijo y que ahora debía de retorcerse de pena en el calabozo.

—Así sea. Por sus cuidados a mi padre, procuraré la compasión para el que la merezca. Es usted bondadosa, pero el equilibrio de las cosas también se encuentra en impartir justicia... Ah, ¡mujeres! —concluyó negando con la cabeza y saliendo de la botica tras despedirse cortésmente.

Su tono displicente molestó a Marina, pero consideró que la capacidad de rectificar del oficial, de suavizar sus consideraciones sobre el agresor de su padre, podría hablar en su favor. Tal vez su convincente aura de seguridad, su gesto presuntuoso, fuese solo la máscara de un buen corazón. Un muchacho que había perdido a su madre al nacer, ¿quién sabe con qué carencias de cariño y de palabras se habría criado?

Aquel día se suspendió la comida que iba a tener lugar en la cámara del abad, y solo se tuvo a bien, dadas las circunstancias, una reunión a media tarde entre el médico, el cirujano y el sangrador, que ya habían llegado a Santo Estevo. Por supuesto, Marina ya no estaba invitada a tal encuentro, y pasó la tarde con Beatriz, dando forma a su nuevo hogar. Por su criada supo que el alcalde y el joven oficial, en su calidad de alguacil, solo dormían en la Casa de Audiencias de vez en cuando. Dos veces por semana para pasar audiencia desde primera hora, y en otras ocasiones si las urgencias lo requerían. El resto del tiempo, al parecer, aquella casa era una especie de fortaleza a cargo de varios criados y un centinela, pues también guardaba el archivo de asuntos civiles y penales tramitados en la demarcación. Beatriz había sabido, además, que el alcalde y su hijo disponían de un pazo en Nogueira, un pueblo cercano, y que normalmente vivían allí junto con la segunda esposa del alcalde y sus hijos gemelos, que apenas eran todavía criaturas de siete u ocho años.

—Pues sí que has arreglado la mañana, ya te has hecho con todas las habladurías y cuentos del pueblo.

—Ay, señorita, es que estaba fuera tendiendo alfombras y me paraban las lavanderas. Y claro, no iba yo a ser descortés. Y con el revuelo que aquí había por lo que les sucedió allí abajo, en el monasterio... No se hablaba de otra cosa y las gentes venían a preguntar.

—Pues si tanto sabes de las cosas de Santo Estevo, otro tanto habrás contado.

—Ay, no, señorita. Que tengo yo mucha trastienda y entendimiento, y solo cuento lo que conviene.

Marina suspiró.

—Descuida, querida Beatriz, que no hablaba en serio. En esta casa no hay secretos. ¿Te agrada el pueblo?

—No es nuestro Valladolid, señorita, pero habremos de apañarnos.

Por la noche, cuando el padre de Marina regresó a la casa, se maravilló de ver cuánto habían hecho Marina y Beatriz, pues ahora la vivienda se había vuelto más acogedora. El aroma de la comida en el horno, las flores sobre una mesa. El hogar.

—Padre, ¿ha despertado el alcalde?

—Sí, hija. Se encuentra débil, pero creo que se recuperará. Los monjes lo cuidarán bien. He conocido al sangrador y al cirujano, que viven también en el pueblo. Mañana vendrán a comer a casa y los conocerás.

—¿Sí? Qué bien, padre. ¿Ha revisado el cirujano las heridas? —preguntó sin disimular su ansiedad, pues le interesaba el visto bueno del especialista.

—Ah, querida niña... Me ha dicho que él no lo habría cosido mejor —le reveló, pellizcándole cariñosamente en la mejilla—, y mira que estudió en el Real Colegio de Cirugía de Cádiz y no es ningún analfabeto de esos que cortaban huesos en la guerra. ¡Tiene un acento del sur ciertamente gracioso! Le ha resultado incluso conmovedor cómo hemos batido los tres enemigos básicos de la cirugía...

—Oh, ¿enemigos? ¿Y cuáles...?

—La hemorragia, el dolor y la infección, querida. Aunque lo segundo ha sido obra del propio herido, por permanecer sin consciencia tanto tiempo.

—Y la infección, cosa de los monjes —apuntó Marina con una sonrisa—. El emplasto que preparó el joven Franquila debe de ser muy efectivo, he de anotar todo lo que usaron.

—Vaya día han tenido los señores —comentó Beatriz, carente del más elemental sentido de la discreción—. Yo he pasado la mañana con mis quehaceres y con el badulaque de Manuel, que sin esperar las órdenes del señor ya ha empezado a organizar la huerta.

El doctor se rio, y por aquella noche ordenó que los criados cenasen con ellos, pues era una jornada para celebrar. En su primer día, había asentado sin pretenderlo fama de buen médico, que ya había corrido por Santo Estevo y los pueblos de alrededor, y se había ganado el agradecimiento del alcalde y de su hijo, de quien advirtió a Marina.

—Debes moderar tus palabras, hija. No estamos en la ciudad. Esta gente dispone aquí del poder de un rey.

—Pero, padre, ¿no ha sido injusto lo que le ha sucedido a ese hombre que ahora tienen en el calabozo? Un pobre sin recursos, ¿cómo iba a pagar a la Iglesia? ¿No se debiera atender con caridad a esos peregrinos?

—Se debiera, hija. Pero para atender las conciencias ya está la Iglesia, y para mantener el orden, la justicia del alcalde. Así que, tú, ver, oír y callar.

El gesto y el tono del doctor no dio lugar a réplica, y con aquella advertencia pasó Marina su segunda noche en Santo Estevo. Un lugar con leyes antiguas, bosques inmensos y reliquias milagrosas.

Con el paso de los días, Marina supo, por Beatriz, que en el pueblo ahora la llamaban la Cirujana, y que ya habían inventado sobre ella leyendas de pócimas y ungüentos traídos por su madre desde Cantabria. Cuando el alcalde se recuperó, visitó a la joven y a su padre en la casa del médico, y a Marina le sorprendió lo rejuvenecido de su rostro, el gesto tan distinto que traía. Sin duda, el dolor lo había llevado días atrás a tener un rictus más cercano a la muerte. Ahora todavía caminaba con reposo y prudencia, y aún no podía cabalgar, pero tras solo una semana su recuperación había sido asombrosa. Él mismo llegó a decir que aquella mejoría había sido gracias a las santas reliquias que guardaba el monasterio, pues le habían llevado las más importantes a la enfermería, y allí él las había tocado y rezado un padrenuestro. A Marina le pareció que aquella recuperación se debía más a los cuidados y medicinas recibidas, pero tampoco desestimó la fuerza de la fe ni la influencia de Dios en aquel asunto.

A ella no le acababa de convencer el alcalde: le parecía un hombre en general seco, de pocas palabras, pero de ojos astutos y escurridizos. Cuando hablaba, lo hacía con una calma exagerada que a ella se le antojaba fingida, como si en realidad estuviese conteniendo a una temible bestia que llevase dentro. Fue el propio alcalde quien les contó que al hombre del calabozo, en deferencia a Marina y tratándose de un golpe de locura por perder a un hijo, lo habían pretendido despachar con severos azotes y pena de calabozo de un mes, pero que lamentablemente había fallecido de sus propias heridas de la reyerta.

—Ah, ¡pero no se me dio cuenta de que estuviese herido! —exclamó el padre de Marina.

—¿Acaso atiende usted también a los alborotadores, doctor? —preguntó el alcalde, con una afable risotada repleta de incredulidad por la que tuvo que agarrarse las tripas, como si tuviese miedo de que le saliesen por su cicatriz—. Sería usted el primer médico tan dadivoso en este reino, pues aquí hasta los peregrinos se encomiendan a Dios... salvo que puedan pagar consulta, claro está.

Se abrió un precavido silencio y flotó en el aire la duda de que aquel desgraciado del calabozo hubiese fallecido, efectivamente, de las heridas de la reyerta. El médico reaccionó como más sabiamente entendió, e hizo como si nada, invitando al alcalde a tomar una bebida. Pasados unos días, Beatriz pudo saber por una lavandera que los familiares del preso se habían encontrado con un cuerpo destrozado al que le faltaban dos dedos y tres uñas. A partir de entonces, no fue preciso que hubiese conversación mayor entre padre e hija: no sabían si la tortura había sido cosa del padre o del hijo, pero desde luego quedaba claro que el trato con ninguno de los dos hombres era para tomar a la ligera.

Dos semanas más tarde, cuando ya estaban completamente instalados y comenzando a familiarizarse con costumbres, caras y saludos rutinarios, llegó mensaje del abad dando permiso a Marina para, una vez a la semana, asistir bien temprano por las mañanas a la botica, siempre en compañía de su criada, para atender los oficios y labores de fray Modesto. Marina dio un salto de alegría, y su padre se mostró conforme en aquella ocupación, que podría resultarles útil. Justo aquella misma tarde en que Marina bailaba de genuina alegría y emoción, llamó Marcial Maceda a la puerta de la casa del médico. Tras un rato de charla con el doctor, este avisó a Marina para que bajase de su cuarto, donde solía leer al terminar sus tareas.

El joven oficial iba con el uniforme limpio e impecable; en sus ojos se encontró una inesperada humildad. Un nerviosismo tibio e inquietante.

—Querida, me pide permiso el oficial para convidarte a un paseo, para que conozcas los alrededores.

—Ah, pues yo...

Marina se sonrojó hasta ponerse muy encarnada. El joven era apuesto y, por su sola determinación, interesante. Pero había algo en él que le repelía, que le daba miedo. Y al verlo pensaba en ese hombre del calabozo, y en cómo habría muerto en realidad. Además, ella no estaba para cortejos, sino para aprender todo lo que pudiese de los misterios de la medicina y para cuidar a su padre viudo. Marina nunca había soñado siquiera con ser médico, eso era impensable, pero el conocimiento... Ah, ¡el saber! Era una meta lo bastante alta como para plantearse siquiera paseos románticos.

—Pues no sé... —se disculpó intentando volverse invisible—. Estoy, francamente, bastante atareada.

—Anda, mujer. Un paseo te vendrá bien. Os acompañará Beatriz.

Don Mateo miró a su hija lanzándole muchos mensajes en silencio. Que un paseo no era nada. Que el cortejo se podría quedar ahí. Que decir que no podía suponerles problemas. Que decir que sí, también.

—Descuide, Marina. Un paseo breve, para que no se le aburra la cabeza entre tanto libro. Sin caballería, aquí cerca y a pie. Hasta el embarcadero, ¿le parece?

Y a su pesar, y aun cuando en efecto le quedaba tanto por conocer de aquel reino, Marina tomó aire y accedió a internarse por los bosques con el joven oficial.

13

Aunque el sargento Xocas ya conocía el restaurante del parador, llamado Dos Abades, lo había visitado en muy contadas ocasiones y no dejaba de impresionarlo. La mayor parte de sus mesas se distribuían por un ancho pasillo de cincuenta metros de largo, bajo una impresionante bóveda de piedra en forma de túnel de arco de medio punto, de casi quince apabullantes metros de altura.

Les dieron una mesa discreta, en una esquina cerca del acceso al bosque, al lado de otro gigantesco arco de medio punto que había sido, cientos de años atrás, la entrada a las caballerizas del monasterio. Resultaba curioso que ahora, extravagancias de la vida, se les diese allí de comer a los turistas. Aquel arco estaba acristalado desde el suelo hasta el techo, permitiendo que chorros de luz inundasen la asombrosa estancia. Xocas estaba convencido de que los habían situado en la mesa más apartada por culpa de sus uniformes, que podrían alarmar a los huéspedes más suspicaces.

Se alejó unos metros para llamar a su mujer, Paula, y avisarla de que llegaría un poco más tarde.

—Estamos tomando declaración a un... —dudó, sin saber bien cómo denominar a Bécquer— a un *experto en arte*; va para largo.

—Ya, ya. En el restaurante del parador. Qué fina ha salido la Guardia Civil —apuntó ella con ironía.

—No, mujer, que es por un deceso, que ha fallecido aquí un vecino.

—Oh, no me digas. ¿Quién?, ¿lo conocías? ¿Era muy mayor?

—No, no. Un chico joven, parece que fue un infarto.

—¿Y por qué tomáis declaración?

—Por si acaso. A lo mejor hay algo raro. Pero sabes que no te puedo contar nada.

—Vaya, perdone usted, Sherlock Holmes. ¿Y qué pinta en lo del infarto un experto en arte?

—Bueno, es que no es exactamente un experto, de hecho en realidad es antropólogo, pero se trata de uno de esos detectives que encuentran obras de arte desaparecidas; se llama Jon Bécquer, a lo mejor has leído algún artíc...

El grito de su mujer al otro lado del teléfono provocó que Xocas separase suavemente el teléfono móvil de su oreja, esperando que ella se tranquilizase.

—¡Jon Bécquer! ¡Aaaaaaah...! ¡Estás ahí con Jon Bécquer! ¿Pero tú sabes con quién vas a comer?

—Me lo vas a contar tú, creo.

—¡Pero si es conocidísimo, salió hasta en la tele! ¿Sabes la revista de *National Geographic* que tengo en la mesilla, la de las pirámides? ¡Pues ahí hay un artículo increíble de cómo Bécquer recuperó un anillo que había pertenecido a Oscar Wilde!

—No será para tanto. Los anillos se pierden y se encuentran todo el tiempo.

Paula no le hizo caso y continuó hablando como si se dirigiese más hacia sí misma que hacia su marido.

—Ay, ay, ay. ¿Y cómo es?, ¿majo? ¿Sí?

—Bah. Feíllo, pequeñajo, de pocas luces —replicó él con ironía, logrando que Paula se riese de buena gana.

—Eso me imaginaba yo por las fotos del reportaje. Y mira, ¿no necesitas que te lleve algo? Me acerco en un momento sin problema. Sin molestar, claro está. Solo saludar un segundito.

—Creo que no. Además hay una niña de tres años que hay que recoger de la guardería, no sé si te acuerdas.

—Pero bueno, ¡si a Alma la recoge mi madre en un

momentito! —Paula adornó su voz con un tono meloso—. Si ya sabes que tú para mí eres lo primero, que ha empezado a refrescar por la tarde y te puedo llevar una bufanda, un lo que sea...

—Sabes que te voy a colgar, ¿no?

—¡Espera, espera! ¿Y lo vas a volver a ver? Por si le puedes llevar la revista para que me la firme...

—No sé, es que está aquí con su novio y dudo que tenga tiempo para fans.

—¿Con un novio? ¿Novio? ¡Qué dices, Jon Bécquer no es gay! Si salió con la modelo rusa esta... ¿Cómo se llama? Y con Xania Vila, la periodista del canal de deportes.

—¿Ves?, relaciones pantalla, porque está aquí con un novio ruso de dos metros de alto.

—Mentiroso —volvió a reír ella—. Anda, que te dejo trabajar.

Xocas sonrió y se despidió de su mujer con un beso. Tras colgar el teléfono se quedó unos instantes pensativo, realmente sorprendido por la fama y los logros de Jon Bécquer. Parecía un buen profesional. Pero ¿y si en el tema de Alfredo Comesaña estuviese implicado de alguna forma? ¿Y si fuese él quien se encontraba al otro lado, enredándolos? No, carecía de sentido, había sido el propio Bécquer quien había insistido en que investigasen aquel asunto, que de lo contrario estaría condenado a pasar desapercibido.

Maldita sea, ¡ni siquiera tenían un crimen! Se acercó a la mesa y miró al antropólogo, que por fin parecía haberse relajado un poco, como si hubiese podido rebajar la tensión que le flotaba dentro. Observó su forma de hablar, de llamar al camarero. Jon Bécquer no era pedante, pero sí se movía entre gestos de suficiencia, con la resolución de aquellos que están acostumbrados al lujo y no le dan importancia.

—¿Me dejan que pida por ustedes?

—No sé. No es que no me fíe, pero...

—Si no les gusta, les encargaré otra cosa, se lo prometo —insistió apoyándose sobre el mantel de tela, de un blanco impoluto—. El guiso de ternera y el pulpo a la parrilla salteado con grelos están de muerte.

—Vaya. Y yo que confiaba en que hoy no se nos muriese nadie más.

Jon sonrió, dando a entender que el sarcasmo del sargento le resultaba, en realidad, un alivio.

—Le aseguro que he revisado esta carta detenidamente y que nada en ella es mortal, especialmente para mí.

El sargento miró a Jon con un signo de interrogación en la mirada. Él se apuró en explicarse.

—Sufro muchas alergias, y entre ellas alguna alimentaria —le explicó, al tiempo que sacaba del bolsillo una tableta de pastillas y se tomaba una—. Son vitaminas —volvió a aclarar—, las necesito siempre.

Xocas asintió, asumiendo lo curioso de la apariencia de las cosas. Al sargento no se le había escapado que Bécquer no había dicho que tomaba vitaminas, sino que las necesitaba. ¿Las necesitaba? Aquel chico pálido parecía perfectamente sano y atlético, pero padecía alergias y precisaba complementos vitamínicos. Al sargento le pareció que, de saber toda la historia que había tras aquel inusual detective, seguramente cambiase su impresión sobre él. Tal vez algunos hombres exitosos guardasen tras el velo de la fama rutinas diarias llenas de miserias.

La joven agente Inés Ramírez apenas prestaba atención: todavía observaba, pasmada, el lugar donde se encontraban. Era la primera vez que entraba en aquel restaurante y ni siquiera sabía que aquel lugar había sido ideado, siglos atrás, para albergar carruajes y caballos.

Mientras esperaban la comida que había encargado Bécquer, el sargento miró al antropólogo con gesto inquisitivo, invitándolo de forma tácita a que, por fin, continuase con su historia. Tanto la guardia Ramírez como el sargento Taboada se quedaron irremediablemente fascinados cuando Bécquer les comenzó a contar que, al entrar por primera vez en la iglesia de Santo Estevo, se sintió atravesado por un luminoso y potente rayo azul.

Marina

Beatriz observaba a Marina con sincera admiración. Su señorita era, desde luego, realmente guapa. A veces le parecía que ella intentaba disimular su atractivo, pero era inevitable fijarse en su figura y su gesto, en su determinación al caminar. No era como otras señoritas que ya buscaban marido y solo se interesaban en telas para vestidos. La pobre, a decir verdad, era un poco rara. Solo pensando en estudiar y en leer esos gruesos libros de su padre, que parecían aburridísimos. A aquel paso, acabaría ingresando en un convento. ¡Qué pena que ya no estuviese su madre para aconsejarla! Ante su falta, sería ella la que la encauzase, pobrecita. Ni siquiera sabía arreglarse para un pretendiente.

—Señorita Marina, ¿no prefiere llevar el vestido azul? Su tono es tan oscuro que no perjudica el luto, y le va bien a sus ojos. ¡Si es que tiene usted un donaire natural!

—Oh, no tengo intención alguna de resaltar mis ojos, querida Beatriz. Solo es un paseo, nada más.

—¡Pero es muy apuesto, el muchacho!

—Y muy presumido y peligroso. ¿Te recuerdo lo que sucedió con el hombre que no pagó la luctuosa?

La criada asintió y su expresión se ensombreció durante unos segundos. Ella había visto a la viuda, rota de dolor, gritando a la puerta de la Casa de Audiencias. Hasta allí habían subido un carromato para llevarse el maltratado cuerpo del preso. Por fortuna, la señorita y el doctor estaban en casa de un prior realizando una visita, pero ella no había olvidado el incidente. Sin embargo, sentía que tenía más conocimiento del mundo que su señorita, y sabía cómo se ejercía la justicia por las calles, pues al final siempre era con sangre como se domesticaba a las masas. Para mantener el orden. Como siempre había sido y como siempre sería. Y ahora allí estaba la señorita, poniéndose uno de sus vestidos menos elegantes y estilosos, como si pretendiese no gustar a su admirador. Un joven bien parecido, alguacil y, encima, oficial de un batallón del rey. ¡Ay, si a ella la pretendiesen aspirantes como aquel! Procuró encauzar los pensamientos de Marina hacia un término más amable.

—No sabemos quién torturó al pobre hombre, señorita. Tal vez fuese orden del padre. Ese sí. ¡Ay, ese! El alcalde es un cuerpo sin alma, se lo digo yo. Pero este muchacho es joven, seguro que dispone de amena y variada conversación.

—Si por mí fuese, podrías ir tú de paseo con el oficial, querida Beatriz.

La criada se rio, siempre agradecida de la confianza que le brindaba Marina, a la que se resistía a dejar de tratar de usted, a pesar de la cercanía con la que ella le hablaba. Se acercó y la ayudó a ajustar su vestido con gesto travieso.

—Anda que si mi señorita se enamora...

—¡Por Dios, Beatriz, no digas absurdos!

—Si él le insiste en su amor, si se le declara, no haga caso. Mantenga la pasividad propia de nuestro sexo, señorita. Lo contrario es indecoroso e indecente.

—Pero ¿cómo me va a declarar su amor, si apenas lo conozco?

—Y si le pide un beso, no haga caso. Que se lo dispute y lo gane tras muchos obsequios y favores.

—Y dale. Pero ¿tú me escuchas, niña?

—Ay, señorita, ¡si es que es tan emocionante! Mi madrina, que en paz descanse, me explicó desde bien temprano los juegos de la seducción para evitar que el matrimonio fuese el sepulcro del amor.

Marina miró asombrada a su criada, que hablaba casi declamando, con voz sentida y profunda. Comenzó a reír sin poder evitarlo, y terminó por darle un abrazo a la joven Beatriz.

—Porque me consta que no sabes leer, que si no te habría figurado con calenturas por haber leído novelitas románticas. Yo no pienso casarme, Beatriz. Ni enamorarme, y mucho menos de ese oficial.

La criada la miró con sincero asombro.

—¿Pues qué va a hacer entonces en la vida, señorita?

—Vivir, ¡vivir! —exclamó, haciendo girar a Beatriz por la habitación junto a ella como si estuviesen bailando—. ¿Te parece poco?

Marina pellizcó a su criada y le hizo cosquillas, por lo que al final ambas terminaron riendo y quitando importancia a aquel paseo que debían dar. Sin darle más vueltas, la joven se decidió y bajó a la cocina, donde ya la esperaba Marcial Maceda con fingido desinterés, actuando como un amable vecino y cicerone que solo le iba a mostrar sus dominios. Siendo aquel el juego y no el del abierto cortejo, Marina se sintió más cómoda. Tomó a Beatriz del brazo y, siguiendo al oficial, descendió a los bosques.

La tarde era agradablemente fresca, y el otoño preparaba a la naturaleza para invernar. Las primeras castañas comenzaban a caer de los árboles, protegidas por armaduras de pinchos que ya iban decorando los caminos. En amable compañía, el oficial iba contándole a Marina con quiénes se cruzaban o quién habitaba en alguna de las cabañas de piedra ante las que pasaban. «Ese es Braulio, el cantero, realmente un maestro en su oficio. ¿Esos? Esos son tejedores, ya los conocerá. Allí está la herrería, sí. ¡Mal pasaríamos sin el herrero!»

Descendieron un camino boscoso, con el sendero bien

marcado por las ruedas de los carromatos y las pisadas de los caballos. «Mire, por ahí se va al molino del monasterio. No, no, los monjes tienen dos, uno para el trigo y otro para el centeno.» En los márgenes del camino, florecillas silvestres salpicaban sus pasos, como si estuviesen dentro de un cuadro.

—Descuide, nos dirigimos al embarcadero más cercano, pero si para el regreso se encuentra cansada haré que nos traigan una montura.

—Le agradezco la gentileza, pero me gusta caminar. Además, es una delicia recorrer tranquilamente estos parajes, pues reconozco que guardan un embrujo poco corriente; pareciera que en cualquier momento fuese a aparecérsenos un hada de los bosques por el camino.

—O un buen puñado de bandidos, Marina. No se deje engañar por esta espesura, que antes era lugar de eremitas, pero ahora también esconde malhechores.

—¡No me asuste!

—No me parece usted de susto fácil —sonrió Marcial—, pero bueno será que sepa ser precavida.

Con aquella advertencia fueron bajando el dulce camino hasta el río Sil, donde vieron a un barquero llamado Andrés, atareado en organizar sus dos barcas: una para los viajeros y otra para las caballerías, más tosca y gruesa. A Marina le sorprendió encontrarse allí a Franquila ayudando al barquero a reforzar una de las embarcaciones. Él apenas pareció reparar en ella ni en su compañía, y al cruzar las miradas y un breve «Buenas tardes», el fondo y pensamiento del muchacho volvió a resultar indescifrable para la joven.

A pesar de que Marcial procuró convencerla, Marina declinó realizar el breve paseo que supondría cruzar el río para llegar a Lugo, pues aunque no estaba a disgusto tampoco deseaba alargar la tarde con el oficial. Admiró la belleza de los cañones, que en algunos puntos alcanzaban medio kilómetro de impresionante desnivel vertical. El paisaje se ofrecía majestuoso y antiguo, y comprendió que a aquel lugar lo llamasen la Ribera Sagrada. Mientras deambulaban por la orilla, se cruzaron también con un pescador bajito y sonriente llamado Pedro, que afirmó ser quien proveía de pescados al vivero del monasterio.

—Pesco de noche, sirvo de día —les aseguró desde la puerta de su casa, que era tan sencilla y austera que más bien podría haberse comparado a un simple refugio de montaña.

Marina observó, durante su paseo, que los campesinos y artesanos de la zona, en sus viviendas, albergaban más ausencias que presencias, más carencias que abundancias. ¿Cómo no iban a convertirse en pequeños malhechores las criaturas que había visto y con las que había jugueteado por el camino? ¿Qué otras huidas podría escoger el hambre?

—No sufra usted por esos pillastres —le aconsejó el joven oficial, observando la pena con la que ella miraba a los chiquillos con los que se cruzaban por el camino, la mayoría con ropas gastadas y con poca carne sobre los huesos—. Son espabilados y toman sus buenos caldos y raciones de castañas. En el monasterio proveen de trabajo a casi todos, y, a los que no, los sustentan con limosnas.

—Pero no se les ofrece ninguna posibilidad.

—¿Perdone?

El joven oficial ya había enfilado tranquilamente el camino de regreso, y ahora miraba con curiosidad a Marina.

—Me refiero a que carecen de educación. Y sin educación, ¿qué futuro les espera? ¡Hasta para vender verduras y pescados hay que saber manejarse en la vida!

—Pero, Marina, me sorprende que después de todos estos días en Santo Estevo no haya visto usted la escuela que hay a la entrada del pueblo.

—Precisamente, sí, la he visto. Pero ninguno de estos niños se ha acercado a ella.

—Marina, sea realista, pues la tengo en consideración de mujer inteligente. Estas criaturas pueden acudir de vez en cuando para aprender a sumar y restar, pero en sus casas necesitan que trabajen para poder comer. Usted es una señorita de ciudad y no le pido que lo comprenda, pero en este reino hay más mundos del que usted conoce.

El tono de Marcial no parecía haber querido ser peyorativo, pero Marina no pudo contenerse, a pesar de que Beatriz le apretaba el brazo cada vez que parecía que iba a deslizar sus comentarios por caminos angostos.

—Soy perfecta conocedora de las estrecheces del mundo y de los privilegios que me han alcanzado, Marcial. Y también sé que muchas miserias vienen arrastradas por los gastos y las hambrunas de la pasada guerra y por las negligencias de nuestro rey.

—Marina, por Dios, no sea necia —replicó él frunciendo el ceño y sonriendo del asombro—. Usted no sabe de política, y debiera ser más prudente a la hora de opinar. Nuestro rey Fernando fue un valiente que se enfrentó a Napoleón, negándose a entregar su corona mientras estuvo cautivo, ¿o no lo sabe?

—¡Vaya si lo sé! Un cautiverio a la francesa y lleno de lujos, por lo que dicen. ¿Acaso es usted el que desconoce la correspondencia del rey sometiéndose a Napoleón y reclamando a los españoles que se sometiesen a las tropas francesas?

—¡Ah! —exclamó Marcial soltando una carcajada—. ¡Lo que faltaba! Una mujer haciendo consideraciones sobre las estrategias políticas y monárquicas. ¡No sabe de lo que está hablando!

—Tiene usted razón, Marcial. No sé nada, soy una perfecta idiota, de modo que su paseo conmigo debe de estarle resultando extremadamente aburrido. Descuide, que le excusaré de volver a sufrirme.

Marcial se detuvo ante ella estupefacto y algo enfadado, pero guardando todavía deseos de agradar a Marina.

—No se ofenda, Marina. Pero no puedo permitir falta alguna al rey Fernando, que recupera España gestionando los asuntos de Estado con la mayor inteligencia, aun a pesar de arrastrar las cargas de la pasada guerra.

—No se ofenda entonces usted tampoco, Marcial, si a

mí me parece que quienes gestionan el Estado son los ministros, mientras que el rey parece incapaz de mantener íntegro el Imperio español y se dedica a jugar al billar.

Beatriz ahogó una exclamación y se santiguó, convencida ya de que nada bueno saldría de aquello. No podía pellizcar más a Marina sin dejarle marca, y la daba por avisada de sus imprudencias. Marina se soltó de su brazo y siguió caminando dos pasos más adelante, con Marcial a su lado, que le replicó vehementemente.

—Ah —suspiró él, negando con la cabeza—, ¡cuánta ignorancia han vertido las malas voces sobre el pueblo! Las colonias, señorita, desaparecen por causas políticas que sin duda escapan de su conocimiento y por culpa del tiempo en que estuvo cautivo nuestro señor Fernando; pero aún nos quedan Cuba, Puerto Rico... ¡Qué sé yo! ¿De dónde saca esas ideas, Marina? ¿No será su padre uno de esos liberales revolucionarios?

—No, descuide. —Por primera vez, y al incluir a su padre en la discusión, la joven consideró realmente la necesidad de suavizar el tono—. Mi padre es leal al rey, y yo también, por supuesto. Solo cuestiono la posibilidad de una España mejor con una gestión más aperturista de nuestro augusto monarca —afirmó, evitando expresamente la ironía en su tono.

—No sabe lo que dice. La perdono por su condición femenina y su juventud, Marina... ¡Ah, aperturismo! ¿A qué? ¿Al sistema de corrupción e impiedad que acecha desde Europa y que a ustedes, jóvenes desinformadas, les han vendido como la gran Ilustración? Ah, ¡por favor!

—Solo hablo de progreso frente a inmovilismo, Marcial. De la mano del rey, por supuesto —añadió, mirándolo a los ojos y sonriendo, logrando que con ese gesto la discusión dejase mágicamente de serlo, para convertirse en una conversación más amable.

Marina era consciente de haber tensado la cuerda al máximo, pero creía haber frenado a tiempo. Se dio cuenta de haberlo conseguido cuando él le devolvió la sonrisa.

—Al menos no es republicana, pues habría tenido que arrestarla.

—Ah, Marcial, ¡qué cosas dice! Nuestro rey, sin duda, debe sufrir penosos trabajos por sacar este país adelante, pero no me cabe duda de que en la monarquía se encuentra la esperanza para nuestra recuperación.

El joven asintió y continuó caminando, mientras Marina miraba de reojo a Beatriz, que se había quedado pálida y silenciosa, aun con el alivio final de cómo Marina había maquillado y hecho danzar sus palabras. La joven, a pesar de su atrevimiento, sabía que un rechazo radical o una sonrisa imprudente podían determinar que ella o su padre se viesen envueltos en algún apuro, de modo que el resto del paseo procuró alabar las virtudes del rey y la gran labor de Marcial cuidando de Santo Estevo de forma tan altruista y generosa al ejercer como voluntario al servicio de su majestad sin percibir contraprestación alguna.

Para sorpresa de Marina, el oficial no acabó harto de ella ni de aquel paseo, pues manifestó que se le había hecho corto. Tampoco pareció herido ni malhumorado por sus comentarios contrarios al rey, sino extrañamente divertido. Como si encontrarse ante una fierecilla a la que domesticar le hubiese resultado mucho más interesante y provocador que haberse paseado con una mujer servil, recta y de conversación predecible. Así fue como, habiendo pretendido todo lo contrario, Marina avivó más la llama en el joven alguacil. Hasta el momento previo al paseo, Marcial solo había codiciado en ella la carne y la lujuria, pero ahora, además, le interesaba *ella*. Conquistarla por completo, mostrarle su amplio y noble corazón, sus rectos principios y su lealtad a la Corona. ¿A qué, si no, podía ser leal un hombre? ¿A qué más altos valores podía uno encomendar su vida, que al honor y la patria?

Se despidieron a la puerta de la casa del médico, con la promesa firme de Marcial de volver a invitarla pronto a otro paseo y con la gran variedad de excusas que se le ocurrieron a Marina para evitarlo. «Es que mi padre... Es que desde que enviudó... Nada mejor que el trabajo para compensar la pena, sí... Me debo a su cuidado, comprenda usted.» Pero Marcial se despidió con una sonrisa segura y firme, haciendo caso omiso a los rechazos anunciados y considerando con satisfacción que toda mujer hecha como Dios manda debía comportarse de aquel modo: procurando evitar a sus pretendientes de todas las formas imaginables aunque los desease con la desvergüenza y el ánimo de fornicio de una meretriz. ¿Sería ella capaz de negarlo, acaso? ¿No lo miraba insistentemente, no despedían fuego sus ojos?

Contento, se marchó silbando y pensando que antes del siguiente invierno, con suerte, ya se habría prometido con aquella fierecilla de ojos azules, a la que deseaba poseer más que nunca y con creciente obsesión. Ah, ¡qué buena fortuna que el nuevo médico hubiese llegado hasta allí con aquella preciosidad!

14
La historia de Jon Bécquer

Era temprano y una brisa fresca provocaba que el aire murmurase, que silbase suavemente avisándonos de que entrábamos en terreno santo. Comenzaban a caer las primeras hojas de los árboles cuando el padre Julián nos abrió la puerta de la iglesia de Santo Estevo. Caminaba con dificultad, ayudado por un bastón de madera, y en su mirada vidriosa y sin luz sentí cuánto había vivido aquel hombre y lo poco que le quedaba por existir.

Entré en la iglesia siguiendo a Amelia y a Quijano. Ella se había maquillado suavemente esta vez, aunque a mí me pareció que era de esa clase de mujeres de belleza natural y sin exageraciones en las que el maquillaje no resaltaba su encanto, sino que parecía un artificio innecesario. Quijano llevaba esta vez una ropa más acorde con su profesión, y a unos pantalones, americana y camisa gris oscuro se les había unido un alzacuello blanco. A pesar de su atuendo, me resultó imposible imaginármelo con hábitos litúrgicos y dando misa.

Caminé por el templo con todos mis sentidos despiertos, buscando indicios y respuestas. Dos, tres, cinco pasos. Un vitral redondo y de color azul, en el ábside mayor y central, justo encima del altar, nos disparaba su luz directamente, como un rayo. La iglesia no era grande, pero sí lo suficiente como para disponer de un coro alto, bajo el que pasamos al entrar. Los estilos románico, gótico y hasta barroco se entremezclaban en la piedra, en los retablos y en las hechuras del templo. La iglesia no me pareció especialmente distinta a las que yo ya había visitado en Galicia, salvo por aquel rayo azul. Nunca la luz había sido tan celeste dentro de una iglesia.

—Qué curioso ese vitral —dije dirigiéndome al padre Julián, que todavía no había llegado al altar.

—Ah. Tiene otro a sus espaldas, sobre el coro. Sus luces se cruzan en el aire. Son bonitos, ¿verdad?

Asentí, acercándome a él mientras Amelia y Quijano nos esperaban ya en el ábside central. A ambos lados del altar reposaban las arcas con los restos de los obispos. Dejé que desplegasen su equipo de fotografía y unas escaleras en forma de tijera ante los restos, situados en lo alto. Las arcas estaban dentro de una especie de armarios cuyas puertas se componían de barrotes en pan de oro que dejaban ver el interior. Bajo aquellas estructuras se alzaban altos y nobles asientos de madera cuidadosamente labrados. En los respaldos había diversas tallas, y en el del asiento central figuraba, por supuesto, el escudo de las nueve mitras. Mientras Amelia y Quijano trabajaban desplegando sus equipos, quise aprovechar para hablar con don Julián, que a fin de cuentas era el cura que se había encargado de aquella parroquia los últimos sesenta años.

—Pues verá, yo quería saber algunas cosas de la historia de esta iglesia...

—Claro, *fillo*. El retablo pétreo del siglo XIII, ¿verdad? Sí, su historia es increíble. Una obra tan elaborada, con Jesucristo y todos sus apóstoles, utilizada como vulgar piedra de carga en un muro... Ahí la tiene, puede hacerle fotografías si quiere.

—Oh, no, no. No estoy interesado en el retablo —me excusé, sabiendo que aquella obra única, en efecto, la habían encontrado por casualidad bajo una gruesa capa de cal en el muro occidental del claustro de los Caballeros. ¿Cuántos secretos más se esconderían todavía en aquel monasterio?—. En realidad, quería preguntarle sobre los nueve anillos. Los de los obispos. Sé que muchos los consideran una leyenda, pero...

—¿Cómo van a ser una leyenda, *fillo*? ¡Si esos anillos hasta se los llevaban a las parturientas!

—¿Cómo? ¿Salían del monasterio? Es decir, a ver... ¿Usted los ha visto? —pregunté trastabillándome, atónito. Era la primera vez que alguien me confirmaba la posibilidad real de su existencia.

—Hay cosas que aunque no veamos sabemos que existen, como la fe, ¿verdad? Yo nunca los vi, y mi antecesor tampoco, pero él me relató lo que contaban los que estuvieron aquí antes que nosotros.

Mi rostro debía de ser de pura expectación, pues el padre Julián me miró con una sonrisa a medio camino entre la sorpresa y algo parecido al cariño paternal, como si yo fuese un niño al que contar una fábula.

—Cuando alguna mujer iba a dar a luz se le llevaba la caja con los anillos y, según se cuenta, siempre que los anillos estuvieron presentes, nunca hubo ninguna complicación en los partos.

—No me diga. ¿Y quién vigilaba que regresasen los anillos al monasterio?

—Ah, eso ya no lo sé. Imagino que estarían custodiados por algún monje.

—¿Y no sabe dónde podrían estar? ¿No le llegó también alguna historia sobre lo que pudo suceder con ellos?

El anciano se encogió de hombros, negando con la cabeza, en la que ya apenas quedaba algún cabello blanco.

—No sabría decirle. Imagino que se los llevarían cuando cerraron el monasterio. Mire —me dijo señalando hacia el lateral norte de la iglesia—, ¿ve ese órgano? Es de 1747. Pues usted mismo puede ver lo que dejaron, solo la caja. El resto voló. Y si robaron algo tan grande, imagínese lo fácil que sería llevarse unos anillos, ¿verdad?

Asentí con fastidio, comprendiendo la lógica de lo que decía el anciano. Lo que me contaba, además, concordaba con la información que Antón ya me había dado sobre el órgano de la iglesia.

—Además —añadió el anciano—, aquí hubo varios incendios. Quizás los anillos se perdiesen en el último, a finales del siglo XVIII. Hubo otro antes, en el siglo XVI. Gracias a ese siniestro tenemos ese vitral azul que tanto le ha gustado.

—¿Sí? ¿Lo construyeron entonces?

—Eso es. Quisieron lograr un edificio incombustible, ¿comprende? Así que quitaron lo poco que debía de quedar ya del techo de madera e hicieron una cubierta de piedra más alta. Fue cuando construyeron los otros dos claustros, además del de las procesiones.

—Perdone, ¿de cuál?

—El de los obispos. Era donde antes se hacían las procesiones.

—Ah —me limité a replicar, asombrado por la claridad de la información que me entregaba el padre Julián, pues yo pensaba que apenas podría ya mantener conversaciones lúcidas y ágiles. Sin embargo, su mirada desprovista de brillo todavía guardaba certezas y conocimientos extraordinariamente valiosos, porque no podría encontrarlos escritos en ninguna parte.

Me acerqué al altar y, en efecto, pude comprobar que era cierto lo que Quijano y Amelia me habían adelantado sobre las circunstancias del templo: había telarañas en las esquinas de las ventanas y las vidrieras, y el estado del mobiliario construido para el último reposo de los obispos era lamentable. Los asientos y sus respaldos, que se hallaban bajo sus arcas, a pesar de haber sido elaborados en nobilísima madera de castaño, estaban a punto de caerse. Después de más de cuatrocientos años y sin ningún tipo de mantenimiento, podía decirse que era un milagro que hubieran resistido.

—¿Puedo ayudarlos? —me ofrecí, viendo ya a Amelia subida a la escalera y abriendo aquella especie de armario en el que reposaban las arcas obispales.

—No es necesario, gracias —replicó sin mirarme, dándome la impresión de que no era el tipo de persona que suele solicitar ni admitir ayuda.

Se había puesto su bata blanca y llevaba unos guantes que parecían de cirujano.

—Si quiere puede subir y mirar —me dijo pasados unos minutos.

Utilicé el otro ángulo de la escalera de tijera, de modo que ella me esperó arriba. Los barrotes que yo había pensado que eran de madera pintada con pan de oro resultaron ser rejas de hierro dorado. Dentro, la urna de madera medía unos cinco palmos de largo y estaba pintada de blanco.

—Así imitaban el alabastro —me explicó Amelia concentrada.

—Ah. ¿Y por qué los han puesto tan altos, aquí arriba?

—Es una forma de mostrar respeto a las reliquias, señor Bécquer. Al colocar los restos en una zona superior y cerca del altar se los equipara al sepulcro de Cristo.

La restauradora abrió una de las urnas, y dentro vi cinco divisiones hechas con vidrieras de cristal. En cada uno de esos compartimentos se hallaban las reliquias de un obispo envueltas en paños. O eso se suponía. Amelia abrió con mucho cuidado el primero de los envoltorios. Yo imaginé que dentro solo podía quedar polvo, pero allí dentro se intuían los huesos y sus formas, aunque la mayoría eran ya solo astillas, frágiles y casi volátiles. Amelia, sin apenas hablar, fue revisando todos los paños y los volvió a colocar en su sitio. Yo bajé de las escaleras y Quijano ocupó mi lugar, tomando fotografías de todo. Repitieron la operación en el otro lado del altar, con la única diferencia de que en aquella arca, en vez de cinco divisiones, había cuatro, sumando así los nueve obispos. Si por un momento yo había llegado a soñar con que allí estuviesen escondidos los anillos, desde luego, me había equivocado.

Amelia terminó la operación y volvió a colocar sobre las urnas un gastadísimo y casi transparente velo de tafetán celeste junto con una gruesa tarjeta de un material indefinido en la que estaban dibujadas las nueve mitras.

A pesar de la decepción, de no haber encontrado nada que me sirviese, me sentía en un estado de emoción y excitación difícil de explicar. La simple investigación que había iniciado por pura curiosidad buscando unos anillos, había terminado conmigo contemplando unas reliquias de mil años de antigüedad.

—Creo que tendríamos que venir con el equipo e intervenir aquí directamente —apuntó Amelia hablando con Quijano—. Esto no se puede trasladar al taller, su estado es muy precario. Y peligroso, incluso. Don Julián, ¿siguen utilizando estos asientos?

—A veces.

—Pues no deberían hacerlo, están en muy mal estado y podría suceder una desgracia —recomendó, alzando la vista hacia las arcas de los obispos. Desde luego, el rigor de Amelia era absoluto—. ¿Vamos a la sacristía?

—Vamos —concedió el padre Julián, caminando ya lentamente hacia la izquierda del altar.

Allí pude distinguir una gran puerta de madera noble de doble hoja, que daba acceso al claustro de los Obispos y que, por lo que pude averiguar, estaba siempre cerrada. Atravesamos una pequeña sala de piedra y de techos altos, donde parecía haberse detenido el tiempo. Allí sí que habría venido bien pasar el paño del polvo. Un antiquísimo confesionario de corte castellano yacía abandonado en una esquina, esperando pacientemente a ser devorado por los años y la humedad. Dejamos atrás la pequeña antesala y accedimos por fin a la sacristía.

—Prepárese, porque lo que va a ver ahora no lo va a encontrar usted en ninguna iglesia de Galicia —me dijo Amelia acercándose a mí y sonriendo, al tiempo que se ajustaba los guantes y los hacía chasquear en el aire.

Accedimos a una pieza cuadrada, con suelo de madera y paredes y techo de mampostería: la bóveda de crucería era sencilla, pero no por ello menos espléndida. La mirada de la restauradora se posó directamente sobre lo que teníamos al fondo y de frente: un espacio abocinado con forma de arco de medio punto de al menos seis o siete metros de altura. Había sido concebido como una especie de armario empotrado, y en la parte inferior unas filas de cajones grandes y pesados, de la madera más oscura, hacían de base a dos enormes puertas que seguían la forma del arco de medio punto. Estas puertas de madera habían servido de lienzo para un artista no identificado, que en una de las hojas había pintado a san Esteban y, en la otra, a san Benito. Las imágenes eran imponentes, pues su tamaño doblaba el de una persona real.

Caminé por la habitación, paseando sin cesar la mirada por todas partes, y pensé que era como la primera vez que había estado en Nueva York, en que no me decidía en si retener la mirada sobre los rascacielos, sobre las calles o sobre lo que tenía más cerca de mí. Desde luego, en mis investigaciones había vivido momentos emocionantes, pero aquel era extraordinario, porque me encontraba en la guarida genuina de piezas de arte antiquísimas, y no en el despacho de ningún marchante ni traficante de obras robadas.

En la base de la cúpula del techo pude ver que habían marcado el año de construcción, 1640. A derecha e izquierda de la gran habitación había sendos espacios abocinados también con forma de arco de medio punto y con cajones en su base, pero en la parte superior se abrían unas ventanas y su tamaño era mucho menor que el del espacio reservado para san Esteban y san Benito.

—Ahí tiene el relicario de la sacristía de Santo Estevo; si hay algún tesoro religioso por aquí, tiene que estar ahí dentro —me dijo Quijano, apoyando una mano sobre mi hombro.

Nos acercamos y esperamos al padre Julián, cuyo paso era pausado, como si meditase cada esfuerzo antes de llevarlo a cabo. Mientras esperábamos, Quijano me explicó las pinturas del sensacional relicario.

—¿Sabe cuál es san Esteban? Este, el que lleva la palma del martirio. Fue el primer mártir del cristianismo, ¿lo sabía? Murió lapidado, por eso hay esas piedras en el suelo.

Observé la espectacular imagen, y donde Quijano señalaba piedras a mí me parecía ver solo manchas de humedad, pero asentí sin hacer bromas.

—Y este, el de la derecha, es san Benito. Con el libro de la *Regula* y el báculo episcopal.

—Abrámoslo —dijo Amelia con gesto decidido y procediendo ya a descorrer los cerrojos de hierro, que iban desde el suelo hasta el techo y que estaban cubiertos de un óxido que se quedaba en las manos.

Para mi sorpresa, dentro de aquella especie de armario centenario había un gran retablo de madera de varios pisos, en tonos dorados. Al principio no pude distinguirlo, pero al aproximarme comprobé que cada talla de madera policromada, cada imagen, guardaba un resto humano tras un vidrio cuidadosamente sellado; era un retablo relicario.

Una talla de madera que simulaba un antebrazo dejaba visible, tras un vidrio, el lugar donde se conservaba un cúbito o un radio, sin que yo pudiese precisar exactamente el hueso que estaba allí dentro. Un querubín serio, gordinflón y sonrosado custodiaba bajo dos ventanitas transparentes unas cuantas muelas que debieron de pertenecer a un santo llamado Máximo. Y un hueso del pie de un tal Benito, y algo indefinible de un santo llamado Teodosio.

—Qué barbaridad... ¿Y todos estos, estas... reliquias, de qué época son?

—No podría asegurárselo —dudó Amelia, pensativa—, pero yo creo que quizás del siglo XVII o, como mucho, del XVIII.

—Ah. ¿Puedo inspeccionar un poco por aquí? —pregunté a Amelia, que indiscutiblemente estaba al mando.

—Si no rompe nada...

—Es por si encuentro algún cajón secreto, algún escondite.

Todos se rieron, incluso el padre Julián, que miró a Quijano como preguntándole de dónde me habían sacado. Me constaba que para ahorrarse explicaciones le habían resumido mi actividad diciéndole que yo era experto en arte, pero en aquel momento fue como si el religioso reconsiderase allí mi presencia, que desde luego parecía hacerle gracia.

—Puede abrir cajones y echar un vistazo, si quiere —me dijo señalando con su bastón los cajones de los laterales de la sacristía—, aunque no va a encontrar nada. Está todo como estas urnas —añadió, señalando con la mirada hacia una especie de cubículos del tamaño de armarios roperos rectangulares que estaban plantados en mitad de la gran sala. Sus paredes eran de cristal transparente—. Ahí guardábamos las casullas —me explicó.

—¿Y dónde están ahora?

El anciano imitó con su mano el vuelo de un ave, por lo que comprendí que habían volado, y supuse que nuevamente habría sido a causa de unas manos anónimas.

—Padre Julián —intervino Amelia, concentrada—, nos llevaremos tres piezas del relicario para limpiarlas. Creo que en un par de meses podremos tenerlas de vuelta. ¿Nos firma los papeles?

—Claro, *filla*.

Mientras don Julián, Quijano y Amelia arreglaban la documentación, me puse a husmear entre cajones y armarios. Me permití incluso dar pequeños golpecitos en distintas zonas para comprobar si había huecos vacíos, pero no encontré nada. Tomé fotografías, grabé en vídeo y miré bajo las dos mesas que encontré, sin hallar más que telarañas. De pronto, me di cuenta de que no había reparado en una parte de la sacristía. El suelo. Llevaba pisándolo todo el rato, dejándolo crujir bajo mis pies. La madera era antiquísima, posiblemente de 1640, la época en que había sido construida aquella sala. En una zona cercana al enorme relicario, comprobé que salía luz de un minúsculo agujero del suelo. Me acerqué y, de rodillas, atisbé con mi ojo pegado a la superficie qué podía haber allí debajo. Curiosamente, y a pesar de que era la claridad la que me había llevado a aquel punto, solo pude intuir una habitación profunda y oscura bajo mis pies.

Me levanté de un salto.

—Pero, pero... ¡hay una habitación bajo la sacristía!

El padre Julián me miró ahogando un bostezo.

—Claro, *fillo*. Tenían que salvar el desnivel.

—¿Y qué hay ahí, lo sabe?

—Nada. Es un cuarto de cosas viejas. Lleva muchos años sin utilizarse. Solo se limpió un poco cuando llegaron los del parador, aunque es de la iglesia, ¿eh?, de la iglesia, sí, sí, es de la parroquia.

—¿Y puedo entrar? Me gustaría mucho. Por favor —añadí, viendo el gesto de extrañeza del padre Julián, a quien le resultaba inverosímil que alguien tuviese ganas de bajar allí abajo.

—¿Y qué espera encontrar, *fillo*?

—No lo sé —reconocí—, quizás alguna pista de los anillos de los obispos. O el lugar donde se guardaban sus cuadros.

Entonces me di cuenta de que no había preguntado al padre Julián sobre aquel punto, pero él pareció leerme el pensamiento.

—Ahí abajo había pinturas, muebles, cruces, manteles... Pero ya le digo que ahora está vacío. El tiempo todo se lo queda, ¿verdad? ¡Ay! —suspiró, mirándome con cordialidad—. *Xente nova, leña verde, ¡todo é fume!* —exclamó, aludiendo a un dicho popular gallego conforme al que la gente joven era leña verde y, por tanto, solo humo—. Tome —añadió, rebuscando en su bolsillo—, aquí tiene la llave. Puede bajar si lo acompañan Amelia y Pablo. Yo los espero aquí.

Unos minutos más tarde, Amelia, Pablo Quijano y yo salimos de la iglesia y rodeamos el cementerio. Llegamos a un muro alto de piedra con una puerta en forma de arco de medio punto que estaba bloqueada por una reja de hierro verde. La abrimos y nos deslizamos por un sendero en el que la iglesia quedaba a nuestra izquierda y la espesura del bosque a la derecha. Por el camino pude ver una puerta tapiada de corte claramente románico en un lateral del templo, y, al girar tras los ábsides y llegar al lado opuesto, descubrimos una puerta negra y enrejada en forma de cuadrícula de ajedrez. Al lado, en las paredes que ya formaban parte del viejo monasterio y no de la iglesia, podían distinguirse agujeros hechos en la piedra alrededor de los marcos de las ventanas, que en otros tiempos debieron de sostener volutas y escudos. Ya no me cabía duda de que muchos habrían sido víctimas de las inclemencias del tiempo y de los años, pero otros habrían sido sustraídos para ser llevados a destinos privados e inconfesables.

Fue el padre Quijano quien abrió la verja. Tras ella, ninguna puerta. Directamente, y a través de un grueso muro de piedra, accedimos al piso inferior de la sacristía. Ayudados con las linternas de los teléfonos móviles, iluminamos la estancia. Era magnífica. El techo de madera era, desde luego, el suelo que habíamos pisado hacía solo unos minutos, y por su estado ya teníamos claro que correspondía a la fecha de construcción, a mediados del siglo XVII. El carpintero que lo había hecho podía estar orgulloso. Amelia se agachó y tocó la tierra, pues el suelo allí no era empedrado.

—Sí, creo que los cuadros pudieron estar guardados aquí abajo. En invierno esto incluso debe de encharcarse un poco. Podría ser la explicación del barro que había en los lienzos.

Emocionado, me puse a dar vueltas por aquel espacio. Tenía ventanas pequeñas y altas, abocinadas. Las columnas de piedra que sostenían el techo eran todas diferentes. Unas más elegantes y elaboradas, pero otras hechas de retales pétreos con bastas formas desiguales. Quijano debió de pensar lo mismo que yo, pues las estudió con detenimiento.

—Desde luego, esto no lo construyeron para que lo contemplasen los fieles —comentó, absorto en las estructuras.

—No, no lo hicieron —asentí—. Quijano... —indagué—, cuando estuvo usted de sustituto en esta parroquia... ¿no vio esta sala?

El cura se encogió de hombros.

—La verdad es que no. Venía a hacer el oficio religioso y me marchaba. Si nos pusiésemos a investigar todos los recovecos de las parroquias que visitamos, no terminaríamos nunca. En Galicia tenemos muchos lugares como este, completamente abandonados.

Asentí, asumiendo cuánta historia y cuánto arte y arquitectura debían de derrumbarse en Galicia a diario. De pronto, me di cuenta de que sí, de que en efecto era muy probable que aquel sótano hubiese sido el escondite de los cuadros, pero ¿de qué me servía? Ahora aquel espacio estaba vacío, huérfano de caminos que me guiasen.

Amelia apagó la luz de su teléfono y me miró fijamente a través de la oscuridad, y pude percibir la fuerza de sus insólitos ojos verdes.

—Siento que no haya encontrado pistas para sus anillos, pero reconozco que ha sido emocionante estar aquí abajo. Es como si en este sótano todavía se respirase aire viejo, ¿verdad?

—Sí, supongo.

Mi gesto debía de evidenciar mi decepción por seguir abriendo puertas que no me llevaban a ninguna parte, porque Amelia abandonó por un rato su tono profesional y aséptico.

—Mire, aún es pronto. Vamos a recoger el material y luego si quiere nos tomamos un café, ¿le parece? —me preguntó, al tiempo que miraba a Quijano para comprobar que a él también le parecía bien el plan.

—Por mí estupendo —replicó el cura encantado—. Y luego si quiere paseamos por el claustro de los Obispos. Yo hace una eternidad que no entro.

Asentí por amabilidad y sin mucha convicción. Yo mismo ya había dado vueltas a aquel dichoso claustro al menos un par de veces, y no había encontrado nada. ¿Cómo iba a imaginar que gracias a aquel breve e inocente paseo con Quijano y Amelia iba a dar con la pista más importante de todas?

15

La historia de Jon Bécquer

Nos sentamos en una de las mesas de la galería acristalada que daba al claustro grande, el de los Caballeros. El sol se colaba a través del cristal, haciendo que aquel pasillo de mesas se volviese amable y acogedor, como si con un código secreto la piedra desnuda se hubiese revestido de magia.

Cuando nos sirvieron el café en tazas elegantes y convencionales, eché de menos las *cuncas* que utilizaban Antón y Germán; ¡cuántas cosas buenas se perdían los turistas comunes! Les conté a Quijano y a Amelia mis aventuras del día anterior con el profesor y con el último vigilante del monasterio; les sorprendió que hubiese podido incluso hablar con el mismísimo Ricardo Maceda, descendiente directo de los Maceda que habían impartido justicia en aquellas tierras siglos atrás.

—Yo conocí a Ricardo y a Antón cuando sustituí al padre Julián, pero muy brevemente —reconoció Quijano—, y a Germán solo lo vi una vez, porque no vive siempre aquí.

—Sí, ya me dijo.

—Quizás no sea muy devoto —dudó Quijano pensativo.

—No lo sé —reconocí—, tal vez no le vaya mucho ir a misa.

—En los pueblos pequeños como estos, señor Bécquer, asistir a la eucaristía tiene un valor más allá del religioso. Supone una forma de encuentro, una manera de unir a la comunidad.

Miré a Quijano, tan formal y tan seguro en todo lo que decía. Sus manos cuidadas, con las que gesticulaba sin exageraciones cada vez que hablaba. A pesar de las apariencias, cuanto más lo conocía, más cura me iba pareciendo. Su forma de expresarse, tan seria, austera. Su manera de preocuparse por la historia y por la situación de las parroquias locales.

Continué contándoles mis peripecias, y cuando les relaté los episodios con Lucrecia se rieron de buena gana, y eso que yo los contaba perfectamente serio. Creo que fue la primera vez que vi reír a Amelia; no solo con el gesto, sino con los ojos, más verdes que nunca. Suscitó mi curiosidad, precisamente, por lo poco que mostraba de sí misma. Escuchaba y escuchaba, pero no hablaba de su vida personal. Ningún anillo en sus manos, ninguna referencia a hijos, pareja ni amigos. ¿Cuáles serían sus renuncias, qué dirían los silencios que callaba? Es posible que se deba a mi profesión de antropólogo, pero hace mucho tiempo que me inquietan las personas que no puedo descifrar. En cambio, Quijano se mostró mucho más abierto y me contó su trabajo como juez eclesiástico y como cura, capitaneando ocho parroquias a la vez.

—¿Ocho? ¿Usted solo?

—Lo hago con gusto.

—Tampoco te quedaba otra —objetó Amelia en tono cómplice con el religioso.

Él se encogió de hombros y me miró con afabilidad.

—No quedan muchos feligreses, es verdad. Y las vocaciones también han disminuido, pero alguien tiene que llevar las parroquias... Y no se imagina el consuelo que aportamos, lo que unimos a las comunidades —insistió.

Asentí, pues aunque yo era agnóstico, no dudaba de los beneficios de la labor que Quijano pudiese realizar, y más en lugares recónditos y poco poblados. Terminamos el café, que había venido acompañado de unos trozos exagerados de tarta de Santiago, y fuimos dando un paseo hasta el claustro de los Obispos sorteando a algunos huéspedes del parador y a otros tantos turistas despistados.

—Este claustro es una verdadera maravilla —comentó Quijano nada más llegar—. Y eso que ya no queda nada.

—¿Nada? ¿Nada de qué?

—Ah, pues de las pinturas, del jardín... Mire, ¿no ve? Ahí hay restos de frescos que con toda probabilidad representaban a los obispos y sus tumbas, pero ya no queda nada —se lamentó, señalando la pared del claustro que daba a la iglesia, donde solo se distinguían manchones de pintura negros y desgastados.

—Sí, la verdad es que es una pena que no se hayan conservado —coincidí, preguntándome a qué jardín se habría referido. Miré al centro del patio que rodeaba el claustro, empedrado y desnudo—. No me diga que aquí había un jardín.

—Claro, ¿cómo no? El monasterio recreaba el paraíso, la naturaleza, la fuerza depuradora del agua, la eternidad. En este patio hubo un precioso jardín con flores y, si me apura, con setos de boj. Su fuente está en Ourense.

—¿Cómo que su fuente? ¿Aquí había una fuente? —pregunté, incrédulo.

—Claro, Jon. ¿Acaso ha existido alguna vez un monasterio sin fuentes?

Creo que Quijano estaba verdaderamente asombrado de mi ignorancia, especialmente teniendo en cuenta mi condición de *detective* experto en localizar piezas de arte; pero no quise confesarle que no tenía gran idea de cultura ni de arte monástico, y que para aquel viaje apenas me había documentado sobre monasterios medievales. Había dirigido mis pasos hacia Galicia siguiendo un pálpito irracional, sin las pautas habituales de mi trabajo en Samotracia. En todo caso, Quijano me miró con gesto comprensivo.

—Si quiere ver la fuente de Santo Estevo, está en el parque de San Lázaro.

—No, no —negó Amelia—, esa viene del monasterio de Oseira. Y la de la Alameda también. La de Santo Estevo es la de la plaza del Hierro de Ourense.

—Joder, ¿es que los ayuntamientos birlaron todas las fuentes?

Quijano se rio, y yo me arrepentí de inmediato, como si fuese un niño, de haber empleado un exabrupto ante un religioso.

—La desamortización barrió con todo, señor Bécquer. Los bienes de la Iglesia se subastaron o, directamente, desaparecieron. Piense que las órdenes de desamortización llegaban de un día para otro, no podía esconderse todo.

—Como los cuadros.

—Exacto, como los cuadros que guardaron bajo la sacristía. Pero una fuente de piedra de dimensiones tan grandes, los monjes difícilmente podrían habérsela llevado a ninguna parte.

—Ah, pero, pero... ¿Y si hubiesen escondido algo en la fuente? ¡Podrían habérsela llevado con un tesoro dentro!

—Lo dudo —replicó Quijano con abierto escepticismo.

—Desde luego, tiene usted imaginación —intervino Amelia, mirándome con curiosidad—. Pero piense que la fuente hubo que desmontarla para su transporte, dudo que quedase hueco alguno para escondites.

—De todos modos, iré a verla a la ciudad —repliqué convencido—. Por cierto, ¿sabe qué significan esas figuras? Me dijo la jefa de recepción que esa puerta conducía antiguamente a la sala capitular —expliqué, señalando el arco románico de entrada, que daba a un rellano y a unas escaleras de piedra.

—Ah, sí —asintió Amelia interesada—. Esta era la antigua entrada al monasterio original... y es obvio que daba a la sala capitular porque tenía dos puertas y todas tenían al menos dos entradas, aunque aquí una esté tapiada.

—La verdad es que aún no me ha dado tiempo a estudiar exactamente qué se hacía en la sala capitular, aunque creo que era donde se reunían los monjes, ¿no? —aventuré, esperando una explicación de Amelia.

—En efecto —contestó Quijano, adelantándose—, era donde se reunían los monjes con el abad una vez al día para hablar de las tareas y los problemas del monasterio.

—Ah, como una reunión de oficina.

El religioso se rio.

—Más o menos. Pero piense que los benedictinos tenían voto de silencio, de modo que ese momento del día era muy importante.

—Y sobre las figuras... —retomó Amelia, mirando acusatoriamente a Quijano por haberla interrumpido—, si no recuerdo mal son de principios del siglo XIII.

—¡No me diga! ¿Ochocientos años?

—Pues sí, aproximadamente. Al estar a la entrada del monasterio, simbolizaban el bien y el mal. ¿Ve esta figura que sostiene un libro y un puñal? Simboliza a Abraham cuando va a sacrificar a su único hijo, Isaac, porque Dios se lo ha pedido.

—Y luego va y le dice que no hace falta.

—Eso es. Pero supone una muestra de sumisión absoluta. Quien traspasase esta puerta debía asumir su sumisión a la voluntad de Dios —aclaró Amelia.

—¿Y el bicho ese tan feo, el que tiene la cola con un nudo? —le pregunté, mirando el capitel opuesto.

—Ah, la arpía. Hay muchas interpretaciones sobre esta figura. Rostro de mujer, cuerpo de pájaro y cola retorcida. Se supone que es una alegoría de los vicios, del mal, de la culpa y el castigo. Quizás por eso tenga encima a ese individuo vestido con hábito, ¿se ha fijado? También sostiene un libro, aludiendo a la formación espiritual para combatir al maligno.

Asentí asombrado de los conocimientos de Amelia, y pensé que a Pascual le habría encantado conocerla. Me asomé dentro de aquel arco de entrada: en efecto, tal y como había comprobado la primera vez que había estado allí, la sala capitular se había convertido en unos aseos para turistas. Qué jugadas hacía el paso del tiempo.

—Lo que no encuentro —continuó Amelia— es la ubicación exacta del torno de los expósitos, pero debía de estar aquí mismo.

—¿De los expósitos? Pensaba que los monjes usaban el torno para repartir alimentos y medicinas.

—Y para recibir niños, no crea. Eran otros tiempos.

Observamos el claustro de los Obispos en silencio durante unos instantes. Eran casi embriagadores sus pináculos, gabletes y agujas esculpidos en piedra. El padre Quijano, sin mediar palabra, comenzó a alejarse y se adentró en el claustro más pequeño. Lo seguimos como por inercia, atraídos por esa aura de espiritualidad que progresivamente iba percibiendo en aquel insólito cura, que parecía no ser consciente de su imponente físico. El claustro pequeño, en comparación con el de los Obispos, podía resultar decepcionante, pues su sencillez y austeridad carecía del encanto del que habíamos dejado atrás.

—¿Aquí también había una fuente? —pregunté, mirando hacia el centro empedrado del patio.

—Oh, no. Aquí tenían una piscina para peces. ¿No ha leído los carteles?

Me avergoncé de inmediato por no haberme parado a leer todos los carteles informativos del parador. Lo cierto es que apenas había tenido tiempo para curiosear. Quijano continuó con su explicación.

—Por eso le llamaban el claustro del Vivero. Veo que todavía le queda bastante trabajo en cuanto a la documentación —añadió, alzando las cejas—, pero, en cualquier caso, dudo que sus anillos se encontrasen escondidos entre salmones y anguilas.

Amelia volvió a reírse y, por primera vez, me miró con cercanía, como si por fin hubiese sido invitado a su círculo particular. Regresamos caminando hacia la iglesia y volvimos a atravesar, de forma inevitable, el claustro de los Obispos.

—Me temo que no voy a encontrar más información sobre los anillos en este lugar —confesé, desanimado, aunque al principio no me di cuenta de haberlo dicho en voz alta.

—Yo tampoco creo que quede nada de ellos ni aquí ni en el pueblo, señor Bécquer —me dijo Quijano en actitud compasiva—. Quizás algún monje se los llevase para rescatarlos de la desamortización. ¿Ya ha consultado todos los documentos que le facilitó el padre Andrade?

—¿Quién?

—Don Servando, el archivero.

—Ah, no. Estoy en ello, es muchísima documentación.

—Ya me imagino. Entre archivos religiosos y civiles tiene usted para rato.

Asentí y continué caminando, pensativo. ¿Cómo que archivos civiles? ¿Qué archivos? Me molestaba mucho quedar de nuevo como un idiota ante Quijano —y, por extensión, ante Amelia—, pero no me quedó más remedio que preguntar.

—Disculpe, padre —comencé a decir, costándome un horror llamarlo «padre»—, cuando ha dicho archivos civiles... —carraspeé—, ¿se refería a algún archivo en concreto?

Me miró con el paternalismo tierno con el que se mira a un chiquillo que te pregunta de dónde vienen los niños.

—Pues hombre, Jon, ¿cuál va a ser? El Archivo Histórico Provincial, en Ourense. Allí quizás encuentre crónicas de la época o correspondencia entre civiles, qué sé yo.

—Ah, ¡claro, claro! Sí, ya había pensado visitarlo, aún no he tenido tiempo —mentí, aunque las amplias sonrisas de Amelia y del cura me revelaron que no los había engañado.

Lo cierto era que, buscando unas reliquias sacras, no se me había pasado por la mente acudir a ningún registro ni archivo ajeno a la Iglesia. Las posibilidades de encontrar en archivos civiles información interesante sobre reliquias eclesiásticas me parecía más bien lejana.

—Amelia, ¿te importa quedarte un poco por aquí con el señor Bécquer? —preguntó Quijano, mirando primero su reloj y lanzándome después un guiño con su sonrisa de modelo de revista—. Tengo que ayudar al padre Julián a poner un poco de orden, no sé ni cómo puede encontrar las cosas para celebrar la Eucaristía, francamente.

—Oh, si tiene algo que hacer, no se preocupe —me excusó ella—, yo puedo quedarme por aquí dando un paseo.

—Ah, ¡en absoluto! —repliqué, encantado de que todavía no se marchase.

Yo ya había visto que Quijano y ella habían llegado en el mismo coche, de modo que, si no le quedaba más remedio que esperarlo hasta que él terminase, para mí sería una delicia tener a alguien con quien charlar. Acompañamos a Quijano hasta la puerta de la iglesia, y el joven cura me obligó a prometerle que lo avisaría de todas las novedades de mi investigación. Insistió en que lo llamase si me surgía alguna duda, y reconozco que, por mucho que me fastidiase que aquel cura fuese tan sabelotodo, me desarmó con su amabilidad. Lo que más me impresionaba de Quijano era, quizás, lo inclasificable que me resultaba. No se correspondía con los prototipos habituales, desde luego. ¿Cuál sería su historia?

Aunque pudiese parecer algo macabro, cuando Quijano entró en la iglesia, Amelia y yo nos entretuvimos un rato ojeando las inscripciones del cementerio. Reconozco que fue iniciativa mía y que fui yo quien comenzó a indagar en las lápidas. En realidad, no nos quedaba más remedio que pasar ante ellas si queríamos salir de allí, pues hacían un pasillo hasta la entrada del templo y su rayo azul.

A nuestra izquierda estaba el camposanto propiamente dicho, en una posición más elevada. No dejaba de resultar sorprendente el cartel de su pequeña verja gris, a juego con el tono de las lápidas: Por favor, no tiren desperdicios. ¿En serio? ¿Quién se iba a poner a tirar basura en un cementerio? Imaginé que los turistas podían llegar a aquella clase de aberraciones sin mucho esfuerzo.

A nuestra derecha también había un pasillo de tumbas, en esta ocasión estrecho y a nivel del suelo. Había algunas lápidas pequeñas colgadas en la pared, sin que quedase claro a qué tumba concreta del suelo se referían.

«D. E. P. Camilo Lastra. † 7 Agosto 1921. A los 22 años. Rdo. de sus amigos. Gerardo, Camilo, Pío, José y Melchor.» ¿No resultaba curioso? Aquella lápida no la firmaba la familia, sino un grupo de amigos. Con frecuencia, son estos la familia que nos permitimos elegir. Pero encontré una lápida especial, única. Se encontraba sobre el suelo, encima de un grueso rectángulo de piedra con la forma de la tapa de un ataúd, y era completamente diferente a las demás. El texto no comenzaba con el inmutable D. E. P. de «descanse en paz», sino directamente por el nombre, sin apellido.

«Marina. 21/03/1813 - 12/09/1890. Fue como un sueño.»

Fue como un sueño. ¿Un sueño? ¿A qué se referiría? ¿A una enfermedad, a su vida? ¿Quién sería Marina? Me había caído bien de inmediato. De entrada, si había sido ella la que había ordenado la redacción del epitafio antes de morir, ya había ido a contracorriente. Bravo por ella. Y si había sido, como era más lógico, otra persona la que hubiese mandado tallar aquello sobre la lápida..., ahí ya no tenía duda. Tenía que haber sido Marina quien hubiese significado un sueño en la vida de alguien. Y lo más curioso de todo no era aquello, sino que la tumba tenía un ramillete silvestre de flores frescas tumbado sobre la piedra, como si fuese a dormirse y a fundirse con ella. Al instante, me di cuenta de que la fecha, aquel aniversario luctuoso, había sucedido esa misma semana. Estuve a punto de entrar y preguntarle al padre Julián por aquella literaria y misteriosa Marina, pero me asomé a la puerta del templo y lo vi tan atareado con Quijano que no me atreví a molestarlo. Tampoco parecía probable que el anciano supiese nada de alguien fallecido hacía más de cien años, especialmente teniendo en cuenta que él ni siquiera había vivido nunca en Santo Estevo y que ahora solo venía los fines de semana para dar misa.

—Si sigue así va a tener que comprarse aquí una casa —bromeó Amelia—, porque le aseguro que en Galicia se va a encontrar misterios por todas partes, especialmente en las aldeas como esta.

Me reí.

—Es cierto. A veces creo que es obsesivo, que veo misterios y señales por todas partes. Me interesa la historia que hay tras cada pieza, tras cada objeto que encuentro. ¿Sabe que hay quien dice que son los objetos los que portan la memoria? —le pregunté, recordando las palabras de Germán.

Ella me miró intensamente durante unos segundos, pero no contestó a mi pregunta.

—Desde luego, es usted una persona peculiar —me dijo con media sonrisa y dando un paso hacia el parador—. ¿Quiere tomarse otro café?

—Claro.

Nos dirigimos de nuevo a la cafetería, pero viendo de pronto el acceso directo al bosque privado del viejo monasterio, se me ocurrió que sería mejor seguir el paseo por allí, en vez de quedarnos otra vez sentados. A Amelia le pareció bien la idea y el camarero nos dio dos cafés muy cargados, que llevamos en unos de esos recipientes de cartón de usar y tirar.

Paseamos y curioseamos en lo que quedaba de la vieja panadería. Había algo allí que me atraía de manera irresistible, como si entre aquellas piedras aún permaneciese el hálito de quienes allí habían habitado. Toqué una de las viejas paredes y, aunque resulta difícil de explicar, y más de creer, sentí su energía como algo completamente natural. Lo más probable es que fuese solo mi imaginación, pero la sensación fue absolutamente real. Había algún tipo de magia, de espiritualidad transparente en aquella espesura. Seguimos caminando y en menos de un minuto llegamos a los restos de un pequeño castro del siglo I antes de Cristo. Me resultaba completamente asombroso que no hubiese colas de turistas para contemplar aquella acumulación de historia, de belleza y de misterios. El bosque privado del viejo monasterio era, sin duda alguna, un paréntesis temporal.

Amelia me miraba divertida, creo que hasta con asombro, al comprobar que yo observaba todo con la curiosidad de un niño.

—Señor Bécquer —me dijo mirándome fijamente—. ¿Ya ha estado usted en el alto de Santo Estevo?

—¿En dónde?

—En el alto de Santo Estevo. Es el lugar más alto de este bosque.

Negué con la cabeza y, tras una indicación de ella, comencé a seguirla. Llegamos a un punto bastante próximo al parador, que en efecto quizás fuese uno de sus emplazamientos más elevados, pero creo que con tanta vegetación yo nunca me habría dado cuenta por mí mismo.

—Es aquí. Bienvenido a la colina del viento.

—¿A la qué?

Al instante de preguntarlo, me dije a mí mismo que tenía que dejar de mostrarme sorprendido por todo, porque me daba la sensación de que mi imagen de investigador triunfador y seguro de sí mismo ya había comenzado a diluirse hacía tiempo. Amelia me señaló un cartel carcomido por la humedad en el que, después del sencillo título de ALTO DE SANTO ESTEVO, y tras una breve explicación de la etimología de la *Ribeira Sacra*, detallaba dónde nos encontrábamos: «En un lugar sagrado como este, el punto más alto de la colina donde se ubicó el monasterio de Santo Estevo, tiene lugar el encuentro de los cuatro vientos, donde la leyenda habla de ritos antiguos, donde tiene lugar el encuentro con la humildad».

La humildad. Me quedé un rato pensativo, y volví a leer el texto. Su idea resultaba interesante. Aquella colina, tiempo atrás, debía de haber estado mucho más desnuda. Una vegetación más escasa y árboles menos frondosos, quizás. El punto donde yo me encontraba debió de ofrecer, cientos de años atrás, una panorámica asombrosa. Un lugar azotado por todos los vientos. Norte, sur, este, oeste. Sin refugio. ¿Qué hombre o mujer podría dejar de sentir allí su verdadera esencia, que es la de la insignificancia? ¿No es cierto que, en realidad —y a pesar de todos nuestros artificios—, estamos siempre sujetos a la fuerza, el ímpetu y la rabia con la que decidan soplar todos los vientos del mundo? Yo ya sabía, por propia experiencia, que las personas estábamos hechas en gran medida en razón de nuestras circunstancias.

—¿Sabe a qué ritos antiguos se refiere? —pregunté sin levantar la vista del cartel.

—Ni idea. Imagino que a cualquier costumbre pagana. Piense que, por mucho monasterio que hubiese en el valle, aquí la gente seguía venerando el agua, las piedras y la naturaleza.

Asentí, agradecido de que Amelia me hubiese llevado hasta allí. Sin saber muy bien cómo, y tras charlar un rato más deambulando por la espesura, terminé por convencerla para que me acompañase a Ourense en algún momento de aquella semana, para ver la fuente que casi doscientos años atrás se habían llevado del claustro de los Obispos. En todo caso, yo tenía que ir al centro para visitar el archivo civil que me había recomendado el sabihondo del padre Quijano. Reconozco que pensé que la ayuda de Amelia, con sus conocimientos de arte, podría resultarme de mucha utilidad. Y, para qué voy a negarlo, su compañía me resultaba progresivamente más agradable, pues daba la sensación de haber comenzado a relajarse, abandonando definitivamente su tono estricto y profesional en todo lo que decía. Por fin, y tras un delicioso paseo por el tiempo, salimos del bosque de los cuatro vientos.

Marina

Para Marina no siempre resultaba fácil esquivar al joven oficial. Ella rechazaba los paseos argumentando las incipientes lluvias del otoño o, sencillamente, la necesidad de atender sus ocupaciones; pero él excusaba visitas a su padre por dolores de cabeza, por mera cortesía o por consultas amables sobre las más variadas y vacuas cuestiones. Se vio obligada a salir con él en otro par de ocasiones, salvada por la compañía de Beatriz. Un día lo hizo sorteando *sequeiros* y saludando a los campesinos hasta llegar a un magosto popular, cortesía del monacato; otro, montando a caballo hasta Nogueira para que él le mostrase el pazo familiar. Posiblemente, el joven alguacil pretendiese impresionarla con aquello; sin embargo, a Marina no había propiedad ni lujo que la atrajese, pues solo quería estudiar.

Era cierto que la compañía de Marcial Maceda ya no resultaba tan molesta, y sus atenciones eran exquisitas. Pero, ah, ¡aquella forma de mirarla, como si la desnudase con el primer saludo! Y su padre, el alcalde... Tal vez él la estudiase con mayor descaro que su propio hijo. O tal vez no, y aquel hombre observase de aquella forma a todo el mundo, asegurándose de que dejaba claro quién mandaba. Acostumbraba a masticar insistentemente un palillo entre sus labios, que eran carnosos y gruesos, y que a ella le desagradaban profundamente. El alcalde se había recuperado bastante bien de la agresión que había sufrido; a pesar de ello, había perdido peso y no podía permitirse comidas muy copiosas, pues podían suponerle dos días en cama con tremendos dolores y esfuerzos para vaciar sus tripas. Con todo, Marina sentía que había ido esquivando obstáculos sin grandes dificultades.

De hecho, la vida comenzaba a discurrir con asombrosa cordialidad y calma. Manuel, el criado, se encargaba de las caballerías cuando era preciso, de la huerta, de la leña y los recados más trabajosos. Beatriz, de la casa y su limpieza, de los guisos y las sopas, a los que con frecuencia solía olvidar echar algún ingrediente fundamental. A Marina le había parecido que entre las pullas que la criada enviaba siempre a Manuel había algo de provocación meditada, de interés oculto. Los observó con discreta curiosidad, y pensó que podía ser posible que estuviesen intimando. Tal vez porque no había nadie más a mano, o porque no había gran cosa que hacer en aquel pueblo escondido en los bosques. O quizás ya hubiesen estado queriéndose en todas las peleas que desde siempre habían tenido. Pero Beatriz solo tenía quince años, y Manuel debía de estar ya por los veintiuno. Los dos solos en el mundo. No, quizás se tratase solo de pullas fraternales. Uno podía encontrar la familia en las personas con las que más tiempo compartiese... ¿No sería posible? Marina lo había pensado, pero había terminado reconociéndose a sí misma que no sabía gran cosa sobre el amor.

El doctor Vallejo, por su parte, parecía haber alcanzado un estado de extraña templanza, de derrota ante el inexorable paso del tiempo. Al principio se había mostrado más excitado con su nueva casa, su nueva vida y costumbres; sin embargo, ahora parecía volver a caminar hacia el vacío, como si hubiese comprendido que a su difunta esposa no podría olvidarla aunque viajase a otros cien reinos, ni aunque cambiase su vida por otras inventadas y ajenas. A aquella melancolía contribuía, quizás, el haber entrado ya en el otoño y en las largas noches que este comenzaba a traer consigo; el abad, además, debía atender sus funciones y no podía concertar a diario visitas ni encuentros con su hermano. Por ese motivo, cada vez que había de viajar a Ourense y hacer noche fuera por cualquier causa, el corazón del doctor se alegraba de salir de la rutina. Si debía asistir a enfermos al otro lado del río, lo hacía con gusto; si se veía en obligación de cabalgar tres horas para asistir a un prior, dejaba que el aire de los bosques le llenase los pulmones y le vaciase la angustia del recuerdo de su antigua vida.

El doctor decidió, pensando en esas salidas que a veces duraban dos o tres días, enseñarle a Marina a utilizar el trabuco que había heredado de su padre y que él guardaba con el mayor cuidado. Era un precioso trabuco de chispa inglés, y funcionaba perfectamente, aunque comenzase a caer en desuso a favor de armas más modernas. Al saber que Marina era capaz de utilizarlo, se quedaba más tranquilo cuando él no se encontraba en la casa; era cierto que tenían muchos vecinos próximos, pero el bosque que los rodeaba era inmenso y nunca se sabía qué podía suceder.

El doctor procuraba cuidar a Marina, pues solo su sonrisa y su conversación lo extraían de aquel melancólico letargo que procuraba disimular. Le asombraba el inagotable interés de su hija en su profesión y la pericia con la que lo asistía en las consultas, como si fuese ya una ayudante experimentada.

—Si fueses hombre, habrías llegado a ser un gran médico, hija mía.

—Ay, padre. Debiera permitirse a las mujeres estudiar. Yo sé que podríamos alcanzar tantos logros como los hombres.

—Ah, querida —se había reído el doctor, sentado en su sillón—. ¿Pues qué haríamos con las mujeres en la universidad, más allá de los muros del hogar? ¿Quién criaría a las criaturas, quién atendería al marido y proveería de calor al corazón de la casa? ¡Se acabaría el mundo! No, mi inocente niña. Habrás de casarte y de tener hijos. ¿O acaso preferirías ingresar en un convento?

Ella había suspirado y se había arrodillado junto a él.

—No, padre. Eso no. Al menos, puedo ayudarlo a usted —se consoló, besándolo en la mano—. Aunque me gustaría formarme mejor, siquiera como enfermera y cuidadora.

—¡Ah! Lo que faltaba. Pero ¿por qué insistes? ¿No te consuela ayudar a tu viejo padre? ¿Por qué me torturas solicitando realizar los trabajos más bajos y modestos, propios de pobres y sirvientes?

Marina se mordía los labios y disimulaba las lágrimas de rabia, pues disgustar a su padre era lo último que deseaba hacer en el mundo. Lo admiraba tanto, lo quería con tal devoción..., y él poseía tantos conocimientos médicos que ella codiciaba... ¿Por qué Dios habría permitido que ella fuese así? ¿Por qué debía ella sentir aquella necesidad de aprender, cuando todas sus amigas de Valladolid disfrutaban ya con visitas a teatros y espectáculos, con las miradas lisonjeras de pretendientes y con paseos deliciosos por los parques? ¿Por qué a ella le parecía que aquellos paseos carecían de destino apetecible y de emoción? Marina había llegado a pensar que tenía algo roto dentro de sí, un elemento mal dispuesto en su mente y en su cuerpo, pues solo se sentía feliz por completo cuando, como cada lunes, bajaba a la botica del monasterio para atender las explicaciones de fray Modesto y fray Eusebio, que iba a prolongar su visita en Santo Estevo hasta mediados de noviembre, cuando debería regresar a Oseira.

«¿Lo ve, Marina? Este compuesto es bueno para las flatulencias y las malas digestiones. Sí, bálsamo de tolú. Podemos hacer píldoras o jarabe, por ejemplo. Para el alcalde preparamos el jarabe. Claro, ayúdeme. Estos aceites y el vino rectificado no pueden faltar, ¿comprende?»

Marina, fascinada, observaba cómo trabajaba fray Modesto como si estuviese ante un brujo realizando magia. Él le había permitido, con asombrosa confianza, consultar libros recientes, como el de la *Farmacopea Matritense*, o el de la *Hispana*, aunque este último estaba en latín y apenas entendía más que los dibujos. Había también un libro antiquísimo en el que las láminas ilustradas, de lo detalladas que eran, parecían salir de las hojas para cobrar vida. Lo llamaban *Dioscórides*, pero ese no le permitían tocarlo. Durante aquellas clases improvisadas, Beatriz bostezaba y bordaba, guardando silencioso respeto en una esquina de la botica, aunque en ocasiones preguntaba curiosidades sobre algunas de las plantas que veía por allí puestas a secar colgadas del techo o en las paredes.

Durante casi mes y medio, Franquila había desaparecido de la botica, por lo que Marina no había vuelto a verlo desde aquella tarde en el río. Había preguntado por él, y le habían explicado que había ido a trabajar en las neveras que el monasterio disponía en Cabeza de Meda. Eran unas de las pocas que existían en la zona, y el doble muro perimetral de sus pozos era único. El abad ahora las alquilaba, pero para ello debía ofrecerlas en buen estado. Franquila y otros hombres habían ido a revocar bien su interior con barro y a reparar su desagüe, pues una tormenta lo había desestabilizado y debía estar bien preparado para el invierno. Cuando llegase la época de calor, los arrendatarios prensarían la nieve, la partirían con un hacha y la llevarían en carromatos cubiertos de paja hasta Ourense, donde la venderían. Fray Modesto le había explicado a Marina que tal vez no quedase mucho tiempo vivo aquel negocio, pues los señores de la ciudad habían comenzado a proveerse de hielo por otros medios, y en el monasterio no precisaban de aquella refrigeración para el verano, pues allí con la sombra de los bosques y el frescor de los manantiales se daban por satisfechos. Además, trabajar en las neveras era, con diferencia, el trabajo más duro en aquellas montañas, y eran pocos los que estaban dispuestos a hacerlo.

Una mañana, para sorpresa de Marina, fue Franquila quien le abrió la puerta de la botica.

—Ah, ¡es usted, Franquila! Buenos días. Espero que

haya tenido buena estancia en Cabeza de Meda —le dijo ella amablemente, a forma de saludo.

—¿Buena estancia? —Él sonrió—. Por supuesto, señorita. Repartiéndome entre tabernas, billares y teatros. Fray Modesto la espera en la rebotica —le dijo, abriendo la puerta por completo y marcando un gesto entre la dureza y la ironía, con ademán de procurar terminar el saludo lo más rápidamente posible para poder proseguir con sus tareas.

Marina no supo qué contestar, y entró seguida de Beatriz, que miró a Franquila con descarada curiosidad.

—¿Y este insolente? —le preguntó a Marina en voz muy baja, acercándose a su señorita para hablarle al oído.

Ella respondió en un susurro:

—Es el huérfano, el que ayudó en la operación del alcalde.

Beatriz asintió, pues ya había escuchado varias veces, y con detalle, la historia de aquel día en la botica. Marina había arrugado los labios, ofendida. ¿A qué venían aquellas ironías? ¿Acaso le había hecho ella algo al muchacho, tenía culpa de su suerte, de su servicio obligado a los monjes? Qué lamentable costumbre tenían los pobres de procurar que los que habían nacido en mejor posición se sintiesen culpables solo por respirar. La joven se quitó el sombrero y lo dejó, junto con sus guantes, sobre una mesa cerca de la entrada. En vez de dirigirse a la rebotica, fue a buen paso hacia Franquila.

—Lamento sus esfuerzos y trabajos si no son de su gusto, pero los demás también cumplimos nuestras obligaciones sin necesidad de sarcasmos maleducados.

—Por supuesto, señorita. Disculpe, no quería ofenderla. Ya me imagino que estará usted muy atareada dando paseos y jugando a ser boticaria.

Y tras decir esto, Franquila la miró con su irritante gesto tranquilo e inamovible, para, al segundo siguiente, darle la espalda y seguir trabajando con una mezcla de hierbas y cera de abeja que tenía sobre la mesa.

Marina estaba enfadadísima. ¡La había dejado con la palabra en la boca y, en el colmo de la grosería, le había dado la espalda!

—Al menos yo intento hacer algo con mi vida, señor. Usted no tiene ni fe para ser monje ni ambición para hacer otra cosa que servir.

Él se dio la vuelta rápidamente y se acercó a ella mucho más de lo que una distancia caballerosa recomendaría. Le clavó sus ojos grises en las pupilas, y Marina supo que estaba furioso. Sin embargo, el joven habló despacio, con inquietante calma contenida.

—*Homo omnium horarum*.

—¿Qué...?

—El hombre se adapta a cualquier circunstancia —tradujo fray Modesto, que había salido de la rebotica y contemplaba la escena con asombro—. ¡Ya veo que se llevan ustedes estupendamente! —añadió, con una sonrisa un tanto maliciosa, impropia de un monje—. Pero, ah, querida... con el infortunio de nuestro primer encuentro me temo que no le presenté a Franquila debidamente. Es como un hijo para mí; yo mismo escogí su nombre en honor al primer abad de Santo Estevo. Confío en que ambos se lleven como es debido, pues la formación de los lunes es para ambos.

—¿Para ambos? —se extrañó Marina—. ¿Acaso Franquila se forma para boticario sin ser monje?

—Podría decirse —replicó fray Modesto, pues el joven permanecía en silencio mirándola—. Franquila ha mostrado ya sobradamente su capacitación para el manejo de simples y la elaboración de preparados magistrales, y hoy ya podría ser examinado para superar un examen que en circunstancias corrientes no se realizaría hasta los veinticinco años.

—No tiene cascos de jineta, entonces —intervino Beatriz—. ¿Y cuántos años tiene usted, si puede saberse? —le preguntó directamente al muchacho, acercándose a él.

—Diecinueve —contestó Franquila, contrariado por

ser, de pronto, el objeto de estudio de todos los que estaban en la botica—. ¿Podemos volver ya al trabajo, padre?

—Claro, hijo. Vendrá ahora fray Eusebio, y hoy haremos algo distinto. Marina, ¿le mostró el señor abad el huerto?

—No, padre. Iba a hacerlo el día en que lo conocí a usted, pero luego sucedió lo del alcalde...

—No se hable más. Hoy será el día. Le mostraré nuestros cultivos de hierbas medicinales y sus usos.

Esperaron en un incómodo silencio a que llegase el monje blanco, que por fortuna solo tardó unos minutos. Salieron de la botica y se dirigieron, a través del claustro de los Caballeros, hacia la parte opuesta del monasterio. Atravesaron una gruesa puerta de madera bajo un espectacular arco de medio punto y salieron a una zona boscosa y amurallada.

—Oh, pero... ¡tienen ustedes un bosque propio!

—En efecto, Marina. Es el bosque de los cuatro vientos, donde se encuentra el camino hacia la humildad.

—Los cuatro vientos... —repitió ella.

—Después, si lo desea, podremos pasear por él. Venga, venga. ¿Qué mira?

—Esas cabañas, fray Modesto. ¿Qué hay ahí?

—¿Pues qué va a haber? Cerdos, gallinas y algunas bestias de carga. De ellas se encarga el acemilero. Es ese, ¿lo ve? De vez en cuando duerme ahí, junto con un vaquero y un par de leñeros.

Caminaron solo un poco más y a la derecha, antes de llegar a las cocinas, accedieron por una puerta de piedra a otro recinto amurallado, lleno de hortalizas y cosechas bien ordenadas sobre la tierra. Su formación era lineal y limpia, como si existiese una disciplina militar en aquel huerto lleno de colorido.

—Ah, ¡hierba luisa! —exclamó Marina, tocando una planta a su derecha. Ella ya sabía que se utilizaba para hacer infusiones que favorecían a los estómagos delicados—. Desde luego, es diferente verla seca que en su medio natural. Le agradezco que me haya traído. ¿Y eso, qué es? ¡Parece perejil gigante!

—Oh, no, Marina. ¿De veras no sabe de qué planta se trata? Piense. Lo revisamos el otro día en una de nuestras láminas.

Ella no parecía acertar con la hierba de la que se trataba, hasta que Franquila, apoyado en el muro, desveló con desgana que se trataba de cicuta.

—¡Por todos los santos, pero si eso es veneno!

—Todo depende de la medida, Marina —intervino fray Eusebio, que destacaba especialmente en medio de la huerta con aquel hábito blanco—. Poca cantidad puede favorecer la cura de unos males; y mucha, resultará necesariamente mortal.

Estuvieron así un buen rato, en el que Beatriz terminó por sentarse sobre una roca, aburrida de ver plantas y de escuchar descripciones de sus usos.

Fray Modesto se alejó un poco con Marina por el huerto, explicándole todo lo que estaba plantado, sus épocas de floración y sus usos. Llegó un momento en que bajó un poco el tono.

—No sea dura con Franquila, es un buen muchacho. Ha venido cansado del trabajo en las neveras del monte, nada más.

—Oh, no quisiera provocar problema alguno, padre. Me ha parecido que a él le molestaba mi presencia en la botica.

El monje negó con la mano y con gestos suaves de su cabeza, arrugando el ceño.

—¡Qué va a molestar! Ya le digo que viene cansado de tantos trabajos. Está ahorrando para poder estudiar Farmacia.

—¿Cómo? Pero ¿por qué? Podría adquirir aquí todos sus conocimientos.

—Y lo hace, querida, y lo hace. Pero su vocación no es la de monje, sino la de hombre de mundo.

Marina no daba crédito. ¡Un criado preparándose para estudiar!

—Pero ¿cómo va a poder...? Quiero decir, ¿lo ayudará usted, padre?

—¿Yo? No, Marina. Los monjes carecemos de bienes, abandonamos todo lo que nos vincula al mundo material cuando entramos aquí. Pero sí apoyo los intereses del muchacho ante el abad.

—Pero, teniéndole usted tanto aprecio, ¿no preferiría que Franquila se quedase en su botica?

—Claro, hija, ¿cómo no lo iba a preferir? Es un muchacho muy notable y con una excelente formación no solo en ciencias químicas, sino también en letras. Pero aunque aquí pudiese trabajar un boticario seglar, como ya ha sucedido en otras boticas monacales, tendría que haber cursado los estudios reglados de Farmacia, ¿no le parece? —El monje suspiró de cansancio—. Ah, Marina... Tras la exclaustración, aunque hayamos podido regresar, los monasterios ya no son fortalezas inexpugnables. Ahora ya nada es seguro, ni siquiera intramuros. Y tras la invasión de los franceses y el desarrollo de esa ciencia que llaman ilustrada, las boticas seglares disponen de químicas avanzadas que nosotros todavía no podemos alcanzar.

Marina guardó silencio unos segundos.

—¿Y dónde se estudia Farmacia, padre?

—En Madrid.

—¿Tan lejos? ¿Acaso no disponen de universidades en este reino?

—Claro. En Santiago de Compostela teníamos el Colegio de Boticarios San Carlos, pero lo suprimieron cuando el Trienio Liberal, y al regreso del rey no fue repuesto; de modo que si Franquila quiere estudiar deberá ir al Colegio San Fernando de Madrid. ¿Por qué cree que hace todos los trabajos que puede? Aunque me temo que mi pobre muchacho no logrará ahorrar tanto como para costear los tres años de bachiller. —El monje suspiró—. Y es una lástima, porque con lo que sabe Franquila y sus aptitudes, se sacaría la licenciatura en dos años más y el grado de doctor casi al instante, ¡se lo aseguro!

El monje y Marina continuaron inspeccionando la huerta mientras Franquila y fray Eusebio retiraban algunas malas hierbas y recolectaban lo que consideraban que estaba a punto. El frío otoñal comenzaba a inundar el aire, y la actividad física era bienvenida. Fray Modesto, terminada la tarea, invitó a todos a dar el prometido paseo por el pequeño bosque, solicitando a Franquila que guiase a las jóvenes. El gesto del muchacho, nada sutil, mostraba que aquella tarea de cicerone no era de su agrado, pero la mirada conminatoria del monje no dio lugar a réplica alguna.

—Pero, padre, ¿no vienen ustedes? —preguntó Marina apurada.

—No, hija. Descuide, será un paseo bien corto, este bosque no guarda largos caminos. Y nosotros —explicó, mirando a fray Eusebio, que desde luego mantenía su voto de silencio mucho más concienzudamente— debemos regresar a la botica, pues «la ociosidad es enemiga del alma» —añadió, citando las reglas de san Benito—. Los esperamos en la rebotica enseguida, pues vamos a realizar unos compuestos que serán de su mayor interés.

Así, comenzaron su breve paseo Franquila, Marina y Beatriz, que decidió deambular un par de metros detrás de su señorita, como había hecho las últimas veces que había ejercido de carabina con Marcial Maceda. Esta breve distancia les dio a Franquila y Marina un marco de intimidad, envuelto por la espesura de aquel maravilloso y frondoso bosque.

—Franquila, discúlpeme si antes lo he molestado, no era mi intención. Fray Modesto me ha explicado que ahorra usted para estudiar. Antes he estado realmente impertinente, lo lamento.

Él asintió sin levantar la vista del suelo y sin dejar de caminar. Ante su silencio, ella siguió hablando.

—Fray Modesto dice que han avanzado mucho las boticas seglares, gracias a la Ilustración y a los adelantos científicos que ha traído consigo. Qué fascinante, ¿no le parece?

Él volvió a asentir, y cuando Marina ya pensaba que sus respuestas iban a limitarse a aquel gesto, el muchacho comenzó a hablar.

—Muchos seguirán acudiendo a los remedios de los monjes, a pesar de la modernidad de las nuevas farmacias, no lo dude.

—Oh, ¡por supuesto! Los conocimientos ancestrales que...

—No, señorita, no es eso —la interrumpió—. Monjes y seglares disponen de las mismas plantas para fabricar sus remedios, pero en el monasterio se puede explorar sin límite.

—¿Sin límite?

Él la miró y sonrió por primera vez.

—Las autoridades sanitarias carecen de jurisdicción en el monasterio, aquí se puede desarrollar la alquimia sin esas nuevas normas que llegan de Europa.

Ella continuó caminando al lado de Franquila en silencio, pensando en lo que le había dicho.

—Sabe, ¿Franquila? Es usted afortunado. Comprendo que debe de ser duro, perdóneme, carecer de familia y pasar tantos trabajos, pero al menos dispone de la posibilidad de estudiar. ¡Ojalá yo pudiese hacerlo! Mi mayor sueño sería ser médico.

Él la observó con franca curiosidad.

—Pensaba que venía usted a la botica para aprender remedios con los que ayudar a su padre, no que guardase deseos tan altos e impropios de una mujer.

—¿Impropios?

—No me comprenda mal, Marina. Creo que usted podría ser un médico excelente. O, al menos, una cirujana... El otro día lo hizo muy bien con el alcalde. Pero suponía que ayudaba a su padre cumpliendo su buen deber como hija, y no por verdadero interés en la materia.

—Oh, sí. Me gustaría tanto poder curar a los enfermos... O ser, al menos, enfermera.

—Cuando se case —dijo él, respirando profundamente—, olvidará todos esos sueños imposibles.

—Ah, ¡pero es que yo no pienso casarme nunca!

Acababan de llegar a la vieja panadería, y él se paró para mirarla directamente a los ojos.

—Entonces, ¿no se va a prometer al alguacil?

Marina se rio sorprendida. ¡Qué atrevimiento, preguntarle aquellas intimidades!

—No, ¡por Dios! Qué ocurrencia... ¿Cómo se le ocurre tal cosa, Franquila?

—Porque, por lo que sé, han paseado juntos en varias ocasiones.

—Ah, pues tal y como corresponde en gestiones de cortesía y buena vecindad... Demonios, ¡es usted ciertamente insolente!

Él sonrió ante la blasfemia y tomó aire, como si le divirtiera provocarla. No respondió nada e invitó a Beatriz a que se acercase para mostrarles el lugar donde estaban.

—Esta es la vieja panadería, ya no se usa, y a veces guardan ganado dentro. ¿Quieren verla?

Ambas asintieron, pues nada podía suscitar más curiosidad que una cabaña de piedra con aquellas enormes chimeneas en mitad de un bosque de cuento como aquel. Cuando entraron, vieron que el tejado ya no se encontraba en las mejores condiciones, pero parecía haber sido realizado por buenos carpinteros y, sin duda, resistiría unos cuantos inviernos más. Admiraron los enormes hornos y las mesas que todavía había en la pieza, que parecían esperar a que llegase alguien para espolvorear harina en su superficie y fabricar pan.

—¿Por qué cerraron la panadería?

—Ah, el número de monjes no les prestaba para mantenerla. En Santo Estevo hubo escuela y muchos alumnos, pero con la exclaustración... fueron tres años de vacío. Los monjes tenían otra panadería en Alberguería, pero la vendieron. Ahora se trae el pan dos veces por semana desde Ourense.

—¡Qué impresionante es la chimenea! —exclamó Beatriz.

—Si sale al exterior, podrá verla mejor desde el desnivel, y casi podrá tocarla.

Beatriz se dirigió a la puerta y salió dejándola entornada, confiando en que la siguiesen, y caminó decidida hacia la cuesta que rodeaba la panadería. Cuando Marina comenzaba a seguirla, sintió como Franquila la tomaba del brazo. El joven, sin soltarla, se acercó a ella y sus cuerpos, frente a frente, quedaron separados solo por unos centímetros. La miró intensamente, como si hiciese un gran esfuerzo por contener todo el fuego que había tras sus ojos grises. Marina, de pronto, pudo escuchar el galope de su propio corazón, y sintió como si él se le llevase el alma, y no fue capaz de hablar, ni de gritar ni de decir nada. Franquila la besó apretándola contra sí mismo, en uno de esos besos desesperados, algo torpes y húmedos que, cuando se recuerdan, se piensan con ternura.

De pronto, ella reaccionó, consciente por fin del encantamiento, y le dio a Franquila una sonora bofetada que le dejó en el rostro una suave marca roja. Él se llevó la mano a la cara y sonrió con esa tranquilidad que a Marina le resultaba tan exasperante, y la observó mientras ella se alejaba lentamente a solo unos centímetros, apoyándose en la pared y sin dejar de mirarlo.

El muchacho volvió a aproximarse a Marina, pero esta vez no hizo nada más que mirarla. Ella, movida por un resorte inexplicable, de extraordinario calor en las entrañas, tuvo el indecente impulso de devolverle el beso. Asombrada de sí misma, de su desvergüenza, se sintió como hechizada y entregada con todo su cuerpo a aquel instante. Franquila se dio cuenta y volvió a apretar su cuerpo contra el de ella, pero sin atreverse a besarla ni a tocarla con las manos, que apoyó en la pared a ambos lados del cuerpo de Marina. Esperó alguna señal, un permiso para volver a tomar el aliento de vida que la joven le permitiese. Pero Marina, con la respiración agitada, se escabulló y dio dos pasos hacia la puerta sin dejar de mirar al joven.

—Est... este comportamiento es inaceptable, señor Franquila —se atrevió a decir, recomponiéndose—. Le ruego que no vuelva a suceder, pues me veré obligada a decírselo a mi padre —añadió, alisándose el vestido con desesperación, a pesar de que este no sufría ninguna arruga, y haciendo ya ademán de salir de la vieja panadería.

—Solo ha sido un beso —dijo él a sus espaldas—. Perdone si la he ofendido.

Ella se volvió y pudo comprobar en su sonrisa y en su mirada irónica que él no lamentaba la posible ofensa en absoluto. Salió de la vieja panadería a buen paso, e hizo que Beatriz bajase la cuesta inmediatamente para regresar a la botica. Franquila las siguió como si no hubiese pasado nada, aunque Beatriz intuyó algún episodio extraño entre el muchacho y la señorita, pues esta había salido colorada de aquellas ruinas y él no dejaba de mirarla. El resto de la mañana, preparando compuestos con los monjes, transcurrió en una extraña calma. Marina, más silenciosa de lo habitual. Y aquel misterioso muchacho huérfano, de pensamiento indescifrable, sin prestar más atención que a sus tareas, aunque la criada había espiado sus intensas miradas a la señorita. Sin embargo, no la desnudaba con lujuria como hacía el alguacil, y tampoco procuraba darle conversación. La estudiaba en silencio, la observaba con curiosidad casi infantil, de descubrimiento. Y a Beatriz le pareció que aquel muchacho rubio e insulso guardaba dentro de sí los pensamientos y ambiciones más grandes e interesantes de todos, porque no los mostraba y porque sabía que los demás no los sabrían ver.

16

Lucrecia caminaba sin rumbo por el gran salón de la Casa de Audiencias. ¿Cómo era posible que aquel pobre muchacho estuviese muerto? No es que alguna vez le hubiese parecido un joven de grandes entendederas ni aspiraciones, pero no por ello dejaba de tenerle aprecio. «No cargue con eso, doña Lucrecia, yo se lo llevo»; «traiga, traiga acá esas bolsas, *muller...*». La sencillez de Alfredo Comesaña, sorprendentemente, había sido una de las pocas referencias cálidas que Lucrecia guardaba de su paso por Santo Estevo.

El lugar en sí no la digustaba: era cierto que la belleza de sus bosques y de su historia podían embriagar a cualquiera, pero a sus ojos el paso de los años había deslucido sus leyendas. ¿A quién podía interesarle caminar caminos ya paseados mil veces? Allí se aburría terriblemente desde hacía más de treinta años.

Un día, en una discusión, Ricardo la había acusado de ser ella la hastiada, la viva imagen de la amargura. Tal vez fuese cierto. Quizás las desavenencias con su propia familia y su incapacidad para tener hijos la hubiesen secado y amargado por dentro, afilándole a cambio el verbo y la lengua. Pero el afán de Ricardo por regresar todos los veranos a aquel perdido lugar había limitado otros posibles viajes y sueños, otros conocimientos y vivencias.

—¿Y si este año viajamos a Grecia o a Italia? Podríamos pasar una o dos semanas en Santo Estevo, repartirnos.

El gesto de Ricardo siempre había sido de rechazo, de abierto disgusto.

—Me paso trabajando todo el año, quiero descansar. ¿Qué mejor sitio que Santo Estevo? En esos viajes no encontrarás más felicidad, solo ciudades a las que hacer las mismas fotos que los demás.

Lucrecia, al final y tras muchas discusiones, siempre había aceptado lo que Ricardo le había impuesto. A lo largo de los años había logrado pequeños triunfos, reducidos a ocasionales escapadas a Venecia, París, Praga..., pero los veranos, íntegros, pertenecían a Santo Estevo. Ella había dado aquella guerra por perdida. A fin de cuentas, era su marido quien llevaba el dinero a casa mientras ella hacía y deshacía a su antojo en su vida ordinaria en Madrid. Tenían dinero más que suficiente para dar la vuelta al mundo si lo deseasen, pero su marido veneraba Santo Estevo, como si estar allí supusiese un homenaje a sus ancestros, un duelo de sangre que al parecer solo él comprendía.

Lucrecia oyó un ruido a sus espaldas. Se volvió y vio como Ricardo entraba en el salón. Su paso era lento pero decidido, directo hacia el sofá frente a la televisión y al gran ventanal sobre el parador. Observó con impotencia la decrepitud a la que había llegado su marido; había sido tan guapo, tan firme y decidido... Ahora, cada vez que él respiraba, a ella le parecía un milagro. Los años y la enfermedad habían arrasado la vitalidad de aquel joven formal del que se había enamorado hacía ya tantísimos años. Su solidez la había atraído de inmediato, como si él no fuese un hombre, sino un refugio. Pero el tiempo había terminado por desdibujar quién cuidaba a quién.

Lucrecia había comenzado a sospechar que Ricardo podía estar en las primeras fases de algún tipo de demencia. Su progresiva obcecación con el orden de las cosas, de los muebles... e incluso el incipiente e inflexible respeto por los horarios de las comidas y las cenas; sus despistes, su obsesión por Santo Estevo y por todo lo vinculado a aquel lugar que ya no le importaba a nadie y al que ella no deseaba regresar ningún otro verano más en su vida.

—Te has levantado tarde.

—No había gran cosa que hacer.

Para sus adentros, Lucrecia pensó que era cierto, que allí no había gran cosa que hacer. Pero lo había dicho ya tantas veces que ese día se mordió la lengua, sabiendo que con el gesto se tragaba su propio veneno pero que evitaba una discusión gastada y repetida mil veces. Ambos se habían levantado temprano, como siempre, para desayunar juntos. Después, ella había ido a arreglarse y a ver la televisión, mientras Ricardo había regresado a la cama para leer y escuchar la radio hasta que le apeteciese. La rutina habitual.

—No sabes lo que ha pasado, ¡algo horrible! —exclamó ella retorciendo un pañuelo entre las manos—. Alfredo Comesaña, el chico del supermercado..., está muerto, lo han encontrado a primera hora en el parador. Le ha dado un infarto.

Ricardo tomó aire. A su rugosa voz parecía costarle salir y respirar. Tomó asiento como si estuviese extraordinariamente cansado.

—No entiendo... ¿Muerto? Un chaval tan joven. ¿Qué tendría, treinta años?

Lucrecia se acercó y se encogió de hombros.

—No sé. Supongo. Qué puta vida. Un infarto cuando aún se empieza a vivir...

Ricardo asintió con pesadumbre, como si él supiese bien de los caminos de la muerte. De pronto, pareció asimilar el detalle de todo lo que Lucrecia le había dicho, como si hubiese comprendido su contenido de forma retardada, y miró a su mujer con extrañeza.

—¿Un infarto? Un poco joven para un infarto... ¿Quién te ha dicho eso?

Lucrecia miró a su marido y le pareció que por un instante había recuperado su tono profesional, el del antiguo médico que analizaba y cuestionaba los diagnósticos.

—Una empleada del parador se lo ha dicho a su tía Sarita, ya sabes, la bruja de la casa de abajo. Y vamos, que ha tardado medio minuto en subir y decírselo a medio pueblo.

Ricardo se quedó pensativo.

—No me parecía que Comesaña estuviese en buena forma física, pero un infarto... —El anciano evidenció con su expresión que no se esperaba aquella noticia; tomó aire y tosió profundamente antes de continuar hablando—. Tal vez sufrió una impresión fuerte o lo disgustaron.

—Pues me lo ha asegurado la pécora de Sarita, que ha sido un infarto. Y no solo eso. ¿A que no adivinas dónde lo han encontrado?

Ricardo miró a su mujer con curiosidad. Él sabía que ella apreciaba a Comesaña, pero al parecer no tanto como para no relatar su muerte como si fuese un buen chisme y no un hecho lúgubre y envuelto en tristeza. Su brillante y oscura mujer estaba hecha a base de contradicciones. Lucrecia, que por su parte había hecho la pregunta de forma meramente retórica, se respondió a sí misma.

—¡En la huerta!

—¿Qué huerta?

—La del antiguo monasterio, la del bosque de los vientos.

Ricardo abrió más los ojos y enarcó las cejas mostrando su sorpresa. Ya le había dejado asombrado lo del infarto, pero que Comesaña hubiese muerto en aquel sitio concreto le pareció extrañísimo.

—¿Y qué demonios hacía ahí ese muchacho?

Lucrecia se encogió de hombros.

—Había ido a dar su paseo a los turistas por el parador. Ya sabes, disfrazado de monje. Ay, pobre idiota... Si le hubiese fallado el corazón mientras estaba con los turistas, tal vez lo habrían podido salvar.

—Tal vez, sí. —Ricardo volvió a toser—. Aunque todos tenemos un destino escrito.

—¿Un destino? ¡Un destino! —exclamó ella, entornando sus ojos maquillados de un chillón azul celeste—. Qué tonterías dices, Ricardo. Es esta puta vida, que nos jode cuando quiere. No me mires así. ¿Acaso miento? Ah, y lo mejor... ¿Sabes que hasta ha venido la Guardia Civil al parador?

Ricardo frunció el ceño, aunque Lucrecia no supo discernir si era por haber contradicho su teoría del destino o por haberle revelado que la Benemérita había hecho acto de presencia.

—Lo normal —razonó él, sorprendiéndola—. Cuando muere alguien tiene que venir alguna autoridad, mujer.

—Supongo. ¿Sabes?, han visto al detective hablando con ellos, con los policías. A ese lo tengo yo calado —le aseguró, señalando con el dedo índice su propio ojo derecho—. Quiere estar en todas las fiestas. ¿No te parece un chico raro? Con esa profesión que no se sabe, que si profesor o que si investigador. Y aquí solo, tantos días...

—El detective... —murmuró Ricardo, levantándose lentamente.

Se acercó a la ventana y observó el gran bosque y la majestuosa mole de piedra que era el parador. Para él, si fuese cierto que existía el cielo, debía ser como aquel lugar: verde, agua y piedra.

—Así que Jon Bécquer está hablando con la Guardia Civil. —El anciano sonrió y miró a su mujer—. No me pareció un chico raro, sino ingenuo.

—¿Ingenuo?

Ricardo se apoyó en el alféizar de la ventana y volvió de nuevo su mirada hacia la espesura.

—Él cree que descubriendo la verdad, conociendo los hechos y sus historias puede dar con los nueve anillos..., pero no comprende nada. Para entender las cosas hay que vivirlas. —El anciano tomó aire y negó con la cabeza, como si hablase consigo mismo, aunque volvió a mirar a su mujer a los ojos—. Es imposible explicar una leyenda.

17

El sargento Xocas Taboada miró la gran bandeja con filloas que les habían llevado para el postre. A su lado, tres recipientes con nata, chocolate y crema. Iba a resultar difícil salir indemne de aquel banquete y de la historia interminable que les estaba contando el profesor.

—Nos ha hecho usted trampa, señor Bécquer.

—Quién, ¿yo?

—Sí. Nos dijo que había dado con la gran pista para encontrar los anillos en el claustro de los Obispos, y resulta que ya acabamos de salir del bosque del monasterio y todavía no tenemos nada.

—El bosque de los cuatro vientos —apuntó Inés Ramírez simulando en su voz un tono legendario.

—Ah, ¡pero es que la gran pista la encontré allí, cuando paseábamos por el claustro! Fue Quijano quien me dio la idea cuando me habló de los archivos civiles.

—Ya veo. Si no le parece mal, vamos a ir concretando. ¿Encontró por fin lo que buscaba en el Archivo Histórico Provincial?

—La verdad es que no, una pena.

Xocas tomó aire, armándose de paciencia.

—Pero, vamos a ver, ¿y entonces?

—Ah, pues que allí no encontré la clave, pero si no llego a haber ido no habría terminado en el Archivo Catedralicio.

—¿El catedralicio? ¿Pero la catedral tiene un archivo?

—Sí, sí. Y es importantísimo. Para hacer las consultas tienes que entrar en una sala del siglo XIII con una bóveda de crucería impresionante; tiene capiteles románicos muy bien conservados... porque, claro, eso está adosado al muro sur de la catedral...

—Jon —le interrumpió el sargento—, seguro que el sitio es increíble, y no dudo de que pensaba pormenorizarnos todos los detalles, incluyendo hasta el color de la camisa del archivero de turno, pero, si no le parece mal, ya estamos en los postres y resultaría interesante avanzar con su historia.

El antropólogo achinó los ojos y concentró su mirada en Xocas. Renunciar a los detalles le parecía perder parte de la historia, pero no le quedaba más remedio que ceder. Sonrió y miró hacia el postre, que todavía no había tocado nadie. En realidad, lo había pedido solo para el sargento y para la agente Ramírez. Nada de cremas ni de natas para él si no quería que su cuerpo terminara por rebelarse, porque sus alergias podían llevarlo al hospital. Y la sola idea de acabar en urgencias lo molestaba; no solo por el hecho en sí, sino por la obligación implícita de tener que desnudarse y mostrarse entero cada vez que lo ingresaban. Siempre tenía que responder las consabidas y manidas preguntas.

La pequeña mancha clara que se atisbaba bajo su oreja derecha no era una simple marca de nacimiento. Descendía por el torso y se agrandaba como si fuese un lago enorme, dividiendo todo el pecho y la espalda en dos colores diferentes. Uno más pálido y otro más oscuro, perfectamente delimitados, como si fuesen ondas de agua. El contraste no era desagradable, sino extraño. ¿Cuál de los dos colores lo definía realmente a él? ¿El claro o el oscuro? Se lo había preguntado muchas veces. El resto de su cuerpo era monocolor, salvo la pantorrilla de su pierna izquierda, donde otro pequeño lago irregular le recordaba ese vacío insistente que lo anegaba y que le señalaba que él era, que siempre había sido, un extraño y solitario monstruo.

—De acuerdo, sargento. Tiene usted razón. Seré breve.

Xocas asintió, aunque su gesto desvelaba una abierta desconfianza a que el profesor continuase su relato de forma austera.

—Bien, ¿dónde estábamos? Ah, sí, en el Archivo Histórico.

—Es el de la calle Hernán Cortés, ¿no? —preguntó Ramírez.

—Sí, en pleno casco viejo de Ourense. ¿Lo conoce?

—No, nunca he entrado, pero sí me he fijado en que tiene una gran chimenea en la entrada.

—Claro, es que era la antigua sede del palacio episcopal; allí debían de tener la cocina, pero no se puede pasar sin un permiso especial. El archivo está más abajo, en unas dependencias más modernas.

El sargento carraspeó.

—¿Concretamos?

—¡Por supuesto, por supuesto! Bien, el caso es que era mi tercera mañana en el archivo...

—¿Pero no iba a volver a quedar con la restauradora cuando fuese a Ourense? —lo volvió a interrumpir Ramírez.

—Ah, sí, pero precisamente no la volví a ver hasta ese día, ¡Amelia también tenía que trabajar! Lo que les contaba... Ya era mi tercera mañana allí, encerrado, y llevaba dos horas buceando entre documentos medievales, pero no había conseguido encontrar referencias a los nueve anillos de Santo Estevo por ninguna parte. Solo había testamentos, contratos y algunas cartas privadas que no me decían gran cosa. Así que me acerqué al responsable, que por cierto se llama Manuel y terminó invitándome a comer un cocido con su mujer en una aldea muy cerca de aquí que se llama Nogueira...

—Estábamos en que se había acercado usted al responsable —le recordó amistosamente Xocas, que intentó hablar de forma inteligible, a pesar de que todavía tenía media filloa con chocolate en la boca.

—Sí, sí, Manuel. Un hombre majísimo, la verdad. Me explicó que existe algo llamado protocolo centenario, ¿saben en qué consiste?

—Ni idea.

—Pues resulta que los notarios tienen la obligación legal de pasar al Archivo Histórico todos los protocolos notariales que se hayan firmado en su presencia una vez que hayan pasado cien años desde la firma.

—¡Pero para entonces los notarios ya estarían muertos! —se le ocurrió exclamar a Ramírez.

—Imagino que habría un sistema de depósito, no irían a quedar todos los documentos metidos en un cajón, sin más. Me dijo Manuel que a los veinticinco años de la firma ya se mandan los documentos a un archivo del distrito o algo así.

—Claro, pero... —Ramírez no parecía convencida—. Entonces, ¿todo lo que hagamos ante notario, al final, va a salir a la luz?

—Eso parece. A los cien años, todo lo que firmemos pasa al Archivo Histórico de Protocolos de cada colegio notarial.

—¡Pero eso vulnera nuestra privacidad y la Ley de Protección de Datos, seguro!

—Ramírez —intervino el sargento en tono cáustico—, otro día charlamos sobre tus visitas al notario, que seguro que son inconfesables y muy interesantes. A ver, Bécquer, prosiga, por favor.

—Sí, sí. Bien, pues yo no encontraba nada entre toda aquella documentación, y Manuel me explicó que había otro archivo religioso, el de la catedral, y que allí también se habían guardado protocolos notariales.

—¿Archivos notariales en un depósito religioso? —preguntó Xocas, arrugando la frente.

—Sí, yo pensé lo mismo, pero Manuel me explicó que la Iglesia había decidido quedarse unos protocolos de la guerra de la Independencia... Que, bueno, que ya le digo yo que no, que allí había protocolos desde el siglo xv hasta 1902.

—¿Y bien?

—Bueno, pues que me decidí y me acerqué a la catedral, y cuando llegué al archivo, con aquel ambiente medieval y aquella cantidad de documentos antiguos, tuve una sensación como de profanamiento, como si entrase en la memoria de alguien, ¿comprenden?

El sargento no contestó, y se limitó a advertir a Jon con la mirada de la necesidad inmediata de que abandonase sus adornos literarios. El profesor sonrió con suficiencia y sacó unos documentos del bolsillo de su pantalón.

—¿Qué es eso? —preguntó Ramírez.

—Unas fotocopias de lo que encontré en el Archivo Catedralicio. No me pregunten por qué estaba esto allí porque no tengo ni idea, pero en el bloque de protocolos notariales se colaron varios inventarios de la desamortización del siglo XIX. Hágame los honores, por favor.

Ramírez abandonó el trozo de postre que le quedaba pendiente y se estiró sobre su silla de terciopelo rojo. Desdobló los papeles con gesto ceremonial y comprobó que solo había dos folios. Supuso que Bécquer los había cogido antes de salir de su habitación, guardándoselos para ofrecerles ahora un golpe de efecto en su relato. Se dispuso a leer, aunque el grafismo de lo que tenía delante no parecía ponérselo fácil.

—¡Pero esto está en castellano antiguo, y con esta letra!

—Haga un esfuerzo. ¿Prefiere que lo lea yo?

—No, no. A ver. ¿Qué es este sello circular?

—El sello de oficio.

—Vale. «Año 1836. Ynventario número 2 del estinguido Monasterio de Santo Estevo de Ribas de Sil, en presencia de todo el Comisionado Provincial de Amortización.» ¿Voy bien?

—Va perfecto.

—«En el estinguido Monasterio benedictino de Santo Estevo de Ribas de Sil, reunidos el comisionado últimamente nombrado para la prosecución de los ynventarios, y tomando como base los realizados en 1821 por Real Orden de 29 de octubre de 1820, con todo el celo debido se ha procedido a la supervisión de bienes y documentos, viendo que falta el libro de tumbo. A pesar de ello, se practica este ynventario con toda la precisión posible, y se detallan pertenencias, censos, foros, diezmos e información debida sobre prioratos.» —La guardia Ramírez detuvo su lectura—. ¿Qué demonios es un libro de tumbo?

—Ah, una especie de libro general del monasterio en el que registraban escrituras, derechos, privilegios y esa clase de cosas.

Ramírez continuó leyendo.

—«Se han recogido los libros de mayordomía y granería, y se ha procedido a realizar el registro del archivo, de la cámara abacial, de la sacristía y demás dependencias con ynventarios y toma de cuentas. En la sacristía...» ¿Tengo que leer todo esto? —preguntó Ramírez, viendo una lista que incluía en el inventario un cáliz, cuatro vinajeras, platos de plata, un san Benito con su corona, incensarios, una cruz procesional y un sinfín de otros artilugios litúrgicos.

—No, no. Puede pasar al siguiente folio.

—«Verificado el relicario de la Sacristía, el mismo se mantiene, según aparenta, en mismas condiciones que las relatadas en el Ynventario número 1 de la primera exclaustración. A pesar de lo antedicho y aunque no es objeto específico de este Comisionado el detalle de los objetos artísticos y preciosos destinados al culto y ornato de los templos, se hace constar al abad fray Antonio Vallejo que no se verifica una cajita de plata con nueve anillos episcopales a los que se les atribuyen milagros y que se encontraba en el ynventario de 1821. Manifiesta el abad que dicha caja no se encuentra ya en dependencias ni de la iglesia ni del estinguido monasterio, sin que sepa quién ha sustraído la reliquia.»

—Un momento —intervino Xocas, que había estado escuchando atentamente—. ¡Entonces, en 1821 sí estaban los anillos!

—Exacto —confirmó Bécquer satisfecho.

—Pero, hombre, ¿cómo no nos lo ha dicho antes?

—Es que aún no habíamos llegado a esa parte de la historia.

El sargento miró al profesor con gesto contenido, como si le resultase necesario rearmarse constantemente de una paciencia infinita.

—No sé qué vamos a hacer con usted —resopló—. A ver, antes ya me ha dicho que había habido más de una desamortización, ¿no? ¿Cuántas hubo?

—En realidad, varias desde finales del siglo XVIII, pero las principales fueron la de 1820 y la de 1835, porque no solo supusieron la retirada de privilegios, sino también la exclaustración de los religiosos. La exclaustración de 1820 duró solo tres años, y luego los monjes pudieron regresar. Pero aún tienen que saber lo más importante. Por favor —solicitó Bécquer dirigiéndose a la guardia Ramírez—, siga leyendo.

—¿Qué...? Sí, por dónde íbamos... ¡No crea que con esta letra es tan fácil! Ah, sí, aquí: «Manifiesta el alcalde de Santo Estevo, don Eladio Maceda, su convencimiento de que la cajita de plata debió ser sustraída por dos fugitivos en el invierno de 1833, siendo uno de ellos un hombre con hábito benedictino y el otro una mujer, habiendo razonables sospechas de que se dirigiesen hacia el monacato de Oseira. Interviniendo entonces el abad fray Antonio Vallejo, argumentó este con todo respeto que la acusación carecía de pruebas y de sustento. No dispone el Comisionado Provincial de Amortización de potestad sobre el asunto, haciendo constar en este ynventario la desaparición de la citada reliquia, a los efectos que convenga y atendiendo a la Orden Real».

—¿Dos fugitivos? ¡Y uno de ellos una mujer! —se sorprendió Xocas—. Esto sí que no me lo esperaba... O sea, que entonces los anillos estuvieron en Santo Estevo, al menos, hasta 1833... ¿Y por qué iban a huir dos ladrones con las reliquias y llevarlas a otro monasterio?

—A lo mejor para vendérselas a los otros monjes —aventuró Ramírez.

—Oh, no, no —negó Bécquer—. Creo que fueron por necesidad, y directos hacia la botica de Oseira... ¿Pedimos el café y se lo explico?

—Qué remedio —rezongó Xocas—, pero espero que no tenga más sorpresitas. Los anillos siguen en paradero desconocido, ¿no? Por saber...

—Sí. Y es tal y como se lo he contado. Estoy seguro de que Alfredo Comesaña iba a contarme algo sobre ellos la noche que murió. Permítame ir al servicio un segundo y le prometo que ya termino con mi historia. Solo me queda contarles lo que descubrí en mi visita a Oseira.

Xocas accedió y siguió al profesor con la mirada mientras salía del restaurante. Tomó las fotocopias de las manos de Ramírez y las leyó con calma, para después dirigirse a la guardia.

—¿A ti qué te parece?

—¿Quién, este? —dudó la joven—. Un poco peliculero. Pero a lo tonto ha ido descubriendo cosas, hay que reconocérselo. Y la verdad es que lo de Alfredo Comesaña a mí también me ha parecido raro, sargento.

Xocas miró a Inés con gesto de admiración. La guardia Ramírez no se había dejado impresionar por el lujo que rodeaba al extravagante profesor de Antropología, y tampoco por su presencia, a pesar de que, desde luego, era un hombre que llamaba la atención.

—Estaremos solo un rato más, por la curiosidad de saber cómo termina la historia. Después del café nos vamos.

—A ver si cuenta lo de la restauradora, que quiero saber si al final hubo tema. Que si qué ojos tan verdes, que si qué profesional...

El sargento se rio y pudo ver como Jon Bécquer regresaba ya a su mesa, dispuesto a contarles lo que fuese que hubiese encontrado en el legendario y gigantesco monasterio orensano de Oseira, donde danzaban al viento las palmeras de piedra más famosas de Galicia.

18

Amelia esperó a Jon en la plaza del Hierro, a solo unos pasos de la catedral. La llamaban así porque muchos años atrás, cuando había mercado, eran los herreros y otros comerciantes los que vendían sus productos justo en aquel lugar. Allí mismo habían circulado aperos de labranza y toda clase de utensilios de cocina, pero de aquel antiguo movimiento comercial solo quedaba el discreto recuerdo de un nombre de metal.

Amelia todavía no sabía que aquel mismo día Jon acababa de descubrir, en el Archivo Catedralicio, un inventario descatalogado que le había dado nuevas pistas sobre el paradero de los nueve anillos. La joven se estiró en la silla y observó su propia indumentaria, que se limitaba a una sencilla camiseta y unos vaqueros; desde luego, no se había arreglado especialmente. El tiempo y sus golpes la habían hecho prescindir de los adornos para regresar a lo esencial. Días atrás, sin embargo, se había sorprendido a sí misma maquillándose un poco para acudir a Santo Estevo. Le molestaba reconocerlo, pero Jon Bécquer había encendido una tibia chispa de interés dentro de ella. Era un hombre interesante, no iba a negarlo, pero lo que realmente la atraía de él era su increíble curiosidad por todo, su contagiosa e inagotable ilusión por saber y por conocer. ¿Era realmente posible tener ese interés incombustible por la vida, o la actitud de Bécquer sería una impostura?

—¿Qué tal?, ¿cómo te fue con el detective buenorro? —le había preguntado Blue el día después de acudir a Santo Estevo.

Amelia se había reído, sabiendo que su ayudante explotaría con alguna barbaridad cuando le contase que había vuelto a quedar con Bécquer para visitar la fuente de la plaza del Hierro.

—Fue bien, Quijano y yo hemos traído tres piezas del relicario para restaurar.

—Ah, ¡por Dios! Olvida las reliquias —le había replicado, acercándose y empujándola amistosamente—. Cuenta, cuenta... ¿Qué tal es? ¿Muy creído?

—Pues no —reconoció Amelia, como si acabase de pensar también en ello por primera vez—. Creo que lo más extraordinario de Jon es que es normal.

—¿Jon? Me cago en la leche, ¡pero si ya lo llama por el nombre de pila! —había exclamado Blue dando vueltas por el taller, como si hablase con una tercera persona imaginaria e invisible—. Así que es normal... Pero normal ¿cómo?, ¿en plan normal de aburrido o en plan de que no es un psicópata?

—Bueno, pues por suerte creo que en plan de *no psicópata* —dijo Amelia volviendo a reírse y comenzando ya a desembalar el material que había traído de Santo Estevo—. Quiero decir que, para tener tanto éxito y ser tan conocido, no parece un famoso de las revistas, ¿entiendes? Es... normal.

Blue se había quedado mirando a su amiga durante un rato de forma escrutadora, evaluándola.

—No puedo creerlo. ¡Te gusta! ¡Te gusta de verdad!

—No digas tonterías.

Pero Blue ya se había lanzado, dispuesta a desplegar una artillería de preguntas y comentarios jocosos sobre Amelia y Jon Bécquer, feliz porque su jefa, por fin, comenzase a salir de aquel interminable luto autoimpuesto. Amelia sonrió ante las bromas, sobre las que fingió desinterés, y luchó contra una especie de fuego incipiente y contradictorio que le ardía dentro. Por un lado, la traición. ¿Si se interesaba por otro hombre significaba que, por fin, comenzaba a olvidar a su primer amor? Solo con pensarlo sentía cómo la inundaba la nostalgia, la tristeza serena del que sabe que ya no hay esperanza. Por otro lado, la ilusión. ¿Sería capaz de volver a enamorarse, de Bécquer o de cualquier otro? Y ese nuevo amor que llegase a sentir, ¿sería igual al anterior, a aquel que daba por bueno, único e irrepetible, o su parecido sería meramente imaginario? Y si no llegase a ese mismo nivel de complicidad, de conexión, de felicidad absoluta e inconsciente... ¿valdría la pena conformarse con un amor menor?

—Qué puntual es usted, Amelia. Gracias por venir.

Ella se sorprendió al escuchar la voz masculina y abandonó de golpe sus recuerdos y pensamientos; se volvió y comprobó que allí mismo, en la plaza del Hierro, Jon Bécquer la miraba con una amplia sonrisa, cargado con varias carpetas, un par de libros y una mochila a rebosar a su espalda.

—Vaya, está hecho un ratón de biblioteca —le dijo Amelia a modo de saludo, asombrada de su aspecto estudiantil—. ¿Qué tal le va con sus investigaciones?

Bécquer, con emoción no disimulada, le explicó a Amelia lo que acababa de descubrir en el Archivo Catedralicio, y ella no pudo más que escucharlo asombrada. Desde luego, aquella información de los dos fugitivos escapando con los anillos hacia Oseira resultaba inesperada. Decidieron tomar un café en una terraza allí mismo, al lado de la fuente, que se enclavaba en un cruce de caminos con abundantes cafeterías bajo encantadores soportales de piedra. Hablaron largo rato sobre el descubrimiento que había hecho el antropólogo, hasta que él posó la mirada sobre el verdadero objeto y motivo de aquel encuentro, que estaba en medio de la plaza.

—Parece increíble que esta fuente estuviese en el claustro de los Obispos.

—Sí, es verdad. Además, es bastante grande.

Bécquer asintió.

—Le confieso que ya había localizado la fuente durante estos días, porque me quedaba prácticamente de paso hacia el Archivo Histórico, pero me apetecía mucho saber su opinión sobre lo que representa.

—Ah, pues menos mal que he hecho los deberes —se rio Amelia—, porque ya que estamos con confesiones le diré que yo nunca me había fijado especialmente en ella, así que he tenido que revisar los libros de historia que tenemos en el taller.

—Gracias, es usted muy amable. Pero, Amelia... ¿Nos tuteamos? ¿No le importa?

—Ah, no, no. Por favor.

—Es que con Quijano es diferente, es cura, ya me entiende... No sé muy bien cómo dirigirme a él, pero con usted, contigo... Tanta formalidad no sé si es necesaria.

—Por mí perfecto, de verdad —replicó ella, satisfecha por aquella nueva cercanía, que disimuló retomando su tono neutro y profesional y dirigiendo la mirada hacia el enorme y pétreo surtidor de agua—. ¿Te cuento lo que he averiguado sobre la fuente?

—Ah, ¡claro!

—Bien, pues he confirmado que es la de Santo Estevo, y ¿ves esas dos águilas sobre el plato superior? Simbolizan la inspiración espiritual, la majestuosidad. Sus alas son las de la oración, y hay quien dice que iconográficamente representan el ascenso de Cristo y la victoria sobre el mal.

—¿El mal? ¿Te refieres al diablo?

—Más o menos. Fíjate en lo que hay bajo el plato inferior, ¿ves? Sirenas. ¿Recuerdas la arpía del claustro de los Obispos? Pues aquí de nuevo entramos en la iconografía de las bestias, de los híbridos, que representan el pecado y la vanidad en el mundo. Por eso creo que colocaron las sirenas en el plano inferior y a las águilas arriba, dominándolas. El bien sobre el mal. ¿Te sirve de algo?

Bécquer frunció los labios y negó con la cabeza.

—De nada en absoluto, aunque te agradezco la información, porque realmente es interesante. ¿Te digo la verdad?

—Claro.

—Ya he revisado esta fuente varias veces, y no he encontrado ningún recoveco en el que pudieran haber escondido los anillos.

—¿Todavía andas a vueltas con eso? —se rio Amelia.

—Ah, ¡hay que agotar todas las pistas antes de dar nada por hecho!

—Al menos, gracias a tus visitas al archivo ya sabes que los anillos podrían estar en Oseira.

—¿Te imaginas que los encontrásemos? No entiendo las reticencias de la gente del pueblo con el tema.

Amelia suspiró y miró al profesor a los ojos.

—Jon, los gallegos somos desconfiados por naturaleza.

—¿Desconfiados? ¡Pero si desde que llegué a Santo Estevo no han hecho más que invitarme a entrar en casas, a comer, a tomar café...! Yo qué sé, ¡de todo!

Ella sonrió y negó con suavidad.

—No me refiero a esa clase de confianza. La gente de las aldeas en Galicia actúan como si fuesen marineros en la mar.

—¿Marineros?

—Exacto. Imagino que para alguien del interior será más extraña la comparación... La gente de mar se ayuda sin pensarlo, atiende cualquier llamada, porque en el agua los hombres forman una comunidad diminuta ante el océano. En nuestras aldeas sucede lo mismo, se atiende al forastero porque en los lugares perdidos, en mitad de los bosques, todos formamos parte de otra comunidad invisible.

—Bueno —Jon intentó añadir un tono más jovial a la conversación—, pero aquí no hay ningún océano en el que ahogarse.

—Pero hay soledad. Y abandono. Piensa en los saqueos que ha habido en Galicia. Si tú estuvieses en su lugar, también desconfiarías.

—Pero si encontrase los anillos se los dejaría al pueblo... ¡y hasta podrían convertirse en una atracción turística añadida al parador!

—Ojalá, pero creo que los vecinos que conociste el otro día tenían gran parte de razón. Sé que tus intenciones son buenas, pero al final los políticos o la Iglesia terminarían dándole a los anillos destinos menos heroicos, créeme. ¿Sabes cuántos éramos en el taller hace tres años? —preguntó de forma retórica y vehemente—. Siete personas. Tres restauradores y cuatro carpinteros. Ahora solo quedamos Blue y yo. La diócesis no tiene dinero y los ayuntamientos tampoco. Somos... como esas hojas de otoño. —Señaló, haciendo un gesto, hacia la hojarasca ocre que el aire comenzaba a mecer sobre el suelo—. Dependemos del viento que sople en cada momento, ¿entiendes?

—Ay, ¡cómo sois los gallegos! —le dijo él, mirándola con una sonrisa divertida que no admitía la derrota—. Yo me encargaría de que esos anillos tuviesen un buen fin. ¡Hay que tener confianza!

Amelia lo miró con incredulidad, dudando sobre si hablaba o no en serio. No sabía si Bécquer había tenido una suerte extraordinaria en la vida, si era un ingenuo o un soñador impenitente. De pronto, el rostro del profesor reveló que acababa de tener una idea.

—Oye, ¿te vienes conmigo a Oseira? Como asesora artística, claro. Y te invito a comer.

—No sé... —dudó—. Tengo que trabajar. Pero mañana por la tarde creo que sí podría.

—Ah, ¡genial! ¿Avisas tú al padre Quijano? Me hizo prometerle que le informaría de las novedades. Por si también le apetece venir.

—Claro.

A Amelia le sorprendió su propia decepción. Bécquer no la invitaba a acompañarlo hasta Oseira porque le interesara su agradable compañía, sino, literalmente y como él mismo había dicho, por su asesoramiento artístico. De lo contrario, no habría incluido a Quijano en la excursión.

Aquella punzada de fastidio era una novedad, porque Amelia ya se había desacostumbrado a todos los daños colaterales de los sentimientos románticos. De pronto, un gato callejero se acercó a su mesa y los miró con curiosidad. Quizás buscase comida, o tal vez, quién sabe, solo se hubiese detenido para observar durante un momento a aquellos dos humanos insignificantes.

—Ven, toma. Ven —insistió Jon en tono zalamero.

El gato, que era completamente gris, ladeó la cabeza y los miró con unos ojos que parecían esconder el peso frío de los siglos. Después, siguió caminando y pasó de largo.

—Aquí hasta los gatos son más misteriosos de lo normal, qué barbaridad.

—Oh, vamos. Todos los gatos son iguales.

—Este era desconfiado, igualito que mi *Azrael*.

—¿Tienes un gato?

—Sí, aunque no es tan bonito como este, la verdad. Y tiene bastante mala leche.

Ella se rio.

—¿Por eso lo llamas *Azrael*, como el gato de Gargamel?

—No me digas que tú también veías *Los pitufos*.

—Los leía. Era fan de Pitufina, por supuesto. Y *Azrael* no era tan malo, era su dueño el incitador.

—Espero que eso no sea una indirecta. Si yo soy un santo, ¡lo trato como a un rey!

—No lo dudo —se rio—. ¿Y con quién lo has dejado?

—Ah, pues con Carmen, mi asistenta, porque vivo solo. Y tú... ¿vives aquí, en la ciudad?

—Sí, aquí al lado, en un viejo cementerio.

—¿Qué? ¿En serio?

—Ya ves, a las restauradoras de arte sacro nos van las cosas raras.

Bécquer enarcó las cejas y Amelia se rio, sin prisa alguna por apurar una explicación.

—En realidad, fue un cementerio hace unos cuantos

siglos... después se convirtió en la plaza donde antiguamente se hacía el mercado de las verduras... y ahora ahí vivo yo, en una casa que tiene más de cien años pero con la fontanería y la electricidad nuevas, que eso es lo importante —añadió, guiñándole un ojo.

—Vaya... ¡Pues si está cerca me encantaría que me la enseñases! Si no te importa, claro.

—Por supuesto. Es en la plaza de la Magdalena, aquí al lado.

—Desde luego, ¡toda esta ciudad de Ourense parece un puñetero yacimiento arqueológico! —exclamó él, entusiasmado.

Amelia y Jon, tras el café, fueron dando un paseo hasta aquella curiosa plaza empedrada que ahora tenía un crucero de piedra en el centro. Ella le enseñó su apartamento en un suspiro, pues se encontraba en un edificio restaurado que había sido dividido en pisos prácticos pero diminutos. La fachada del edificio, de tres alturas, parecía directamente sacada del siglo XIX. A Jon le interesaron los libros que Amelia tenía repartidos sin orden aparente por su apartamento. Ojeándolos, descubrió que la mayoría eran de arte e historia. Pudo ver varias fotografías familiares, y en particular una de ella con un hombre risueño que la abrazaba con confianza.

—¿Tu novio? Bueno, o tu marido, ¿no?

Ella tardó un poco más de lo natural en contestar.

—Sí.

—¿Vivís aquí los dos? —se atrevió a preguntar, aunque de un solo vistazo ya había intuido que allí vivía únicamente una persona.

—No, vivo sola. Mi familia está en Vigo. Y él... murió. Un accidente de moto.

—Ah, joder. Lo siento.

De pronto, y a pesar de la inesperada cercanía que había supuesto que ella confiara en Bécquer para llevarlo a su piso, Amelia sintió la necesidad de salir de allí de inmediato, de tomar aire. Aquel espacio aún le pertenecía a *él.* Estar allí con otro hombre era como invadir su memoria, contaminarla.

Sus sentimientos eran absurdos, lo sabía, tenía que continuar caminando, tenía que vivir. Vivir sin renunciar a nada. Claro que, de paso, no estaría de más ser un poco realista. Aquel estrafalario antropólogo nunca se interesaría por ella. Jamás se lo confesaría a Blue, pero había buscado información de Bécquer en internet. Cuando había echado un vistazo a las fotos de sus antiguas parejas, había pensado que desde luego su ayudante tenía razón: mujeres talentosas, con profesiones de éxito. Modelos, periodistas, e incluso una ingeniera. ¿Qué fallaría en él para que no encontrase a la persona adecuada? Quizás solo fuese cuestión de suerte. O de capricho, o de un conjunto de malas decisiones. No lo conocía lo suficiente como para saberlo. ¿Quién sabe? Quizás Bécquer cargase con algún trauma oculto. Había leído que sus padres estaban divorciados desde que él era niño y que ni siquiera se hablaban. Tal vez una situación así pudiese lograr que hasta la persona más cabal buscase excusas para no atreverse a mantener una relación estable. El miedo al dolor puede llevarte a muchas renuncias.

«Qué demonios, ni que hiciese falta tener pareja para ser feliz.» Aquel pensamiento, aunque le resultase algo deprimente, la tranquilizó. Con ella no iba a haber lugar para el fracaso porque directamente no iba a intentarlo. La realidad es que tenía en su piso a un casanova. ¿Para qué quería ella un hombre así? Ah, Amelia, «un poco de *sentidiño*», como le diría su madre.

Salieron de su pequeño aunque acogedor apartamento y terminaron la tarde paseando por el casco histórico de Ourense, mientras ella le contaba curiosidades de cada palacio y de cada soportal por el que pasaban.

—Esta es la plaza del Trigo.

—Qué bonita. No me digas más, con ese nombre... ¡aquí vendían los cereales!

Ella asintió con fastidio ante la obviedad, aunque sonrió porque realmente era una delicia ver cómo alguien disfrutaba tanto con cada paso que daba, cuando a ella a veces un solo gesto le pesaba como una losa. Bécquer se empeñó en visitar también las fuentes que provenían de Oseira. Amelia casi creyó morir de vergüenza cuando él se subió a la que había en la Alameda y empezó a dar golpecitos en su base, tanteando por si hubiese algún espacio hueco donde ocultar algo. La zona estaba llena de gente, y especialmente de padres con niños pequeños en el parque de columpios que había cerca, y que no dejaban de mirarlos como si fuesen vándalos.

—¿Qué? —le había preguntado él, fingiendo que se sorprendía del apuro que ella estaba pasando—. Si los fugitivos se escaparon y llegaron a Oseira, pudieron esconder los anillos también aquí dentro.

—¡Pero si las fuentes fueron desmontadas para traerlas, ya te lo dije! ¿Cómo iba a haber dentro unos anillos?

Él se había limitado a reírse y había dado un salto hasta llegar a su lado. Le gustaba Amelia. No era como las mujeres con las que solía salir, eso desde luego, porque se sentía incapaz de intuir lo que ella pensaba o iba a decir en cada momento. Le había sorprendido saber que su pareja había muerto. ¿Cuánto tiempo habría pasado? ¿Quiénes serían los amigos de Amelia, cuáles serían sus sueños? No le pareció que tuviese otra pareja, y menos conservando aquella fotografía en su casa. Pero Amelia tenía algo, no sabía decir qué. Jon la miró y pensó que, sin duda, las personas que no se muestran son las más interesantes.

Llegado cierto grado de confianza, como solía suceder, Amelia terminó por preguntar a Jon lo que terminaba preguntándole todo el mundo.

—¿Qué te ha pasado ahí?

Él no necesitó mirar hacia donde le indicaba Amelia para saber que se refería a su pequeña mancha del cuello. Por un instante Jon estuvo a punto de decir la mentira habitual, que era una marca de nacimiento. Solo sus padres y sus parejas habían llegado a ver el verdadero tamaño de aquella enorme mancha. Sin embargo, con Amelia sintió la necesidad natural de contarle la verdad, de no avergonzarse. Quizás fuese porque ella le había confiado la existencia de su novio muerto: un equilibrio de confesiones; o no, tal vez se sintiese tan bien con ella que, sencillamente, no necesitaba esconder el bicho raro que siempre había sido.

—Es un trastorno genético. Cuerpo de cabra, cola de serpiente y cabeza de león.

—¿Qué?

Amelia se detuvo y lo miró, convencida de que había entendido mal.

—¿Sabes qué es una quimera? —le preguntó él.

—¿Una quimera? Pues a ver... Eeeh... Algo que es imposible, ¿no? Pero que imaginamos que puede suceder.

Jon asintió y dirigió sus pasos hacia un banco cercano. Para contarle aquello prefería estar sentado. Estaba asombrado de sí mismo, de su tranquilidad absoluta por detallarle a Amelia quién era. Ella lo siguió y se sentó a su lado, observándolo con curiosidad mientras el profesor se explicaba.

—Una quimera también es un monstruo con cuerpo de cabra, cola de serpiente y cabeza de león. Ah, y según la mitología clásica, que echa fuego por la boca.

—Vaya, lo tiene todo —sonrió Amelia, que no entendía todavía adónde quería Jon ir a parar.

Él agradeció la broma con otra sonrisa.

—Pues eso soy yo, una quimera. Un híbrido, un monstruo moderno. ¿Has oído hablar alguna vez del quimerismo?

Ella lo meditó un par de segundos, frunciendo los labios y negando con la cabeza.

—No. ¿Qué es?

—Un trastorno genético. Digamos que mi madre, cuando se quedó embarazada, tenía dos cigotos, dos bebés y no solo uno...

—Ah... —Amelia, ante la pausa de Jon, dudó sobre si intervenir o no—. ¿Gemelos?

—No, no.

—Mellizos.

—No. —El gesto de Jon pedía calma. No más deducciones previsibles, porque ninguna llegaría a la verdad—. Dos bebés que se fundieron en uno.

—¿Cómo que se fundieron?

—Digamos que uno absorbió al otro. Yo soy yo más la parte que tomé de mi hermano. Las zonas de mi cuerpo que tienen otro color corresponden a otro individuo, ¿entiendes? Somos dos personas en una.

Amelia miró a Jon intentando evaluar si estaba o no bromeando. Comprendió que no lo hacía.

—Pero, no entiendo... ¿Y cómo sabes eso? Quiero decir... ¿Por esa manchita?

—Esa *manchita* —replicó él con ironía—, ocupa el cuarenta por ciento de la superficie de mi piel. La tengo también en el pecho, la espalda y una pierna. Y me ha dado muchos problemas desde niño.

—¿Problemas? A ver, ¿pero estás enfermo? Perdona, es que nunca había oído hablar de esto, no sé qué síntomas...

A Jon le enterneció la preocupación de Amelia, no solo por su salud, sino por no incomodarlo con sus preguntas. Era el proceso habitual cuando se lo contaba a alguien, aunque una antigua novia, al saberlo, se había horrorizado y él había sentido cómo desde entonces evitaba tocarlo donde tenía la mancha.

—No es que esté enfermo, es que mi sistema inmunológico está debilitado, porque a veces trata a mi segunda composición genética como materia extraña, ¿entiendes? Tengo dos ADN, dos materiales genéticos en un mismo cuerpo. Y por eso tengo unas cien alergias detectadas, migrañas con relativa frecuencia... Lo compenso haciendo ejercicio y comiendo todo lo sano que puedo —concluyó con una sonrisa resignada.

—¡Vaya!

—Sí, vaya... —repitió él, viendo que ella no salía de su asombro.

—Pero... ¿Te duele? Quiero decir, ¿es degenerativo?

—Ah, no, no me voy a morir de esto. No es que duela, es... ¿Sabes esa gente que dice que siente un miembro amputado, que nota como si lo tuviese? Creo que lo llaman el dolor fantasma. Pues a mí me pasa algo parecido desde niño; siento que hay algo indefinido en mí, como un hormigueo, pero no puedo verlo.

En realidad, aquel vacío, aquel hermano que Jon había absorbido con su cuerpo, no era solo un simple hormigueo, sino que conformaba una de las angustias más profundas e inconfesables del antropólogo. Le habían descubierto el trastorno genético con solo cuatro años: la gran mancha en el torso, el dolor y la fatiga crónica, los dolores de cabeza, su débil sistema inmunológico... Sufrió varios meses de pruebas hasta que dieron con lo que le sucedía, con aquella monstruosa quimera. No había sido solo la mancha la que le había generado inseguridad en su infancia, sino la extraña conciencia de estar incompleto, a pesar de ser dos personas en una.

En su adolescencia, Jon se había recluido en muchas ocasiones, incapaz de comprender qué reclamos le hacía su cuerpo. Por eso había pasado tantas tardes en la tienda de antigüedades de su abuelo, ajeno a los juegos de los otros niños; solo en aquel taller de restauración se sentía más protegido, menos raro y monstruoso. Y aquel había sido también, quizás, uno de los motivos por los que se había hecho antropólogo, para comprender la esencia de las personas, su verdadero sentido y significado a lo largo de la historia y de las distintas culturas. ¿Cuántos habría habido como él? ¿Y cómo comprender a un mundo y a una naturaleza que habían permitido nacer a un ser tan atroz?

—Bueno... —razonó Amelia—, si no va a matarte, ese trastorno, desde luego, te convierte en un hombre único.

—Tal vez no. Dicen los médicos que puede haber muchos casos de quimerismo sin diagnosticar. No todos los que son como yo tienen marcas en el cuerpo, ni síntomas tan claros. ¿Tú te has hecho pruebas de ADN alguna vez?

—¿Quién, yo? ¡No, qué va!

—¿Ves? A lo mejor eres un bicho raro como yo y no lo sabes.

Amelia se rio.

—No te digo yo que no.

Ella se levantó e invitó a Jon a continuar con el paseo. No le quedaba mucho tiempo libre y quería mostrarle todo lo posible del casco antiguo. A Jon le sorprendió la naturalidad con la que Amelia se había tomado *su problema*, bromeando incluso con ello. ¿Por qué se lo habría contado? Normalmente tardaba muchas semanas e incluso meses en confesar aquella parte de su intimidad. ¿Sería por compartir aquella aventura de los nueve anillos con ella, por aquel ambiente atemporal de la ciudad de Ourense? En los ojos verdes de Amelia, Jon sentía que podía encontrar un punto salvaje pero también la sabiduría antigua de los bosques de Santo Estevo. ¿Qué tendría la gente de Galicia, que le parecía como si viviesen siempre dentro de un sueño?

—Oye —le dijo ella, con la curiosidad y la confianza que ofrecen las mutuas confesiones—, ¿qué es eso del anillo de Oscar Wilde? Me ha dicho un pajarito que fuiste tú quien lo encontró...

—Ah, eso. Recibimos un soplo de un contacto de Bruselas, y fuimos hasta Londres mi socio Pascual y yo; la verdad es que fue uno de nuestros casos más fáciles, no sé cómo pudo tener tanta repercusión. En realidad, ¡el anillo era horrible!

Amelia se rio de buena gana.

—¿Sí?

—En serio, tenía forma de hebilla de cinturón, un horror —le explicó Bécquer, divertido—. Eso sí, era de oro... Se lo había regalado Wilde en 1876 a un amigo de la

Universidad en Oxford, y lo tenían allí expuesto, en el Magdalen College, hasta que lo robaron en 2002. No te imaginas quién fue.

—Uf, no sé. ¿El mayordomo?

—Casi. Un miembro del servicio de limpieza de la universidad.

—¡No me digas!

—Como lo oyes. Lo vendió por una ridiculez de dinero, y pasó por muchas manos hasta terminar en el mercado clandestino de arte victoriano, donde lo encontramos gracias a su inscripción, porque un coleccionista lo tomó por falso al creer que lo que llevaba escrito estaba en ruso.

—Todo esto te lo estás inventando, ¿no?

—¡Que no, que no! —Bécquer se rio, siendo consciente de que lo que relataba parecía un cuento—. ¿Sabes qué pasaba? Que la inscripción estaba en griego.

—Oh. ¿Y qué ponía?

—Pues, además de las iniciales de Wilde y de las del otro chico, «Regalo de amor, para el que desea amor».

Amelia paró de caminar y se quedó mirando a Jon con media sonrisa.

—Este rollo se lo cuentas a todas las chicas con las que te vas a dar una vuelta, ¿no?

—¡Has preguntado tú!

—Eso es cierto, yo he preguntado... —reconoció ella—. No sé si te has dado cuenta, pero tienes una fijación con los anillos desaparecidos.

Jon asintió, encajando la broma, pues hasta el momento nunca había conectado la aventura de Oxford con la de Santo Estevo.

—Puede ser.

La pareja continuó paseando. Cuando cruzaron ante el ayuntamiento y ella le explicó que aquella era la plaza de piedra inclinada más grande de Europa, él lo anotó interesadísimo en una libreta diminuta, «por si le venía bien para su investigación». Y Amelia no pudo evitar pensar, mientras paseaban por la memoria empedrada de Ourense, que el singular hombre que caminaba a su lado y que se describía a sí mismo como un monstruo portaba en realidad y sin saberlo el alma libre y soñadora de los niños.

Marina

El invierno se llevó los paseos amables y la humedad lo inundó todo. La actividad febril en los alrededores del monasterio pareció adormecerse, y cada cual buscaba su propio refugio junto al fuego y los caldos calientes. El vino que hacían los monjes, que también se bebía caliente, era el que mayor calor proveía a las entrañas, y a Marina le permitían tomarlo en poca cantidad a la hora de comer.

Aunque Beatriz decía que aquel clima tornaba el ánimo triste, Marina disfrutaba de la cálida calma que le brindaban las tardes frente al fuego, repasando los libros de su padre y sus propios apuntes; los pasaba a limpio, con letra primorosa, en una gran libreta que su padre le había traído desde Ourense. Estaba logrando redactar su propia biblia de remedios monacales, sencillos y complejos, con las observaciones y apreciaciones puramente médicas y científicas que le detallaba su padre. ¿No podría resultar un tratado innovador e interesante, al suponer un compendio de tradición y modernidad, de naturaleza y alquimia? Ah, ¡si pudiese publicarlo! Con el nombre de un hombre, por supuesto. ¿Quién le haría caso a un trabajo como aquel, escrito por una mujer?

Marina había conseguido, incluso, convencer a su padre para que atendiese un domingo al mes, a cambio del pago de la voluntad, a los campesinos que deseasen acercarse a su consulta. En la práctica, cobraban poco más que verduras y frutos secos. El abad había aceptado a regañadientes aquella limosna medicinal: fue imposible encontrar argumentos sólidos contra el vehemente discurso de su sobrina de procurar caridad al pobre, tal y como el propio monacato hacía dos veces por semana. Con esta experiencia, Marina pudo ver a su padre atendiendo lesiones musculares y roturas de huesos, algo poco habitual entre sus pacientes comunes.

Curiosamente, las pobres gentes a las que tenían que socorrer apenas sufrían problemas de dientes, que era algo mucho más habitual entre personalidades como el alcalde y su familia y muchos priores. En las ocasiones en que habían tenido que enfrentarse a caries y a encías hinchadas, su padre había aplicado con fortuna remedios de la botica monacal, como la goma de mirra y la de euforbio, que aunque tenía un sabor nauseabundo disponía de cualidades antisépticas inigualables.

Las clases que Marina continuaba recibiendo en la botica estaban resultando muy prácticas e interesantes, y su padre estaba muy satisfecho con su asistencia. Él tampoco había dado importancia a aquel joven rubio de gesto tranquilo y confiado del que Marina no hablaba jamás. Quizás esa debiera haber sido su primera pista: que ella no lo nombrase nunca. Ni siquiera se percató de la complicidad de su hija y de Franquila cuando, en una ocasión, durante el invierno, tuvo que regresar a la botica de improviso. El buen doctor había asistido durante un rato a algunas de las explicaciones de fray Modesto y se había marchado olvidando su sombrero de copa alta sobre la mesa de la entrada; un detalle impropio de él, desde luego. Al regresar, vio como Franquila le había puesto el sombrero a Marina, y como todos, incluyendo a fray Modesto, se reían de las gracias de la joven mientras fingía saludarlos inclinando la chistera, que hacía juego con su eterno vestido negro.

Tal vez el doctor, como padre, no quisiese ver a la mujer en que Marina se había convertido. Su cabello negro y ensortijado, sus ojos azules y profundos, su gesto amable, su tozudez persiguiendo el saber e ignorando las delicadezas de su condición femenina. Pero algo había cambiado en Marina durante aquel invierno. El doctor Mateo Vallejo había asistido a su felicidad, a su alegría, y la había agradecido en silencio, aceptándola como algo propio de la personalidad de su hija. Si se había enamorado, su padre no podía ni sospecharlo. ¿Cómo iba a hacerlo, si ella se había pasado el invierno negando al alguacil y excusando mil inventos para no verlo ni salir a pasear con él por los caminos?

Sin embargo, la ilusión de Marina tenía un nombre masculino y antiguo, y llevaba todas las letras de Franquila. Ni ella misma podía explicarlo, y en un primer momento le había molestado encontrarse pensando en él a cada instante. Al principio, había sido por lo que había sucedido dentro de la vieja panadería. Pero no por el beso que él le había dado, sino por lo que ella había sentido con su simple tacto. ¿Sería siempre así, con cualquier hombre? No, imposible. Con solo imaginar el roce de Marcial sentía un rechazo inmediato.

Después, al rememorarlo todo, había comprendido, feliz, el motivo de las ironías y desplantes de Franquila al comienzo de aquel día en que le había dado el beso. Marina sonreía solo de pensar en cómo a él se le habían encendido los celos al verla pasear con el alguacil. Pero más tarde, en las clases, ella había descubierto de verdad quién era el muchacho que había al otro lado del beso. Aparentaba sencillez y austeridad de pensamientos, pero hablaba fluidamente latín y comprendía los viejos libros de la botica al detalle. Era metódico y disciplinado y, ah, ¡la miraba de una forma tan limpia! Le explicaba la elaboración de los compuestos cuando fray Modesto no podía hacerlo y, si se quedaban un instante a solas en la rebotica, él se aproximaba y, mientras Beatriz bordaba a solo unos metros, le acariciaba la mano y la miraba provocándole dentro un calor indescriptible, un deseo que hasta hacía solo unos meses le habría resultado inconcebible.

Los rasgos de Franquila, que a Marina al principio no le habían llamado la atención, ahora le parecían asombrosamente perfectos. Masculinos, firmes e irresistiblemente atractivos. Pero no había vuelto a haber ocasión de quedarse a solas, y nada más había sucedido entre los dos. Salvo el conocerse y admirarse mutuamente. Él, encandilado por los sueños imposibles de ella. Y ella, por los utópicos propósitos de él. Un amor secreto que ni siquiera ellos se habían confesado en voz alta, aunque supiesen, sintiesen y comprendiesen todo con solo mirarse.

Pero, como siempre sucede, se escurrió el tiempo, y sin que apenas se diesen cuenta llegó la primavera. Parecía que la luz fuese a inundarlo todo, y el resurgimiento de la vida arrasó progresivamente cualquier melancolía invernal. Marina plantó hortensias a la entrada de la casa del médico, y con aquello pareció quedar inaugurada la alegría estival. Le explicó a Beatriz que si querían hortensias azules deberían colocar algo de hierro junto a las raíces; y que si las querían rosas y marrones, algún elemento cerámico de cualquier jarra que se hubiese roto y ya no valiese, para que la planta absorbiese aquel tinte a través de sus raíces.

—Mucho aprende usted en sus clases de la botica —le dijo Beatriz.

—Ah, ¡si esto me lo enseñó mi madre!

—Pues otros buenos usos les dará a esas clases con el señor Franquila, que la estudia más a usted que a los libros.

—¡Beatriz!

La criada se había reído, maliciosa, contagiando su risa a Marina.

—Anda —añadió bajando el tono— que la señorita ha ido a encapricharse de buen pretendiente... Se va a poner contento el doctor —murmuró con una sonrisa cómplice.

—No, no, Beatriz. Nada de eso hay, no seas contradanzas.

—Si usted lo dice.

Pero Marina había visto el gesto sarcástico en Beatriz, su amable complicidad con aquello que estaba pasando. ¿Cómo era posible que aquella chica se diese cuenta de todo? Marina pensó para sí misma que, el día que no tuviese a su lado a Beatriz con su viveza y ocurrencias, la echaría mucho de menos.

Marina observaba su entorno con un filtro de alegría que no había tenido desde antes de que hubiese muerto su madre. Le daba la sensación, incluso, de que su tío el abad estaba también de mejor humor. En febrero de aquel año de 1831 había sido elegido un nuevo papa, tras muchas semanas de votaciones, y su tío le había contado a su padre que Gregorio XVI disponía de talante conservador, por lo que su elección tal vez beneficiase a la Iglesia y a su posición en España.

Transcurrieron más semanas en aparente calma, y en el mes de junio ya solo el clima caluroso parecía objeto de comentario. Sin embargo, se fraguaban tempestades que muchos ya sabían ver. Una mañana, el abad invitó a su hermano y a Marina a asistir a la misa de réquiem por un monje; subieron al coro alto, de acceso privado y exclusivo, a través de unas escaleras que partían del claustro de los Obispos. Desde allí se disponía de una vista inmejorable sobre el altar y de una posición discreta y elevada. Los rayos azules de los vitrales circulares situados tras el altar y el coro dotaban al ambiente de un aura casi celestial, como si dentro de la iglesia hasta las horas del día guardasen otro color y otro ropaje para las almas. Cuando comenzó a cantar el coro su *Dies irae*, el doctor Vallejo se inclinó hacia el abad.

—Te veo preocupado, hermano.

—Lo estoy. ¿Has sabido ya lo sucedido en Granada?

—¿En Granada? No. Ya sabes que tus mensajeros son más rápidos que yo mismo y que cualquiera en estos valles. ¿Pues qué ha pasado?

Marina aguzaba el oído, a pesar de que la conversación le llegase rasgada por culpa de la música del órgano, que un monje tocaba muy cerca de ellos, y del potente coro que cantaba sobre el día de la ira en el que los siglos se redujesen a cenizas.

Dies irae, dies illa
solvet sæclum in favilla.

—Pues ha pasado, hermano, que una mujer condenada por delito de rebelión ha sido ajusticiada en el garrote la última semana de mayo. ¿No has escuchado nunca hablar de Mariana Pineda?

—Pues claro, Antonio. ¿No es la que ayudó a un primo suyo a escapar de la cárcel disfrazado de fraile? ¡No me digas que la han ejecutado!

—Por Dios que te lo digo. Encontraron en su vivienda banderas y otros elementos insurrectos hacia nuestro rey reclamando igualdad, libertad y ley. ¡Ley, la mayor transgresora de las leyes! Maldita furcia, que Dios me perdone.

—¡Tranquilízate, hermano! ¿Pues qué sucede? Si iba contra el rey, iba contra la Iglesia. ¿Por qué tanto disgusto?

—¿Por qué? Porque este castigo ha envalentonado al pueblo, y los liberales ya han comenzado a gritar desde las ratoneras donde se habían escondido.

El doctor se mostró pensativo.

—Al ejecutarla, la han convertido en una mártir.

—Ya veo que los aires de Santo Estevo te despejan el juicio, hermano —suspiró el abad—. Ahora los liberales vuelven a tener una razón para conspirar.

—Temes otra exclaustración, por lo que veo.

—¿Que si la temo? No, hermano. Nada he de temer, pues el Señor está de mi lado. Pero sé que vendrá..., esos tambores de lucha comienzan a sonar, aunque se escuchen a lo lejos. Y volverán a echarnos de aquí, lo sé.

—Ten fe.

—Solo en Dios, hermano. En los hombres nada se puede confiar. Sé que tú podrás volver a Valladolid y ejercer tu profesión, y que yo podré tomar algún barco para respaldar la fe en las Américas... pero, ah, ¿quién cuidará aquí de las almas, el orden de las cosas?

Marina escuchaba la conversación con preocupación, considerando lo poco que ahora le apetecía regresar a Valladolid. ¿Sería posible que los liberales volviesen a echar a Fernando VII del trono? Cualquier acto de insurrección era castigado con pena de muerte.

Quem patronum rogaturus
cum vix iustus sit securus?

El coro, por su parte, y como si acompañase los pesimistas pensamientos del abad, terminaba su *Dies irae* con un canto desgarrador, preguntándose a qué protector se podría rogar cuando ya ni siquiera los justos estuviesen seguros.

19

Jon visitó el monasterio de Oseira junto a Amelia y Pablo Quijano una tarde de septiembre de aquella misma semana, pero no desaprovechó ni un instante y la misma mañana previa a aquella visita se reencontró con Germán, su nuevo e inesperado amigo de Santo Estevo. El anciano parecía disponer para él de todo el tiempo del mundo, aunque el joven sospechaba que, en realidad, el viejo profesor solo necesitaba un poco de compañía y, sobre todo, sentirse útil.

Lo cierto era que Jon había mantenido inicialmente su contacto con él por la potencial fuente de información que podría suponer, pero la conexión con el anciano había sido inmediata, y entre ambos resultaba evidente que fluía una simpatía mutua. Tal vez fuese cierto lo que le había explicado Amelia sobre los marineros y la gente de las aldeas de Galicia; posiblemente esta clase de conexiones sucediesen más fácilmente en lugares solitarios y mágicos como Santo Estevo, en los que cada rostro guardaba una historia, y en los que cada conversación le ganaba una batalla silenciosa a la soledad.

Tal y como Germán le había prometido a Jon, lo guio en un paseo para subir hasta Chao da Forca, el antiguo enclave para las ejecuciones. El antropólogo no sabía si le resultaría útil o no la visita, pero solo conociendo y explorando podía después decidir si los nuevos caminos y pistas podían llevarle o no hasta las milenarias reliquias que estaba buscando.

En el paseo, a Jon le sobrecogió la belleza ancestral de los anchos robledales y la espesura y el verdor del bosque. Sin embargo, lo que más le llamó la atención fue la agilidad del anciano profesor de arte subiendo la empinada cuesta sobre el pueblo de Santo Estevo. Las personas de edad avanzada, en Galicia, parecían disfrutar de una extraordinaria forma física; ¿sería gracias a la vida sosegada de las aldeas? ¿Tal vez el tipo de comida? Quizás la causa se encontrase en ese afán por mantenerse activos, por utilizar sus manos para algo más que cruzarlas sobre el regazo y esperar sin más el paso del tiempo.

—¿Estás seguro de que subían por aquí, Germán? ¡Esto es empinadísimo!

—Sí, sí... Antón me aseguró que subían por aquí.

—Pues o se despeñaban o llegaban medio muertos del esfuerzo, ya no hacía falta ni que los ahorcasen —se había quejado Jon, resoplando.

Cuando llegaron a una breve explanada llena de rocas enormes, el antropólogo no percibió nada en el ambiente que le hablase de un lugar sombrío de aire pegajoso, como él imaginaba que podría ser un emplazamiento para ejecuciones. En Chao da Forca solo quedaba parte de una cruz de piedra que había sido partida por un rayo, en un final, quizás, más que apropiado. En el camino de descenso, Jon pensó que lo único que delataba que hubiese habido vida en aquella ladera de la montaña era una pequeña construcción de piedra de dos plantas que habían visto a un lado del camino.

—Ah, ¡eso era un *sequeiro*! —había exclamado Germán con una sonrisa.

—¿Un qué?

—No sé bien cómo traducirlo... A ver, un *sequeiro* viene a ser una cabaña para secar castañas. Por eso tenía dos plantas; abajo hacían fuego y arriba ahumaban las castañas. Así tenían todo el año.

—¿Y lo hacían aquí arriba? ¡Qué incómodo!

Germán se había reído.

—Lo hacían donde había castaños. He leído en alguna parte que por aquí llegó a haber hasta setenta *sequeiros*.

—¿Setenta? No puedo creerlo.

—Sí, señor, setenta. ¡O más! ¿Con qué crees que acompañábamos la comida en Galicia? La patata se debió de empezar a comer solo a finales del XIX.

—Qué va..., pero si ya la trajo Colón...

—Ah, pero al principio era muy mala y solo se la daban a los animales, hombre... ¡Qué pena que no se conserven más *sequeiros*...! ¿No te dije yo que eran los objetos los que portaban la memoria? —le preguntó el viejo profesor con un gesto lleno de nostalgia.

Jon asintió, pues comprendió perfectamente lo que Germán ya le había querido explicar cuando le había mostrado en su casa el cuadro del viejo marinero. Las cosas eran solo cosas, objetos inertes, pero su causa y su finalidad guardaban siempre una historia. Y era en aquellas historias donde se guardaba el sentido de los desastres y los logros alcanzados por los hombres: era un concepto básico que el propio Jon había aplicado varias veces cuando había desarrollado su especialidad en antropología social.

Y así, descendiendo por aquel retorcido camino de regreso a Santo Estevo, Jon se convenció de la utilidad de su empresa, de su búsqueda de los nueve anillos, mucho más allá de la recompensa económica que sabía que no iba a obtener. ¿Qué maravillas podría descubrir aquella tarde en el legendario monasterio de Oseira? ¿No suponía un delicioso milagro que personas como él, como Germán, supiesen que el paso del tiempo no solo sumaba siglos, sino historias? Jon, envuelto en estos pensamientos y ya a punto de llegar a Santo Estevo, sintió cómo se adormecía ese hormigueo que siempre llevaba dentro, como si su hermano invisible lo perdonase y, por una vez, lo dejase viajar solo.

20

La historia de Jon Bécquer

La primera vez que vi el monasterio de Oseira fue muy diferente a mi encuentro inicial con Santo Estevo. En este, tras entrar en su claustro de los Caballeros, había tenido la sensación de adentrarme en un lugar encantado y secreto, en una mole de piedra revestida de un halo de magia y espiritualidad difícil de explicar, y eso que lo habían convertido en un parador. Sin embargo, en Oseira no sentí nada parecido, pues supe desde el primer instante que estaba más ante una fortaleza que ante un enclave meramente espiritual.

Si es cierto eso que dicen de que el poder de los monasterios podía medirse por su número de claustros, tanto Santo Estevo como Oseira tenían tres, en un alarde de potencia económica y religiosa única en Galicia. A cualquiera le resultaría inevitable preguntarse qué secretos guardarían aquellos pasillos de piedra, que parecían eternos.

—Perdone —interrumpió la agente Ramírez, viendo que Bécquer pretendía utilizar de nuevo su tono narrativo legendario para contarles lo que había sucedido en Oseira—. Antes nos ha dicho que al final había quedado con Amelia el día de lo del Archivo Catedralicio. ¿No descubrieron nada en la fuente de Santo Estevo?

—Ah, pues no. Ahí no encontré nada relevante, por eso me lo he saltado. Pero si quieren puedo contarles algo de la fuente, su iconografía es interesantísima...

—No, no —intervino Xocas, mirando reprobatoriamente a Ramírez mientras dejaba apuradamente su taza de café sobre la mesa, pues aún estaba tan caliente que le había quemado los labios—, usted a lo suyo, Jon. Cuéntenos qué pasó en Oseira y ahórrese los detalles que no tengan que ver con los anillos, por favor. Tenemos que regresar al puesto y lo haremos tan pronto como terminemos estos cafés, se lo advierto.

El tono de Xocas era afable pero firme, de modo que Jon, mentalmente, lamentó no poder detallar cómo se había adentrado en aquel gigantesco monasterio, acompañado del padre Quijano y de Amelia. Si hubiera podido, les habría contado que aquella fortaleza disponía de un museo arqueológico único en el mundo, con tuberías de granito del siglo XIII de hasta mil trescientos kilos; o les habría descrito la impresionante bóveda plana de acceso a la iglesia, que era la más grande de España y soportaba más de ciento veinte mil kilos de peso; o les habría hablado de las maravillas curativas de aquel misterioso licor llamado Eucaliptine, que los monjes seguían fabricando pero cuya fórmula era un secreto. Y les habría descrito, sin duda alguna, su extraordinaria sala capitular del siglo XV, donde palmeras de piedra en movimiento simbolizaban al hombre justo, porque el salmo 92:12 decía que «el virtuoso florecerá como una palmera»; todo eran símbolos, números y significados ocultos en techos, paredes y suelos. Fuego, tierra, mar y aire frente a las virtudes de la justicia, la sabiduría, la fortaleza y la templanza. Referencias a la alquimia, la fe y la razón habían hecho que también a Jon le pareciese adecuado que algunos historiadores denominasen a aquella insólita fortaleza como el Lugar de la Memoria.

Y es que había una diferencia fundamental entre el monasterio de Santo Estevo y el de Oseira: el primero era solo un recuerdo, un rastro histórico dentro de un moderno parador nacional, mientras que el segundo todavía era leyenda, porque los monjes cistercienses habían regresado en 1929 y todavía vivían allí. En la actualidad apenas sumaban docena y media de hombres, pero todos ellos eran habitantes de un mito.

Jon Bécquer miró al sargento Taboada y a la guardia Ramírez; tomó aire y, concentrado, les contó cómo desde la biblioteca del viejo monacato había hecho un viaje increíble hasta el siglo XIX.

Marina

Marina, tras escuchar la conversación de su tío y su padre en la iglesia de Santo Estevo, se quedó profundamente preocupada. Aquella misma semana, cuando tuvo su clase en la botica, se atrevió a plantear sus dudas y miedos ante fray Modesto, relatándole lo que había escuchado al abad.

—No está bien atender conversaciones ajenas, señorita —la había amonestado él con una amable sonrisa y agarrándose su cada vez más prominente barriga.

—Lo sé, padre. No pude evitarlo.

Franquila, que la había escuchado atentamente, reflexionó sobre el asunto con prudencia.

—Educar al pueblo en libertad no debiera oponerse a la religión católica, ¿no es cierto, padre?

Fray Modesto se aproximó a la puerta de la botica con gesto grave y la cerró. Se volvió y se acercó a Marina y Franquila, invitándolos a acompañarlo al almacén y dejando a Beatriz con sus costuras al lado de la entrada. Comenzó a hablar en un tono bajo que invitaba a la confidencia.

—Franquila, por Dios, guárdate esas ideas. Términos como *libertad* o *liberalismo* no deben salir de tus labios, ¿estamos?

—Pero padre, si usted...

—Sí, Franquila, yo mismo y otros hermanos consideramos que nuestra misión en el mundo no es meramente contemplativa y que debemos conducir los sencillos corazones del vulgo desde una visión de abrigo y libertad, no desde el absolutismo y el desorbitado rigor monárquico.

—Entonces concuerda conmigo en que...

El monje alzó la mano para que Franquila le dejase continuar, pues no había terminado.

—... Sin embargo, hemos de guardar silencio y esperar el devenir de los acontecimientos. ¿Acaso no has escuchado a Marina? Por solo una bandera han ejecutado a una mujer en Granada. ¿Qué crees que te harían a ti si comienzas a hablar de idealismos y de libertades por el pueblo?

—Me cuido de dar mis opiniones a quien no me las pide, padre.

—Pues así te debes guiar y comportar, hijo mío. Y tú, Marina, habrás de hacer lo propio. Evita hablar de este asunto, en especial con el alguacil y con cualquiera de la Casa de Audiencias, pues sabes a quién sirven.

—Lo sé, fray Modesto. Descuide, que seré precavida.

El monje, creyendo que ya se había asegurado la prudencia en aquellos dos jóvenes a los que había tomado tanto afecto, los dejó regresar a la botica para que continuasen realizando compuestos.

—No lo figuraba yo a usted tan liberal, Franquila —dijo ella en un susurro.

—Ni yo a usted tan poco monárquica.

—Habremos de tener cuidado con nuestras conspiraciones.

—Especialmente con tu amigo el alguacil.

—Ah, ¿le he dado yo permiso para el tuteo, caballero?

Él sonrió como única respuesta, y escribió algo sobre un trozo de pergamino.

«Caveo tibi», leyó ella, en voz baja. Lo miró con gesto interrogante. Él acercó los labios a su oído y le habló en un susurro.

—«Miro por ti» —le tradujo, para luego mirarla a los ojos—. Si tú me dejas, ocurra lo que ocurra, yo te cuidaré siempre. Con rey o sin rey.

Ella notó, de nuevo, cómo su corazón latía fuerte y enérgico, como si la mera cercanía de Franquila fuese la que le hacía correr la sangre. De pronto, volvió a la sala fray Modesto, y ellos fingieron que continuaban con su trabajo normalmente, aunque ella atrapó el pedazo de pergamino y, con destreza, se lo guardó entre sus apuntes, logrando con ello la sonrisa de Franquila.

Aquella noche, Marina tomó valor y habló con su padre. Le contó, en su inocencia, una media verdad. Que aquel muchacho, el ayudante del boticario, era de su agrado. Y que, aunque hubiese disparidad de condición social, a ella con quien le gustaría pasear era con el joven Franquila. Solo para fortalecer aquella amistad limpia fuera de los muros del monacato y para observar las plantas de los caminos, sin mayores intenciones. ¿Acaso no era Franquila una amistad saludable? Se trataba, desde luego, de un joven ambicioso, inteligente y prometedor.

Pero el doctor Mateo Vallejo no lo vio así, y su disgusto fue tremendo. Al principio, se sonrojó por la sorpresa. Después, se envalentonó por causa del honor.

—¡No te habrá tocado, ese criado!

—No, padre. No sabe siquiera que estoy hablando este asunto con usted. Y no es un criado, está ahorrando para...

—¿Pues cómo sabes que te corresponde?

—No he dicho que me corresponda, padre. Y tampoco dispongo por mi parte de mayores intenciones que las amistosas —mintió—. Le hablo solo de cultivar una amistad honrosa, de la misma forma que usted me animó a que hiciese lo propio con el alguacil.

—Marina, ¡no seas descarada!

—Si usted estuviese de acuerdo, Beatriz pasearía con nosotros y estoy segura de que él vendría a pedirle permiso para...

—¡Por Dios bendito! ¿Acaso crees que iba a permitir que en el pueblo hubiese habladurías de ese calibre? La hija del médico, sobrina del abad, ¡pasándose billetes de amor con un criado! Pero es que, Marina, no comprendo ni cómo se te ha pasado por la cabeza. Tal vez resulte mejor que vuelvas a Valladolid durante una temporada, para que te regrese el sentido. O que visites a tu tía en León de forma indefinida.

—No, padre, ¡por Dios! ¡Pero si no ha pasado nada entre Franquila y yo! ¿Quién ha hablado de amor y no de amistad? No me mande lejos de usted, por favor.

El doctor, rojo de indignación, resopló y caminó de un lado a otro del cuarto, conteniendo el aliento de Manuel y Beatriz, que escuchaban todo desde las habitaciones del fondo de la casa.

—De acuerdo, seguirás ayudándome en la consulta, pero se acabó bajar a la botica.

—¡No, no me quite eso! Usted mismo ha dicho lo convenientes y útiles que resultaban mis clases... Por favor, por favor...

Marina lloraba, y el estómago le apretaba como si alguien se lo estuviese retorciendo. Pero no hubo forma de que su padre cediese ni un centímetro. El doctor, por muy melancólico y adormecido que tuviese el ánimo, no era tonto. Sabía que su hija no le habría pedido permiso si no fuese aquel muchacho de su mayor interés. Aquel verano, que para Marina había comenzado con una perspectiva tan dichosa, se había convertido, de pronto, en el más áspero infierno.

A la joven no le quedó más remedio que aceptar las órdenes de su padre, aunque desde aquel mismo instante dejó de hablar con él, limitándose a contestarle solo cuando resultaba estrictamente necesario. Fue gracias a Beatriz que Franquila supo lo que había sucedido, pero cuando subió a la casa del médico para hablar con él, este se negó a entablar conversación alguna con aquel tipo a quien él consideraba un criado. De nada sirvió que el muchacho le hablase de sus proyectos, de su pureza de sentimientos, de sus buenas intenciones. Palabras vacías. El doctor Vallejo no aceptaría bajo ningún concepto tal amigo formal, y mucho menos como pretendiente para su brillante hija. ¿Cómo sería posible que ella se hubiese encaprichado de tan pobre y miserable muchacho? Sin duda, había sido demasiado permisivo con ella.

El abad, enterado del asunto, estuvo a punto de echar a Franquila de las dependencias para los trabajadores del monasterio, pero la intervención de fray Modesto frenó su disposición.

—Solo están enamorados, señor abad. Pero ¿no ve que no han hecho nada, que son almas inocentes?

—No hay inocencia en las intenciones de un hombre con una mujer, hermano Modesto.

—Pero no podemos castigar un pecado que no ha sido cometido.

—Tan pronto como comienza a brotar el pecado, debemos arrancarlo de raíz con toda habilidad —argumentó el abad, citando a san Benito—, pues a veces solo dando palos a los hijos los libraremos de la muerte. Enviad a Franquila a realizar trabajos a Pombeiro, o a Alberguería, a donde resulte preciso, pero que no sea en Santo Estevo.

No hubo mucho más que decir. El abad disponía de potestad absoluta dentro del monasterio e, incluso, más allá de sus muros. Fray Modesto sabía que aquella decisión sería inapelable, y lo lamentó sinceramente por Marina y Franquila, pues él en sus tiempos, y a pesar de su condición religiosa, también había conocido y experimentado el amor. De hecho, había estado a punto de colgar los hábitos por una historia que al final se había quedado en el camino, pero sabía de la fuerza del impulso del corazón.

Franquila debía partir de Santo Estevo. Marina, sabiendo de esta decisión, se sintió todavía más hundida. ¿Por qué aquel castigo, cuando habían observado todas las reglas del decoro, todos los rigores del recato? ¡Si ella solo había solicitado permiso para pasear! ¿Acaso había habido algún impedimento para hacerlo con Marcial, aquel alguacil tan petulante? Si al menos hubiese podido amar a Franquila, saber qué era el cariño completo que se podían profesar un hombre y una mujer.

Pasaron solo dos días de aquellos pesares cuando, al poco de que su padre hubiese partido aquella mañana para comprar materiales médicos en Ourense, apareció Beatriz.

—Señorita, rápido. Arréglese y vístase.

—Pues cómo, ¿para qué estas prisas?

—Ha de salir.

—¿Adónde? ¿Te envía Franquila?

—Sí. La espera en la parte de atrás de la finca, donde los panales de abejas. Yo la cubriré.

Marina se vistió tan rápido como pudo, y antes de salir corriendo, le dio un sonoro beso a Beatriz en la mejilla. Cuando llegó a la altura de los panales no vio a nadie, pero al instante comprobó como él le hacía señas desde detrás de un árbol. Ella se acercó corriendo y Franquila, sin decir nada, la tomó de la mano y la llevó sin dejar de correr a otra parte del bosque que ella desconocía. Allí había una especie de cabaña de piedra diminuta, de una sola pieza, a la que él la hizo pasar.

—¿Qué... qué es este lugar?

—Una vieja cabaña de los eremitas que vivían antes en los bosques. Esta la han arreglado los cazadores, para pasar las noches si hace falta.

Se quedaron mirando mientras sus respiraciones se acompasaban tras la carrera. Él la tomó también de la otra mano.

—¿Puedo darte un beso? Solo uno, como la otra vez.

Ella asintió sin hablar, esperando solo la caricia de su tacto.

La besó en los labios, con dulzura al principio y con pasión desenfrenada después, como si el parar de hacerlo significase dejar de respirar. La promesa de un único beso se había desvanecido, porque era imposible desasirse de aquella certeza, de que solo en su abrazo, en su carne, se encontraba la verdad. Ella le devolvió todos los besos y caricias sin pensarlas, sin sentirse fuera de ley, ni de religión ni de moral, porque si en su mundo alguien había inventado la verdad, el sentido de las cosas, había sido Franquila, el muchacho de ojos grises y de eterno gesto confiado.

El calor del verano no llegaba con tanta fuerza a aquella parte del corazón del bosque, pero ambos jóvenes se sentían arder. Él se quitó su manida camisa blanca, y a Marina le pareció que su cuerpo era todo lo que debía ser y todo lo que ella necesitaba. Lo acarició admirada de la saludable forma de sus músculos, que eran discretos pero bien formados y proporcionados. Sin duda, todos los esfuerzos físicos de Franquila lo habían moldeado para, ahora, brillar en su juventud. Marina se desnudó con vergüenza, y él devoró sus pechos pequeños, su ombligo y su sexo hasta que la sintió estremecer. Cuando, mucho más tarde, terminaron de amarse enredados sobre una manta en el suelo, no dejaron de acariciarse, de mirarse y de desearse con renovadas fuerzas. Cuando él le preguntó por qué lloraba, ella le aseguró que no, que no se arrepentía de lo que acababan de hacer, aunque hubiese perdido su virtud.

—¿Entonces?

—Entonces, es que no sé, Franquila, si después de hoy podré volver a verte ni a sentirme así.

Él le acarició el rostro y la besó, contándole todos los misterios del universo con aquel beso, que no eran otros que los de la carne, el instinto y la alquimia, que por fortuna nunca tendrán explicación.

—Tengo un plan.

Ella se incorporó y se dispuso a escucharlo atentamente.

—Voy a ir a Madrid. Ya tengo todo preparado, y con el dinero que he ahorrado y con algún trabajo que encuentre podré pasar los días en la capital. Hace ya varias semanas que me confirmaron por carta desde Madrid que, si paso las pruebas pertinentes, podré convalidar todo lo aprendido en la botica y obtener el título de bachiller en poco más de un año.

—Un año... —repitió Marina, suspirando con angustia—. Pero ¿cómo es posible?

—Haciendo todos los exámenes de los tres cursos... Sé que puedo, Marina. Muchos de sus estudios yo ya me los sé de memoria.

—Es que es tanto tiempo...

—Ya lo sé. Pero ahora no tengo nada que ofrecerte, Marina. Tu padre tiene razón. ¿De qué viviríamos, de su caridad? Si tú... Si tú me esperas, Marina, yo te juro que vuelvo y que te pido en matrimonio, y que ya no nos separan más.

Ella, nerviosa, le daba vueltas a aquel planteamiento buscándole fisuras.

—¡Pero después te faltarían los dos años de prácticas para ser licenciado!

—No tendría que hacerlas en el colegio de Madrid, bastaría con hacerlas en alguna botica aprobada por ellos. En Santo Estevo no las hay, pero en Ourense sí. Volvería y por Dios que te juro que, si tu padre no me da tu mano, te raptaré y nos casaremos en Ourense. ¿Tú me esperarás, Marina?

—Te esperaré.

Y con aquella promesa se despidieron los amantes, enamorados con esa ilusión genuina de quien todavía conserva la esperanza en los finales felices.

21

La historia de Jon Bécquer

Cuando entré por primera vez en la biblioteca de Oseira sentí como si accediese a otra época, a un misterioso y extraño cuento gótico. El propio monasterio era un lugar ácrono, fuera del tiempo. Adentrarse en su corazón de piedra suponía acceder a un estado de suspensión donde ya nada era lo que había sido, pero donde permanecía una esencia de piedra, de frío y de historia.

La biblioteca por lo general estaba cerrada al público, pero después de terminar un circuito turístico corriente por el monasterio, pudimos acceder a aquella extraordinaria sala gracias al padre Quijano, que conocía a uno de los monjes y al que, tras mi incesante insistencia, había accedido a llamar. No pudo dejar de sorprenderme que nuestro guía, el padre fray Damián, todavía vistiese el hábito cisterciense. Aquel hombre de gesto afable tendría unos setenta años, pero se manejaba como si todavía estuviésemos en el Medievo. Llevaba una túnica blanca y una especie de chaleco marrón y largo hasta los pies que le cubría la parte delantera y la espalda. «El escapulario», me había chivado Quijano, viendo que no dejaba de preguntarle a Amelia y de anotar todo lo que se me ocurría en una libretita que había llevado. «Por debajo van vestidos normal, hombre», había añadido, comprobando una vez más lo poco que me había documentado todavía sobre la vida de los monjes.

La puerta de la biblioteca nos introdujo en un breve y

oscuro túnel de madera de castaño, en cuyo techo podía leerse, con caligrafía gótica, *«Alpha et Omega»*.

—¿Qué significa esto? —le pregunté directamente a fray Damián, señalando sobre nuestras cabezas.

Se volvió, miró lo que yo le indicaba y continuó caminando sin darle importancia.

—¿Pues qué va a ser, hijo mío? ¡El principio y el fin de las cosas! Así se denomina a Dios en el alfabeto griego. ¿No conoce usted el libro del Apocalipsis?

—Sí, sí, claro —mentí, porque sí sabía de su existencia, pero nunca lo había leído y su contenido profético me sonaba solo vagamente.

Caminé dos pasos más, alcé la vista y me quedé asombrado por la impresionante biblioteca que tenía ante mis ojos. Habíamos entrado por uno de los dos lados más alargados de una gran sala con forma de rectángulo, llena de libros que parecían antiquísimos. El techo era muy alto, con varias bóvedas de piedra y ventanas de tamaño discreto más cerca del techo. De inmediato me llamaron la atención las escaleras de madera, barrocas y diminutas, que se colaban tras las estanterías y que subían hacia la planta superior, en la que los estantes de arriba salvaban el breve abismo con una balaustrada laboriosamente tallada. Allí, rodeados de aquel mobiliario oscuro de madera de castaño, el hábito del monje no me pareció tan anacrónico: éramos nosotros los que parecíamos provenir de un tiempo imposible.

—La biblioteca es del siglo XVII, pero, ¡ah, hijos míos!, no se dejen engañar... Parte del mobiliario es más reciente y los libros no son los originales.

—¿Cómo? ¿Son copias? —aventuré.

—Oh, no. Son originales, pero no de este monasterio. Lo que había aquí se lo llevaron con la desamortización y ardió en la Biblioteca Provincial a principios del siglo XX. Me refiero a que los que tenemos ahora son libros donados desde colecciones privadas, principalmente. El más antiguo es de 1591; ahora ya hemos alcanzado los treinta mil ejemplares.

—Ah.

—¿Y el mobiliario? —intervino Amelia, creo que más como restauradora que como investigadora acompañante—. ¡Parece realmente antiguo!

—Y lo es, pero de algunas estanterías apenas dejaron las bisagras, de modo que varios estantes son más recientes —le explicó el monje con una amable y despreocupada sonrisa, propia del que cuenta la historia pero no la ha vivido—. En fin, vayamos al motivo de su visita... ¿No buscaban a dos fugitivos que hubiesen llegado a Oseira a principios del XIX? —preguntó mirando al padre Quijano con gesto interrogante.

—Sí, padre, en el año 1833. Un hombre y una mujer. Pero si no tienen los libros originales, y ni siquiera el libro de tumbo...

—Cierto, no los tenemos. Pero les dije que disponíamos de donaciones, y hace muy poco recibimos esta desde las Antillas —declaró, al tiempo que se acercaba a una de las viejas estanterías y extraía un libro de tamaño de un folio normal, aunque de un grosor considerable—. No sé si los dos desconocidos que se detallan aquí serán sus dos fugitivos, pero quién sabe... Miren, estas son las memorias del padre Mariano Castañeda, que realizó aquí su noviciado y que falleció en Cuba en 1891...

—¿En Cuba?

El monje me miró con un gesto de paciencia, como si todavía le sorprendiese el ímpetu innecesario de los que vivíamos en el mundo exterior.

—Sí, en Cuba. El hermano Mariano fue, por lo que hemos podido comprobar, uno de los novicios que se formó en Oseira después de la primera exclaustración.

—La de 1820 —completé yo, intrigadísimo.

—Eso es. Pero llegó la segunda, en 1835, y fue expulsado de Oseira junto con el resto de los monjes; como vio que la congregación no se rehacía y los decretos se mantenían firmes, decidió marcharse de misionero. Primero a África, y después a las Antillas, en Centroamérica, donde tras algunos años de labores humanitarias abandonó la vida religiosa y se casó con una isleña; tuvo descendencia, y sus tataranietos, hace solo unos meses, nos han hecho llegar estas memorias manuscritas.

—¿Y en estas memorias salen dos fugitivos de Santo Estevo? —pregunté, incrédulo y esperanzado a partes iguales.

—No puedo asegurárselo, porque no detalla su procedencia, pero por las fechas me ha parecido que podría coincidir con sus dos desconocidos —dijo, sentándose en una de las tres mesas alargadas de corte castellano que ocupaban la estancia.

Abrió el libro y, cuidadosamente, se puso a pasar páginas mientras Quijano, Amelia y yo nos mirábamos entre nosotros, expectantes.

—A ver..., tiene que ser por aquí... —Comenzó a pasar páginas y suspiró—. Que ustedes hayan venido debe de ser obra del destino o del Señor... ¡Si estas memorias llegaron hará apenas seis meses!

—¿Nada más? ¿Solo seis meses? —pregunté, casi en una exclamación.

—¿Y solo lo ha revisado usted, reverendo padre? —curioseó Quijano, que ya estaba asomándose sobre el hombro del anciano e intentando leer.

—Sí, de momento solo yo le he echado un vistazo. Este ejemplar es tan interesante que será uno de los primeros que digitalice el hermano Francesco. Es... como una crónica de lo que sucedió entonces, ¿entienden? El apartado de las Antillas es interesantísimo... ¡Ajá! Aquí está... El hermano Mariano ayudaba en la botica de Oseira, ¿saben?

El monje sacó unas gafas que tenía guardadas en algún bolsillo invisible y secreto de su hábito, y rebuscó con su dedo índice el párrafo que le interesaba al tiempo que farfullaba algo así como que «es increíble, qué bien resiste este papel, la celulosa no vale para nada, ¡para nada! La fibra de lino es maravillosa..., y la de algodón, claro está».

—¡Ah! Miren, aquí.

El anciano monje, con voz delicada pero firme, comenzó a leer:

En estos días que me traen sardina y pescado seco de Galicia, recuerdo con más fuerza mis años en mi madre patria. Ah, qué tiempos aquellos en Oseira, en que los pescaderos nos traían las fanecas y hasta los pulpos bien frescos desde los muelles de Marín.

Aquí, aunque las cate de buen grado, ni las limetas de miel de Indias me saben igual que la miel de los tarros de mi Ourense querido. Cuántos buenos aprendizajes tuve con el padre fray Eusebio, que me enseñó el manejo de los simples y la elaboración de algunos preparados magistrales, que ya he olvidado. El padre Eusebio fue, para este torpe cristiano, el hombre más sabio que dio la botica de Santa María la Real de Oseira. Supo dar arreglo a todas las enfermedades y males que trajeron las guerras contra los franceses, y a la peste, y al paludismo cuando fue menester.

Recuerdo el septiembre fatídico del año 1833, cuando su majestad el rey Fernando VII elevó su alma a Dios Nuestro Señor. Aquel mismo noviembre dejó de existir el Reyno de Galicia por mano de su majestad regente doña Cristina, y se partió España en casi cincuenta pedazos, que llamaron provincias.

Nuestro abad reverendo padre nos reunió y preparó para lo peor, pues sin su majestad Fernando una nueva exclaustración se le antojaba segura. El mundo cambió rápido, y las enfermedades diezmaron a la población de forma impía. Cuántos recuerdos oscuros, cuánto dolor y cuántos secretos se forjaron en monasterios y palacios, atentos y temerosos de las ventiscas que vendrían. No olvido una tarde en que me encontraba en la rebotica y llegaron dos desconocidos a la botica monacal, accediendo de forma insólita al interior, con permiso del padre Eusebio.

Escuché súplicas, y para mi sorpresa mi maestro boticario contestó estar deseando que se le ordenase cuanto fuese gustoso, que estaba a su servicio. Asomé con ojo discreto mi mirada sobre la botica, y para mayor sorpresa, uno de los visitantes retiró la capucha de una cogulla extraña que portaba, como una capa, y reveló que su presencia era la de una mujer. Que Dios mi Señor me perdone por mis pensamientos entonces, pero aquella fue la criatura más bella que yo he visto nunca sobre la tierra. Una cascada de cabello oscuro y rizado y unos ojos azules como el zafiro, fuertes como el mar. Su acompañante vestía el hábito negro benedictino, por lo que lo supuse hermano de aquella congregación y no de la nuestra; también llevaba cubierto el rostro con una gran capa, y por su tamaño y ropaje, desde luego, me pareció varón. Se había sentado y diríase que se encontraba al punto del desvanecimiento.

Oculté de nuevo mi rostro sin ser visto, y alcé la voz, preguntando al padre Eusebio si era precisa mi asistencia. Negó mi maestro, pues según dijo debía evitar la posibilidad del contagio. Obedecí y guardé silencio, esperando. Después, escuché palabras sueltas. Fiebres, quizás tifoideas, o incluso cólera, tal era el mal que sufría aquel desgraciado. Y de pronto bajaron la voz, y yo estiré más el oído, el Señor me perdone. Y la joven habló de unos anillos, y el padre Eusebio prometió guardar aquel tesoro sagrado con su vida, jurando que regresarían a su relicario de origen, pareciéndome un juramento insólito para un monje como era mi maestro.

Hube de retirarme por orden del padre Eusebio y ya nunca volví a ver a aquella extraña pareja, con la que he soñado alguna vez, como si fuesen fantasmas. Mi maestro boticario, causándome gran pena, elevó su alma al Señor solo dos noches más tarde y de forma sorpresiva, manifestando el médico que se le había roto el corazón, algo que con frecuencia sucedía, pues ya contaba muchos años.

No supe más de aquel tesoro sagrado, y también escapó a mi conocimiento si el padre Eusebio satisfizo a tiempo su promesa de retorno de aquellos anillos que nunca pude ver. Hube de encargarme yo mismo de la real botica, asistido por un farmacéutico seglar, e incluso se me encomendó ayudar al maestro licorero para preparar el bálsamo bronquial del Eucaliptine. Fueron tiempos revueltos y, en solo dos inviernos, nuestro extraordinario monasterio fue invadido y ultrajado, marchando cada monje a donde pudo.

—¡Este documento es maravilloso! ¡Maravilloso! —acerté a exclamar, emocionado—. Puedo... ¿puedo hacerle una fotografía al texto con mi teléfono, fray Damián?

—Haga, hijo, haga. Si quiere, cuando el hermano Francesco lo pase a ordenador le enviaré una copia.

—¡Sí, por favor!

Miré a Amelia, que me devolvió una sonrisa con sus ojos verdes, más brillantes y cercanos que nunca. Después de nuestro paseo por Ourense, sentía con ella una cercanía y una conexión que me daban confianza. Me acerqué al padre Quijano, que también parecía asombrado y lleno de estupor por lo que habíamos descubierto.

—Tengo que reconocer que ha llegado usted más lejos que nadie —me dijo, dándome la impresión de que le había fastidiado un poco que hubiese sido yo y no él quien hubiese andado aquel camino—. Aunque seguimos sin saber dónde están los anillos —añadió concentrado—. Y creo que nunca llegaremos a saberlo... El boticario pudo esconderlos en cualquier parte.

—O devolvérselos a la pareja misteriosa —apuré yo, que ya había comenzado a fabular posibilidades.

Me volví hacia el padre Damián, que nos miraba con una sonrisa confiada, como si nosotros fuésemos un entretenimiento curioso y mundano sin importancia, una simple anécdota que añadir a la jornada.

—Padre, usted conoce bien este monasterio... ¿Dónde cree que pudo esconder los anillos el boticario?

—¿Dónde? Hijo, cuando regresaron aquí mis hermanos del Císter solo quedaban ruinas. ¿Ya han hecho la visita turística?

—Sí... Y ahora que lo dice, también vimos la botica.

—Ah, pero esa no es la verdadera, es una reproducción que inauguramos en el 2009. Ni siquiera está en la ubicación de la original; de la antigua no quedó nada. La botica que ha visto se encuentra donde estuvo el viejo almacén donde hacían la mantequilla, no las medicinas. Lo único que encontrará verdadero ahí es el botamen, que sí estaba en el monasterio antes de la desamortización; casi cuarenta botes de Sargadelos que todavía contenían las hierbas originales, ¿qué le parece?

—Vaya, impresionante... Sargadelos...

Ante mi gesto de interrogación, Amelia acudió a mi rescate, susurrándome al oído que Sargadelos era una fábrica de cerámica muy famosa en Galicia. El monje continuó hablando:

—Aquí no quedó nada escondido, hijo. ¿No ve que se llevaron todo? Fuentes, muebles... ¡Hasta el reloj!

—No me diga... ¿Qué reloj?

—Ah, pues, ¡cuál va a ser! —exclamó el monje, levantándose lentamente y mirándome con gesto de extrañeza, como si le resultase incomprensible que yo no supiese nada del mundo—. El reloj más antiguo de Galicia, que lo teníamos aquí en una torre, al lado de la iglesia. Hoy tendrá... no sé, pues casi unos trescientos años. Ahora lo tienen aquí cerca, en la torre del Ayuntamiento de Maside, pero me parece que hace mucho tiempo que no funciona. Si quiere, puede ir a ver el lugar donde estuvo colocada la maquinaria.

—Me encantaría —asentí, maravillado de la suerte que estaba teniendo—. Pero, dígame, ¿no hay nada en todo el monasterio que se haya conservado? Quiero decir..., algo que no se haya tocado desde 1835.

Fray Damián se mostró pensativo unos segundos.

—Lo único que tenemos aquí desde el siglo XIII, y que no ha sido movido jamás, es nuestra Virgen María, patrona de la parroquia y la orden. La habrán visto tras el altar, en la iglesia. En el barroco intentaron hacerle un collar, pero quedó bastante regular.

—Pero esa pieza es de piedra maciza, padre —intervino Quijano, mirándome con un gesto en el que me pareció apreciar un toque algo burlón—, así que el señor Bécquer entenderá que no haya sido posible guardar nada en su interior.

El padre Damián se rio, uniéndose al razonamiento que, una vez más, me hacía quedar en un lugar bastante ridículo y fantasioso.

—Sí, imposible. Ni aunque fuese la Virgen *abrideira* de Allariz, le digo yo que ya apenas quedan espacios para los escondites ni los secretos tan antiguos.

«¿La Virgen qué...?», le pregunté por lo bajini a Amelia, acercándome. Ella, guardándome la confidencia y manteniendo el mismo tono discreto mientras Quijano y el padre Damián conversaban, me explicó que era un tipo de virgen que se abría y en cuyo interior contenía trípticos y retablos en miniatura.

—Jon, lo siento, pero creo que si no tienes más pistas tu búsqueda de los nueve anillos no tiene mucha más salida —me dijo ella mirándome con esa forma tan suya, tan impenetrable, que me hacía siempre suponer que en realidad no me decía todo lo que estaba pensando.

Terminé saliendo del monasterio de Oseira con una sensación extraña. Había descubierto algunos de los últimos pasos de los nueve anillos, pero en su camino surgían muchas más preguntas. ¿Por qué iban dos fugitivos a robarlos para luego hacer prometer a un monje de otra orden que los devolvería? ¿Y por qué habían ido a la botica de Oseira? Quizás porque aquel varón oculto bajo su capa estaba enfermo. Pero aquello no tenía sentido, porque en Santo Estevo también tenían botica y médico para curarlo. ¿Quiénes serían aquellas dos personas? Una mujer hermosa y un hombre enfermo. O bien ambos eran muy importantes, o bien conocían al monje de la botica, pues de lo contrario no los habría dejado pasar, y mucho menos los habría atendido con aquella deferencia.

Cuando nos montamos en el coche, el padre Quijano

se mostró jovial, alegre por haber vivido aquella pequeña aventura, porque además, al terminar en la biblioteca, habíamos subido incluso a ver el hueco que el viejo reloj había dejado en el torreón del monasterio. Aquellas paredes y techos de piedra, tras una puerta abocinada, no hicieron más que remarcar el vacío de un espacio medieval que en otro tiempo había guardado sus propios tesoros.

Amelia pareció apreciar mi decepción.

—Jon, no siempre podemos descubrir la verdad de las cosas. A veces es mejor así. Seguro que seguirás encontrando piezas de arte extraordinarias por todo el mundo y lograrás tu sueño de reponerlas en su lugar original... No puedes desanimarte por estos anillos. Piensa que en tu investigación, al menos, has llegado más lejos que nadie.

—Ah, ¡pero es que estábamos tan cerca! ¿Sabes qué voy a hacer? Voy a investigar a esos dos fugitivos. Una mujer como la que describió el padre Mariano tuvo que dejar huella en alguna parte. Voy a rastrear todos los archivos de Ourense hasta que encuentre otra pista fiable, y voy a leerme todos los libros que me dio el archivero; algo encontraré.

El padre Quijano, aun a pesar de mi determinación —o quizás por culpa de ella—, se vio en la obligación de prevenirme ante una más que segura investigación infructuosa.

—Jon, piense que está usted investigando la historia de hace doscientos años, y no precisamente de personajes ilustres... Salvo los registros notariales, en Galicia encontrará poca información de las gentes de a pie. Lo que se vivió no quedó registrado en ninguna parte, ¿comprende? Podrá hacerse una idea con crónicas de la época, con noticias de los periódicos..., pero las personas antes vivían libres de dejar marca de su paso por el mundo.

—Lo sé —me limité a reconocer—, pero agotaré todas las posibilidades antes de mi regreso a Madrid.

—Oh, ¿te vuelves ya? —me preguntó Amelia.

Quizás fuesen figuraciones mías, pero me dio la sensación de que a la pregunta la acompañó un tono de decepción.

—No, no... Ya te dije que me quedaré unos días para buscar a esos fugitivos misteriosos, aunque no encuentre nada —repliqué, guiñándole un ojo—, y para terminar de conocer un poco mejor la zona.

—Anda —se extrañó Quijano ofreciéndome una sonrisa—, ya te lo iba a preguntar antes, Bécquer. ¿A ella la tuteas y a mí no, ahora que somos compañeros de investigación?

—Eeeh..., bueno, yo es que no trato mucho con gente así, no sé, del clero. No sabía si tomarme la confianza.

Quijano estalló en una carcajada. Me quedé mirándolo y mascullando un exabrupto, porque no estaba acostumbrado a no disponer de réplica. Aquel cura me hacía sentir en un plano algo inferior, creo que sin pretenderlo: hasta muerto de risa y con aquel alzacuello firme bajo su garganta era un tipo irritantemente perfecto y un poco tocapelotas.

—Ay, Jon —se ofreció—. Si necesitas un guía y te puedo echar una mano, no dudes en avisarme. Aunque si yo no estoy disponible seguro que Amelia te hace un hueco, ¿verdad?

El cura y la restauradora se miraron de forma intensa durante un segundo, y ese tiempo me resultó suficiente para comprender que también ellos guardaban sus propios secretos.

22

El sargento Xocas permaneció en silencio unos segundos. Sobre la mesa, el teléfono móvil de Jon Bécquer todavía resplandecía iluminado, pues allí mismo habían visto y leído el extracto de las memorias de aquel monje de Oseira que, doscientos años atrás, había terminado viviendo otra vida en las Antillas.

—¿Eso es todo? —preguntó, solo para confirmar que había finalizado aquella interminable declaración.

—Eso es todo —confirmó el profesor, que de pronto parecía exhausto, como si liberar toda aquella información, al final, le hubiese supuesto un gran esfuerzo.

—¿Y encontró algo de los dos fugitivos?

—Nada en absoluto. Y he vuelto a visitar todos los archivos: el Catedralicio, el Diocesano, el Histórico...

—¿Y nada?

Jon Bécquer negó con la cabeza.

—Es como si nunca hubiesen existido, no hay rastro de ellos. Si no hubiese habido tantos incendios podría haberse recuperado algo, pero si no están en papel es como si fuesen fantasmas.

—¿Y cree que los anillos siguen en Oseira?

—No lo sé, pero creo que no. Es difícil de explicar, pero es como un pálpito, ¿entiende? Siento que están aquí, que el boticario de Oseira cumplió su promesa e hizo que los anillos volviesen de alguna forma a Santo Estevo.

Xocas suspiró. Le caía bien aquel extravagante antropólogo. Se había esforzado al máximo, pero no había encontrado sus anillos mágicos.

—¿Y no sucedió nada más a su regreso de Oseira? Quiero decir... hasta la visita que recibió de Alfredo Comesaña pidiéndole que se encontrasen en el claustro de los Obispos.

—No pasó gran cosa. El mismo día que visité Oseira, por la mañana, fui con Germán hasta el Lugar de la Horca, pero allí la verdad es que no encontré nada de interés. También quedé en esos días con Amelia para visitar mejor la zona. No se lo he contado porque me ha pedido que me ciñese a lo relacionado con Comesaña y los anillos, pero si quiere yo...

—No, no, de ninguna manera —replicó Xocas alzando ambas manos—, con lo que nos ha contado es suficiente. Pero para su tranquilidad quiero recordarle dos cosas...

Bécquer e incluso la guardia Ramírez miraron con curiosidad al sargento, que cuando comprobó que había captado su atención continuó hablando.

—La primera, que no sabe el verdadero motivo por el que Comesaña quería hablar con usted. Podría haber sido por cualquier cosa. Y la segunda, que ha fallecido de forma natural, sin violencia ni signos de criminalidad. ¿Lo tiene claro?

—No, sargento. La única conversación que tuve estando Comesaña presente estaba relacionada con los anillos, y ustedes todavía no tienen el resultado de la autopsia. Así que, la verdad, no lo tengo claro, qué quiere que le diga.

—Pero eso solo es porque se pone usted en lo peor —intervino Ramírez pensativa—, porque Comesaña pudo querer verlo para, qué sé yo..., para que le firmase un autógrafo para su novia o algo así.

—¿Y para eso me hace quedar en plan secreto y de noche en el claustro, en vez de pedírmelo en la cafetería?

Yo creo que no —mantuvo Bécquer, firme—. Piensen que soy muy conocido, en efecto, pero más bien en ámbitos de coleccionistas y casas de subastas, en el mundo de la cultura histórica y artística... Vamos, que el público en general no me para por la calle para pedirme autógrafos, precisamente... Y lo de la autopsia, ya me lo dirán.

Xocas miró al profesor reevaluándolo, como había hecho durante toda la jornada y en varias ocasiones. Era persistente y de ideas claras, eso desde luego. El sargento lo admiró por ello.

—No se preocupe, disponemos de sus datos de contacto. Si tenemos alguna incidencia le avisaremos. Y le ruego que nos llame si sucede cualquier hecho extraño que le preocupe o le llame la atención. ¿Sabe cuánto tiempo más va a quedarse?

Bécquer se encogió de hombros. Si hubiera sido completamente sincero, habría contestado que no le apetecía irse. Que quizás debiera permanecer allí no solo para intentar localizar el paradero de los anillos, sino para investigar la verdadera esencia de aquella Galicia que tanto le había subyugado. Para seguir conociendo a Amelia, porque su mirada, su pensamiento y su alma seguían siendo seductoramente impenetrables. Para continuar paseando por aquellos bosques y poner sus manos sobre aquellas gruesas y rugosas cortezas de los árboles, que le ofrecían el peso sabio del tiempo y una extraña y amigable magia. Para charlar con los ancianos de las aldeas, cuyas miradas llenas de certezas explicaban que no sentían más miedo a la muerte que a que no apareciese nunca. Para seguir persiguiendo misterios por aquella tierra húmeda y frondosa. Un lugar donde las personas eran más duras que las piedras, a las que domesticaban desde hacía siglos para alzar sus refugios austeros, sus palacios ostentosos, sus castillos feroces, sus monasterios ingrávidos y atemporales.

Pero Jon Bécquer, convencido de que aquella muerte inesperada de Alfredo Comesaña había sido causada por su insistente búsqueda de los nueve anillos, se sintió cansado, exhausto e incluso culpable de aquel repentino fallecimiento. Miró al sargento Xocas Taboada y resolvió decirle que se marcharía en un par de días.

¿Cómo iba a suponer que todo iba a cambiar al día siguiente, cuando sintiese cómo se lo tragaba la tierra?

23

Jon Bécquer se despertó por culpa del insistente pitido de su teléfono móvil. Se quedó mirando aquel techo alto y pétreo, al que ya se había acostumbrado, y cogió el teléfono sin ganas. Era Pascual, su amigo y socio en Samotracia. Descolgó ahogando un bostezo.

—¿Sí?

—Hey, Jon, ¿qué tal? No me digas que estabas durmiendo.

—No, qué va —replicó él, echando un vistazo a la hora—, si ya sabes que yo a las nueve de la mañana ya he negociado con todos los contrabandistas de Afganistán y hasta con Sotheby´s.

Pascual se rio ante la alusión a la famosa casa de subastas inglesa, con la que Bécquer había tenido algún encontronazo por la compra de piezas de dudosa procedencia.

—Ya veo que haces los deberes hasta en vacaciones. Que de verdad que no entiendo que las gastes ahí, tú solo, con la de cosas increíbles que podrías hacer... A ver, ¿ya tienes algo de esos dichosos anillos? No me digas que después de dos semanas no estás ya aburrido de obispos y monasterios.

—No creas. Ayer mismo encontraron muerto a un chico aquí, en el parador. Y creo que iba a contarme algo de los anillos.

—¡No fastidies! ¿En serio? —se sorprendió Pascual,

que de inmediato cambió su tono informal por otro más serio y preocupado—. Pero tú estás bien, ¿no?

—Sí, tranquilo. Ha venido la Guardia Civil y todo, ayer me pasé el día declarando.

—Coño, ¿y cómo no me llamas?

—Pse, yo qué sé. Los investigadores famosos somos así.

—A ver, en serio.

Jon suspiró y se incorporó en la cama, quedándose sentado sobre el colchón.

—Estaba cansado. Tenía que pensar.

—¿Cómo que pensar? Jon, ¿pero qué has estado investigando? ¿No me habías dicho que eran los nueve anillos de la leyenda de los obispos, que nadie los reclamaba? ¡Joder, no habrás tocado una mafia de contrabando de arte sacro! Mira que nos conocemos, que la última vez en Italia ya tuvimos el problema con las vasijas de Pompeya que...

—Que no, hombre —le interrumpió Jon, con la sensación de estar recibiendo una reprimenda paterna.

—Mira, voy para ahí.

—¿Qué? No, no. ¿Estás loco? Si yo ya me voy a ir... Mañana o pasado me largo. Regreso esta semana, de verdad. Tenemos trabajo que hacer.

—¿Seguro? No sé, el parador no parece el lugar más seguro del mundo..., me acabas de decir que han encontrado muerto a un tío que quería hablar contigo.

El antropólogo se quedó pensando durante unos segundos, porque la posibilidad de que él mismo corriese peligro, hasta aquel mismo instante, no se le había pasado por la cabeza.

—Bueno, ya sabes lo que nos dijo aquel detective de arte alemán, ¿te acuerdas? «Si estás amenazado, sabes que te encuentras en el lugar correcto.»

—Ah, vete a la mierda, Jon —le replicó Pascual en tono amigable—. Una amenaza es una cosa, pero un muerto es otra. Que hayas querido jugar un poco en tus vacaciones, vale, pero si la cosa se pone tan fea hay que parar.

—O al revés, hay que ir hasta el final.

—De valientes y gilipollas están las tumbas llenas, no sé si lo sabes.

—Qué tierno que te preocupes tanto por mí. ¿No será que ya me echas de menos en Samotracia?

—Pues mira, un poco sí, porque acaban de encargarnos un asunto sobre un cuadro desaparecido de Tamara de Lempicka, y las intenciones de quien hace encomienda no me parecen claras.

—¿Le has dejado claro que no negociamos con ladrones?

—¿Me tomas por idiota? El tipo le ha pedido a un representante que nos llame, y parece que él es uno de esos funcionarios con pasta, ya sabes, de Bruselas. Creo que el tío ha comprado el cuadro en el mercado negro, sin tener en realidad ni idea de arte ni de nada... Aunque me da que no nos cuenta toda la verdad.

—Lo de siempre.

—No sé. Dice que lo compró porque le pareció bonito, y jura que no sabía que era un cuadro robado... Se ha enterado de que la Interpol lleva tiempo buscando la pieza, y quiere nuestra mediación para devolverla.

—Previa recompensa del diez por ciento del valor de tasación, por supuesto.

—Por supuesto. Si finalmente es verdad que es un funcionario, no hay misterio, es idiota y le han tangado. Pero lo del representante me escama. Hay que viajar a Bélgica para revisar el asunto, y ya sabes a quién le toca.

—Que sí, pesado... —contestó Bécquer con tono afable; ya casi echaba de menos sus charlas con Pascual—. Yo me encargo.

—Vale, pero entre tanto ten cuidado ahí, ¿vale? Cualquier cosa, me llamas.

—Tranquilo, te anotaré en mi agenda en el apartado de prioridades y socios coñazo.

Pascual y Jon rieron, acostumbrados el uno al otro desde hacía años, y el profesor de arte obligó al antropólogo a que le contase un poco por encima lo que había sucedido, haciéndole prometer de nuevo que tendría cuidado y que lo avisaría de cualquier novedad.

En gran medida, y a pesar de que Pascual tenía prácticamente la misma edad que Jon, actuaba con él de forma paternal; quizás se debiese a que el antropólogo no mantenía relación con su progenitor desde hacía más de una década. El divorcio de sus padres había sido todo lo dramático que cabría imaginar, especialmente por la existencia de una tercera persona, con la que ahora su padre tenía un niño de nueve años. Por lo que Jon sabía, era un niño normal, y no un pequeño monstruo quimérico como él. Su madre, desde el divorcio, había ido navegando desde la depresión hacia los trastornos delirantes con frecuencia progresiva, cayendo en picado cuando le detectaron un alzhéimer precoz que, además, avanzaba de forma inflexible.

Pocas personas lo sabían, pero Jon la visitaba casi a diario en una exclusiva residencia especializada muy cerca de su casa, en el centro de Madrid. Cada vez que iba a verla se sentía invadido por una ternura infinita, pero también por la tristeza del que sabe que nada irá a mejor. Sus padres, un día, una vez, se habían amado con locura. Pero aquello se había esfumado, como todo. ¿Cuánto tiempo podía durar el amor? ¿Sería posible reinventarlo con una misma persona, reimprimirlo en el alma, o es que siempre e invariablemente terminaba desvaneciéndose?

Jon se había enamorado varias veces, pero siempre había habido algo, aunque fuese la simple rutina del paso del tiempo, que había ido desmoronando todo. Con frecuencia pensaba que todas sus relaciones se habían ido terminando por culpa de sus propias sombras e inseguridades. Jon procuraba aparentar ser una persona firme, cuyo carácter decidido lo llevaba a ser alguien exitoso, pero en su día a día tenía que combatir a su hermano imaginario e invisible, que le recordaba con horribles migrañas y con aquel insistente hormigueo que estaba ahí y que no pensaba marcharse a ninguna parte.

Y ahora estaba Amelia. Jon conocía esa chispeante ilusión que comenzaba a hacerle cosquillas dentro, pero no confiaba en el concepto del amor romántico, y solo se preguntaba hasta cuándo le duraría. Quizás ella sí hubiese llegado a descubrir aquel gran amor del que todo el mundo hablaba. ¿Por qué, si no, iba a seguir sola, guardándole fidelidad a una persona que no era más que un recuerdo? Quizás fuese cuestión de fe, de creer en alguien sin fisuras, sin necesitar pensarlo ni un segundo. ¿Sería posible?

Él estaba convencido de que todos estábamos hechos a base de renuncias. Por su parte, esquivaba las relaciones estables, y era consciente de ello. Sabía que no todo tenía por qué salir mal, pero un vistazo a la relación de sus padres le recordaba que sí, que aun partiendo de las ilusiones más auténticas se podía terminar en lo peor. ¿Y Quijano, aquel cura guaperas e inclasificable? ¿A qué renunciaría él? ¿A una vida personal plena, solo por su búsqueda del bien común? Amelia, en cambio... Renunciando a rehacer su vida, ¿no vivía en una ficción, en un recuerdo que ya solo era imaginario?

Jon volvió a tumbarse sobre la cama y miró al techo sin ver. Recordó los paseos que había dado con Amelia por los alrededores de Santo Estevo apenas unos días atrás. Habían decidido realizar aquellas pequeñas excursiones justo después de regresar del monasterio de Oseira. La excusa había sido cultural, pues ella se había ofrecido a mostrarle un poco más de la arquitectura y el arte sacro de la zona. Después de que él le hablase sobre su quimerismo en aquel banco del viejo Ourense, era como si entre ambos no hubiese ya ninguna barrera de cortesía o prudencia que custodiar. Como si los nuevos tiempos pudiesen borrar todo lo malo o la oscuridad fuese solo cosa de vidas pasadas y ajenas. Pasearon por la larga pasarela del río Mao, exploraron los miradores de los cañones del Sil y hasta el enigmático monasterio de Esgos, con el suelo cubierto de insólitas tumbas antropomorfas abiertas. Pero lo que más le había impresionado a Jon había sido el pequeño monasterio de Santa Cristina de Ribas de Sil, que al lado del de Santo Estevo parecía de juguete.

«Dicen que su antigüedad se remonta al siglo IX, pero hasta el XVI no se anexionó a Santo Estevo como priorato», le había explicado Amelia antes de bajar del coche. Habían llegado a una curva del tortuoso camino donde parecía que no había nada; a pesar de todo, ella le pidió que aparcase. «Es mejor que lo dejes aquí, más adelante va a estar lleno de coches, y hoy más que nunca.» Habían caminado apenas cinco minutos por el borde de la carretera, cuando llegaron a un lugar repleto de vehículos y a otra curva de asfalto de la que salía, como un afluente, un camino descendente cubierto de hojarasca que anunciaba el otoño. Un poco más abajo, todavía frondoso, se intuía un bosque de robles y castaños, viejos y retorcidos como los años. Un murmullo de voces y música. Ah, ¡y qué música! Había comenzado, como un soplo de viento, mientras ellos descendían por unas escaleras de piedra que se integraban en la espesura, y que se internaban mágica y deliciosamente en la profundidad del bosque.

—¿Qué es eso que suena? Parece... no sé, parece música medieval.

Amelia había sonreído, como si guardase un buen secreto.

—*O son do ar*, de Luar na lubre. Es un grupo gallego... Dicen que esta canción se inspiró en el sonido que hace el aire cuando se cuela en los viejos robledales gallegos; por eso se titula así, el sonido del aire. Pensé que llegaríamos a tiempo, pero el concierto ya ha empezado.

Maravillado por la naturaleza acogedora que lo rodeaba, Jon había terminado de bajar aquellas escaleras fascinantes y se había encontrado con una gran iglesia a su derecha. Sin hacerle caso, y como si lo guiase un primitivo instinto irracional, se dirigió a una puerta abierta a la nada que tenía al frente del camino. Su forma se la daba un arco de piedra de medio punto recubierto de decoraciones vegetales y de decenas de diminutos y misteriosos ornamentos, que al antropólogo lo trasladaron inmediatamente al Medievo. Amelia y él atravesaron aquel arco extraordinario y llegaron a un pequeño claustro, del que solo se conservaba una parte, y donde un grupo musical tocaba aquella deliciosa melodía. Algunos turistas tomaban fotografías, pero la mayor parte de los espectadores, repartidos entre la naturaleza, se limitaban a escuchar. Aquel evocador escenario resultaba mágico. Jon, entre ruinas y partes todavía sólidas, pudo intuir la vieja estructura del pequeño monasterio. Escalones, puertas y símbolos extraños tallados en piedra por todas partes.

«No es el grupo original, son chicos del conservatorio de música de Ourense... Me enteré de que iban a dar el concierto y pensé que te gustaría», le había dicho Amelia al oído. Él había sonreído, agradecido y asombrado por lo que estaba viviendo. Era como si, después de tantos días, le hubiesen permitido acceder a un lugar secreto al que en realidad los forasteros no tenían permiso para acudir. La música, de pronto, comenzó a golpear el aire más fuerte, invadiendo el alma. Jon miró a Amelia, que se balanceaba por un instante con los ojos cerrados, sintiendo el ritmo de la melodía. Cuando abrió sus ojos verdes y se sintió observada, descubierta, sonrió con tanta sencillez que Jon la habría besado allí mismo.

—¿No querías conocer Galicia de verdad? —le había susurrado ella, confiada—. Pues esto es Galicia. Esta suavidad, este hogar y esta fuerza.

Él había asentido, comprendiendo perfectamente lo que ella le decía. Antes de aquel viaje había visitado aquella tierra de pasada, pero nunca había estado tanto tiempo ni se había adentrado tanto en la forma de ser ni en las costumbres gallegas. Hasta ese momento, él había pensado que en Galicia todo tendía a un gris melancólico, que la lluvia lo entristecía todo, y que sus leyendas seguramente serían frías como el aire. Que en todas sus historias habría pazos señoriales y aldeas perdidas, ya carentes de su antiguo encanto por culpa del feísmo desordenado de las nuevas construcciones superpuestas. Pero, curiosamente, Jon no había dado con pazo alguno en todos aquellos días, y no había tropezado con nada que no le resultase enigmático, interesante o misterioso.

El profesor y Amelia escucharon el concierto durante un rato, para después perderse entre la gente y los muros de aquel pequeño monasterio, cuyo principal encanto se encontraba, quizás, en no haber sido totalmente restaurado y en pertenecer todavía al bosque y sus secretos. Salieron de la espesura mientras aquel joven grupo musical tocaba el nostálgico y bellísimo *Two Shores* de Carlos Núñez.

Aquella tarde, al anochecer, justo antes de que Amelia se marchase en su coche hacia Ourense, Jon se había aproximado a los labios de ella, sonriendo. Ella le había permitido acercarse. También había sentido aquella conexión, aquella magia incipiente. Pero aquello no era real: él se marcharía pronto, y si ella se dejaba llevar se perdería en lágrimas durante muchas madrugadas. Optó por la prudencia y esquivó la dirección del beso, que terminó como una cordial despedida en la mejilla. Sin embargo, ella sintió aquel viejo calor, aquella primitiva necesidad de tocar, de avanzar, de expandir aquel beso en los labios que él no había llegado a darle. Y no pensó en su amor perdido ni se culpabilizó por vivir, por permanecer, pero se separó de Jon con una sonrisa. Era tarde, y al día siguiente tenía que estar a primera hora en una capilla lucense para realizar catas a distintas tallas religiosas. «Pero pasado mañana..., el fin de semana estaré libre», le había dicho, como si con aquello le ofreciese la promesa del abrazo largo y completo que él, quizás, había imaginado poder tener aquella noche.

Pero había llegado el fin de semana, y había amanecido aquel falso monje muerto en la vieja huerta monacal, y Amelia no había contestado sus mensajes ni sus llamadas.

¿Le habría sucedido algo? Cuando Jon ya casi había decidido llamar al padre Quijano para preguntarle, ella le había enviado un mensaje breve al móvil, apenas dos líneas. Al parecer, estaba muy ocupada en Lugo con aquel trabajo que había ido a realizar. Que ya lo llamaría. «No puedo creerlo... ¿Me está dando largas?», se preguntó a sí mismo en voz alta en su habitación del parador. ¿Por qué? ¿Acaso no habían pasado juntos unos días deliciosos? Él sabía que ella también había sentido aquella magia. ¿Tan fuerte sería su añoranza por aquel antiguo amor que había muerto? Si era así, no tenía nada que hacer ante su rival. Un hombre idealizado que permanecería siempre estancado en la imagen de la perfección. ¿O sería por su quimerismo? Quizás no tendría que habérselo contado. Todas decían que no importaba, que no pasaba nada, pero después él sentía aquel mudo y discreto rechazo al monstruo.

Jon suspiró y pensó que sí, que sería mejor que hiciese lo que le había dicho a Pascual, que no era otra cosa que marcharse en un par de días. No tenía ya mucho más que investigar allí, aunque no le gustaría irse sin volver a ver a Amelia. ¿Se habría precipitado al intentar besarla? Tal vez ella, más cabal, no quisiese iniciar algo que tenía un final marcado. Ella en Ourense, él en Madrid. Ella con sus reliquias, él con sus viajes, sus investigaciones, su mundo propio. Ah, pero habría sido tan delicioso haberse dejado llevar... El profesor saltó de la cama e intentó borrar sus pensamientos, centrarse. Iría a hacer algo de ejercicio y después trabajaría con la documentación del Archivo Diocesano que todavía no había revisado. Miró por la ventana. Había amanecido con una espesa niebla atravesando los bosques. Seguro que despejaría a media mañana. Esta vez no iría al gimnasio del parador. No, esta vez exploraría. Iría a correr por los alrededores del monasterio, por aquel sendero de la Amargura, como lo llamaban, y que el profesor Germán le había explicado que había sido bautizado así en dudoso honor al Lugar de la Horca, tan próximo, ya que por allí llevaban a los que pensaban ajusticiar.

Ahora Jon, que ya llevaba media hora corriendo, se acordaba de aquel paseo que había dado con el profesor; había sido él quien le había explicado qué era un *sequeiro*, y aunque el anciano ya le había contado que en la zona había llegado a haber hasta setenta construcciones como aquella, no dejó de sorprenderlo tropezarse con una en aquella ruta de la Amargura. Resultaba curioso pensar que cuando esas piedras terminasen de desmoronarse también empezaría a olvidarse por completo la existencia de aquellas construcciones y su historia, porque ya nadie preguntaría por unas ruinas que no podían verse. Quizás por eso se había obsesionado tanto con los nueve anillos, porque eran objetos tan antiguos que le daba la sensación de que, en efecto, también podían portar la memoria de quienes los habían poseído, los secretos de la historia que no habían sido escritos en papel y que se habían olvidado sin remedio.

Jon exploró un poco el *sequeiro*, ya sin tejado, y entró en él sin saber bien qué estaba buscando. De pronto, le pareció escuchar unos pasos en el exterior, sobre las hojas que ya habían anunciado el otoño. Salió del *sequeiro* con cuidado de no pisar en ningún tablón podrido ni en ningún hueco invisible bajo la maleza. Cuando estuvo fuera y vio aquella figura en el camino se quedó sin aliento. No era posible. Un monje con hábito oscuro hasta los pies, agachado, con el perfil desdibujado por la niebla, parecía recoger flores. Aquellas flores rosas y violetas de forma acorazonada que él se había esforzado por esquivar durante toda su carrera por el bosque, y cuyo nombre se había prometido preguntar en la recepción del parador.

Por lo que Bécquer sabía, en los últimos tiempos solo un hombre se había vestido de monje en el viejo monasterio de Santo Estevo: se llamaba Alfredo Comesaña y ahora estaba muerto. ¿Quién sería aquel desconocido? ¿Acaso se encontraba dentro de un sueño? Bécquer dio un paso y una madera crujió bajo sus pies. El monje dejó de recoger flores y volvió el rostro lentamente. El profesor no pudo verle la cara, escondida bajo la sombra que le proporcionaba el capuchón del hábito. Jon Bécquer dudó. ¿Qué se le dice a un fantasma?

—Ho... Hola. Me llamo Jon, estoy alojado aquí, en el parad...

El monje no esperó a que terminase la frase. Se levantó, abandonó las flores y un pequeño cesto de mimbre donde las estaba guardando y salió corriendo por el camino del bosque que llevaba de regreso al parador.

—¡Oiga! Pero ¿qué...?

Jon no supo por qué lo hizo, pero por instinto salió corriendo detrás del monje, al que de pronto, por culpa de la niebla, había perdido de vista. Volvió a intuirlo claramente delante de él, corriendo y volviendo la cabeza hacia atrás, sin duda para comprobar si Bécquer aún lo perseguía. La distancia entre ellos era cada vez menor, y Jon no sabía qué haría si llegaba a su altura, y tampoco tenía claro por qué seguía corriendo, pero su cuerpo continuaba la carrera sin su permiso.

De pronto, el monje dio un salto tremendo a su derecha, cayendo en un tramo de terreno más bajo, pues toda la ladera estaba hecha de bancales descendentes hasta el río. Jon pensó en saltar también, pero por fin se detuvo un instante, pensando en la finalidad de lo que estaba haciendo. ¿Por qué perseguía a aquel hombre? ¿Solo porque estaba vestido de monje? Jon observó el terreno, que allí estaba más húmedo y embarrado que en el resto del camino. Entre la niebla, pudo distinguir unos toscos escalones de piedra encajados en el terreno para descender al bancal. Bajó con rapidez por ellos, dispuesto a continuar con aquella irracional persecución, pero ya no pudo ver al monje por ninguna parte. Solo podía escuchar el discurrir del agua, el sonido cada vez más nítido, más cercano, como si allí hubiese un río invisible.

Dejó de escudriñar el bosque entre la niebla y se volvió, buscando el origen de aquella música de agua. El muro del bancal, como todo en Galicia, estaba hecho de piedra. Pero aquella pared pétrea, además de musgo y cortinas de hiedra, tenía una puerta abierta, un hueco rectangular perfecto cuya verticalidad lo hacía apto para la altura de los hombres. «Una maldita puerta en mitad del bosque», se asombró Jon, acercándose. Solo había algo de claridad en la entrada, y tras superar un pequeño escalón podía verse, en el suelo, un hueco cuadrado lleno de agua cristalina y de muy poca profundidad. De frente, un túnel pequeño, y a derecha e izquierda dos túneles de más altura, ambos con tuberías de piedra abiertas sobre el suelo. Por aquellas cañerías artificiales, sobre el musgo y los helechos, discurría el agua más cristalina y limpia que Jon había visto nunca.

¿Se habría escapado el misterioso monje por allí? Sin duda. Pero ¿adónde irían aquellos túneles? Debían de pertenecer a antiguas canalizaciones del monasterio, pero Jon no lo sabía. Si se agachaba un poco, podría avanzar por aquel camino centenario. ¿Hacia qué lado dirigirse? Decidió que hacia el que había iniciado el monje con su carrera, de modo que tomó el camino de la derecha, hacia el parador. Sacó su teléfono móvil del bolsillo y lo utilizó como linterna durante al menos cincuenta metros de estrecho y claustrofóbico recorrido, especialmente incómodo teniendo en cuenta la altura del antropólogo. Al fondo, a lo lejos, a Jon le pareció escuchar chapoteos en el agua, pisadas, que le hicieron pensar que iba en buena dirección.

—¡Oiga! ¡Solo quiero hablar con usted, espere! ¡No voy a hacerle daño! —exclamó Jon gritándole al oscuro vacío de incertidumbre que tenía ante sí, en aquel túnel interminable.

«¿No voy a hacerle daño? Si es que soy idiota, eso es lo que dicen todos los asesinos en las películas. ¿Cómo se me ocurre? Pero si encima es este tipo el que puede atacarme a mí», pensó el profesor, comenzando a considerar la posibilidad de que fuese él quien estuviese en peligro. Fuera quien fuese el que iba vestido de monje, conocía mejor el terreno que él, y si volvía armado por aquel estrecho túnel, Jon no iba a tener mucho margen de maniobra. Comenzó a sentir el agobio del encierro subterráneo, y pensó que permanecer en aquel lugar, seguir adentrándose en el túnel, era como permitir que se lo tragase la tierra. Si le sucedía algo, ¿quién demonios iba a poder encontrarlo allí, en las entrañas de ninguna parte? Su instinto hizo que mirase hacia el techo del túnel, donde pudo ver una nutrida familia de arañas negras, grandes y peludas, paseando por encima de su cabeza. Su sensación de rechazo fue inmediata, y se preguntó de nuevo qué diablos hacía allí dentro, en aquel enorme y alargado nicho que parecía una tumba bajo tierra.

Justo en aquel instante el teléfono de Bécquer comenzó a parpadear señalando que la batería estaba a punto de acabarse, de modo que, en un gesto de prudencia natural, decidió retirarse a tiempo y regresó por donde había ido. Cuando volvió a ver la luz del bosque sintió un alivio inmediato. La niebla había comenzado a disiparse, y el sol de otoño acariciaba ya los árboles centenarios. Desconcertado, Jon regresó a buen paso al parador, y se fue directamente a recepción. Una joven en prácticas no supo decirle qué túneles eran aquellos que había encontrado, y cuando Jon le preguntó por un hombre disfrazado de monje en aquellos bosques, fue plenamente consciente del escepticismo con el que la joven lo había mirado. Decidido, Jon subió a su cuarto, enchufó su teléfono y llamó al sargento Xocas Taboada, contándole lo que le había pasado.

—¿Aún no son ni las once de la mañana y usted ya ha perseguido a un monje por el bosque? A ver, Jon... ¿Toma usted alguna medicación?

—Que no, se lo juro.

—Pero ¿le ha dicho algo, le ha agredido?

—Ah, no, eso no. Simplemente me vio y echó a correr.

—Se asustó.

—¿De mí? ¿Por qué iba nadie a asustarse de mí?

«Porque monje que ve, monje que se carga», pensó el sargento, ahogando un resoplido. Pero no fue eso lo que le dijo a Bécquer.

—Quizás no se asustase de usted exactamente, ¿no me dijo que había niebla? Pues pudo pensar que era usted un animal, un jabalí, qué sé yo.

—¿Qué? ¡Un jabalí! Pero ¿qué parecido puedo tener yo con un...? Joder, ¿en serio me acaba de comparar con un cerdo salvaje?

—Es un decir, Jon. Además, de momento no es ilegal disfrazarse de monje..., y seguro que quien quiera que fuese tenía algún motivo razonable para llevar esa ropa.

—¿A usted le parece normal vestirse como un fraile para ir a buscar florecitas por el bosque?

Xocas suspiró, armándose de paciencia.

—Mire, para que se quede tranquilo, me informaré sobre esos túneles y nos veremos esta tarde; sobre las seis será el entierro de Comesaña ahí, en Santo Estevo.

—Ah, pero ¿lo entierran ya? ¿No estaban con la autopsia?

—Se la hicieron ayer. Esto es Ourense, señor Bécquer, no *Corrupción en Miami*. No tenemos tantos cadáveres a la espera de pasar por el forense, no sé si me explico.

—Pero, de la autopsia... ¿hay algo? Quiero decir...

—Lo que hubiese, señor Bécquer, sería confidencial; pero de momento, no, no disponemos de los resultados definitivos. Y tampoco hay ningún indicio criminal, ¿estamos?

—Entiendo.

Finalmente, tras despedirse y colgar el teléfono, Jon se acercó a la ventana de su cuarto y miró hacia el pueblo de Santo Estevo. ¿Cuántos secretos podían guardarse en un lugar tan diminuto y recóndito como aquel?

Marina

El ambiente en la casa del médico se enrareció; se volvió distante y se vistió del frío de la forzada corrección formal a la que llevan los desacuerdos no resueltos. El doctor Mateo Vallejo buscó de nuevo la cercanía de su hija permitiéndole regresar a las clases en la botica, ahora que ya no estaba Franquila. Ella aceptó de buen grado, pues solo depositaba ya la ilusión en redactar su compendio de remedios y en el regreso del muchacho. Se escribían dos veces al mes, y para el envío de cartas habían tenido que contar, como ya comenzaba a ser costumbre, con la colaboración de Beatriz. No podían recibir las misivas en la casa del médico ni en la botica, pues los monjes no podían enviar ni recibir cartas sin autorización y supervisión del abad, de modo que Franquila las enviaba a su amigo el barquero, y Marina y Beatriz, fingiendo saludables paseos, iban juntas a buscarlas. Para responder, al carecer de estafeta el monacato, tenían que contar con la ayuda de uno de los jóvenes que iban dos veces por semana a buscar el pan a Ourense. El colaborador resultó ser un muchacho muy dispuesto llamado Braulio, que comenzó a cortejar a Beatriz sin mucho éxito.

En Madrid, Franquila pasó tremendos apuros. Nunca había visto tanta gente junta, tantos carruajes y edificios. La vida allí era cara, y solo gracias al conserje del Colegio de Farmacia, que le permitió dormir en un cuarto de limpieza, pudo el muchacho ahorrarse la pensión y comer caliente casi a diario. A cambio, ayudaba a limpiar y a recoger las salas de trabajo. Estudiaba con los libros de la biblioteca y con los que le prestaban los profesores y algunos alumnos, aunque debía devolverlos puntualmente y confiar en las pautas de su memoria. El frío del invierno madrileño le hizo sufrir más incluso que el de Ourense, y enfermó en dos ocasiones, logrando recuperarse más por sus ganas de vivir que por los cuidados nunca recibidos.

Marina pudo enviarle algo de dinero en sus sobres, procurando disimular los gastos extras con mil excusas e inventos a su padre. Que si había comprado comida, que si camisas y ropas interiores de mujer, que si nuevos lápices para escribir. Una mañana de aquel invierno, ya pasada la Navidad y estrenado el año 1832, llamó Marcial Maceda a la puerta.

—¿No está su padre, Marina?

—No, salió a la casa rectoral de Nogueira, que está malo el párroco. Aquí solo hemos quedado Beatriz y yo.

—Ah. La veo muy poco últimamente, y eso que somos vecinos. Cualquiera diría que me evita usted.

—No, no, por Dios. Ando muy ocupada escribiendo un libro de remedios, Marcial.

—¡No me diga! Cuánta ilustración en esta casa... ¡Una mujer escribiendo, nada menos! —El alguacil miró a Marina, que pareció detectar en su rostro un punto de ironía y de agresividad contenida—. Hace bien en mantenerse ocupada, aunque no sea en bordar... De este modo se ahorrará escuchar habladurías indecentes.

—¿Qué... qué habladurías?

—Oh —negó él con la mano—, son tan impertinentes que no quisiera yo...

—Insisto —replicó ella con semblante serio.

Él la miró con gesto de aparente indignación.

—Figúrese si son blandos de entendimiento en este pueblo que dicen que estaba usted en amoríos con un criado, el que precisamente ayudó en la botica el día en que atacaron a mi padre. —Él observó la reacción de ella, estudiándola y esperando que se lo reconociese. Sin embargo, Marina actuó con serenidad.

—¿Yo, con Franquila? Por Dios, qué cosas dice.

—No he dado crédito, por supuesto. Cuando Franquila partió a la capital este verano resultó una sorpresa, desde luego. ¡Un criado marchando a Madrid para estudiar! El muy demonio ya debe de estar disfrutando las fiestas y mieles de la capital y dejando enamoradas a cándidas jovencitas. ¡Buen muchacho, este Franquila! —añadió con una sonrisa.

—Hará bien en disfrutar su juventud, si lo hace atendiendo a virtud propia y ajena, ¿no le parece?

—Me parece, me parece —asintió Marcial sin dejar de mirarla—. Qué pena que seguramente ya no volvamos a verlo... Pocos son los que prueban la ciudad y vuelven a rincones perdidos como este, y más en el caso de este muchacho, que no tiene ni familia donde caer muerto, salvo por la caridad de los monjes. Con suerte, encontrará en Madrid una buena mujer.

—Sí, con suerte.

Marina sentía la furia creciendo dentro de su pecho; no solo por las provocaciones evidentes de Marcial, sino por sus propias dudas de que aquellas suposiciones fuesen ciertas. ¿Y si Franquila decidía quedarse en Madrid? ¿Y si se enamoraba de otra mujer más mundana, más lista y más bella? ¿Y si la olvidaba ahora que le había quitado la virtud, logrando el objetivo más primitivo de los hombres?

Marcial pareció satisfecho con los efectos de sus dardos, aunque observando la aparente frialdad de Marina cambió de tercio.

—¿Y no se aburre aquí usted, tan sola? ¿Por qué no viene alguna vez a pasear conmigo? Si usted quisiera, yo...

Marina se temió una declaración y procuró evitarla.

—Ah, no sabe cuánto se lo agradezco, pero como ya le dije me debo a los cuidados de mi padre y a mis labores en la casa, no dispongo de tiempo apenas para aburrirme. Imagino que usted estará atareadísimo y con muchas y bellas damas dispuestas a ser cortejadas, si sus funciones como alguacil y oficial le dan un respiro, por supuesto.

—No crea que tenemos poca tarea, Marina. Desde lo de Torrijos en Málaga, los liberales vuelven a ladrar en todas direcciones.

Ella se limitó a asentir, sabiendo que aquellos días no se hablaba de otra cosa que del fusilamiento en diciembre del general Torrijos Uriarte junto a casi cincuenta de sus hombres, sin juicio previo, en una playa malagueña. El militar, liberal convencido, había regresado de su exilio en Inglaterra para encabezar un nuevo levantamiento contra el absolutismo de Fernando VII, pero al poco de desembarcar ya había sido apresado y ejecutado.

—Figúrese si están dementes estos liberales, Marina, que dicen que la mujer de Torrijos se dispone a escribir un libro sobre su difunto esposo ensalzando su vida para que no caiga en el olvido... ¡Escribir un libro sobre un traidor, nada menos! Ah, ¡mujeres! Si por mí fuese, también deberían fusilarla a ella por defender a un necio que injuriaba a nuestro rey hablando de despotismo y de tiranía, cuando nuestro monarca solo ama y protege a sus súbditos.

Marina volvió a asentir sin decir nada, admirando en secreto las agallas de aquella viuda que no conocía pero que desde aquel instante habría deseado conocer. A Marcial pareció molestarle aquella pasividad, aquel sometimiento falso de Marina. Se acercó y la agarró fuertemente de los brazos, estrechándola contra su cuerpo.

—¡Diga la verdad! A usted le habría gustado que prosperase el levantamiento, ¿verdad? Ah... ¡Estoy seguro de que se dejó mancillar por ese desgraciado como una vulgar furcia! Venga —insistió, intentando besarla—. Deme a mí un poco de lo que a él le entregó, solo un poco...

Marina se separó tras un breve pero violentísimo forcejeo, y le propinó a Marcial una bofetada que le dejó marcadas las uñas en la cara. Ante sus gritos, llegó Beatriz corriendo desde la huerta.

—¡Señorita! Pero ¿qué pasa aquí?

—Nada, Beatriz —negó la joven, que tomó aire como pudo—. El señor Maceda, que ya se marchaba.

Marina, apretando los labios, miró con desprecio a Marcial.

—Perdone, Marina, no sé... No sé qué me ha pasado. Solo con pensar que usted hubiese podido... Que yo... Por favor, discúlpeme.

Marina lo miró con fijeza y se dirigió a buen paso a la puerta, abriéndola de golpe e invitándolo a marcharse.

—Buenos días, señor, si nos disculpa...

Marcial se puso el sombrero y la miró con la desesperación del que intuye que nunca alcanzará ya el objeto de su deseo. Cuando salió de la casa, Marina cerró la puerta con un sonoro portazo y pasó el cerrojo, para acto seguido derrumbarse sobre el suelo y romper a llorar.

Tardó un buen rato en poder explicarle a Beatriz lo que había sucedido, y cuando se repuso decidió no contar nada de aquello a su padre. En realidad, la herida se encontraba más en la duda que había germinado en ella que en los insultos o en el intento de asalto de Marcial. ¿La habría olvidado Franquila? Sus cartas seguían llegando más o menos puntuales, pero ¿cómo saber si estaban escritas desde el corazón, si se mantendrían en el tiempo? No le quedaba más remedio que confiar.

Transcurrieron las semanas con fría y húmeda pesadez, con la lentitud y angustia del que espera, y Marina procuró evitar a Marcial en todos sus paseos. Según supo, había empezado a cortejar a una joven de buena posición en Ourense, pero no era más que un rumor que le había hecho llegar Beatriz de las lavanderas del pueblo. Un día, charlando precisamente con las lavanderas, les preguntó de dónde venía aquel grueso canal pétreo que llenaba de agua el lavadero, y con ellas descubrió unos túneles larguísimos que le parecieron, literalmente, una obra de romanos. Las puertas de los túneles estaban cerradas, pero a veces los chiquillos conseguían abrirlas y se colaban dentro, haciendo apuestas y juegos en los que siempre hablaban de fantasmas, espíritus y oscuridad.

Una mañana, el padre de Marina la acompañó hasta la botica, como en otras ocasiones. Marina pensaba que lo hacía más por comprobar quién estaba allí que por realmente asistirlas a ella y a Beatriz durante el breve paseo. Por supuesto, siempre se encontraba aquella mágica botica vacía, con la única presencia de fray Modesto, que aquella mañana parecía agitado.

—Qué desgracia, doctor. El cólera se come París. ¿No le ha dado las nuevas el señor abad?

—Sí, fray Modesto, ayer mismo me lo dijo. Considera que Dios castiga a los pueblos que le son infieles, aunque yo me temo que este mal también alcanza a los corazones puros e inocentes, sobre todo de las clases menos acomodadas.

—¿Cree usted que llegará este azote hasta nosotros? En esta botica hemos tratado fiebres tifoideas, pero no cólera.

—Ah, me temo que se extenderá por toda Europa, padre. Ya lo sufren varios pueblos de Alemania y Centroeuropa. Los enfermos se quejan de una irritabilidad gástrica difícil de explicar, por lo que hay que sangrarlos abundantemente. Dicen que la borrachera y las afecciones morales pueden ser una causa predisponente... De momento, me temo que no hay remedio.

—¿Las afecciones morales? —preguntó Marina llena de curiosidad.

—Las que hacen que los individuos tengan un carácter débil y asustadizo, hija. Espero que la enfermedad tarde en llegar a Santo Estevo, porque no tiene cura y solo algunos afortunados se salvan. Los que la sufren se quedan fríos como el hielo y dicen que, al abrirlos en necropsia, los encuentran completamente negros por dentro.

—Santo Cristo nos proteja —murmuró fray Modesto santiguándose horrorizado—. Habré de enviar carta a mi primo fray Eusebio en Oseira para que me detalle los remedios que él sepa frente a este mal, pues no quiero que si el cólera llega hasta este valle no le sepamos hacer frente.

—Cuidado, padre —advirtió el doctor—, pues dicen que cuando uno enferma en una casa, pronto caen los demás con los que convive, por lo que debe de ser muy contagioso. Yo sangraría a los enfermos abundantemente y los trataría con licores espirituosos compuestos de aguardiente, ron y aromas de enebro, nuez moscada y clavillo. Quizás también con almizcle y jengibre...

—Ah, buen tratamiento, doctor —asintió el monje pensativo—, aunque en mi estancia en los reales hospitales de Madrid pude comprobar que la limpieza severa casi siempre favorecía a los enfermos, especialmente en enfermedades infecciosas. Tal vez, además de sangrarlos, hubiese que bañarlos diariamente y darles calor en las extremidades, salvando los dolores con narcóticos.

El doctor se rio.

—¿Pretende usted curar el cólera bañando a los pacientes, padre? Perdone, pero creo que una plaga como esta requiere métodos más científicos.

—Puede ser —consintió el monje sin ánimo de disputas—. Esperaré la carta de mi primo desde Oseira y le comunicaré los remedios que él observe para este terrible mal.

Marina escuchó aquella conversación con preocupación, y le pidió a su padre que le trajese de Ourense los artículos médicos que fuesen saliendo sobre los tratamientos de la enfermedad.

—¿No preferirías telas para vestidos, hija? Comienzas a estar en edad casadera.

—No tengo aspiración alguna en cuanto al matrimonio, padre. Si no se me permite mantener amistades masculinas, mal voy a pensar en disponer de un marido.

—Marina.

El tono de amonestación del doctor hacía eco en el muro que la joven había interpuesto entre ella y su padre, al que no perdonaba haberla separado de Franquila. El muchacho le había escrito contándole que había superado ya casi todos los exámenes, y que, si todo iba bien, tras las últimas pruebas en el mes de septiembre pensaba regresar. Para Marina, aquella declaración suponía una cuenta atrás, una espera hasta al menos el mes de octubre. Casi un año y medio sin ver a Franquila. ¿Perduraría el amor? ¿No se sentirían, al verse, como desconocidos desprovistos de confianza? Solo el tiempo podría dar respuesta a las dudas de Marina.

Se derritieron las semanas y pasó el verano. A finales del mes de septiembre de 1832 se reunieron un día el doctor y el abad para comer juntos en el monasterio.

—El rey está muy enfermo, hermano. Pido a Dios que viva cuanto tiempo sea posible, pues sin nuestro monarca estoy seguro de que la Iglesia volverá a ser humillada y maltratada.

—Siempre tan pesimista —se quejó el doctor, negando con la cabeza—. Todos los levantamientos liberales que hasta ahora tanto te preocupaban han quedado aislados y olvidados. Cuando el rey muera, reinará la infanta Isabel y ya no habrá más inquietudes.

—No, hermano, los liberales son como ese cólera que asola Europa. Una peste que se extiende por todo el territorio cristiano. ¿Olvidas la rebelión republicana de París del mes de junio? Otros liberales insurrectos y antimonárquicos...

—Fueron repelidos en apenas una jornada. Te preocupas demasiado, hermano.

El abad se aproximó a Mateo con un gesto de confidencialidad.

—Me dicen fuentes de la Iglesia en Segovia que el rey, víctima de su enfermedad, ha firmado en La Granja la anulación de la Pragmática Sanción.

—¡Ah! Pero entonces, si él muere, ¡sería rey el infante Carlos!

—Sí, y ya no sé qué conviene más a la Iglesia. Carlos

habrá de protegerla, pero ¿qué hará Isabel, una inocente criatura que apenas sabe hablar? Si la regencia cae en manos de su madre, solo nos queda rezar para que sepa llevar el país con mano recta y cristiana, sin dejarse emponzoñar por el ánimo liberal.

Quedaron ambos hermanos discutiendo posibilidades y salidas políticas, pero sobre todo estudiando las consecuencias que a ellos pudiese traerles la forma en que se movía el mundo. Sin duda, eran años de cambios, de olvido de tradiciones ancestrales para dejar paso a unas nuevas, de manejarse entre el peso del Antiguo Régimen y el del futuro: la modernidad, la Ilustración, la ciencia. La progresiva libertad e independencia de las clases que siempre habían servido a la nobleza y la Iglesia resultaba inquietante. No saber qué iba a pasar, el cambio constante de las normas y valores, generaba en el abad una incertidumbre difícil de soportar. Antes de despedirse, el abad pareció querer hacer una advertencia a su hermano.

—Casi lo olvidaba. ¿Recuerdas a Franquila, el muchacho que ayudaba en la botica?

—Ni me lo nombres, hermano —replicó el doctor suspirando.

—Habré de hacerlo solo para prevenirte. Me han llegado nuevas de Madrid, y entre otras más relevantes he sabido que el muchacho parece que termina ya su grado de bachiller. ¡Realmente encomiable, en solo un año!

—¿Qué pretendes decirme, hermano?

—Nada que no puedas suponer por ti mismo, Mateo. Tal vez Franquila regrese a Santo Estevo, y no tendré motivo alguno para negarle la entrada. Para él esta es su casa y con nosotros siempre ha tenido un trato decoroso y amable.

—¿Acaso ahora conviven los bachilleres con los monjes?

—No, pero fray Modesto es de edad avanzada, y tal vez precisemos de alguien que continúe con su labor. La botica supone unos buenos reales de ingresos al año, y no hay en el monacato ningún hermano que disponga de los conocimientos de fray Modesto para atenderla en condiciones.

—Ah, ¿y por qué no formáis a algún novicio?

—¿Novicio? Hermano, hace ya más de cuatro años que no recibimos en este monasterio ninguna nueva vocación. ¡Cuántas veces te habré dicho que el mundo está perdiendo su fe, su respeto a la Iglesia!

—Pero no podéis permitir que un seglar gestione vuestra farmacia...

—¿No? ¿Y qué nos lo prohíbe? Ya se ha hecho en otros monasterios benedictinos, hermano.

El doctor Mateo Vallejo miró a su hermano con atención, escrutándolo. Tuvo la intuición de que le ocultaba algo, pues sus gestos eran similares a cuando, siendo chiquillos, se inventaba mentiras para burlar los azotes de su padre.

—Di, ¿qué no me has contado?

El abad se levantó y se dirigió en silencio hacia la ventana, desde donde contemplaba el breve pueblo de Santo Estevo. Suspiró con cansancio.

—El muchacho nos ha escrito para solicitar colaboración en la botica. Hará prácticas en una farmacia de Ourense, pero reclama un puesto auxiliar en la botica para completar su formación. —El abad se volvió hacia su hermano—. Los conocimientos que ha adquirido en Madrid pueden resultarnos útiles, y más ahora, con las pestes y plagas que asolan Europa. El prestigio de una botica monacal y la confianza que el pueblo deposita en ella nunca los podrá tener una farmacia, pero me temo que el tiempo y los adelantos médicos terminarán por hacernos caer en desuso; tal vez lo que haya aprendido Franquila nos resulte conveniente.

—¿Ya has respondido su carta?

—Todavía no.

Mateo Vallejo suspiró. No tenía nada personal en contra del muchacho, pero la posibilidad de que terminase cortejando a Marina le parecía inadmisible; sus distintas clases sociales, su educación de cuna..., ¿cómo se presentaría aquella pareja en sociedad? ¿Sabría siquiera aquel joven comportarse ante su familia en Valladolid? El doctor miró a su hermano con seriedad.

—Pareces no querer darte cuenta de que ese huérfano, muy probablemente, pretenda a tu sobrina.

El abad se encogió de hombros.

—¿Y qué habría de malo en ello?

—Ah, ¡se nota que no eres padre! Puedo asegurarte, hermano, que pensaba para ella un futuro mejor que el casarse con un criado.

—Bachiller.

—Como si termina siendo doctor... Sin apellido, sin patrimonio y sin nada que pueda dar sustento estable a Marina.

—Exageras. Además, tal vez sus pretensiones sean amistosas, no románticas. Hace mucho que no se ven.

—Conozco a mi hija —negó el doctor frunciendo el ceño—, y su encaprichamiento por ese muchacho no es liviano. Estoy considerando enviarla junto a nuestra hermana durante una temporada.

—Oh, ¿a León? Que el Señor me perdone por menospreciar tu carácter, pero dudo que soportases esa separación con entereza, hermano. Ambos sabemos cómo disfrutas de la compañía de Marina y de su interés por tus asuntos y las ciencias. Anda, toma conmigo un trago de licor de hierbas e intenta disponer de un poco de calma y serenidad.

El abad le puso una mano sobre el hombro a su hermano, palmeándolo fuertemente como de costumbre y ofreciéndole una sonrisa burlona, que el doctor aceptó de mala gana.

Fueron pasando los días y el nombre de Franquila se fue diluyendo en su memoria, por lo que procuró ocuparse de otros asuntos y no de aquel problema que, de momento, era solo una posibilidad. Tal vez Marina ya hubiese olvidado al muchacho, pues él, en una larga charla, le había dejado claro que solo aceptaría para ella un marido con buena posición y educación a su altura, sin que ella hubiese dicho ni opuesto argumento alguno.

Quizás por eso estuviese el doctor tan intranquilo. Por la sumisión de ella. Por mucho que su hija hubiese cambiado al convertirse en mujer, él sabía que no era mansa. ¿Sería él capaz, como padre, de asegurarle un buen futuro a su hija? Esa posibilidad, desde luego, no incluía que pudiese desposarse con un muerto de hambre: le ofrecería una felicidad fugaz, que después la precipitaría a un abismo de decepciones. Su hija era demasiado joven para comprenderlo, pero él estaba convencido de que la pobreza y la necesidad eran capaces de agrietar todos los amores del mundo.

Una mañana de primeros de octubre, Marina se dispuso a bajar con Beatriz a la botica del monasterio para su clase semanal. Hacía ya casi un mes que no recibía correspondencia de Franquila, y su ánimo caminaba entre el enojo y la apatía. Había llegado a considerar que, tal vez, no fuese tan mala idea aquella de visitar a su tía en León. Un poco de aire nuevo, de ciudad y de nuevos rostros. Cuando fue a cerrar la ventana tras haber ventilado su cuarto, pudo ver un pequeño papel doblado sobre la repisa, bajo una de las hojas de la ventana, de modo que solo retirándolo podría cerrarla. ¿Quién lo habría puesto allí? Quien quiera que fuese, tenía que haberlo hecho aquel mismo amanecer. Lo abrió con curiosidad, y cuando lo leyó se asomó con urgencia, escudriñando los alrededores de la casa sin lograr ver a nadie.

Su primera intención fue bajar atropelladamente las escaleras y correr, correr rápido a algún lugar donde encontrar aquella voz que acababa de congelar el tiempo. Después, pensó en su padre, que se hallaría en el piso de abajo, y decidió fingir calma. Con insoportable prudencia ejecutó todas las tareas habituales previas a su salida y se despidió de su padre. Según bajaba la cuesta de Santo Estevo, miraba hacia todas partes. Buscaba respuestas en todos aquellos con los que se cruzaba, a los que interrogaba solo con la mirada sin que ellos se diesen cuenta. Apretaba a Beatriz el brazo más de lo normal, y la joven criada la miraba con extrañeza, sin acertar a saber qué era lo que sucedía. Cuando llegaron a la botica, fray Modesto las esperaba, como de costumbre, realizando preparados en la rebotica y consultando libros sobre hierbas y compuestos.

Marina apretaba el diminuto papel en su mano derecha sin dudar que las dos únicas palabras que estaban escritas en la nota eran para ella: «*Caveo tibi*». Miro por ti.

La joven miró a fray Modesto buscando en su mirada una luz, una explicación. ¿Dónde estaba Franquila? El monje sonrió y, con aparente normalidad, realizó una petición extraordinaria, pues hasta ese momento nunca había separado a Beatriz y a Marina en sus visitas.

—Marina, hágame el favor. ¿Puede ir a la huerta para traerme un poco de orégano y hierba luisa? Beatriz, no, no vaya con ella. Le agradecería que me ayudase aquí, a mover estos albarelos a aquella estantería. Será un momento y hará un gran favor a este viejo monje.

Marina supo al instante que fray Modesto la enviaba a un encuentro esperado desde hacía mucho tiempo. Se lo agradeció con la mirada, y lo bendijo por todas sus bondades. Sí, sin duda sería cierto que aquel monje había tenido una vida antes del hábito, pues Franquila le había contado una vez que sabía que fray Modesto había estado a punto de casarse. Con Beatriz no eran precisas aquellas precauciones, pero bien estaría tomar cuidado por si a su padre le diese por bajar a la botica. La joven salió a buen paso hacia la huerta monacal, y en el camino vio a un mozo de los que cuidaban el ganado y a dos monjes que caminaban hacia la iglesia. Durante el resto del trayecto, solo encontró piedras y silencio. Un silencio violento y vivo que le golpeaba los sentidos, pues los notaba atentos y en alerta. Llegó a la huerta del monacato y no vio a nadie. Entró y salió dos veces, como si hubiese sido posible haberse equivocado de sitio. Volvió a cruzarse con el acemilero, que apenas pareció percatarse de su presencia.

Confusa, Marina tomó las hierbas que le había pedido fray Modesto y volvió a inspeccionar la huerta, sin ver nada ni a nadie. Al salir por aquel arco de piedra, tuvo una sensación de suspensión, como si su cuerpo flotase dentro de la inmensidad de aquel bosque. Sin pensarlo, dirigió sus pasos a la vieja panadería. La cabaña permanecía allí, tan solitaria y abandonada como siempre, deshilachándose hacia un olvido inexorable. Marina se acercó a la puerta y la empujó con un solo dedo, logrando un suave chirrido que dejó la puerta entreabierta. Se adentró en la cabaña, esperando que su intuición no le rasgase lo poco que le quedaba de esperanza.

—Cuánto has tardado.

Marina dio dos pasos. Allí, en medio de la sala principal y ante la gran chimenea con sus hornos, estaba Franquila. Más delgado, quizás. Con unas ropas un poco mejores, de hombre de ciudad. El mismo gesto sereno en el rostro, el cabello rubio un poco más largo.

—Creí que estarías en la huerta. Fray Modesto dijo que... Yo entendí... —acertó a decir ella, nerviosa.

Al instante, se recriminó a sí misma por haber utilizado un reproche como saludo. Él dio unos pasos hacia ella.

—Allí no dejaba de pasar el mozo de cuadra. Sabía que vendrías aquí.

Franquila se acercó más, y se quedó a apenas medio metro de Marina, sin atreverse a tocarla.

—Estás bellísima. He pensado en ti todos los días... Ya soy bachiller, Marina. Te prometí que volvería. ¿Por qué lloras? ¡Marina! —Él la tomó de las manos—. ¿Ya no me quieres? He vuelto por ti...

—Yo, yo... No sabía... Hace un mes que no... Tal vez conociste a alguien en Madrid, una joven que...

—Marina.

Y sucedió un beso que al principio a ambos les pareció ajeno, como si se lo diesen otros cuerpos, como si ninguno de los dos fuese ya el mismo. Después, la alquimia más extraordinaria y antigua los reconcilió con su propia carne y se reencontraron, obligándose a sí mismos a separarse. Franquila sonrió.

—Le he prometido un encuentro decoroso a fray Modesto, no podemos demorarnos.

Y así, sin dejar de mirarse, de tocarse y de reaprender los rasgos de sus rostros, Franquila le explicó a Marina que no le había escrito porque llevaba más de dos semanas viajando, pues había tenido que cambiar de transporte en varias ocasiones y había logrado el pasaje solo con favores y trabajos, pues todavía carecía de dinero y de ahorros. Sabiendo que el padre de Marina prohibiría que ella contrajese matrimonio con un muchacho en tales condiciones, no le quedó más remedio que hacerle saber sus dudas a la joven.

—Creo que conseguiré licenciarme y tener un buen trabajo, Marina. Pero los comienzos serán duros, y no podré ofrecerte lujos. Tal vez ni siquiera pueda ofrecerte casa propia... Y me da miedo que esta austeridad te angustie y te incomode demasiado, que dejes de quererme. Pero si tú me aceptas, Marina, yo haré lo posible por ganar buenos dineros, y tú podrás trabajar conmigo en la rebotica y ejercer de curandera.

—¡No me importa! Viviré contigo en una cuadra si hace falta, Franquila.

Él sonrió.

—No llegaremos a tanto. ¿Estás segura?, ¿no dejarás de quererme sin todas las comodidades que tú...?

Ella le tapó la boca con la mano, emocionada.

—¿Pues cuántas tonterías eres capaz de decir? Mi felicidad está desprovista de lujos porque es libre, y solo deseo estar contigo y continuar mis trabajos y mi libro de remedios.

—¿Tu libro...? —Él la miró con asombro, respirando

profundamente y volviendo a besarla con esa entrega desproporcionada que solo sucede en los primeros pasos del amor—. Ven —le dijo—. Vayamos a la botica a hablar con fray Modesto, pues ya debe de estar esperándonos. —La tomó de la mano y la miró a los ojos—. Mañana llevaremos a cabo la segunda parte de mi plan.

Ella lo miró con curiosidad y, mientras él hablaba, ambos salieron de aquel bosque de los cuatro vientos para adentrarse en las piedras del monasterio.

24

Todo era calma. En la cafetería del parador sonaba música instrumental, *Amanecer*, de Carlos Núñez; se oían distintas flautas y gaitas, y hasta un violín, que evocaban claramente la cultura celta y traían la belleza y la calma a todos los que escuchaban.

Pero a Jon Bécquer, justo aquel día, ni la magia de la música ni el encanto del lugar donde se encontraba podían sustraerlo de sus preocupaciones. ¿Dónde demonios estaría Amelia? ¿Acaso pensaba que él iba a creerse que trabajaba en fin de semana? Y en cuanto a Alfredo Comesaña, ¿de verdad no había nada en su autopsia?, ¿le había dado un infarto, sin más? Y aquel misterioso monje, que por cierto corría como un galgo..., ¿quién sería? ¿Y por qué huir?

Jon terminó su sándwich y se encaminó hacia recepción. Preguntó por Rosa, que era la que más parecía conocer la historia del monasterio. Le pareció una fatalidad del destino que justamente ese día la joven tuviese su jornada libre. La misma chica en prácticas que lo había atendido por la mañana, sin embargo, lo sorprendió gratamente.

—No he podido averiguar nada sobre esos túneles que me ha dicho, señor Bécquer, pero por si le sirve de ayuda, hoy vamos a tener aquí un espectáculo medieval.

—¿Un qué...?

—Un..., a ver, es como un paseo teatralizado. Como me dijo lo del monje, pensé que le gustaría saber que podía haber algún actor disfrazado por aquí. Para que se quede más tranquilo —añadió con una ironía que Jon percibió claramente.

—Pero vamos a ver, lo del paseo ese... Quiero decir que ayer la Guardia Civil...

—Alguien había empezado a hacerlo —atajó la joven, que estaba claro que no tenía ni idea de quién era Bécquer—, pero ahora está... indispuesto, así que creo que la jefa de recepción contrató a otro actor para esta noche, que llega una excursión de jubilados desde Zamora.

«La madre que la parió, Comesaña la ha palmado y ella dice que está *indispuesto*.»

—Y ese actor nuevo, ¿sabe quién es?

—No, lo siento. Deben de haberlo contratado de aquí, del pueblo. ¿Quiere que le apunte para el paseo nocturno? A la gente le suele gustar mucho.

—No, gracias... ¿A qué hora es?

—A las diez.

Jon se despidió de la joven recepcionista y se anotó la hora para ir a ver a aquel misterioso monje; pensó que su hábito, al menos, sería capaz de reconocerlo, y desde luego tenía un par de preguntas que hacerle. Ahora solo tenía que subir a Santo Estevo para tomar el café en casa del profesor, que de momento era la única persona del pueblo en la que confiaba. Habían hablado aquella mañana por teléfono, y Jon le había contado a Germán todo lo que le había sucedido hasta entonces, incluido el episodio con el monje misterioso; el viejo profesor había prometido echarle una mano en todo lo posible. Ambos acudirían juntos por la tarde al entierro de Comesaña en el pequeño cementerio de Santo Estevo. El profesor lo haría por cierta complicidad no escrita ante la muerte, además de por costumbre y educación vecinal. El joven antropólogo, por curiosidad: ¿no iban acaso todos los investigadores de las novelas a los entierros de las víctimas? ¿Y no era él mismo, como todo el mundo se empeñaba en decir, un detective? Pues allí estaría.

Según subía la cuesta del pequeño pueblo de Santo Estevo, Jon se encontró a Lucrecia, que ese día más que nunca parecía una caricatura de sí misma. El excesivo maquillaje, el moño exageradamente cardado, las carísimas joyas inconexas con la ropa, antiguas como su dueña.

—Coño, mira a quién tenemos aquí. Si es nuestro querido detective.

—¿Cómo está, Lucrecia?

—¿No me ves? Hecha un carajo, pero funcionando. Me coges de camino al parador, que me iba a leer la prensa. ¿Aún no te has cansado del pueblo?

—Ya ve, todavía no.

—Y tus anillos, ¿los encontraste?

—Tampoco.

—Válgame Dios, qué pérdida de tiempo. —Ella lo miró con una sonrisa maliciosa—. A lo mejor tenías que marcharte ya, no vaya a ser que te encuentren ellos a ti. Las reliquias no son cosa de broma.

—Eso parece —replicó Jon aguantándole una mirada cargada de significados que él no alcanzaba a apreciar. No sabía si lo estaba amenazando o si se trataba de otro juego mordaz de aquella mujer—. ¿Va a ir al entierro?

—Claro, coño. ¿Cómo no iba a ir? Pobre muchacho...

—Sí. Me parece increíble que tuviese un ataque al corazón, tan joven.

Lucrecia guardó silencio, limitándose a asentir. Jon dudó sobre si continuar o no su investigación con la anciana.

—Bueno, pues nos veremos después en la iglesia. ¿Vendrá Ricardo? Quería preguntarle sobre unos túneles que he encontrado esta mañana.

—Ese no viene. Está malo, tiene que descansar... No está ni para túneles ni para *túnelas*.

—Claro —asintió Jon—. A lo mejor usted sí sabe...

—¿Yo? Yo qué coño voy a saber... Yo lo que quiero es irme para mi Madrid y dejar este agujero. Si puedo, mañana mismo hago el petate.

El profesor se quedó sin saber muy bien qué decir y

continuó tratando de usted a Lucrecia, a pesar de que ella le hablaba con la confianza del tuteo.

—A ver si antes de irse me enseña sus calabozos, me encantaría verlos.

—Cuando quieras. Que no es la Capilla Sixtina, ¿eh? Aunque si vas acompañado tiene su gracia. Pero que conste que yo no bajo sola jamás, me da repelús. Ese sótano es profundo como el infierno. ¿Quieres ir ahora? —le preguntó, haciendo ademán ya de volver hacia su casa.

—No, no, gracias. No puedo. He quedado con Germán para tomar el café. A ver si por fin conozco a su mujer, que al final nunca me la presenta.

Lucrecia miró con nuevo gesto a Jon, como si él fuese un simple objeto al que admirar con curiosidad. La expresión de su rostro resultaba indescifrable.

—Hay que joderse —murmuró por fin, bajando la mirada—. Si es que aquí están todos como putas cabras. —Lucrecia alzó la vista y miró a Jon a los ojos—. Linda murió hace ya dos años.

—¿Qué? ¿La mujer de Germán...? Tiene que ser un error, ella no puede... él...

Jon, incrédulo, siguió con la mirada el camino ascendente, en el que se veía ya la antigua casa del médico, el acogedor hogar de su amigo el profesor.

—La vejez solo suma soledades, detective —dijo ella, mostrando por primera vez un poco de humanidad en el color de su voz.

Jon creyó percibir cierta lástima en la mirada de Lucrecia cuando también volvió el rostro hacia la casa de Germán.

—Al menos me consta que la incineraron —continuó ella, recuperando su habitual tono cáustico—, que si no ese gilipollas sería capaz de tenerla embalsamada en el dormitorio.

De pronto, Lucrecia estalló en una carcajada, que a Jon le pareció tan cruel y sincera como desgarrada. La risa de Lucrecia era un estallido contra el mundo, como si con ella lanzase una burla grotesca contra sí misma.

Jon terminó por despedirse esquivando todos los dardos que era capaz de lanzar por la boca aquella mujer, y cuando se encontró ante la puerta de la antigua casa del médico se detuvo un buen rato, dudando qué sería más conveniente decirle al profesor. ¿Estaría loco? ¿Cómo demonios no se había dado cuenta? Era antropólogo, estaba entrenado para observar a las personas y diseccionarlas de un solo vistazo. Era capaz de absorber los detalles más significativos de la gente y adecuarlos a la idiosincrasia del lugar donde viviesen... Tal vez se había sobrevalorado a sí mismo, a su intuición y a su experiencia con la interminable lista de prototipos de personas que se encontraba a diario. O quizás, y posiblemente, todos los dementes de aquel pueblo eran mucho más listos que él.

Por fin, se decidió a llamar a la puerta. Cuando Germán le abrió, lo saludó afectuosamente y lo dejó a su aire, pendiente del café, que ya parecía estar listo sobre la cocina. Jon cerró la puerta y se quedó en el recibidor, quieto, sin atreverse a pasar.

—Germán.

El joven dijo el nombre como una afirmación, con un tono marcadamente serio. El profesor se volvió y, con gesto interrogante, se lo quedó mirando en silencio.

—¿Y su mujer? —preguntó Jon de forma deliberadamente lenta—. ¿Echando la siesta?

Germán miró a Jon al fondo de los ojos durante unos segundos. Después, bajó la vista con gesto tranquilo y, como si no hubiese sucedido nada, se puso a servir el café en las dos *cuncas* que ya tenía preparadas. Resultaba evidente que el anciano se sabía descubierto, pero durante los primeros instantes actuó como si la pregunta del antropólogo hubiese carecido de importancia.

—¿Alguna vez has perdido a alguien, Jon? —le preguntó por fin, sin volverse—. A alguien que te importase de verdad, quiero decir.

—Han muerto algunos familiares, sí.

—¿Y los echas de menos?

—Supongo. Pero la vida sigue.

Germán se dio la vuelta.

—No estoy loco, Jon. Es solo que me resulta más fácil continuar si a veces hago como que no se ha marchado, ¿entiendes? Pero sé que está muerta.

Jon aflojó el gesto, aliviado por atisbar cordura en el profesor. Ambos se acercaron al salón, y Germán puso las tazas sobre la mesa, junto a una tarta de manzana que parecía recién hecha.

—En realidad voy a buscar los dulces a Luíntra, yo no sé nada de pastelería —confesó Germán señalando la tarta—. Perdona si te he molestado... Pensar que Linda sigue aquí me hace sentir mejor.

—Pero no está, Germán. Al final esto solo te acabará haciendo daño.

—Bueno, muchacho, no creo que nada pueda dolerme más que su ausencia. ¿Por qué crees que sigo viniendo a Santo Estevo? Esta casa fue capricho suyo, y todo sigue como ella lo dejó. ¿Crees que sería más feliz intentando olvidarla, o yéndome de viaje a Benidorm con otros jubilados? —El profesor se detuvo en su reflexión, como si hubiese dado con un nuevo argumento que no hubiese considerado hasta entonces—. Hacemos mal en querer olvidar, Jon.

Sobrecogido por la dignidad y la franqueza con la que le hablaba el profesor, Jon Bécquer no pudo evitar sentir admiración por aquel hombre aferrado al recuerdo. ¿Sería él capaz de sentir algún día un amor incondicional como aquel, tan ciegamente leal? Quizás él renunciaba a sentirlo por miedo a terminar como sus padres, por pánico a perder aquella partida y a ahogarse, como su madre, en el desamor. Tomaron el café en silencio, y el anciano esperó a que Jon decidiese si mantendrían su relación amistosa o si se levantaría para no volver a verlo nunca más. Por fin, el antropólogo se decidió a hablar, y lo hizo mirando hacia el imponente lienzo del viejo marinero.

—Cada vez que veo este cuadro parece que cuenta

una historia diferente. ¿Qué pone ahí, en el libro que está abierto sobre la mesa? ¿Leviatán?

Germán sonrió, íntimamente satisfecho con la decisión que Jon acababa de tomar.

—Sí, al parecer a este marinero le gustaba leer sobre monstruos marinos. Sabes qué es el Leviatán, ¿no?

—Un bicho grande, por lo que imagino.

El anciano se rio.

—Algo así. Un ser celestial que pasó a servir a las fuerzas malignas... Creo que viene del Antiguo Testamento.

—¿Y eso también será una pista sobre el marino? A lo mejor era un buen hombre que cometió alguna maldad.

—Quién sabe, es una reflexión interesante.

—Aplicable al cuadro y a su dueño, por supuesto —añadió Jon con una sonrisa amistosa—. ¿No eran los objetos los que portaban la memoria?

—Muy agudo —asintió el profesor con una sonrisa de reconocimiento—, pero en mi caso no tienes de qué preocuparte, no tengo más secretos para ti; y para que lo sepas, ese cuadro ya estaba en esta casa cuando la compré, creo que ya te lo había dicho.

—¿En serio? Es verdad, me suena que comentaste algo de que lo encontraste envuelto en mantas, ¿no?

—Sí, Maceda dejó unos cuantos cachivaches aquí dentro; Linda los tiró casi todos, pero el cuadro lo salvamos y le pusimos un marco nuevo.

—¿Esta casa era de Ricardo Maceda? —preguntó Jon en un tono cercano a la exclamación.

—Claro, como varias en Santo Estevo. Los Maceda siempre han mandado por aquí. La habían arreglado un poco para una hermana de Lucrecia, para que pasase aquí el verano, pero al final los hijos no querían venir y, en fin..., la terminaron vendiendo.

—Vaya, cada día me entero de algo nuevo en este pueblo, y mira que sois cuatro gatos. Ya te he contado lo que me ha pasado hoy en los túneles con el monje y...

—Ah, ¿sabes que sí he averiguado algo sobre eso?

Después de que me llamases fui a casa de Antón, y me contó que son las canalizaciones de agua del monasterio... Casi medio kilómetro de túneles de piedra.

—¿Medio kilómetro? Pues menos mal que no seguí caminando, casi me ahogo allí dentro. ¿Y sabes si tienen salida?

—Sí, me contó Antón que muy cerca de la iglesia había un gran lavadero, un pilón adonde iba a salir el agua. Ahora está tapado por la maleza, pero seguro que aún se puede llegar hasta ahí. Quizás el monje que perseguiste se escurrió por el hueco. Hombre, algún rasguño se haría, desde luego, pero no debe de ser complicado si sabes por dónde andas...

—Ya... ¿Y quién puede conocer algo así? Solo gente de la zona, ¿no?

Germán se encogió de hombros.

—No sé, yo llevo viniendo aquí veinte años y no tenía ni idea de que esas canalizaciones estaban ahí, así que ya ves —dijo soltando un largo suspiro. Luego, cambiando de tema, reflexionó—: Creo que será mejor que yo también venda esta propiedad y me quede en Pontevedra. La soledad no es buena, uno imagina cosas que no son. —Miró a Bécquer con cierta derrota, para terminar guiñándole un ojo.

Pasaron un rato más charlando y degustando aquella tarta de manzana y otro café, haciendo tiempo para bajar al entierro y atendiendo a las teorías de Jon sobre los nueve anillos y el posible asesinato de Alfredo Comesaña.

—Estás empeñado en que lo mataron, pero no tienes ninguna prueba. ¿No te estarás obsesionando, chico?

—Puede ser, ya no sé qué pensar.

Cuando llegó la hora, Jon y Germán bajaron dando un paseo hacia la iglesia de Santo Estevo. Atravesaron su umbral y su fascinante rayo de luz azul, para sentarse en uno de los bancos, aunque no había mucha gente. Bastantes caras desconocidas, y una Lucrecia sentada muy recta, como si fuese ella la protagonista de aquel funeral, que fue oficiado por el padre Julián. A Jon le sorprendió la agilidad de aquel anciano para realizar su trabajo, cuando en la práctica le costaba hasta caminar.

Al terminar el oficio, todos salieron hacia el camposanto, al lado de la entrada. Jon pudo ver al sargento Xocas, que al parecer había ido solo y vestido de paisano, quizás por asistir al acto con mayor discreción. El sargento lo saludó con un gesto de la cabeza, indicándole que hablarían después, cuando terminase el entierro. Mientras dos hombres retiraban una lápida para colocar el ataúd bajo tierra, comenzó a sonar una melodía que a Jon le sonaba vagamente. Otra vez aquel aire celta, lejano y atávico. ¿Aquella no era Luz Casal?

Si cantan, es ti que cantas;
Si choran, es ti que choras...

Mientras se desgarraba el ambiente con aquella melodía, Jon pudo sentir cómo todos guardaban un silencio sepulcral y respetuoso. Era un silencio que iba más allá del muerto, que no parecía tener allí muchos familiares. Solo un hombre de mediana edad había recibido algún discreto pésame, y Jon creyó escuchar que se trataba de un hermano del finado, venido desde Alemania con su mujer. Pero hasta Jon pudo percibir que aquel silencio no solo se fortificaba como una sencilla muestra de respeto: allí se callaba porque acababa de pasar la muerte, a la que se le hacía una muda reverencia.

—Germán, esta música... —susurró Jon al oído del profesor de arte—, ¿por qué la ponen en un entierro?

—Algunos lo hacen. Desde que salió la canción, la he escuchado en algún funeral. El padre Julián siempre la pone.

—Qué moderno.

—Bueno, todo lo moderno que sea escuchar un poema del siglo XIX. La letra es de Rosalía de Castro; sabes quién es, ¿no?

El viejo profesor miró a Jon con gesto de duda, cuestionando la imposibilidad de que desconociese a una autora que era tan venerada en Galicia.

—Claro que la conozco, pero no he leído nada suyo —reconoció Jon en un suave susurro—. La melodía es bellísima, pero muy triste.

—Claro. Porque habla de la sombra negra.

—¿De la qué?

—De la muerte —murmuró Germán, apurado por si elevaban demasiado la voz y alguien les llamaba la atención—. Algunos dicen que es la conciencia, otros la tristeza... Pero yo te digo que la negra sombra es la muerte. Escucha.

Jon prestó atención e intentó traducir mentalmente lo que estaba escuchando, mientras en el camposanto todos permanecían en silencio, sin lágrimas estridentes ni muestras de dolor ni lamentos. Los gallegos, sin duda, debían de provenir de espíritus del norte, porque habían hecho del frío el más cálido de los abrigos. Eran perseguidos y acechados, como todos, por la negra sombra de la muerte, pero ellos sabían que cuando alguien cantaba era ella la que entonaba la melodía, y que cuando alguien lloraba era ella la que sujetaba el lamento.

Cuando por fin terminó el entierro, Jon sintió una nostálgica pureza, un sentimiento de autenticidad que nunca antes había experimentado. Lamentaba la muerte de Comesaña, pero más por la responsabilidad que él pudiese tener en ella que por el afecto que le pudiese profesar, que era ninguno. Sin embargo, algo había sucedido en aquellos minutos. Quizás fuese por el ambiente atemporal que les brindaba el bosque que los rodeaba, más viejo que todos los presentes. O quizás por la música, o el impresionante silencio del camposanto y las miradas llenas de agua y piedra. Sin pretenderlo, Jon había llegado a sentir una comunión indescriptible con aquel lugar y con aquellas personas, que en su mayoría eran desconocidas. Como si cada entierro fuese el de todos, como si cada lágrima correspondiese a las tristezas que acompañaban a cada cual, y que ahora eran compartidas. Jon pensó en su madre, su constante preocupación. Ella significaba la belleza y la luz, pero era como la muerte, porque habitaba en él y nunca dejaría de hacerlo.

Jon se despidió de Germán y se encaminó hacia el sargento, pero por el camino no pudo esquivar al padre Julián, que lo saludó afablemente.

—Señor Bécquer, *non lle* esperaba por aquí. ¿Conocía al finado?

—¿A quién? Ah, sí, bueno..., muy poco.

—Con la gente joven siempre parece más difícil el duelo, pero este pobre ya está con el Señor. Pensé que lo conocía bien, me pareció verlo emocionado, *fillo*.

«Joder, es que ponéis esa musiquita y claro.»

—¿Yo? Ah, no, no... —Jon no sabía muy bien por dónde salir y buscaba desesperadamente cambiar de tema—. Ay, padre, ahora que me acuerdo, ¿sabe la lápida que tienen aquí? —preguntó señalando tras la espalda del religioso—. La que pone «Marina» y «Fue como un sueño», ¿sabe a quién perteneció?

El anciano cura se lo quedó mirando, y a Jon le recordó la forma en que Lucrecia lo había observado cuando él le había hablado de la mujer de Germán. Aquí no podía haber aquel problema, porque él ya sabía que aquella tal Marina estaba muerta desde el siglo XIX.

—¿Cómo que a quién perteneció? ¿No se lo dijo Amelia?

—¿Amelia? No, no me dijo nada.

—*Fillo*, ¿quién cree que le pone flores?

Jon se quedó inmóvil unos segundos, asombrado de sus propios pensamientos y suposiciones, que se apelotonaban en su cabeza.

—¿A... Amelia?

—Claro, *fillo*. Es descendiente de Marina. *Penso que foi filla do médico* de Santo Estevo, pero por lo que me contaron no vivió aquí mucho tiempo. Solo mandó que la enterrasen en este camposanto. Al parecer tenía aquí una criatura que murió al nacer y quiso descansar a su lado.

—Ah. Debió de ser una mujer... interesante. Lo digo por el epitafio.

El anciano cura se encogió de hombros, riéndose suavemente y con un brillo de travesura en los ojos.

—*Todas as mulleres son interesantes, fillo.*

El religioso le dio la mano al joven y se despidió, dándole la irracional sensación a Jon de que aquella sería la última vez que vería al padre Julián. El grupo de asistentes había comenzado a dispersarse, y el sargento Xocas Taboada esperaba a Jon apoyado en la pared de entrada del parador; tenía los brazos cruzados y lo miraba de esa forma cáustica tan típica de él, como si todo le resultase viejo y asombroso al mismo tiempo, como si la vida fuese una sorprendente y larguísima broma.

—¿Un café, profesor?

Jon asintió y en dos pasos llegó a la altura de Xocas. Ambos, como si ya fuesen viejos amigos, fueron caminando hacia el claustro de los Caballeros.

—Espero que no le hayan sucedido más incidencias desde esta mañana, no nos está usted dando descanso a los monjes y caballeros templarios de la zona.

«Muy gracioso», pensó Jon, que, mirando al suelo, metió las manos en los bolsillos según caminaba. Sabía que el sargento no lo tomaba completamente en serio, pero le caía bien. A fin de cuentas, oficialmente no había habido ningún crimen, y, sin embargo, estaba allí, acompañándolo.

—No, todo ha estado tranquilo. Me he tomado una copa en el Santo Grial y ya ve, aquí estaba tan feliz, esperándole en un entierro. Lo típico.

—Al menos conserva el humor.

—Con el día que llevo, me conservo. Menos es nada.

El sargento sonrió, ajeno a todos los pensamientos que bullían dentro de la cabeza de Jon. No solo había tenido que correr persiguiendo a un monje por unos túneles centenarios aquella misma mañana, sino que había descubierto que el único hombre al que consideraba normal en aquel pueblo hablaba de su mujer muerta como si estuviese viva, y que Amelia, *su* Amelia, también le había mentido. ¿Por qué demonios no le habría dicho que era tataranieta o lo que fuese de aquella tal Marina? Habían estado allí mismo, hablando ante su lápida. ¿Y por qué no le cogía el teléfono? Aquel ridículo mensaje en su móvil le parecía cada vez más extraño, más impropio de ella.

Jon y Xocas se sentaron en la galería acristalada que daba al gran claustro ajardinado, donde la luz del atardecer ya prometía el beso próximo de la noche.

—He hecho algunas averiguaciones, señor Bécquer. Los túneles que encontró tienen casi tres siglos, son las antiguas canaliz...

—Las antiguas canalizaciones de agua del monasterio, ya lo sé —le interrumpió Jon alzando la mano—. Me consta que le gusta ir al grano, sargento, así que hagámoslo. Acabo de saber que esos túneles tienen casi medio kilómetro de largo y que disponen de salida aquí al lado, cerca de la iglesia, pero no he tenido tiempo de comprobarlo.

—Vaya... —Xocas no se molestó en disimular su sorpresa—. ¿Y cómo lo ha sabido?

—¿Y usted?

—Ya empieza a parecer gallego, respondiendo con una pregunta.

Jon sonrió, cansado.

—No le digo yo que no.

—Yo llamé a la directora del parador, pero se había marchado a una reunión a Madrid, así que contacté con Rosa.

—La jefa de recepción.

—Exacto; me ha atendido a pesar de tener el día libre. ¡Una gran chica! La verdad es que sabe mucho del viejo monasterio, y fue ella la que me contó lo de los túneles.

—A mí me lo ha dicho Germán, que se lo había contado Antón, el antiguo vigilante.

Xocas asintió, agradecido por primera vez del gran

detallismo que había tenido el profesor contándoles su paso por Santo Estevo, pues ahora conocía a medio pueblo a través de sus ojos.

—Ya veo que ha tirado de sus fuentes locales, Bécquer. He averiguado también algo en relación con su monje. Me dijo Rosa...

—Que había contratado otro monje para lo del paseo teatralizado, que vienen unos jubilados esta noche, también lo sé.

—Vaya, vamos a tener que contratarle en la Benemérita, profesor.

—Tienen una chica en prácticas en recepción que me lo ha soplado —explicó Bécquer.

Xocas lo miró con un gesto de amable desafío.

—Pero no le ha dicho quién es.

—¿Y usted lo sabe?

—Saber las cosas es mi trabajo. He quedado con el chico aquí en..., a ver... —dijo el sargento mirando su reloj de pulsera con gesto despistado—, cinco minutos.

—¿El monje va a venir aquí? ¿A la cafetería del parador?

—Podía haberlo citado en un lugar más épico para hacerle a usted los honores, pero qué quiere que le diga, en la cafetería resultaba más práctico.

—¿Y quién es? ¿Le dijo por qué huyó al verme?

—Si le digo la verdad, yo no conozco al chico, pero es un crío de diecinueve años, de Luíntra. Al parecer conocía a Comesaña del supermercado, y Rosa necesitaba a alguien que lo sustituyese para el paseo de esta noche, que ya estaba pagado. Hablé con él por teléfono y me dijo que había ido al bosque a recoger flores de invierno, no sé cómo se llaman..., *pan de porco*, creo —le explicó, haciendo memoria—, bueno, da igual. El caso es que las necesitaba para adornar el refectorio cuando llegasen los turistas.

—¿Y por qué huyó?

—Me dijo que se había asustado, que no se esperaba encontrar a nadie allí, en mitad del bosque.

—Ya... —se limitó a replicar Jon, en un tono que evidenciaba que no se creía aquella explicación en absoluto.

De pronto, se acercó a ellos un joven de estatura media y cabello claro descontrolado; su vista se desviaba constantemente hacia el suelo, y no miraba a los ojos al hablar.

—Sargento... Es usted, ¿no? Me llamo Óscar Mate, hablamos antes por teléfono...

—Me ha reconocido... —se sorprendió Xocas, que al no llevar uniforme pensaba que pasaba más desapercibido.

—Lo conozco de verlo por el pueblo.

—Entiendo... Gracias por venir, Óscar.

—Tenía que pasarme igualmente para dejar todo preparado.

—Se lo agradezco de todos modos. Quería aclarar el incidente de esta mañana. Ya ve que estoy aquí con el señor Bécquer, que es a quien se encontró en el bosque.

El antropólogo no pudo evitar intervenir.

—¿Se puede saber por qué escapaste al verme? ¡Yo no te había hecho nada!

El muchacho, sin levantar la vista del suelo, se encogió de hombros en un gesto un poco afeminado.

—Me asusté. No pensaba que hubiese nadie escondido allí cerca.

—¡Yo no estaba escondido! ¡Estaba explorando un *sequeiro*, nada más!

El sargento movió ambas manos pidiendo calma y señalando con la mirada al jovencito, sin que resultase necesario explicarle a Bécquer que el muchacho era extraordinariamente tímido y que estaba nervioso. El profesor intentó suavizar el tono, ser amable.

—A ver, te pedí que parases, que no iba a hacerte nada. No entiendo...

—Me asusté, fue la sorpresa de encontrarme a alguien en el bosque. Me asusté —insistió el chico.

—¿Tanto como para dejarte el cesto que llevabas allí tirado? ¡Pero si yo no te había hecho nada!

—Iré ahora por las flores, aunque ya no deben de valer para nada: el ciclamen sin agua se arruga enseguida —farfulló, casi en un susurro.

Jon frunció los labios.

—¿Y por qué ibas disfrazado? El paseo para los turistas es por la noche.

—Estaba haciendo fotos por el bosque, para Instagram, para promocionar los paseos... Ahora me voy a encargar yo, los pagan muy bien —añadió, como si resultase preciso justificar su nuevo empleo.

—Ya, claro, ¿y las fotos te las hacías a ti mismo?

El chico levantó la vista por primera vez, con gesto de extrañeza.

—Se apoya la cámara en un árbol con el temporizador y ya está. No iba a llamar a mis amigos un día de semana para eso, a esas horas.

—Cómo que a esas horas. ¡Pero si eran las diez de la mañana!

—Bueno, es temprano. Fui a esa hora porque con la niebla quedan mejor las fotos.

—Un temporizador, Bécquer —suspiró el sargento, que con un arqueo de cejas evidenciaba lo lógico de la explicación y lo aparentemente ridículo y simple del incidente.

Sin embargo, y tras hacerle algunas preguntas más al chico antes de dejarlo marchar, él y Bécquer cruzaron sus miradas y coincidieron, sin necesidad de palabras, en la inconsistente pero firme sensación de que aquel joven les había mentido.

Marina

Fue como si nada hubiese pasado, como si Franquila se tratase de un simple forastero que acababa de llegar al pueblo. Cuatro días a la semana los pasaba en Ourense, y el resto del tiempo trabajaba en la botica y descansaba en una casa pequeña que el monacato le había cedido a la entrada de Santo Estevo.

Nunca coincidía en la botica con Marina, pues cuando ella tenía clase él se encontraba en Ourense, y si algún día se cruzaban en las calles de Santo Estevo se saludaban cortésmente, sin apenas hablar. El doctor observó esta situación, al principio, con desconfianza. Después, se maravilló de los efectos que su discurso había tenido sobre su hija y pensó, satisfecho, que había hecho un buen trabajo. Que ella había comprendido que, por lógica, solo debería casarse con un hombre de clase y formación similar, un hombre de bien. Su hija, desde luego, tenía buen corazón, y ya no le cabía duda de que incluso cuidaría de él hasta su vejez con la mayor de las dedicaciones.

El invierno llegó y con él se adormecieron el sol y las preocupaciones, pues todo, incluso los asuntos de palacio, pareció quedar en suspenso. Sin embargo, nada más comenzar el mes de enero de 1833, el rey Fernando VII restableció la Pragmática Sanción, renovándose el debate nacional sobre su sucesión, pues su estado de salud era cada vez más delicado. Al poco tiempo, y como si se tratase de un anuncio de los males que estaban por venir, llegó el cólera al puerto de Vigo, aterrorizando a la población. El abad de Santo Estevo, Antonio Vallejo, mandó tomar todas las precauciones posibles en el trato con forasteros y peregrinos, pues Ourense apenas estaba a veinticinco leguas de distancia de Vigo.

La noticia más esperada y temida, sin embargo, era la del anuncio de la muerte del rey. ¿Qué sería de España? Fernando VII, legislando para que pudiese reinar su hija, había abierto el camino para una guerra civil. ¿Podría soportar la nación, tras la guerra de la Independencia, otro conflicto armado de tal aspereza y calibre?

El doctor Vallejo meditaba el asunto en soledad mientras tomaba un vino monacal en la cocina de su casa. Marina y Beatriz hacía ya mucho rato que atendían costuras y labores en la sala trasera de la vivienda, donde decían que les daba el sol de las últimas semanas del invierno. Su hija, por fin, bordando. Marina había entrado en razón y se había adaptado a sus obligaciones femeninas. A pesar de ello, había prácticamente terminado su libro de remedios y continuaba investigando y experimentando sobre las propiedades de las plantas, algo que él le permitía como una inocente afición para su tiempo libre.

De pronto, el doctor vio perturbada su tranquilidad por unos ruidos y gritos en el exterior. Escuchó unos pasos firmes e, inmediatamente después, a alguien aporreando su puerta.

—¡Doctor! ¡Doctor! Salga, salga... Quiero que vea esto, que sea testigo y se haga cargo.

El médico reconoció la voz del alcalde y se apresuró a salir. Su sorpresa fue absoluta cuando contempló la escena. Entre tres muchachos agarraban a Franquila, que parecía encontrarse en estado de semiinconsciencia. Estaba claro que le habían pegado una paliza, pues comenzaba a hinchársele un ojo y el efecto de los golpes sobre su piel empezaba a ser evidente. Sin embargo, aquello no era lo más preocupante. Un hombre corpulento sujetaba a Marina, que estaba despeinada y con la respiración agitada;

su vestido estaba sucio, como si se hubiese caído al suelo y la hubiesen arrastrado.

—Pero, ¡cómo se atreve! ¡Por Dios bendito, suelte a mi hija de inmediato!

—Lo haríamos —concedió el alcalde, que hablaba mientras mordía el palillo que llevaba entre los labios— si dejase de retorcerse y de darles patadas a mis hombres, doctor. Por el aprecio que le tengo, le ruego que ordene a su hija que se tranquilice y que se comporte con el recato que debe.

—¡Esto es un ultraje! Marina, pero ¿cómo...? Si estabas bordando...

—Cosiendo no estaba, ya le informo yo, doctor —replicó el alcalde con tono sarcástico—. Mientras su hija le decía que bordaba, se marchaba a dar paseos con este desgraciado. Y no es la primera vez, ¿verdad, señorita Marina? —El alcalde volvió a dirigirse al doctor—. Debiera usted custodiar mejor la pureza de costumbres de su hija.

Mateo Vallejo negaba con gestos de cabeza, desesperado, intentando comprender.

—No entiendo, pero..., pero ¿por qué los detienen? ¿Por qué este ultraje?

—Violación, doctor.

Marina, agotada por el forcejeo, se dejó caer gritando.

—¡No me ha violado, padre, es mentira!

—Peor para usted, entonces... —objetó el alcalde con una mirada llena de desprecio—, así al menos salvaría su honor... —suspiró—. Amancebamiento, pues, para vergüenza de su padre. Delito de estupro para este bastardo, sin duda alguna, pues es usted menor, y que yo sepa no es una mujer de servicio público.

—¡No le permito más insultos! —bramó el doctor, aproximándose a su hija y arrancándola de los brazos del hombre que la sujetaba—. Marina, ¡habla! ¿Pues qué ha pasado?

—Padre, yo... —La joven sollozaba—. Franquila y

yo... estábamos en la cabaña del bosque, debieron de seguirnos...

El labio inferior del doctor comenzó a temblar. Su hija a solas con un hombre en una cabaña en el bosque. Aquello debía de ser una mala pesadilla, no era posible estar viviendo aquella situación.

—¿Qué... qué hacíais en esa cabaña?

La mirada de su hija no dejó lugar a dudas sobre aquello en lo que andaban ocupados los dos jóvenes en la intimidad de la espesura. Rojo de vergüenza, el médico ordenó a su hija que entrase en la casa.

—No voy a hacerlo.

—¿Qué? —El doctor no daba crédito. Aquella no podía ser su hija Marina. Observó cómo ella tomaba aire, dispuesta a hablar.

—No voy a ninguna parte, padre. No hacía nada ilícito, ni hay delito de estupro ni de amancebamiento, porque Franquila es mi marido.

Mateo Vallejo dio dos pasos atrás, como si necesitase perspectiva para reconocer y mirar a su hija. Hasta el alcalde se quedó en silencio por unos segundos.

—Es cierto, señor. —La voz quebrada de Beatriz les llegó a todos desde el umbral de la casa; sin duda, había escuchado aquel alboroto y había salido de inmediato—. La señorita y el señor Franquila se casaron el pasado mes de octubre, hará ya casi cinco meses. Yo fui testigo.

—Mientes —negó el alcalde, dirigiéndose acto seguido al doctor—: Su criada miente. No puede haber santo matrimonio sin las debidas formas, sin proclamas ni anuncios.

—Sí puede haberlo —intervino Marina, con los ojos más afilados, azules y brillantes que nunca—: cuando el matrimonio es secreto por oposición irrazonable de los parientes.

La mirada de la joven se clavó en su padre, y él creyó percibir un agudo rencor, un disparo certero a su conciencia.

—Si eso es cierto —objetó el alcalde—, el matrimonio estaría inscrito en el libro de matrimonios, y el párroco no me ha comunicado...

—Por supuesto que no le ha comunicado nada —lo interrumpió Marina, que había dejado de llorar, cargándose con una rabia poderosa, nacida en algún punto oculto de su interior—, pues Franquila y yo estamos registrados en el libro de matrimonios secretos. Sí, padre —continuó, mirando ahora al doctor—, ¡en el de los matrimonios secretos!

—Por Dios bendito, Marina. ¿Por qué lo has hecho?

—¿Por qué? —Ella se tragó de nuevo sus ganas de llorar y habló con una furia vehemente y desesperada—. Porque era la única forma de que viviese usted tranquilo y de que nosotros no lo hiciésemos en pecado. Y porque esperábamos que cuando Franquila se licenciase diese usted por fin el consentimiento... —Marina volvió a tomar aire profundamente y se dirigió al alcalde—. Libérelo de inmediato, por Dios. O yo misma iré a hablar con el corregidor de Ourense para que lo aprese a usted.

El doctor, abrumado, miraba a su hija sobrecogido. ¿De dónde sacaba Marina aquella fuerza, aquella forma de hablar? ¿Tan ciego había estado, tan mal había ejercido de padre? Él sabía que existían los matrimonios secretos canónicos, que eran perfectamente legales e incluso corrientes entre personas de distinta escala social, pero ¿cómo había llegado Marina hasta tal punto de lejanía y desconfianza con su padre?

El alcalde miró a Marina con displicencia.

—No solo se permitió usted atormentar a mi muchacho con sus argucias femeninas, sino que miente a su padre con fantasías e inventos. Muchachos —ordenó, dirigiéndose a sus hombres—, preparadlo todo, vamos a colgar a este desgraciado.

—¡No!

Los gritos y quejas de Marina no fueron tenidos en consideración. Su padre, aturdido, no parecía saber qué hacer, y a ella volvió a sujetarla uno de los hombres del alcalde. Beatriz se escabulló entre la muchedumbre, que ya había ido llegando a la plaza atraída por aquel revuelo, y bajó corriendo al monasterio para buscar a fray Modesto y al señor abad.

Con los años, Beatriz no recordaría haber corrido más rápido en toda su vida. Cuando regresó con el abad a la pequeña plazuela de Santo Estevo, se encontró un espectáculo que no olvidaría jamás. Franquila, ya despierto y fuertemente atado, había sido sentado sobre un burro y de espaldas. Que lo hubiesen sentado sobre un burro era muy significativo, pues tal trato y el garrote vil solo se daban a los culpables de los delitos más infames, mientras que a los demás delincuentes se les aplicaba el garrote ordinario o se los montaba a caballo; y solo si se trataba de un noble o de persona importante se le ensillaba la caballería, pues de lo contrario se subía al delincuente directamente sobre el lomo del animal, como ahora habían hecho a Franquila. El joven no solo miraba hacia el trasero del burro y no hacia el frente, sino que estaba amordazado y, aunque lo intentaba, le resultaba imposible articular una sola palabra.

—Así podrás ver por última vez Santo Estevo mientras subimos a Chao da Forca a colgarte, degenerado —le había dicho a viva voz el alcalde, delante de todos—. ¡Que esto os sirva de ejemplo para saber que el delito de estupro no se permite en estas tierras! —Se volvió hacia el ajusticiado con una sonrisa terrorífica—. Disculpe usted que no dispongamos de modernidades como el garrote, ya ve que a cambio le ofrecemos buenas vistas.

El abad se acercó corriendo, y pudo observar a su hermano como en un estado de adormecimiento que lo había paralizado. A su sobrina no pudo localizarla con la mirada en parte alguna, y le extrañó que Marina no estuviese presente. Tal vez la hubiesen retenido en los calabozos, pues una de las celdas era para mujeres. Se distinguía perfectamente de la de los hombres, pues a ellos los colgaban de unas argollas sujetas a la pared para torturarlos, aunque oficialmente aquella práctica estuviese en desuso.

—Don Eladio —interpeló el abad al alcalde—, ¿qué hace usted? En nombre de Dios, le ruego que libere a este hombre de inmediato.

—Ah, ¿defiende ahora la Iglesia a los delincuentes?

—En ningún modo, pero tampoco los alcaldes ejercen de jueces en la jurisdicción criminal, sino en la civil, que usted es alcalde mayor y de justicia ordinaria, no más.

—La inmoralidad del delito reclama una actuación inmediata, y, como sabe, aquí no esperamos la sentencia de los cuatro alcaldes ni la asistencia del escribano para dar fin justo a los malhechores.

El abad suspiró. Sabía que en los lugares a los que los corregidores no podían asistir de forma ágil, la reunión de cuatro alcaldes podía llegar a dictar sentencia en casos graves, pero aquella fórmula era antigua y obsoleta, propia casi del Medievo. A falta de alguno de los alcaldes podía suplirse su criterio con el de un escribano, pero la actuación de don Eladio resultaba ahora extraordinariamente irregular y abusiva.

—Eladio, escúcheme. No puede colgar a Franquila. Ni ha habido juicio ni le ha asistido abogado.

—¿Abogado? ¿Y con qué iba a pagar este desgraciado un abogado?

—Sabe que los letrados asisten en sábado a los pobres. Guárdelo en el calabozo si quiere para su traslado a Ourense, pero no haga nada en caliente de lo que luego deba arrepentirse. Piense que Dios nos mira en todo momento y lugar —añadió, citando a san Benito.

—Ah, padre. Qué blando se me ha vuelto. ¡Este bastardo deshonra a su sobrina y usted quiere que le perdonemos!

—El Señor no quiere la muerte del pecador, sino que cambie de conducta y viva —argumentó el abad, recurriendo de nuevo a san Benito.

—Lo siento, padre, pero aquí hace muchos años que

resolvemos las cosas así y nos ha ido bien. ¿Cree acaso que puede mantenerse el orden solo con buenas palabras?

—Creo en la prudencia, Eladio. Y fray Modesto me ha confirmado que este muchacho se ha casado en secreto con mi sobrina prácticamente el mismo día de su llegada, por lo que no hay delito.

—¿Y el libro de registro, padre? ¿Por qué no me lo muestra?

—Sabrá que el libro de matrimonios secretos no se guarda en la parroquia. Mañana sin duda podremos disponer de él. El párroco ya ha sido avisado para...

—Padre —le interrumpió el alcalde, escupiendo el palillo al suelo y con una mirada firme que exponía la crudeza de su alma—, olvídese del párroco y de sus bodas para infieles... Si es verdad que ha habido matrimonio, a la hija del doctor la ha llevado este criado engañada al altar, de modo que ha incurrido en estupro, y se lo entregaremos a Dios en la horca.

—¡En el nombre de Cristo, atienda a razones! Aun si fuese cierto el delito, su castigo ya no sería la pena capital, y bien lo sabes, Eladio. No habiendo cargos de sodomía o bestialidad, le ruego se apiade de este joven y que atienda su justicia el corregidor.

De pronto, una nube de voces se elevó entre los que observaban aquel drama, que hicieron un pasillo para dejar pasar a Marina. No había sido encerrada en un calabozo, sino que la habían dejado en su casa atendida por dos vecinas, en un aparente ataque de desmayos y de histeria que el alcalde había calificado de «propiamente femenino». Ahora, cualquiera podría haber adivinado que la joven posiblemente había fingido aquella debilidad, pues se aproximaba con paso furioso y portando el trabuco de su padre. Con el cabello revuelto, el vestido negro y largo hasta los pies y el gesto decidido y furioso, ofrecía una imagen imponente. Se detuvo a unos quince metros del alcalde, apuntándolo con firmeza.

—Suéltelo.

El alcalde, boquiabierto, se quedó sin reacción durante solo unos segundos. Iba a comenzar a hablar para ordenar a sus hombres que la desarmasen, pero escuchó otra voz muy diferente a sus espaldas. Marcial, su hijo, acababa de llegar. Sin duda, alguien había ido a avisarlo de lo que estaba sucediendo.

—Padre, suéltelo. Si resulta cierto que al final estos dos desgraciados se han casado, colgar a este bastardo nos podría traer problemas serios con el corregidor.

—Marcial, con el perjuicio que te ha causado a ti esta fresca...

—Padre, obsérvelo como un acto de su propia grandeza y generosidad. Perdónelo, porque un día ayudó a salvar su vida y yo di mi palabra de devolverle el favor. Un Maceda siempre es un hombre de honor y de palabra. Además —dijo mirando a Marina—, bastante desgracia tendrá este matrimonio, que empieza con miserias y sin las formas debidas. —Le tocó el hombro a su padre, en señal de cercanía—. Déjelos marchar, ya han quedado escarmentados y ha dado usted buen ejemplo. El que gobierna con temple magnánimo también enseña así al pueblo, mostrando su noble temperamento. Y los Maceda, aunque nos pese, teníamos una deuda con estos desgraciados.

Marcial, mirando a su padre, supo que lo había convencido. Actuó al instante.

—¡Dispersaos! ¿Pues qué miráis? Agradeced que vuestro alcalde solo haya castigado con vergüenza pública a este hombre, y sabed que aquí, en Santo Estevo, la inmoralidad es delito.

Marina solo dejó de apuntar al alcalde cuando comprobó que efectivamente desataban a Franquila y lo dejaban en el suelo, a punto de perder nuevamente el conocimiento. Pronto fueron a atenderlo algunas mujeres del pueblo y el propio fray Modesto, que había subido y contemplado la escena junto a Beatriz.

—Llevadlo a la enfermería, rápido —ordenó el monje.

Marina, antes de seguirlos, miró primero a su padre,

que continuaba en su burdo atontamiento, y después a Marcial. Lo saludó inclinando la cabeza y dándole las gracias con el gesto. Él le devolvió el saludo y con la mirada le mostró que cualquier deuda o favor que le debiese había sido saldada. Tal vez él no fuese una persona tan oscura como su padre, pero su influencia, sin duda, pesaba sobre él como un manto de niebla negra del que debía de ser difícil deshacerse.

Por un instante, Marina dudó sobre si acercarse a su padre o si seguir al pequeño grupo que llevaba en brazos a Franquila hasta el monasterio. Para su sorpresa, fue su padre el que se aproximó hasta ella. Él la miró con incredulidad, como si por primera vez fuese consciente de estar ante ella como mujer, y no como niña.

—Marina, yo... Qué vergüenza y qué disgusto, por Dios... —Negaba con la cabeza, con gestos a medio camino entre el enfado y la más pura desesperación—. Casada en secreto... ¡con diecinueve años!

—Madre se casó con veinte. —Marina habló con firmeza, aunque sintió una inmediata lástima por su padre. En el rostro desencajado del doctor pudo detectar el efecto que había causado citar a su madre.

—Es cierto.

El hombre se ajustó las gafas, respiró profundamente y pareció intentar recomponerse, como si estuviese realizando un esfuerzo sobrehumano para cerrar las compuertas a todas sus emociones. Tal vez acabase de recordar cómo se había sentido él cuando, con una edad parecida a la de Marina, se había enamorado de su madre y había realizado las mayores audacias para conquistarla.

—Hablaremos de esto después. Ahora vamos.

Marina lo miró con gesto interrogante. ¿Vamos? Ella iba a bajar inmediatamente tras Franquila, pero no se figuraba adónde pensaba dirigirse su padre. Él sonrió por primera vez, con la sonrisa más cansada del mundo. Y le ofreció a su hija la mirada más antigua, como si tras ella se anclasen mil siglos.

—Algún médico tendrá que atender a mi yerno. ¿Vamos?

Marina aflojó su mano sobre el trabuco, siendo consciente por primera vez de lo fortísimamente que lo había estado apretando, incluso después de que soltasen a Franquila. Solo cuando notó la humedad en sus mejillas se dio cuenta de que estaba llorando. Sonrió a su padre y, sin esperar un segundo, comenzó a bajar la cuesta del pueblo de Santo Estevo hacia el monasterio.

Entró a buen paso en el claustro de los Caballeros, sin que siquiera el mayordomo del monacato, que se hallaba verificando quién entraba y salía en aquel momento, se atreviese a decir nada. Marina buscó con la mirada y el oído hacia dónde habrían llevado a Franquila, si a la botica o si directamente a la enfermería. El bullicio de voces le indicó que a la botica, y ya iba a dirigirse hacia ella cuando escuchó gritar al mayordomo.

—¡Señorita! ¡Señorita! —la avisó, dirigiéndose a ella—. ¡Está usted herida!

Marina se miró, inspeccionó sus mangas y su vestido, pero no le pareció sufrir ningún corte ni magulladura grave. Fue cuando miró a su padre y siguió su mirada horrorizada cuando bajó la vista. Al mirar al suelo se dio cuenta de que estaba pisando un charco de su propia sangre, y de que estaba dejando marcado un pasillo con ella a cada paso que daba. Fue consciente al fin de qué era aquel calor que llevaba un rato deslizándose por sus piernas. Se llevó la mano al vientre y comprendió su derrota, pues para el que no puede vivir ya no queda ninguna esperanza.

25

Con el tiempo, Bécquer había comprendido que en la vida siempre llegaba un instante de perdición absoluta. Un abismo insondable en el que ya todo era repetido, y en el que las historias solo cambiaban de nombre. Era como deambular en un bosque al que siempre se llegaba al anochecer, cansado y sin ganas de caminar.

Pero a veces, en ese instante de clarividencia absoluta, de comprender que nada podía perdurar y de que todas las historias eran siempre la misma, aparecía un agujero en el bosque. Y a través de aquel punto de luz se podía escapar del decorado roto que componía la espesura adormecida.

Jon estaba a punto de encontrar un minúsculo e insignificante punto de claridad que iba a lograr que saliese de la oscuridad de aquel bosque en el que se encontraba metido. La tarde anterior se había despedido de Xocas firmándole, para su mujer, la revista de *National Geographic* que el propio sargento le había llevado. ¿Quién le iba a decir que la esposa de Xocas Taboada fuese admiradora de su trabajo en Samotracia? Ambos, profesor y sargento, habían acordado permanecer en contacto, pero lo cierto es que no parecía haber muchos motivos para ello.

Ahora, Jon había desayunado y se encontraba en su habitación, ojeando la pila de libros y revistas que aún tenía pendientes de supervisión, y preguntándose si su búsqueda todavía valía la pena. Le retorcía la idea de abandonar aquella aldea sin haber resuelto el misterio de los nueve anillos. La sensación de frustración era enorme, porque tenía la impresión de haber estado muy cerca de encontrar las reliquias. Su búsqueda excedía completamente sus fines profesionales: ahora solo quería acercarse a la verdad. Se había prometido a sí mismo que se quedaría en el pueblo hasta encontrar los anillos, pero lo cierto era que no se le ocurría de qué otros hilos seguir tirando.

Los habitantes de Santo Estevo ya habían demostrado ser herméticos al respecto, y llevaba días leyendo información sobre el monasterio de Oseira, último paradero conocido de las reliquias episcopales. Había investigado a fondo, incluso, aquel reloj que había terminado en la torre del Ayuntamiento de Maside, pero también había sido desmontado por completo y resultaba imposible que hubiese habido hueco para ocultar entre su maquinaria nueve anillos milagrosos. ¿Dónde habría escondido aquel boticario su pequeño y sagrado tesoro? Cuando en Oseira habían pasado por la sacristía, de camino a la magnífica sala capitular, habían visto arcones del siglo XIX y hasta un armario original del siglo XVII, pero a Jon no le cabía duda de que o bien estaban vacíos o bien habían sido rastreados hasta la extenuación, tanto por religiosos como por expoliadores.

Por lógica, si el monje era boticario, el lugar que tendría más a mano sería la botica, pero le habían confirmado que la que había visitado era solo una reproducción y en una ubicación diferente, trazada específicamente para encajar en el recorrido de los turistas, pues de la original no quedaba más que el recuerdo y aquella fantástica idealización de cómo debiera de haber sido la verdadera y primitiva.

¿Y qué había dicho el padre fray Damián sobre los botes de la botica, aquellos llenos de hierbas y que estaban hechos con cerámica de Sargadelos? Aquellos sí que se encontraban en Oseira en el momento de la desamortización, pero llenos de sus hierbas originales, y ya habían sido todos revisados. Además, según las memorias de aquel tal Mariano Castañeda que había fallecido en Cuba, los dos fugitivos habían llegado a finales de 1833, ya entrado el invierno, y la exclaustración, conforme al Inventario de la Desamortización que él mismo había encontrado en el Archivo Catedralicio, no había sido hasta dos años más tarde; sin duda, si los anillos hubiesen sido introducidos en cualquiera de aquellos botes medicinales, habrían sido descubiertos por el nuevo boticario, algo que no parecía haber sucedido. Al menos, Mariano Castañeda no lo reconocía en sus memorias.

Desanimado, el joven antropólogo abrió prácticamente al azar una de las revistas de aquella selección que había hecho sobre Oseira, que precisamente hacía referencia a la inauguración en el año 2009 de la recreación de la botica. El artículo era de un tal Miguel Álvarez Soaje, un farmacéutico que había colaborado activamente en la escenificación de la botica de Oseira.

> Actualmente, el botamen de Sargadelos conservado en el museo de la botica del monasterio de Oseira está compuesto por 37 piezas, que fueron cedidas en depósito por la Diputación de Ourense hace veinte años, procedentes, a su vez, del Hospital Provincial Santa María Madre, adonde parecieron llegar desde el antiguo Hospital de San Roque [...] contenían diferentes sustancias [...] permaneciendo en aquellos tarros durante doscientos años, lo cual, a su vez, sería una información de gran interés para el estudio de la terapéutica y la farmacia del siglo XIX [...] diversas sustancias aparecen todavía en sus primitivos envoltorios de papel, aunque otras, principalmente raíces y cortezas, presentan alteraciones [...] resinas y gomas aparecen solidificadas y adheridas a las paredes de los tarros [...] algunos están prácticamente llenos, constatando que todos tienen una única sustancia en su interior [...] se procedió a una toma de muestras para su posterior análisis en el CACTI de la Universidad de Vigo. Teniendo en cuenta

que dos tarros permanecen vacíos, tomamos 35 muestras de los materiales existentes...

Jon leyó el texto con gesto desapasionado. Observó una fotografía de algunas piezas del botamen: aquella delicada cerámica blanca decorada en color azul y con forma de cacahuete. Realmente resultaba interesante que todas aquellas hierbas hubiesen permanecido durante doscientos años en aquellos bonitos tarros de Sargadelos, pero todo aquello no lo ayudaba en su investigación. Además, el boticario de Oseira había muerto a los dos días de recibir los anillos, por lo que, primero, aquellas reliquias no daban tanta suerte y, segundo, el boticario había tenido tiempo de dárselas a alguien y que se las llevase a cualquier otra parte del mundo. A saber. O podía haber puesto los anillos en aquellos dos tarros que habían aparecido vacíos, pero ahora ya no estaban, y nadie había tenido el detalle de dejar una nota dentro para que él pudiese continuar con su particular yincana detectivesca.

Jon resopló, agobiado entre tanto libro. Miró su teléfono móvil. Su asistenta le había enviado una foto de *Azrael* al lado de las cortinas del salón, completamente destrozadas gracias a que *alguien* había decidido hacerse la manicura con ellas. Tenía otro mensaje de la exclusivísima residencia de ancianos: todo correcto, bajo control y sin novedades en la vida ya casi vegetativa de su madre. Alguna llamada perdida de amigos de Madrid, mensajes para salir a cenar, a comer. Un correo electrónico de Pascual con detalles para el próximo viaje a Bélgica, preguntándole conformidad con fechas y horarios de aviones. Ni rastro de Amelia. Su actitud cada vez le resultaba más extraña. Con decir que no le apetecía volver a quedar, solucionado. «Jon, eres un monstruo, una quimera. Cuerpo de cabra, cola de serpiente y cabeza de león. Lo siento, demasiado raro.» Al menos, podría haberle dado una explicación, aunque fuese una excusa. ¿Por qué aquel cambio de guion, de actitud? Jon decidió llamar al taller de restauración. Tras siete interminables tonos, una voz femenina y cantarina lo atendió al otro lado del teléfono.

—San Martín, ¿dígame?

—Hola, quería hablar con Amelia, por favor.

—¿Amelia? Ay, ¡pues no está! ¿Me deja el recado?

Jon dudó.

—No... Volveré a llamar más tarde.

—¡Pues es que tampoco va a estar!

—Ah.

—¿Quién es, por favor?

—Jon Bécquer, estuve ahí hace varios días por unos cuadros antiguos que...

—¡Jon! Ay, hola, soy Blue, nos presentaron cuando viniste. La del pelo azul —añadió riéndose—. ¿Qué tal?

—Eeeh... bien. Hola. Entonces, ¿Amelia no va a estar hoy? Sigue en Lugo, por lo que veo.

—¿En Lugo? ¡Qué va, hombre! Está mala en casa, con gripe o algo así, que ha mandado un mensaje. A lo mejor mañana viene. Le diré que has llamado. ¿Puedo ayudarte yo?

—No, no, gracias.

Jon se despidió de Blue con una indignación creciente dentro de sí mismo. ¿Estaba mala? ¿Y entonces por qué le había dicho que se iba a Lugo? Si no se encontraba bien no tenía más que decirlo. A lo mejor sí había ido a Lugo y allí se había encontrado mal. Pero ¿por qué no lo había llamado? Estuvo tentado de coger el coche e ir a casa de Amelia en Ourense, pero se imaginó haciéndolo y le resultó desagradable parecer un acosador en toda regla. «Qué, ¿te han dado calabazas? Pues te aguantas», se dijo. Pero no, no era eso. No era una preocupación estrictamente romántica la que sentía. Le chocaba el cambio de actitud, la incertidumbre, el no saber. Si ella lo hubiese llamado enfadada, o desencantada, o hastiada de verlo, todo habría sido mucho más lógico y tranquilizador. Si él hubiese detectado el más mínimo rechazo a causa de su quimerismo también lo habría notado, ¿no? Tenía muchos años de práctica.

De pronto, Jon tuvo unas ganas terribles de regresar a casa, de deshacerse de aquella sensación amarga que lo comenzaba a invadir por dentro. Por una parte, la impotencia de no ser capaz de avanzar, de no haber logrado su objetivo en la investigación. Después, lo de Amelia. Y aquel muerto en el viejo huerto monacal. Sí, quizás se hubiese muerto de un simple infarto y él hubiese hecho el ridículo, dando una imagen lamentable al sargento y a la guardia Ramírez. El típico listillo con sus traumas raros que va de interesante y que cree tener la capacidad sobrehumana de ver y saber cosas que los demás, pobres catetos, no aciertan a observar. Un lamentable diablo del mundo de la antropología y del arte que, por un par de golpes de suerte y algún instante de brillantez, se considera ya un erudito en todo. Quizás no supiese evaluar tan bien a las personas como él creía, y tal vez aquellos nueve anillos no portasen memoria alguna y fuesen solo trozos de metal, vulgares y sin sentido.

Jon se sentó sobre la cama y se frotó los ojos con cansancio, dudando de sí mismo, cuestionándose. Quizás tuviese que tomar un descanso y bajar de nuevo al *spa* del parador: se daría un relajante baño de burbujas bajo su techo simulado de estrellas. Pero no. No había ido allí a perder el tiempo, y tampoco pensaba caer en la autocompasión. Su vista se desvió hacia otra de aquellas revistas gruesas como libros que le había dado don Servando, el archivero. En aquel ejemplar se recogía un artículo de 1989 que se titulaba «El botamen de Oseira». El profesor comenzó a leerlo tumbándose de medio lado sobre la cama y apoyando la cabeza en su mano derecha, mientras pasaba páginas con la izquierda de forma distraída. El artículo, escrito por un historiador orensano, concluía que, originalmente, en la botica del monasterio de Oseira había habido sesenta y ocho unidades dentro del botamen, pero que treinta habían terminado en una botica de Marín, perdiéndose su rastro.

«Cojonudo, o sea que había más botes todavía, y los

anillos podrían estar ahí, en Marín o en cualquier otra parte del puñetero mundo», razonó Jon bostezando. Continuó leyendo. El resto del botamen, treinta y ocho piezas, había sido trasladado al hospital de San Roque, para después ser enviado al hospital provincial. En un inventario rutinario del año 1971 fueron redescubiertos y, unos años después, cedidos por la Diputación Provincial nuevamente al monasterio, que los exponía desde el 2009 en aquella nueva botica inventada.

«Un momento, ¿cómo que treinta y ocho piezas? ¿No eran treinta y siete?» Bécquer saltó de la cama y fue a revisar el artículo del farmacéutico que había leído hacía solo unos minutos. En efecto. Si lo que ambos autores decían era cierto, habían salido de Oseira treinta y ocho botes de cerámica de Sargadelos en el año 1835, que habían permanecido en aquel hospital de San Roque para luego ser trasladados al provincial, quedando intactas tanto las piezas como su contenido durante doscientos años. Pero de aquel depósito solo habían vuelto a Oseira treinta y siete recipientes: faltaba uno. Quizás se hubiese roto, pues a fin de cuentas estaba hecho de cerámica y no de hierro fundido.

A Jon comenzó a dolerle la cabeza pero continuó leyendo el artículo de aquel historiador, en el que en el apartado final de agradecimientos, ese que casi nunca nadie suele leer, detallaba sus fuentes y las personas que había entrevistado para realizar todas sus averiguaciones. Hubo una parte en concreto que leyó tres veces seguidas, como si con ello asentase más la verdad que se le mostraba ante los ojos. Se levantó de un salto y, con el corazón golpeándole rápido en el pecho, salió corriendo de su habitación.

26

El sargento Xocas Taboada estaba en el cuartel de la Guardia Civil de Nogueira de Ramuín, concentrado en su ordenador. Realizar el informe de todo lo que había sucedido los días anteriores iba a llevarle todavía parte de la mañana, aunque la declaración de Jon Bécquer la había reducido lo máximo posible. Aquel excéntrico antropólogo, desde luego, sabía contar una historia. No le extrañaba que Paula se hubiese puesto tan contenta cuando le había llevado firmada la revista de *National Geographic* en la que se encontraba el reportaje que hablaba de los hallazgos e investigaciones de Jon y Pascual en Samotracia. Gracias a aquello se había ganado el perdón de su mujer para cualquier metedura de pata en las próximas semanas, de modo que al final aquel periplo había salido bastante bien.

Además, aunque no hubiese habido ningún crimen, había sido interesante asistir a la investigación del paradero de aquellos legendarios anillos, que seguramente a aquellas alturas ya solo importaban al profesor Bécquer. Xocas sonrió; al menos ya tenía alguna anécdota que contar. Total, allí nunca pasaba nada.

—Sargento, teléfono.

—Ramírez, ¿no te dije que iba a estar pasando las declaraciones al ordenador? Atiende tú lo que sea, por favor.

—Es que es Lucho, para ti.

—¿Qué Lucho?, ¿el forense?

—El mismo.

—A ver —suspiró Xocas, molesto por la interrupción—, pásamelo.

Tras un extraño traqueteo de ruidos al otro lado del teléfono, el sargento pudo escuchar por fin una voz masculina al otro lado de la línea.

—Joder, es que se me ha caído el teléfono, perdona.

—No te pongas nervioso, Lucho, que no son horas. Dime.

—A ver, ¿sabes el fulano del huerto del parador? El que iba vestido de monje.

—Claro. Ya sabes que aquí nos aparecen cadáveres a diestro y siniestro todos los días, pero de ese me acuerdo.

—Ya... Pues parece que sí que se lo han cargado. Le van a pasar el asunto a los de la Unidad de Personas de Ourense, que lo sepas.

—No fastidies... Joder, ¿no te dije que había algo raro?

—Perdóname la vida si resulta que no soy adivino; ya sabes que hasta que no hacemos la autopsia yo no...

—Pero a ver, ¿y qué? ¿Cómo lo mataron? —lo interrumpió Xocas, excitado. De pronto, le venían mil preguntas a la cabeza—. ¿No decías que era un infarto?

—En realidad, sí. Esa fue la causa inmediata de la muerte, y menos mal.

—Cómo que menos mal.

—Sí, porque si llega a palmarla solo del veneno que le habían dado, iba a pasarlo mucho peor, te lo aseguro.

—Pero, entonces..., ¿lo envenenaron?

—Exacto, esa es la causa fundamental de la muerte. Le dieron una cantidad para cargarse a tres o cuatro como él, y eso que era un tío grande.

—Pero a ver, joder, que no me aclaro. Entonces, ¿lo del infarto?

—Debió de darle después de vomitar. Sufría una cardiopatía congénita y tenía un ventrículo obturado, y ya ni te cuento su estado general de salud, el tío no se cuidaba mucho, la verdad. Cuando vino su hermano a recoger el cuerpo nos contó que el médico se lo había advertido y le había prescrito unos cuidados específicos, pero por lo que se ve este no hacía ni caso.

—Vale, y entonces, ¿cómo supisteis que lo envenenaron...? ¿Ya os llegó el informe de tóxicos?

—Sí. Fue pedido con urgencia porque vimos que había sangre en el vómito y que el esófago, la laringe y el estómago sufrían irritaciones severas; el hígado había empezado a necrosar y los genitales estaban un poco hinchados, con sangre coagulada.

—No hace falta que entres en detalles...

—Hace, hace, porque si no llega a ser por eso, hasta que nos hubiese llegado el informe de toxicología no habríamos sabido lo del envenenamiento.

—Y qué pasa, ¿que si te envenenan se te hinchan los huevos?

—¡Pero quién ha dicho eso, hombre!

—¿No dijiste que se le habían hinchado los genitales?

—Sí, pero eso no pasa siempre. A este le dieron cantaridina.

—¿Y eso qué es?

—Una especie de viagra medieval que se hacía machacando cantáridas. También las llamaban moscas españolas. Pero si te pasabas con la dosis te cargabas al fulano. Que, bueno, al final no es que fuese un estímulo sexual, sino que coagulaba la sangre en...

—No me jodas —le interrumpió Xocas, incrédulo—, ¿le habían dado viagra?

—¡Que no es viagra!

—Ya, pero eso quiere decir que iba a..., vamos, ¡que se lo tuvo que dar una mujer! —comenzó a especular el sargento, que se había levantado del asiento, teléfono en mano, para dar vueltas y pensar con claridad.

—Una mujer... o un hombre, según su gusto —puntualizó el forense con un toque mordaz en su voz—. Pero no, no creo que se lo diesen para un encuentro sexual. A este tío se lo cargaron directamente y le dieron la dosis con un buen vaso de licor, aún están analizando exactamente cuál. Quizás coñac, no puedo confirmártelo.

—Vale, pero, entonces... Esas moscas que dices, ¿cuáles son, las hay aquí?

—A ver, que las llaman moscas españolas pero en realidad son unos coleópteros, una especie de escarabajos que también se llaman carralejas o vinateras. No sé si las habrá aquí, creo que son de climas más cálidos, por el sur y el Mediterráneo.

—¿Y sabes si son difíciles de conseguir?

—Ni idea... No creo —dudó el forense, estirando las vocales al responder—. Son solo bichos de campo.

—Pero para poder hacer ese veneno habrá que tener una formación concreta, ¿no? Ser farmacéutico o herbolario...

—Qué dices, hombre, ese veneno es muy popular, ¡si es viejísimo! ¿De qué crees que murió Fernando el Católico?

—No me digas que se comió esa porquería de escarabajos.

—No, hombre, no. Le macharon la mosca y el polvo se lo pusieron en la comida para que estuviese potente, para tener más churumbeles. Pero entre eso y los testículos de toro que dicen que le dieron, el pobre hombre terminó de reventar.

Xocas suspiró preocupado.

—Entonces, pudo hacerlo prácticamente cualquiera... ¿Y sabes cuándo se lo dieron? Quiero decir, para saber cuánto tardó en morir y hacer un esquema de distancias.

—Pues viendo cómo le había afectado ya el veneno por dentro, creo que unas tres o cuatro horas antes de palmarla. ¡Mira que resistió bien, el cabrón! Pero ya te digo que menos mal que le dio el infarto, porque si no los dolores habrían sido insoportables. Y ya tenía que haber empezado a afectarle muy seriamente, ¿no recuerdas cómo tenía las manos, retorcidas? Y el gesto descompuesto de la cara, de puro dolor...

—Entonces el asesino quiso hacerlo sufrir, ¿no crees? Porque dijiste que le había dado una dosis muy fuerte.

—Vete tú a saber. No tenía por qué tener ánimo de ensañamiento..., a lo mejor solo quería asegurarse de eliminarlo. Y si le disolvieron el veneno en licor, depende también del lingotazo que el pobre desgraciado decidiese tragarse... Pero, bueno, que a ti te da lo mismo, ¿no ves que le pasan el caso a los de la Sección de Investigación?

—Ya, ya lo sé... Pero tendré que colaborar con ellos —reflexionó Xocas, tomando aire—. Gracias por avisarme, Lucho.

El sargento terminó de despedirse del forense y se quedó con la mano sobre el teléfono, meditando sobre toda la información que acababa de recibir. Al final, aquel profesor madrileño no había resultado ser tan peliculero como había dicho la guardia Ramírez. Había intuido una verdad y no se había cansado de intentar mostrársela, por ridículo que pareciese su planteamiento. Xocas tenía que avisarlo, recomendarle máxima precaución: si el profesor estaba en lo cierto y habían matado a Alfredo Comesaña por culpa de los nueve anillos, él podía ser, sin duda, el siguiente objetivo del asesino.

Xocas llamó a Bécquer a su teléfono móvil con gesto apurado. Cinco, seis, ocho tonos. Nadie respondió. Volvió a intentarlo, con idéntico resultado. Llamó al parador y pidió que le pasasen con su habitación. El teléfono sonó hasta la desesperación, pero aquel extraordinario cuarto con bóvedas de piedra parecía estar vacío. Volvió a contactar con recepción. Sí, sí lo habían visto aquella mañana, de camino al desayuno, como todos los días. No, no lo habían vuelto a ver. El sargento miró el reloj. Las once y media de la mañana. Sin pensárselo dos veces, avisó a Ramírez y la puso en antecedentes de lo que había sucedido. Ambos se montaron en el todoterreno de la Benemérita y se marcharon a toda velocidad hacia el parador de Santo Estevo de Ribas de Sil.

Marina

Marina estaba embarazada de casi cuatro meses. Ella lo había sabido ya en la segunda falta, pero no le había dicho nada a nadie, ni siquiera a Franquila. Era como si, ingenuamente, esperase que nadie lo notase, como si el no decirlo fuese a proteger a aquel pequeño ser que crecía dentro de su cuerpo. Lo cierto era que apenas se le había notado una suavísima curva en su barriga, y ella había apurado en su mente cómo decírselo a su padre, cómo huir —en su caso—, y cómo asumir la vergüenza que a él le iba a causar. En algún momento tendría que haberle contado su matrimonio con Franquila, pero hubiese deseado posponer aquella confesión hasta que su marido hubiese sido ya farmacéutico y hubiese podido presentarse ante su padre con cierta solvencia y dignidad. Había llegado a fabular con no tener ni siquiera que confesarle a su padre su matrimonio secreto, anunciándole sencillamente una boda común y formal cuando Franquila hubiese terminado sus prácticas.

Pero ahora ninguna de aquellas precauciones ni cábalas valían para nada. Posiblemente, Marina se había quedado en estado los primeros días en que Franquila había vuelto al pueblo. Se habían casado de noche, al día siguiente de su encuentro en la vieja panadería del bosque de los cuatro vientos. Franquila le había explicado que el suyo no sería un matrimonio clandestino, sino secreto, y que era la única forma para poder estar juntos sin incurrir en pecado y ganando tiempo para que él pudiese licenciarse y pedir su mano con algo que ofrecer.

Al principio, el párroco se había mostrado reticente, argumentando que solo oficiaba aquel tipo de matrimonio por causas «graves y urgentísimas». Sin embargo, Franquila le había confesado al religioso haber pecado ya con carne y pensamiento, y que los encuentros de la pareja no eran casuales sino con fines honrosos; que el no contraer matrimonio alimentaría una situación similar al concubinato, indeseable a los ojos de Dios y del pueblo, que no toleraría el escándalo.

Aquella noche había sido extraña para Marina. Por un lado, de completa felicidad y entrega, celebrando su boda en plena noche mientras su padre dormía, con Beatriz y Andrés el barquero como únicos testigos. Por otro, de tristeza por no compartir aquella felicidad, por guardarla como un secreto. Le dolía haberse alejado así de su padre, pero se negaba a seguir los pasos marcados para ella porque tenía miedo a vivir dejando de sentir cómo latía un verdadero corazón. Al salir de la iglesia, a ella le había parecido que las estrellas brillaban más que nunca, y que el bosque los envolvía aprobando aquel matrimonio escondido en la noche.

Ahora Marina confiaba ya solo en el destino, y había asumido con asombrosa serenidad lo que tuviese que venir. Al menos, Franquila se había recuperado bastante bien de la paliza que había recibido, a pesar de que, con dos costillas rotas, había sido preciso que dejase de cabalgar durante varias semanas.

Pero el bebé que la joven llevaba dentro de su cuerpo no parecía querer amarrarse a la vida; era como si a aquella pequeña criatura le resultase más fácil dejarse ir. Tal vez fuese algo que hubiera sucedido de todos modos. O quizás no, quizás fuese culpa de la impresión que sufrió Marina, de la congoja insoportable que se comprimió en aquellos momentos terribles en que el alcalde casi cuelga a Franquila en Chao da Forca. El propio padre de la joven y fray Modesto lograron frenar la hemorragia de aquel terrible día, y ella se vio obligada al reposo más absoluto por el espacio de varias semanas.

Al principio, guardó cama en la enfermería del monasterio. Allí dentro le parecía estar en otro mundo, lleno de espiritualidad, de paz y de calma. A ella le resultaba curioso escuchar hablar a los monjes, aunque lo hiciesen muy pocas veces, y menos en su presencia; además, nunca lo hacían en gallego, a cuya musicalidad ya se había acostumbrado. En aquellos días en la enfermería supo, para su asombro, que ningún monje había nacido en aquel reino y que en consecuencia no hablaban el idioma propio de la tierra, pues la congregación se había anexionado a la de Valladolid en el siglo XVI y prácticamente todos sus religiosos venían, al igual que ella misma, desde Castilla.

Una tarde, fray Modesto le llevó una cajita de plata que a ella le sonaba vagamente. Cuando el monje la abrió y le mostró su contenido, supo que le había llevado un poco de esperanza, pues allí se guardaban los nueve anillos episcopales que tantos milagros habían hecho, y de los que su tío el abad le había hablado al poco tiempo de llegar a Santo Estevo. Fray Modesto, con suma delicadeza y respeto, acarició su barriga de embarazada con la parte más suave y cóncava de la cajita, asegurándole que le traería suerte.

—Que Dios le oiga, padre.

—Y que a ti y a tu criatura os guarde, querida Marina.

¿Sería posible que aquellos anillos de leyenda la pudiesen cuidar de sus pecados y de ella misma, que había faltado y mentido a su propio padre? Fray Modesto le había contado que todos los partos de Santo Estevo se acogían a la fortuna, tal vez gracias a aquellas reliquias, pues las mujeres en estado iban siempre a rezarles e implorar auxilio.

Cuando Marina se encontró un poco mejor, abandonó la enfermería del monasterio y se fue a la pequeña casita de Franquila, adonde acudía Beatriz a hacer las tareas del hogar. Su padre había insistido para que se quedase en su propia casa, pero la tensión entre ambos era todavía palpable, y Marina solo deseaba silencio y descanso; y abrazar por las noches a Franquila, pues necesitaba sentirse segura y abrigada con su calor. Tenía miedo de que, si regresaba a la casa del médico, ya no pudiese volver a salir. Además, estaba justo delante de la Casa de Audiencias, y desde luego a quien no quería ver era al alcalde.

Lo cierto es que Marina, a pesar de guardar cama prácticamente todo el día, se encontraba extraordinariamente cansada. Una mañana levantó las sábanas y vio unas pequeñas gotas de sangre. Nada demasiado grave ni escandaloso, pero lo supo. Supo que se había ido aquella diminuta ilusión, aquel pequeño amor. Cuando se levantó, ya en el primer esfuerzo, notó algo parecido a una contracción. Ni su padre, ni Franquila ni fray Modesto pudieron salvar a aquel bebé que nació muerto. Era un niño, diminuto y bien formado, al que llamaron Esteban en honor al lugar donde había sido concebido.

Lo enterraron en el camposanto del pueblo, y Marina le prometió a aquel pequeño soplo de vida y huesos que, cuando ella misma muriese, regresaría para dormir a su lado y darle los abrazos de madre que le habían sido negados. El entierro fue un acto privado e intimísimo, y a nadie se quiso invitar al duelo. El doctor Vallejo, sin embargo, sí hizo acto de presencia y al terminar abrazó a su hija, como si con el gesto aplicase toda redención posible no solo a los pecados de ella, sino a las torpezas en las que había naufragado él mismo.

Franquila procuró ser respetuoso con el doctor, y esperó con paciencia a que este lo perdonase y lo aceptase en su familia. Sin embargo, cuando vio a Marina más fuerte y recuperada, sintió que ya era hora de hablar del futuro.

—Sabes que tenemos que irnos. Puedo terminar las prácticas en cualquier sitio, pero vivir aquí es exponernos constantemente al peligro. El alcalde debe de estar esperando la más pequeña excusa para terminar lo que empezó.

—Lo sé. Pero dejar a mi padre...

—Tu padre tiene aquí a su hermano y es un buen médico al que no le faltará trabajo allá adonde vaya. Puede regresar a Valladolid o venirse con nosotros, Marina. Pero si nos quedamos aquí, o le meto yo un tiro a ese alcalde hijo de mil putas o me lo pega él a mí. Al principio esperé para recuperarme, luego lo hice por nuestro hijo... —Suspiró—. Y ahora lo hago por ti, para que tomes fuerza para viajar y afrontar lo que venga.

—Pero si nos vamos perderás los ingresos por el auxilio en la botica.

—Otra cosa encontraré. En la farmacia de Ourense ya me pagan buenos reales por ayudar en la rebotica fuera de prácticas... Marina, el año que viene ya podré licenciarme y todo será más fácil. ¿Crees que a mí me gusta la idea de marcharme? Me he criado en Santo Estevo, este era mi hogar. Pero ahora mi hogar eres tú y la familia que Dios nos confíe.

—Yo no sé si podré...

—Sí, Marina, sí podrás —afirmó, tomándole el rostro con las manos y besándola—. Tendremos más hijos, pero debemos buscar el futuro.

—Huir.

—No, sobrevivir y movernos según lo haga el viento, mi amor. Las tumbas están llenas de héroes sin cerebro. ¿Quieres que me enfrente al alcalde, a su hijo y a todos sus hombres? Aunque lo matase ya no serviría de nada. Nuestro hijo seguiría muerto y a mí me llevarían al garrote, esta vez sí —le aseguró con una sonrisa cáustica—. Claro que a lo mejor le da a mi esposa por coger el trabuco de su padre y entonces ya no habría milicia que nos detuviese.

Ella se rio, sabiendo que desde el famoso altercado con el alcalde en el pueblo ya no la llamaban la Cirujana sino la Bandolera. Sin duda, haber aparecido en la plaza de Santo Estevo con el trabuco de chispa inglés de su padre había surtido efectos asombrosos en la imaginación popular.

—Bien —consintió—. Hablaremos con mi padre.

Se reunieron en las dependencias del abad, que insistió en invitarlos a todos a comer con la excusa de supervisar el buen estado de su sobrina y de moderar los posibles roces que pudiesen surgir entre su hermano y Franquila.

El encuentro, que se preveía tenso, no resultó en absoluto como había imaginado Marina. Aunque al principio nadie probaba los platos, cuando el muchacho les expuso su idea de marcharse y sus motivos, el doctor se mostró de acuerdo.

—Tiene usted razón, Franquila. Aquí su exposición y la de mi hija es excesiva. Hasta yo mismo encuentro una incomodidad insoportable el cruzarme por el pueblo con el alcalde. Posiblemente esté esperando el momento adecuado para apresarlo a usted con cualquier motivo.

—No alcanzo a entender tal inquina —observó el abad pensativo.

—Marina rechazó el cortejo del hijo del alcalde, ya lo sabes.

—Lo sé, hermano, pero su actuación fue desproporcionada.

Franquila los miró con su serenidad habitual.

—Hacía tiempo que en Santo Estevo no sucedía nada... Desde el asunto del peregrino que murió en el calabozo por el impago de la luctuosa, si no recuerdo mal. Supongo que de vez en cuando el alcalde ha de sentir la necesidad de dar un golpe en la mesa. Para que al pueblo no se le olvide quién manda.

—Tal vez si hubiésemos avisado al corregidor —intervino Marina— lo hubiesen amonestado como es debido por sus excesos y abusos.

—¡Ah, sobrina! ¿Acaso dudabais de que vuestro tío no hubiese hecho ya las gestiones debidas? —Al decir esto, todos miraron asombrados al abad, que continuó hablando—. He dado cuenta al corregidor de lo sucedido, pero sin denuncia formal nada puede hacer... Aunque dudo que lo hiciese. Don Eladio y sus hombres suponen para el Gobierno una forma de control del territorio, y sus voluntarios realistas son de los últimos que quedan en Ourense, sin que además supongan carga alguna a las arcas reales.

—¿Pues qué nos aconseja, tío?

—Que os marchéis. Si el alcalde os ha dejado tranquilos estas semanas ha sido porque ha querido y porque no os habéis cruzado en su camino. Figuraos su mezquindad que... —El abad se detuvo y desechó lo que iba a decir de inmediato, agitando la mano en el aire, como si así pudiese borrar su pensamiento.

—¿Qué? Hable tío, se lo ruego.

El abad suspiró.

—Solo os lo cuento para que sepáis de la aspereza de corazón de ese hombre y de la conveniencia de que en efecto os marchéis. En nuestra reunión habitual por los asuntos de Santo Estevo me comunicó que había sabido del fallecimiento de vuestro hijo; cuando por mi parte esperaba el pésame, él solo acertó a hacer burlas y a hablar de la justicia de los cielos por mandar la muerte a una criatura nacida de vuestra miseria. —Se persignó, y continuó hablando en tono grave—. Su ánimo no es compasivo, como veis.

Marina apretó los labios de pura rabia e indignación. El abad se acercó a ella y le apretó el hombro como muestra de comprensión. La miró con una sonrisa.

—¿Sabes lo que le respondí, sobrina? Ah... *Pallida mors aequo pulsat pede pauperum tabernas regumque turres*.

Franquila también sonrió, apreciando la réplica que el abad le había ofrecido al alcalde. Les explicó al doctor y a Marina que aquel verso de Horacio aludía a una de esas verdades antiguas y universales que incluso algún monasterio había hecho incluir a la entrada de su propio camposanto, porque era cierto que «la pálida muerte pisa con el mismo pie en las casuchas de los pobres que en los palacios de los reyes».

El doctor asintió, admirando la amenaza velada que su hermano también le había lanzado al alcalde, y tras un suave carraspeo comenzó a enunciar algo que, al parecer, llevaba días meditando.

—Tal vez podríamos ir todos a Valladolid. Allí Franquila podría terminar sus prácticas e ir el año próximo a examinarse a Madrid. He pensado que podríais instalaros en el gabinete donde pasaba yo las consultas, que ahora podría pasar a atender en el hospital de la Resurrección de Valladolid... Así dispondríais de la intimidad precisa.

—Señor —replicó Franquila—, le agradezco el gesto, pero no quisiera yo abusar de...

—Por Dios, hijo —intervino el abad—, olvida tu orgullo, mi hermano te está admitiendo en su familia. Cuando te licencies y cobres tus buenos reales podrás sostener una buena casa.

Franquila miró a Marina, que brillaba de felicidad y ya se había levantado para abrazar a su padre. Ella, desde luego, no esperaba aquella reacción, sino una buena cadena de reproches por parte del doctor Vallejo. Franquila sonrió, y con una mirada de asentimiento pareció aprobar el plan.

El abad suspiró con alivio, pues al comienzo del encuentro no contaba con una resolución satisfactoria. Fue a buscar su licor de hierbas, amarillo y brillante como oro líquido, y se dispuso a brindar, no sin antes hacerles una aclaración.

—Por mi parte, sentiré mucho vuestra marcha, y solo puedo desear que vuestro viaje se demore unas semanas, hasta fin del verano.

—¿Pues cómo, piensas que te resultará difícil encontrarme un sustituto? —preguntó el doctor, que por fin parecía sonreír sin amago de tensión en el rostro.

—No creas que es tan fácil, hermano. Pero más allá de eso, me debo a la congregación y he de responder ante mis superiores. No puedo dejar el monasterio sin médico, y más cuando por tu parte aún mantienes un contrato con la Iglesia. Puedo excusar su incumplimiento, pero solo si hay otro doctor en el puesto y no supone inconvenientes por los reales que ya has cobrado.

—Entiendo. Tal vez debieran ir partiendo Franquila y Marina, entonces.

—Podríamos esperar también esas semanas —razonó el joven— para que Marina termine de reponerse y para no faltar tampoco yo a mi compromiso con la farmacia de Ourense; así les daría tiempo para encontrar otro bachiller en prácticas.

Siguieron debatiendo el asunto un largo rato, y decidieron quedarse todos hasta la llegada del sustituto del doctor Vallejo. Acordaron, además, evitar los posibles encuentros fortuitos con el alcalde y sus hombres, por lo que sería mejor que cada cual se quedase en su casa cuando hubiese mercados, romerías populares y fiestas; cuando Franquila bajase a Ourense, debía hacerlo con Marina, y no dejarla sola en su casa. El doctor se había ofrecido a que durmiese en la suya, pero bajo ningún concepto quería la joven volver a pasar por delante de la Casa de Audiencias.

Con aquella reunión regada de licor de hierbas pareció llegar la paz familiar, pero no era prudente confiarse, pues cuando el viento amaina lo apropiado es fortalecerse para prevenir las nuevas tempestades. ¿Cómo iban a suponer Marina y Franquila que en tan solo unas semanas gran parte del pueblo de Santo Estevo estaría muerto?

27

Jon Bécquer ascendió el sendero del pequeño pueblo de Santo Estevo como si caminase dentro de un sueño. A su paso bailaban imágenes, frases sueltas, decorados del extraño teatrillo que había vivido aquellos últimos días. Había encontrado el eslabón que lo unía todo, pero todavía desconocía cómo se ensamblaban las piezas. En su mente, no dejaba de construir teorías sobre lo que había encontrado en el apartado de agradecimientos del artículo de aquel historiador. Llevaba aquella gruesa revista en la mano, de modo que se detuvo y volvió a leerla con atención:

> Mi agradecimiento a doña Pilar Costas, directora del Hospital Provincial Santa María Madre, por su accesibilidad y disposición para que pudiese completar esta investigación exhaustiva sobre el Botamen de Oseira; así mismo, gracias al doctor internista don Ricardo Maceda, responsable de la farmacia del hospital, que amablemente me permitió el acceso al inventario y colaboró activamente en mi tarea de documentación.

Si no recordaba mal, Germán le había dicho que Ricardo había sido médico en Madrid, y que llevaba bastante tiempo jubilado. Desde luego, este dato no objetaba que antes pudiese haber estado trabajando en Ourense: a fin de cuentas, el artículo era del año 1989, y resultaba perfectamente lógico que hubiese ejercido su carrera de medicina cerca de su familia, y más con los privilegios adquiridos en la comarca. Los Maceda llevaban varias generaciones siendo una de las familias más poderosas y adineradas de la zona. Que un terrateniente como aquel se marchase a Madrid para cambiar de aires tampoco era extraño. Quizás allí había conseguido mejor plaza. ¿No era la ambición la que movía la mayoría de las cosas? Jon cerró la revista y la enroscó como si fuese un catalejo, apretándola entre sus manos. Había salido apresuradamente de su habitación, dando por hecho que efectivamente los anillos habían sido escondidos en aquel botamen y que quien los tenía era Ricardo Maceda, pero quizás se había precipitado. Analizó varios puntos, que fue contabilizando con los dedos de sus manos, como si así pudiese construir un silogismo más sólido.

Primero. Que hubiese desaparecido un frasco del botamen de Oseira no quería decir que los anillos hubiesen estado escondidos allí. Aquel bote de cerámica podía faltar del inventario porque se hubiera roto o extraviado. Dar por hecho que las reliquias hubiesen sido escondidas en la botica, además, suponía partir de una premisa bastante inconsistente.

Segundo. Que Ricardo trabajase en el departamento que custodiaba el depósito del botamen podía deberse a la más simple casualidad. Coincidencias de la vida. No suponía una base razonable para construir teorías formales.

Tercero. Cualquier información que el historiador del artículo le hubiese contado a Ricardo Maceda sobre el botamen no tendría por qué estar relacionada con los nueve anillos de los obispos, a los que ni nombraba, pues cuando hablaba del contenido de los botes solo hacía referencia a las hierbas medicinales.

Cuarto. Suponiendo que Ricardo Maceda hubiese iniciado una investigación como la suya para encontrar los nueve anillos, resultaba plausible que hubiese seguido sus mismos pasos. Por ello era factible que hubiese llegado a localizar el inventario que también él había descubierto en el Archivo Catedralicio, en el que se aludía a un potencial robo de los anillos por parte de unos fugitivos en el invierno de 1833, con una posible huida hacia Oseira. Pero la posibilidad de que los fugitivos hubiesen seguido ese camino no podría haber llevado a Ricardo hasta la botica ni hasta su botamen, salvo que dispusiese de dotes adivinatorias o de información de la que él carecía.

Quinto. Enlazando con lo anterior, el padre fray Damián les había dicho que las memorias de Mariano Castañeda, aquel monje que había terminado casándose en Cuba, las habían recibido hacía solo seis meses, y que ellos eran los primeros en consultarlas. Sin aquellas memorias, era imposible que Ricardo supiese que los fugitivos habían llegado efectivamente a Oseira, y mucho menos habría sabido si llegaron a entregarle los anillos al boticario; todo ello a menos que hubiera alguna otra documentación que lo atestiguase, que no podía haberla, porque Jon consideraba haber rastreado todos los archivos nacionales y locales.

Entonces, si todo eran suposiciones y casualidades, ¿qué demonios hacía subiendo aquel camino dispuesto a llamar como un poseso a la puerta de la Casa de Audiencias? Jon tomó aire y se respondió a sí mismo: los puntos uno, dos, tres, cuatro y cinco de su razonamiento se quedaban vacíos por el simple hecho de que él no creía en tal acumulación de casualidades. El nombre de Ricardo Maceda no podía haber aparecido así, de pronto, en el último eslabón conocido de los anillos de Santo Estevo. Unos anillos cuyo paradero oculto defendía con tanta vehemencia. ¿Sería capaz de matar por ello? No, sería demencial que lo hubiese hecho por unas reliquias que, además, parecían no importar a nadie.

«Céntrate, Jon. No hay ningún asesinato ni ningún crimen a la vista. Lo de Comesaña fue muerte natural. Natu-ral. Te lo ha dicho el sargento un montón de veces.»

Por otra parte, aquella situación era demasiado evidente. Si estuviesen dentro de una novela de misterio, o en un *thriller* cinematográfico cualquiera, el guardián de los anillos no podría mostrarse de forma tan descarada desde el principio, con aquellos discursos tan vehementes y exagerados a favor del ocultamiento de las reliquias. ¿Acaso sería posible que el juego de detectives fuese tan sencillamente obvio en la vida real?

El profesor decidió salir de dudas, así que tomó aire y continuó su camino hacia la Casa de Audiencias. La vivienda se había mimetizado con el paisaje, viejo como ella, y, embebida por los colores del lugar, había acabado enredada con los grises de las piedras y los verdes del musgo y de los bosques. Pero no por ello dejaba de resultar un espectáculo pararse ante su puerta a contemplar aquel enorme escudo con las nueve mitras. De pronto, mientras admiraba el escudo, Jon cayó en la cuenta de que aquellos nueve símbolos picudos podían no representar los ancestrales sombreros episcopales. Por un instante, vio en aquellos triángulos cónicos los propios anillos de los obispos: en muchos cuadros y láminas antiguas tenían aquella forma, y no la actual, que se limitaba al círculo y a la piedra preciosa correspondiente. En los anillos episcopales, la forma cónica triangular implicaba la mayor representación de poder, porque suponía para la mano del obispo lo que la corona para la cabeza de un rey. Jon observó con detenimiento el escudo, como si fuese la primera vez que lo veía. Ya había aceptado que, en lo relativo a la historia, era imposible navegar entre certezas, pues prácticamente todo lo que nos había llegado lo había hecho de forma parcial y adulterada.

Cuando Jon llamó a la puerta de la Casa de Audiencias, tardaron bastante en acudir a abrirle. Él había esperado que lo recibiese la Lucrecia de siempre: lúcida y ácida por dentro, arruinada y desgastada por fuera. Pero quien lo atendió fue la empleada del servicio, Elsa. Lo reconoció de su anterior visita —«¿Lleva mucho llamando? Perdone, es que ando algo mal del oído»— y lo invitó a pasar, haciéndole esperar un rato en el zaguán. Al cabo de unos minutos regresó y lo llevó hasta el salón, donde *el señor* lo esperaba. La mujer desapareció de escena por una puertecilla lateral con absoluta discreción, sin que apenas sonasen sus pasos sobre el suelo, y dejó a los dos hombres solos. Jon se quedó mirando hacia el sofá donde se encontraba Ricardo, al lado de la biblioteca. Parecía estar leyendo un libro, completamente concentrado. El profesor adoptó la técnica que había visto a Germán, y tosió con el objetivo de hacerse notar. Ricardo alzó la mirada.

—Ah, ya está aquí, detective. Pase, pase.

Bécquer se acercó y se quedó de pie frente al anciano. Estaba tan bien peinado y afeitado como en la otra ocasión, como si de un momento a otro fuese a irse a una fiesta. Su voz, sin embargo, seguía rota y deshuesada, y la colonia no podía ocultar el pesado olor de la enfermedad, el aroma de la muerte que comenzaba a danzar a su alrededor. Llevaba un batín azul oscuro acompañado de un elegante pañuelo al cuello, y una gruesa manta granate le cubría las piernas.

—Disculpe que no me levante, estos días estoy bastante cansado. ¿Qué le trae por aquí?

—Quería hablar con usted de los anillos de los obispos.

—¿Otra vez? Ya le dije todo lo que sabía.

—Por supuesto, y no quiero molestarlo más de lo debido, pero he realizado algunas averiguaciones en los últimos días... Al parecer, es posible que dos ladrones se llevasen los anillos en el año 1833, y que estos terminasen en Oseira.

—¿En el monasterio de Oseira? ¡No me diga! —exclamó Ricardo, que tras terminar la frase no pudo evitar un breve ataque de tos.

Jon, que intentaba centrarse y adormecer un incipiente y familiar dolor de cabeza, esperó unos segundos a que se recuperase.

—Es muy posible que un monje llamado Eusebio, que era el boticario de Oseira, escondiese los anillos en alguna parte del monasterio. He rastreado todo lo que quedó en pie después de la exclaustración, y solo he encontrado el botamen de la botica, que permaneció intacto durante doscientos años.

—Ya veo... —El anciano se quedó pensativo y en silencio durante un largo rato—. Y usted, sin duda, habrá supuesto que los anillos pudieron ser escondidos dentro del botamen. —Ricardo tomó aire y negó con la cabeza, fingiendo reírse—. Que Dios bendiga una imaginación tan talentosa.

—Figúrese si tengo imaginación que hasta he pensado que alguien pudo haber cogido el único frasco que falta del botamen.

—Ah, ¿falta uno?

—Ya ve. En el hospital provincial de Ourense entraron treinta y ocho, pero solo salieron treinta y siete.

—¿Y?

—Y nada. Que pudo romperse o perderse.

—Sin duda. Además, ¿para qué iba nadie a llevarse el frasco? Si los anillos hubieran estado dentro, con haberlos cogido habría sido suficiente.

—Pues no lo sé. Quizás con las prisas fuese más fácil llevárselo directamente. He pensado que usted podría ayudarme en ese punto. Más que nada porque fue el responsable de la farmacia de ese hospital y del depósito donde casualmente estaba el botamen.

Ricardo cambió el gesto y endureció la mirada, frunciendo levemente el ceño.

—No sé cómo ha obtenido esa información, pero lo que insinúa... Yo no...

—Lo que yo no sé —le interrumpió Jon— es cómo supo usted lo de los dos fugitivos que se llevaron los anillos a Oseira. De verdad que me interesaría muchísimo saber en qué archivo encontró esa información. Por curiosidad.

Ricardo miró fijamente a Jon. Sin dureza, solo evaluándolo.

—Lo que dice no son más que torpezas impropias de

un hombre de letras tan... *experimentado* —le dijo, con evidente tono peyorativo—. Si alguien hubiese encontrado algo en ese botamen, habría sido solo por azar. Un golpe de suerte. Creo que debería olvidar ya este asunto, señor Bécquer.

—No piense que no sé que he ido dando palos de ciego, señor Maceda. Pero ¿sabe lo que creo? Creo que usted encontró los anillos y que decidió custodiarlos. Y pienso que aún lo hace.

Ricardo tomó aire varias veces, como si el oxígeno del ambiente fuese escaso y necesitase bocanadas más grandes de lo normal.

—Veo que no solo es terco, sino imprudente. Siga mi consejo y olvídese de esos anillos... Sea listo y váyase a su casa, Bécquer. Y ahora, si no le importa, creo que debería marcharse.

Jon asintió y dudó sobre si seguir o no presionando al anciano. Se encaminó hacia la puerta y dio tres pasos, pero se detuvo. Se dio la vuelta. Ricardo lo esperaba con los ojos vestidos de desafío, dejando claro a Jon que cualquier nueva pregunta o comentario por su parte sería tomado como impertinente.

—¿Me permite una pregunta?

—Le permito que se marche.

Jon dio un paso más hacia el anciano, haciendo caso omiso a sus advertencias.

—¿Cree que Alfredo Comesaña murió por culpa de los anillos? La noche en que le dio el infarto, casualmente, iba a contarme algo. Y estoy seguro de que estaba relacionado con los anillos. Así se lo he contado a la Guardia Civil, que está al tanto de todo... salvo del detalle de quién custodiaba el botamen de Oseira en el hospital, claro..., aunque se lo haré saber hoy mismo. Pero en fin, como usted dice, estas cosas no dejan de ser especulaciones y casualidades. Lo dejo descansar, me marcho. Buenos días.

Bécquer se dio la vuelta dispuesto a irse, y Ricardo bajó la cabeza y miró hacia sus pies, como si estuviese pensando en algo que requería mucha concentración. Volvió a hablar, con la voz más ronca y estropeada que nunca, haciendo que Jon se detuviese.

—Le he dado la oportunidad de que se marchase. Qué insensato ha sido.

Tenía razón. Jon había sido consciente de haber traspasado el límite de la prudencia, pero había asumido un riesgo que él consideraba limitado. Aquel anciano apenas podía ponerse en pie. ¿Qué podía hacerle?

Sin embargo, Ricardo se levantó con una sorprendente agilidad, descubriendo lo que guardaba bajo su manta: un revolver viejo y aparentemente antiguo, de coleccionista.

—Siéntese ahí, Bécquer —le dijo el anciano sin dejar de apuntarle y señalando uno de los sofás de la biblioteca—. Y dígame exactamente qué le ha contado a la Guardia Civil.

Jon, atónito, miró al anciano durante unos segundos. ¿De verdad le estaba apuntando con una pistola? ¿Eso significaba que, al final, la muerte de Alfredo Comesaña no había sido tan natural como aparentaba? Bécquer no pensaba obedecer como un animal en el matadero, pues si aquel anciano ya había asesinado antes, no tendría ya una conciencia templada que lo frenase a la hora de apretar el gatillo. El joven se agachó y comenzó a correr hacia la puerta, pero allí descubrió que una siniestra silueta masculina le frenaba el paso y que, posiblemente, ya no podría escapar de aquella ratonera.

28

Quien bloqueaba el paso de Jon era un hombre bastante joven, casi de su altura, que salió de la sombra del marco de la entrada al dar un paso firme hacia él. Su presencia era impecable: un traje oscuro y un alzacuello blanco bajo una mirada seria, de disgusto contenido.

—Haz caso a Ricardo y siéntate ahí, Bécquer.

—¡Quijano! Pero ¿qué...?

—Siéntate —repitió el cura.

Jon no daba crédito. ¿Qué hacía allí Quijano? ¡Si había sido uno de sus principales apoyos en la investigación de los nueve anillos! ¿Acaso no veía lo que estaba haciendo aquel viejo desequilibrado de Ricardo Maceda?

—Quijano, ¿no ves que este loco nos apunta con una pistola?

—Te apunta a ti, no a mí. Siéntate —repitió apretando la mandíbula.

—Le aseguro que esta vieja joya dispara perfectamente —añadió Ricardo con su voz rota, alzando un poco más la pistola Astra 400 que llevaba en la mano derecha y mostrándola como un triunfo—. Y, mire usted por dónde, esta maravilla de la Guerra Civil la encontramos entre las ruinas de Santo Estevo... Otro de esos misterios que a usted tanto le gustan..., aunque, créame, no sé cómo llegó hasta ahí.

Jon midió sus posibilidades. En un forcejeo cuerpo a cuerpo con Quijano podía salir bien parado, pero si recibía un tiro por la espalda ya no tendría ninguna posibilidad. La puerta de entrada y la del servicio se ocultaban tras una cortina de terciopelo, que era por donde se había marchado Elsa. Contaría con aquella vía de escape si la cosa se ponía peor de lo que ya se estaba poniendo. Se sentó donde le habían ordenado.

—Creo que tendría que tranquilizarse, Ricardo. Para empezar, debería bajar esa pistola.

—Ya es tarde —negó, cortando el aire con su voz de sierra oxidada—. Le dije que se marchase.

—¿Esto es por los anillos? ¡Si no le importan a nadie! Quijano, ¿qué... qué tienes tú que ver con esto? ¡Si tú y Amelia habéis sido mi mayor apoyo en la investigación!

—No, Jon. Pero qué equivocado estás —le replicó Quijano con un gesto de reproche y de decepción en el rostro—. Desde que entraste en el taller preguntando por los anillos lo único que hemos hecho ha sido tenerte controlado.

—¿Hemos...? —A Jon no se le había escapado que el cura había utilizado la primera persona del plural—. Pero ¿Amelia?

Quijano negó con la cabeza, sin disimular su asombro ante la ingenuidad de Jon.

—¿De verdad pensabas que una restauradora como ella iba a perder el tiempo dándose paseítos por la ciudad contigo? Tuviste un golpe de suerte al encontrar el inventario en el Archivo Catedralicio, pero que te animásemos a seguir la pista y a ir a Oseira solo fue para que te largases de aquí.

—Pero, no entiendo... Entonces, ¿vosotros no sabíais lo de Oseira?

—No sabíamos que habían llegado las memorias de Castañeda al monasterio, y mucho menos que hablasen de los fugitivos.

—¿Y cómo sabíais vosotros lo del botamen de Oseira, entonces?

—Jon... ¿Crees que esto es como en las películas? ¿De verdad piensas que tenemos tiempo o ganas para explicártelo todo?

El rostro de Quijano reflejaba un desprecio genuino.

Jon fue consciente, por primera vez, de que su vida estaba en verdadero peligro. Sintió miedo y pensó que tenía que ganar tiempo como fuese.

—Está claro que ya tenéis pensado qué hacer conmigo, aunque si vais a matarme lo menos que podríais hacer es darme una explicación. ¿Amelia sabe que estáis haciendo esto, de verdad?

—A Amelia la tenemos *durmiendo* en el sótano hasta que entre en razón. Si le sucede algo a ella, también será culpa tuya, por meter las narices donde no te llaman.

«¿También? ¿Cómo que también...?» Jon había empezado a sudar mientras se esforzaba por atar cabos, por razonar y por salir de aquella ratonera.

—Entonces es verdad, fuisteis vosotros los que matasteis a Comesaña. Todavía no entiendo por qué.

—Porque, como a usted —intervino Ricardo—, le había dado por ir levantando muertos.

—¿Qué? ¿Pero aquí están todos locos? ¿Qué le hicisteis?

—No sufra tanto, detective. Ni siquiera lo conocía, y fue bastante rápido.

Ricardo no dio más explicaciones a Jon. En realidad, para él, deshacerse de Comesaña había sido fácil y rápido. No había sido algo premeditado. La noche en que murió, un poco antes de ir a su actuación con los turistas, había pasado por la vieja Casa de Audiencias. A veces lo hacía antes de ir al parador, porque sabía que siempre lo invitaban a buena comida y bebida. Pero Lucrecia y la asistenta habían ido de compras a Ourense; tal vez a aquellas horas ya estuviesen a punto de regresar. La conversación entre Comesaña y Ricardo había sido inicialmente ligera, informal. Pero tras dos tragos de vino el gigante le había dejado entrever sus intenciones. No lo había confesado claramente, pero había alabado a Jon Bécquer y había sugerido que confiaba en la posibilidad de que si los anillos fuesen descubiertos aquella zona volviese a la vida; y así, de paso, tal vez su negocio con los turistas creciese de forma exponencial. Ricardo había comprendido al instante que el muchacho estaba dispuesto a desvelar el secreto que todos guardaban desde hacía tantísimo tiempo. Sabía que Alfredo Comesaña nunca se negaba a una invitación de licor café, de modo que justo antes de que este se fuera a su actuación en el parador, lo había invitado a aquella oscura bebida emponzoñada. Descubrirían el veneno en la autopsia, pero no podrían saber quién se lo había dado.

—Lo envenenaron, ¿no? —adivinó Jon en voz alta, cada vez más nervioso. Su hormigueo interior, su hermano muerto, estaba más alerta que nunca—. Pero ¿qué locura es esta? Si me hubiesen dicho desde el principio que tenían ustedes los anillos y me hubiesen pedido que no dijese nada, yo nunca habría faltado a mi palabra.

—Ya es tarde para un pacto de caballeros, señor Bécquer. Si no le hubiese llenado la cabeza a Alfredo con sus fantasías de turistas en masa viniendo a ver los anillos, hoy ese muchacho todavía estaría aquí.

—Entonces lo hizo usted —replicó Jon, asombrado, mirando hacia Ricardo—. ¿Cómo pudo hacerlo?, ¿cómo? ¡Son solo unos ridículos anillos, joder!

—¡Qué poco sabe usted de la vida, señor Bécquer! —El anciano tomó aire y dio un paso hacia Bécquer con gesto de desprecio—. No tiene ni idea de espiritualidad, ni de religión, ni de valores ni de fe. Las cosas no son lo que valen, sino lo que significan.

—¿Y qué significan esos anillos? No me diga que cree en sus milagros... ¡Usted, que es médico! Si fuesen tan mágicos le habrían curado el cáncer, ¿no le parece?

—No sea ridículo. La magia no está en lograr imposibles, sino en conseguir que los milagros perduren.

Jon miró a Ricardo sin acertar a comprender, sin ver en sus palabras más que la obsesión enfermiza de un hombre que había enloquecido y con el que era imposible razonar. Si lograba un punto de entendimiento, no sería con él. Se volvió hacia Pablo Quijano.

—Quijano, escúchame. Si tú no tienes nada que ver

con la muerte de Comesaña, no tienes que encubrir a este hombre. No entiendo ni qué haces aquí ni cómo te has dejado enredar por este disparate.

—Eres tú el que no entiende nada —replicó el cura.

De pronto, a Jon le dio la sensación de que la mirada de Quijano desprendía más locura que la de Ricardo, más vehemencia y resolución. Su atractivo se había diluido, sus perfectas facciones se habían transformado en muecas por culpa de su furia contenida.

—¿Sabes lo difícil que es mantener unidas las comunidades? ¿Puedes llegar siquiera a comprender qué significa que las aldeas se vacíen, que se pierdan las costumbres, que desaparezcan la fe y los lazos entre las personas? Ahora lo hacemos todo con el teléfono móvil, hablamos sin vernos y sin escucharnos.

—No sé qué tiene eso que ver con...

—¡Cállate! Por supuesto que no lo sabes. Cuando vine por primera vez a Santo Estevo acabé sabiendo que Ricardo custodiaba los anillos. Pero no me planté en su casa como tú, sin apenas conocerlos y sin merecerme su confianza, pretendiendo que me abriesen sus brazos y me contasen sus secretos. Tardé muchas semanas en ser digno de sus confidencias y en demostrarles que estaba de su lado, en poder pertenecer a la comunidad de Santo Estevo.

—Entonces, el padre Julián también lo sabe.

—No, ni falta que hace. Lleva muchos años viviendo en Allariz y olvidando sus verdaderas obligaciones con esta comunidad. Yo no hago eso —añadió, sin disimular su orgullo—, yo me implico, llevo muchas parroquias, mantengo sus lazos y las cuido.

—Que tuvieseis o no los anillos en Santo Estevo no iba a ayudar a la comunidad...

—¿No? ¿Sabes cuánta complicidad puede alimentar un secreto? ¿Sabes que vienen embarazadas desde Ourense y desde otras provincias para que se les pasen los anillos por el vientre?

—Entonces poco os va a durar el secreto. Alguien se irá de la lengua.

—¿Tú crees? Ricardo, ¿cuánto hace que tienes aquí los anillos?

—Más de veinticinco años.

—Ya ves, Jon —replicó Quijano con gesto triunfal—. La fe encuentra los caminos adecuados, y sus fieles respetan las reliquias sagradas y encuentran en ellas y en la palabra del Señor un sentido a sus vidas. Ahora, que tenemos tanto, ¿no te parece asombroso el número de suicidios, la falta de soporte espiritual?

—Nada de eso justifica el asesinato.

Pablo Quijano suspiró, asintiendo sin dejar de mirar a Jon.

—No, es cierto. Pero aunque un siervo del Señor se haya excedido —argumentó, mirando a Ricardo—, sus fines eran lícitos. No me queda más remedio que ampararlo y perdonarlo para proteger el estilo de vida de toda la comunidad.

—¿De toda la...? Entonces... —Jon se dio cuenta de algo y dudó, temiendo la respuesta—, ¿Germán también sabe esto?

—¿Germán? No... Germán nunca ha sustentado su vida en la fe. Ni siquiera es de aquí.

—No confiamos en los de fuera —añadió Ricardo, apretando con más fuerza la pistola.

—Comprendo todo lo que me habéis explicado —razonó Jon alzando ambas manos y moviéndolas en un gesto que solicitaba calma—, pero creo que esta locura tendría que acabar aquí. Qué pensáis, ¿matar a todo el que quiera contar vuestro secreto? Esta vez ha sido Comesaña, pero mañana podría ser otro cualquiera. ¿Y conmigo qué vais a hacer?, ¿matarme?, ¿hacerme desaparecer? La Guardia Civil me buscaría...

—El bosque es muy grande —se limitó a decir Ricardo, que endureció la mirada, dejándole claro a Jon que estaba dispuesto para apretar el gatillo.

«¡Estos cabrones piensan matarme y enterrarme en el bosque!» Jon se sentía ya verdaderamente aterrado. ¿Escucharía alguien el disparo? Quizás Germán, el vecino más próximo. Tal vez él atase cabos. «¿Y quién lo iba a creer? Si habla con su esposa muerta, joder.» Quizás Elsa, la asistenta, pudiese alertar a alguien si escuchaba disparos... «Mierda, si esa está medio sorda... ¿Dónde estará Lucrecia?» Jon intentó ganar tiempo. Se levantó y volvió a pedir calma con un gesto apaciguador de sus manos.

—¿Y Amelia? Si la tenéis aquí en contra de su voluntad en algún momento tendréis que liberarla. Y si le pasa algo... ¿pensáis que no van a investigarlo? De verdad, tenéis que parar aquí. Yo os prometo no contar nada.

—Las promesas de alguien sin fe no valen nada —se limitó a replicar Ricardo, haciendo de nuevo un inminente ademán de disparar.

—Ricardo. —Una voz femenina resonó en el cuarto con una dureza insólita, a camino entre la advertencia y la dura amonestación de una madre a un hijo que ha hecho algo muy grave—. Baja la pistola inmediatamente.

Lucrecia miraba a su marido desde la entrada de la puerta que utilizaba habitualmente el servicio. Ella también llevaba un arma en la mano, muy parecida a la que blandía Ricardo, quizás más antigua.

—Vete, mujer, tú no entiendes nada.

—Llevo aquí el tiempo suficiente para haberlo entendido todo.

Lucrecia miraba a su marido con lástima e incredulidad. Acababa de comprender que el asombro que él había mostrado por la muerte de Comesaña no había sido tal, sino que se había producido a causa de su sincera sorpresa por el diagnóstico forense de infarto, en vez del de envenenamiento. Qué ciega había estado. Ahora comprendía que sí, que la enfermedad, los años, las obsesiones y la demencia se habían llevado a su marido para siempre.

—Baja el arma, vamos a resolver esto sin más sangre.

Quijano aprovechó que estaba muy cerca de Lucrecia y, sin mediar palabra, se abalanzó sobre ella para arrebatarle el revólver. Jon saltó corriendo hacia ambos, buscando ayudarla. Fue entonces cuando sonaron dos disparos afilados y consecutivos, y el profesor, volando por el aire, ya no tuvo tiempo de pensar ni de sentir miedo.

29

Xocas había decidido ir a buscar a Jon directamente a su habitación. Había conseguido que Rosa, acompañada de una camarera de piso, les abriese la puerta del cuarto del antropólogo, solo para comprobar que no se hubiera desmayado sobre la alfombra o algo peor. Sin embargo, la habitación estaba vacía, y el sargento comprobó con fastidio cómo parpadeaba el teléfono móvil de Bécquer sobre la mesilla. «Vaya día has escogido para olvidarte el teléfono, profesor», se lamentó el sargento. Comprobaron que su coche estaba en el garaje del parador, de modo que no podía haber ido muy lejos.

—Quizás ha ido a correr —aventuró Ramírez cuando ya estaban de nuevo en el claustro de los Caballeros, a punto de marcharse.

—Sí, quizás —asintió Xocas, frunciendo el ceño sin estar convencido—. Lo buscaremos por los alrededores.

De pronto, llegó Rosa con paso apurado desde recepción.

—Sargento, me dice Raquel —dijo, mirando hacia una chica que los observaba desde la recepción, y que era la joven de prácticas que también había atendido a Jon aquellos días— que se ha cruzado con Bécquer no hace mucho rato, y que le ha parecido ver que tomaba el camino hacia Santo Estevo, aunque no puede asegurarlo.

—¿Sí? Santo Estevo... ¡Perfecto, muchas gracias! Vamos, Ramírez.

Cuando Xocas e Inés Ramírez estaban llegando casi a la altura de la antigua casa del médico, vieron a una mujer en la puerta de la Casa de Audiencias. Identificaron enseguida el edificio gracias al enorme escudo y al relato detallado que Jon les había hecho sobre sus peripecias. El sargento se acercó de inmediato.

—Buenos días, perdone... ¿Vive usted aquí?

—Sí, señor, trabajo aquí —replicó Elsa, que no pudo ocultar cierto temor ante los uniformes de Xocas y Ramírez.

—¿Se marcha? —le preguntó el sargento, viendo el ademán de la mujer.

—Voy a por el pan.

—Estamos buscando a un hombre alto que posiblemente haya pasado por aquí hace un rato, tal vez lo haya visto.

—¿Alto? Se refiere usted al señor Bécquer... Está dentro con don Ricardo.

—Ah, pues entonces querríamos...

Xocas se detuvo de pronto y miró a Ramírez. Acababa de escuchar algo muy parecido a una detonación.

—Joder, ¿eso ha sido un disparo? —Xocas se acercó corriendo a la puerta, que estaba cerrada.

—Creo que han sido dos —replicó Ramírez, con gesto de preocupación y siguiendo al sargento.

—Yo no he escuchado nada —replicó Elsa extrañada.

—¡Abra! ¡Abra inmediatamente!

Por un momento Jon no supo si era él el herido o si las balas habían llegado a alguna parte. Lucrecia yacía en el suelo con Quijano encima, como si la estuviese abrazando. Ambos estaban inmóviles. De pronto, ella resopló y abrió los ojos; movió su mano libre para quitarse a Quijano de encima, como si le pesase tanto como un cielo de plomo. Fue Jon quien la ayudó a retirar al joven cura, que parecía inconsciente y con una herida profunda en la zona alta del pecho. Todavía respiraba. Jon miró hacia atrás, hacia Ricardo. No se había movido ni un centímetro, aunque ahora la pistola le temblaba en la mano.

—Tenemos que llamar a una ambulancia, Ricardo. Por favor, baje el arma.

—Lu... Lucrecia.

En el rostro del anciano parecía dibujarse un gesto de sorpresa, como si se acabase de despertar de un sueño y estuviese estudiando por primera vez aquella realidad. Su mujer se levantó con esfuerzo y agarrándose la cadera con su mano libre, aún sosteniendo con la otra la vieja pistola. Su aspecto, con el moño descolocado y toda aquella pintura en la cara, resultaba grotesco. Miró a su marido a los ojos, llenando los propios de lágrimas cansadas y de lástima.

—Pero ¿qué has hecho, idiota?

Jon observaba la escena sin atreverse a intervenir. Lucrecia y Ricardo habían conectado sus miradas creando un pasillo propio y privado en el que sin hablar se contaban todo, se hacían preguntas y se las respondían como solo saben hacerlo los que llevan toda la vida juntos. Que cada uno blandiese una pistola en la mano no dejaba de dotar a aquella extraña escena de un aliento esperpéntico, como si los dramas y frustraciones de todos los tiempos se hubiesen condensado en aquel instante.

—Señor, ha venido la Guardia Civil, está aquí el sargent...

Elsa acababa de entrar apurada por la puerta principal, seguida del sargento Xocas y de la agente Ramírez. Se quedó petrificada, sin comprender la escena que estaba presenciando: el padre Quijano inconsciente en el suelo y sobre lo que parecía un creciente charco de sangre, y sus patrones enfrentándose en un inesperado duelo, aunque no parecían apuntarse el uno al otro, sino solo sostener las viejas armas de colección de don Ricardo.

Xocas fue el primero en reaccionar, y comenzó a hablar al mismo tiempo que llevaba la mano hacia su pistola, que desenfundó en solo unos segundos.

—No sé qué está pasando aquí, pero hagan el favor de dejar las armas en el suelo y de dar cinco pasos atrás cada uno de ustedes —ordenó refiriéndose a Lucrecia y Ricardo.

Ella no obedeció, y se quedó mirando a su marido, como si fuese él quien tuviese que tomar la decisión. Ricardo sonrió con un cansancio infinito, como si todo su tiempo en el mundo se hubiese resuelto en un último acto teatral equivocado. Cerró los ojos y se llevó la pistola a la sien derecha, en un movimiento que Jon no supo discernir si era propio de una locura desmedida o de una trágica lucidez. El estruendo hizo que un dolor intenso y ruidoso los traspasase a todos. El cuerpo de Ricardo se derrumbó a plomo sobre el suelo, y un grueso e irregular río de sangre se dibujó progresivamente sobre la madera mientras Lucrecia gritaba desgarrada y se dejaba caer de rodillas al suelo, mostrándose por primera vez como la mujer rota en la que se había convertido.

Marina

Terminaba el verano de 1833 y el ambiente fluía extrañamente tranquilo, navegando en esa falsa calma previa a la tormenta. Llegaban noticias internacionales con cuentagotas, y el mundo seguía caminando hacia una transformación que anulaba las viejas costumbres. En Reino Unido acababan de aprobar por fin la abolición de la ley de esclavitud, aunque en España seguían ofreciéndose en prensa las *negras* para el servicio de las casas; el hecho de que esta y otras costumbres comenzasen progresivamente a desaparecer suscitaba polémicas y numerosas opiniones, pero eran otras noticias de la patria las que resultaban más inquietantes. El cólera se había extendido por varios puntos del país, y Carlos María Isidro de Borbón se encontraba exiliado en Lisboa, negándose a jurar fidelidad y obediencia a Isabel, la hija de su hermano, rey de España.

Si el cada vez más enfermo Fernando VII fallecía, ya ni siquiera los Voluntarios Realistas tenían claro a quién debían jurar fidelidad. ¿Al hermano del rey o a su hija, que apenas tenía tres años? Las dudas habían vuelto de nuevo a revolver las conciencias de los monjes: ¿debían aclamar y servir a una encantadora e inocente parvulita a la que el ánimo liberal podría absorber más fácilmente? ¿O solo en la figura de Carlos podría sobrevivir la tradición y, en consecuencia, la propia institución de la Iglesia? Muchos religiosos vivían ya atormentados. ¿Qué harían si había una nueva exclaustración, adónde irían con la miserable pensión que les darían?

Pero todos los cambios del mundo resultaban intrascendentes si no había nadie para vivirlos. El cólera acababa de llegar también a Santo Estevo. ¿Cómo saber quién lo había traído? Tal vez un mendigo, quizás un peregrino que hubiese llegado para rezar a las reliquias o a aquellos nueve santos anillos que tanta fama acumulaban. El joven médico que sustituiría al doctor Vallejo también acababa de llegar a Santo Estevo, pero este último había decidido quedarse unos días más hospedado en el monacato para ayudar a la comunidad ante aquella plaga devastadora. Manuel, el criado, decidió sin embargo despedirse. Le comunicó al doctor su ánimo de embarcar en Vigo hacia Brasil, donde tenía algún primo y en donde deseaba comenzar una nueva vida, lejos de aquella maltratada España. Cuando se marchó, Beatriz no pareció acusar especial pena, preocupándose más por el futuro de su señorita que por el suyo propio. Le confesó a Marina que, de ser posible, se casaría muy tarde, para saber qué era la vida en profundidad antes de entregarse a un marido.

—Mira que yo también decía que no me casaría.

—Mire que usted lo decía y ya estaba enamorada de Franquila. ¡Si lo sabré yo!

Pero la buena disposición de Beatriz no podía enmascarar el terror que a todos daba aquella plaga. El miedo había anidado ya en los corazones de la población, y cuando cualquiera sufría una pequeña diarrea, ya temía que el cólera se hubiese instalado en su casa, de la que sabía que ya no volvería a salir con vida. Marina y Franquila habían acudido a la botica a ayudar a fray Modesto, que no daba abasto para preparar remedios que no sabía si surtirían o no algún efecto. Desde Oseira, fray Eusebio le había escrito hacía meses; el monje cisterciense consideraba la enfermedad como infecciosa, y había recomendado no tocar a los enfermos y extremar la higiene. Sin embargo, el concepto de higiene estaba por entonces muy difuminado.

El doctor Vallejo había insistido en los remedios que inicialmente ya le había indicado a fray Modesto, además de en darle agua de arroz a los enfermos para contrarrestar la diarrea. Él sospechaba erróneamente que el cólera podía transmitirse por el aire, pero también sabía que muchos lo respiraban al lado de los enfermos y se libraban impunemente de la enfermedad, por lo que prevenir aquel mal resultaba complicado. Marina había leído los estudios hechos hasta la fecha por médicos de la capital, y sabía que hombres valerosos habían llegado a acostarse al lado de los enfermos, llegando a beberse su sangre o incluso a inoculársela sin llegar a desarrollar la enfermedad.

En solo dos semanas murieron trece niños y dieciocho adultos del pueblo de Santo Estevo, sin contar con todos los que acudían desde los pueblos de alrededor al monacato solicitando un auxilio desesperado. La enfermería del monasterio estaba al completo, y se había preparado una sala más para poder atender a los enfermos. La cajita de plata de los nueve anillos se pasó por muchas jarras de agua, buscando que el líquido elemento obrase la magia de las reliquias, pero los enfermos continuaban sucumbiendo a la pálida muerte.

Una mañana, Marina encontró a fray Modesto tumbado en el camastro de la botica. Sus músculos parecían sobresalir de la piel como un relieve bajo una tela. Su semblante era pálido, y al tocarlo pudo comprobar que estaba helado.

—El sepulcro me reclama, hija mía. Siento el peso de mi cuerpo como un plomo y todo me fatiga. Y siento un ardor en el estómago... y un calor extraordinario, como si toda mi sangre se guardase en mi vientre. No llores, Marina. Apunta todo lo que te digo, debemos hacer una lista de síntomas... —El monje había tomado aire varias veces para poder continuar—. Solo conociendo al enemigo se sabe dónde atacar, querida niña. Escríbelo todo. Sí, así.

—Padre, yo...

—No sufras, Marina, que cuando haya de marchar habré de irme con el Señor.

El doctor Vallejo había acudido a la botica, y con el estetoscopio había comprobado que el latido del corazón del fraile era ya solo un murmullo. Sin embargo, la enfermedad no seguía siempre una marcha uniforme, de modo que no podían saber si el fraile sobreviviría ni si lo haría durante tres días o una semana, que era el máximo habitual. Se realizaron muchas sangrías en la casa del médico y en la enfermería del monacato durante aquellos días, y Marina y Franquila prepararon jarabes y numerosísimas infusiones de manzanilla, aunque los resultados eran imprecisos y no encontraban explicación para comprender por qué sanaban unos y otros no.

Fray Modesto expiró una tarde mientras le acariciaba el sol de septiembre. Sin apenas fuerzas y sintiendo que su cuerpo helado no le respondía, solicitó ser llevado en camilla al claustro de los Caballeros. Allí, con Marina tomándole la mano, se durmió y dejó que por fin se marchase el dolor. Se fue sin aspavientos, sin hacerse notar, pero habiendo dejado una huella indeleble en Marina y Franquila. Cuando murió, ni siquiera el flemático joven pudo mantener la compostura, y se derrumbó en el regazo de Marina, sollozando como un niño que ha perdido a su verdadero padre.

Entre tanto, el nuevo médico tampoco parecía hallar buen remedio para aquella epidemia, y para sorpresa del doctor Vallejo, aquel joven doctor dictaminó que todo era culpa de la mala alimentación de aquellas gentes, y que sin duda todas estaban anémicas. Mandó recoger todo el hierro disponible que hubiese en la herrería para preparar remedios. El herrero se quejó de aquel atropello.

—Señor abad, ese médico se ha llevado hasta los clavos con los que iba a arreglarle los marcos de los cuadros de los obispos. ¿Cómo quiere que así pueda trabajar?

—Ah, debemos dejarlo hacer. Quién sabe si con sus remedios salva las almas de Santo Estevo.

El herrero había suspirado, comprendiendo que nada podía hacer.

—¿Y sus cuadros?

—Hable con el carpintero, a ver si puede acomodar los marcos de otra forma. Ahora lo importante es el pueblo y combatir esta plaga infame.

El herrero, sabiendo que si él y el carpintero no entregaban el trabajo no cobrarían los reales acordados, decidió pedirle a este que terminase la encuadernación con clavos de madera para resolver el problema.

El nuevo médico, por su parte, se dedicó a preparar grandes cantidades de vino de hierro. Depositó los clavos y otros materiales requisados al herrero en el fondo de un enorme barreño de agua y lo dejó al aire libre cubierto con una tela durante varios días. Cuando el agua se tiñó de oscuro por el óxido del metal, le echó vino y lo mezcló todo, dejándolo reposar un par de días más. Después coló aquella mezcla con una gasa bien fina, y el brebaje resultante lo repartió por todo el pueblo, confiando así en mejorar sus defensas. Sin embargo, aquel invento no pareció surtir grandes efectos, y el cólera continuó devastando el territorio. El propio médico cayó enfermo y, en solo seis días, fallecieron él, su esposa y su criatura de tres años.

No había día sin que la enfermedad se llevase algún alma de Santo Estevo, y el propio alcalde acompañó un día a uno de sus hombres a la enfermería del monasterio. En el camino se cruzó con Franquila, que atendió al joven con destreza y sin dirigirle la palabra a don Eladio Maceda, que lo miraba con desconfianza y con el temor angustioso de haber sido o no contagiado. En el monasterio no había ya ni paz ni sosiego, ni se respetaban las normas benedictinas de silencio de los monjes, pues lo prioritario era salvar vidas, y en la enfermería del monacato se sucedían entradas y salidas constantes de enfermos y de personas ajenas a la congregación. Por allí pasaban familiares, amigos y religiosos otorgando la extremaunción. El doctor Vallejo apenas daba abasto, y en aquella crisis encontró en Franquila un gran ayudante, estableciéndose entre ambos un nuevo e inesperado respeto.

Una mañana, nada más empezar el mes de octubre de 1833, entró el abad en la enfermería con gesto descompuesto y una carta entre sus manos, que apretaba como si con ello estrujase la vida. Se acercó a su hermano, que estaba atendiendo a un enfermo, y lo alejó tomándolo del brazo para hablarle en confidencia.

—El rey ha muerto.

—No. ¿Cuándo?

—Hace unos días, a punto de terminar septiembre. Me temo lo peor, hermano.

—¿Peor que esto?

El doctor miró hacia la gran sala atestada de enfermos, en la que el olor, con todas aquellas diarreas y deposiciones, resultaba nauseabundo. El abad se persignó por los enfermos, por los que enfermarían y por todo aquello que iba a venir.

—Mucho peor. Los carlistas ya han comenzado a formar guerrillas en el norte, y la guerra civil es inminente.

—Que Dios se apiade de nuestras almas. Y entonces, ¿a quién hemos de servir?

—No lo sé, hermano. El infante Carlos protege a la Iglesia y nuestras tradiciones, mientras que la niña reina... Ah, ¡con ella todo es incertidumbre!

Los hermanos discutieron un rato sobre las terribles circunstancias del país, que no tardarían en salpicarles directamente. Sin embargo, se vieron en la necesidad de terminar abruptamente su conversación, pues llegó el alcalde con su hijo Marcial prácticamente en brazos. Sus extremidades frías y sus gestos de dolor, encogiéndose sobre su estómago, revelaban que también había caído víctima del cólera.

—Lleva así tres días... ¡Esto es brujería! ¡Brujería! Mi hijo no se ha mezclado con esa basura mendicante, ¡por Dios que no hay explicación para que él también haya enfermado! —El alcalde se volvió hacia el doctor—. ¡Su hija! Su hija es la que ha dado brebajes a todo el pueblo, ¿quién sabe si no nos ha envenenado?

El abad, sabiendo cómo se paralizaba su hermano ante situaciones extremas, tomó aire e intervino.

—Don Eladio, cálmese, en nombre de Dios. Marina solo ha entregado agua de arroz y flores de manzanilla para infusiones. Deje que cuidemos a Marcial, el Señor proveerá.

—El Señor y mi fusil, os lo juro. Como le suceda algo a mi hijo yo...

—Por favor —insistió el abad, comprobando con una mirada rápida si el alcalde iba armado, pues temía un ataque de aquel hombre que, en su despotismo, parecía haber olvidado que él y su familia también eran carne de enfermedad, igual que todos.

Cuando lograron apaciguarlo y que se marchase, el abad y el doctor se miraron consternados. Habían transcurrido ya muchas semanas desde que habían decidido irse, y en aquel tiempo la amenaza velada del alcalde se había diluido falsamente, pues continuaba allí mismo como un espíritu invisible al que no habían querido ver. El abad hizo llamar a Marina y Franquila y se reunió con ellos y el doctor en su cámara privada.

—Debéis partir de inmediato. Si Marcial no sobrevive, el alcalde buscará dónde apaciguar su dolor, y todos conocemos sus inclinaciones.

—Pero os dejaríamos solos ante esta plaga —objetó Marina, abrumada también por el alcance de la enfermedad.

—Pierde cuidado, sobrina; ante estas circunstancias, a la congregación no le quedará más remedio que enviarnos otro médico y asistentes de urgencia. Vuestra presencia conviene aquí, pero no podemos demorar más vuestra marcha.

—Yo me quedaré.

—¡No, padre!

El doctor se volvió hacia su hija y le sujetó el mentón, tal y como solía hacer cuando era pequeña.

—Un hombre tiene que estar donde debe y cuando debe. Permaneceré aquí hasta que llegue el nuevo médico y se alivie esta plaga. Vosotros debéis partir. Nos reuniremos cuando el viento sople a nuestro favor.

—Padre, piénselo. En Valladolid también habrá enfermos que atender, gentes a las que ayudar.

—Tal vez no debamos ir a Valladolid —intervino Franquila, reflexivo—. Al menos de momento. Si es cierto que han comenzado los enfrentamientos armados, no tardarán en llamarme a filas. Si fuese ya farmacéutico podría estar exento, pero todavía no lo soy.

El doctor asintió, admitiendo con un gesto apreciativo que no había pensado en ello hasta aquel instante.

—Es cierto. Médicos, regidores, alguaciles..., muchos estaremos exentos, pero a otros los obligarán a participar en la lucha armada. Es bueno tener algo por lo que luchar, pero por Dios que ni yo mismo encuentro hoy a qué patria servir, si a la de Carlos o a la de la niña Isabel.

—Pues entonces, ¿qué hemos de hacer, padre?

El doctor comenzó a caminar por la sala con gesto reflexivo.

—Portugal. Quizás deberíais bajar a Portugal una temporada. Después, según se desarrolle la política del país y si Franquila obtiene dispensa militar, podréis ir a Valladolid para que termine allí sus prácticas y se examine lo más prontamente posible.

Discutieron aquella posibilidad largo rato, analizando sus posibles inconvenientes, hasta que el abad sacó algo que llevaba guardado en su hábito. Se dirigió a Marina en tono solemne.

—Deberás llevarte esto. —Y le mostró, dentro de una bolsa de terciopelo azul, la cajita de plata con los nueve anillos de los obispos.

—Tío, ¡no! ¿Cómo voy yo a...?

—Escucha —le rogó, solicitándole calma con la mano—. Ya he pasado antes por este trance. Es muy posible que los carlistas luchen firmemente por el infante, pero entre tanto me temo que es Isabel nuestra reina, y ya hemos vivido en estos muros tres años de liberalismo, que nos despojó de muchos bienes y nos exilió de este monasterio. Muchas reliquias fueron incautadas y ya no regresaron a Santo Estevo. Esta que te entrego es la más valiosa, y habrás de esconderla.

—No puedo hacerme cargo de un bien tan alto y estimado, ¿dónde pretende que esconda un tesoro semejante?

—Dios proveerá y confío en tu juicio, querida niña. ¿Acaso crees que no escondimos muchos de nuestros libros y bienes en 1820, antes de que llegasen los liberales? Cuando se estabilice el país traerás de vuelta los anillos, te los confío con total seguridad de que estarán en las mejores manos. Si te ves en peligro, entrégaselos a un religioso de tu confianza, que yo sé que estas reliquias pertenecen a esta tierra y sabrán volver.

Discutieron largo rato sobre aquello y sobre los nuevos planes y decisiones que se habían visto obligados a adoptar, pero terminó Marina por aceptar que su padre permaneciese de momento en el pueblo y en llevarse los santos anillos. Cuando el siguiente amanecer se despertó sobre Santo Estevo, Marina y Franquila ya se habían ido.

Marina

Marina y Franquila, acompañados de Beatriz, no tomaron camino a Portugal. Tras más discusiones hasta la madrugada, decidieron junto al padre de Marina que irían hacia Valladolid, intentando con los contactos del doctor evitar el llamamiento a filas de Franquila, teniendo en consideración que ya era prácticamente farmacéutico. Sin embargo, en el camino de salida del Reino de Galicia hacia Castilla, se encontraron a un grupo de jinetes que se hacían llamar la Comisión del Lobo, quienes los previnieron de la peligrosidad de los caminos en dirección a Verín, pues al parecer una fiera sobrehumana estaba atacando a animales y personas humildes sin dejar de ellos nada más que los despojos. Mucho tiempo después se descubrió que aquella bestia tal vez hubiese sido en realidad uno de los criminales más legendarios de Galicia, pues por aquella época había sido cuando había empezado a actuar aquel al que llamaban Romasanta.

Este aviso hizo que los viajeros estuviesen alerta, aunque había algo que ya no iba bien. Franquila comenzaba a sufrir terribles dolores de estómago, y tanto él como Marina sabían qué era lo que se avecinaba. La joven era consciente de que no podía regresar a Santo Estevo, pues si allí Marcial había caído ya víctima del cólera, ella y Franquila caerían también a manos del alcalde. Desesperada, y viendo empeorar a Franquila a cada minuto, la joven decidió cambiar su rumbo y dirigirse hacia el hogar de la única persona con conocimientos médicos que le inspiraba confianza en aquel reino. Si resultaba necesario, dirigiría ella misma aquel carromato día y noche sin descanso hasta llegar al monasterio de Oseira, donde fray Eusebio, el primo de fray Modesto, podría atenderlos con cuidados y medicinas.

En el camino hacia el monasterio se cruzaron con unos Voluntarios Realistas del grupo de Marcial Maceda, y aunque ella escondió el rostro bajo su capa, sintió que al menos uno de ellos la había reconocido. Oficialmente, nada podían tener contra ella, pero actuó por instinto y continuó su camino. Franquila, por su parte, a causa de la enfermedad y del frío que ya comenzaba a helar Galicia, no encontraba calor que lo envolviese y terminó por superponer a su propia ropa uno de los hábitos benedictinos que encontraron en el carromato. La combinación entre lo que parecía un monje enfermo y dos mujeres resultaba ciertamente extraña, pero procuraron ser discretos y el carromato solo se detenía para descanso de los caballos en zonas poco transitadas.

Por fortuna, cuando llegaron a Oseira, fray Eusebio pudo atender a Franquila en un lugar discreto, aunque que se curase o no parecía más una decisión de Dios que de la medicina. Marina, temiendo haber sido reconocida por los Voluntarios Realistas, le confió a fray Eusebio la custodia de los anillos, pues si la apresaban por algún absurdo motivo que al alcalde se le ocurriese no sabía qué sería de ellos. En efecto, y como ella suponía, el alcalde fue informado de que la habían visto camino de Oseira, y en solo dos días apareció en el monasterio profiriendo gritos y toda clase de blasfemias, pues estaba completamente convencido de que estaban allí escondidos. Su hijo Marcial no había muerto; al contrario, se había repuesto prontamente. Sin embargo, al ir a buscar la caja de los anillos para frotarla contra el cuerpo de su hijo, el alcalde se había encontrado el relicario donde se guardaba completamente vacío. Había supuesto que Marina se los podría haber llevado para sus argucias de bruja, aunque en su obcecación no se figuraba que en realidad se los había dado el propio abad.

Por fortuna, Marina y Franquila estaban hospedados en una casa de labradores propiedad del monacato, y fray Eusebio no desveló su paradero al alcalde. Mientras tanto, el joven había comenzado a mejorar con los cuidados del cisterciense, y a Marina le había causado una gran impresión la botica de aquel santo lugar, que era mucho más grande e importante que la de Santo Estevo. Le habían llamado la atención los símbolos y misterios tallados en las piedras, techos y paredes, quedándose maravillada de todo aquello. En una de las pocas visitas que el padre fray Eusebio pudo hacer a la pareja, Marina le preguntó por aquella enorme rosa de oro que había visto en la botica de Oseira.

—Ah, señorita Marina, ¡esa rosa es el símbolo por excelencia de la alquimia!

—En Santo Estevo no pude apreciarla, padre. Si la había, no la vi.

—Con toda la humildad posible de este viejo siervo del Señor, querida niña —había replicado, incapaz de disimular su orgullo, incluso en aquellas lastimosas circunstancias—, he de decir que la categoría de esta nuestra botica es inmensamente superior a la que poseen mis hermanos benedictinos.

Marina había sonreído, pues aunque apenas había podido ver nada del monasterio, en efecto había intuido allí una opulencia superior a la de Santo Estevo.

—¿Pues por qué la rosa, padre?

—¿Por qué? Porque de la semilla insignificante se llega a la belleza, a la materia transmutada. La alquimia, querida niña, es uno de los caminos del hombre para conversar con Dios, pues en ella se encuentra el mayor entendimiento y equilibrio entre la fe y la razón.

Marina había meditado sobre aquello, y mientras cuidaba a Franquila había dado gracias al cielo por haberse encontrado en su vida a monjes tan dispares pero tan llenos de bondad como fray Modesto y fray Eusebio.

Fue por ello por lo que la joven lamentó el súbito fallecimiento de fray Eusebio como si quien se hubiese marchado fuese un familiar muy querido. La muerte del cisterciense tras la visita del alcalde tuvo como consecuencia, además, que Marina no pudiese ya saber dónde habían sido escondidos los santos anillos. ¿Habrían tenido que ver el alcalde y sus gritos con aquel fallo de corazón del amable monje? Era imposible saberlo. Tal vez el ánimo sereno y templado del monje cisterciense no estuviese habituado al estrépito y la sordidez del mundo exterior.

La joven escribió una carta a su padre detallándole todo, y cuando este la recibió la guardó en un hueco entre dos tabiques de madera, por si el alcalde llegase a entrar por cualquier causa a su casa, a la que había regresado tras el fallecimiento de su sustituto. Sin embargo, no duró mucho tiempo la fortuna del doctor Vallejo, pues cuando comenzó a notar los primeros calambres de estómago supo que también él se había infectado. Ni siquiera fue capaz de escribir unas últimas letras a Marina, que supo de su muerte muchas semanas después, informándole del triste suceso su tío mientras ella y Franquila se guarecían ya en Portugal. Se habían instalado prácticamente en la frontera, y Franquila cruzaba el río Miño a diario para realizar sus prácticas en una farmacia de la que hasta aquel mismo año había sido una de las siete provincias gallegas, y que ahora se había convertido en la villa de Tuy.

Marina lloró con serenidad la muerte de su padre, y, al pensar en él, lo reconoció en aquellos últimos meses como un hombre bueno y más moderno e ilustrado de lo que él mismo se consideraba. Le consoló que se hubiese reunido con su madre y que, habiendo tantos caminos, él hubiese escogido uno que le había llevado a terminar la partida con honor.

Cuando por fin Franquila logró licenciarse, España continuaba en plena lucha carlista, y en el verano de 1834 la epidemia de cólera que asolaba Madrid sirvió como excusa para realizar en la ciudad una matanza indiscriminada de frailes, acusados de envenenar con aquella enfermedad las aguas de la capital. La Inquisición había sido suprimida aquel mismo año definitivamente, y hasta se hablaba ya de la creación de una máquina que fabricaba hielo, hecho que contradecía los principios morales y religiosos más básicos. Algunos aseguraban que hasta el papa Gregorio XVI se había lamentado de la existencia de aquel artefacto. ¿Qué sería lo siguiente, fabricar sangre?

Los Voluntarios Realistas dejaron de existir como tales, y pasaron a convertirse en milicias urbanas dependientes del Ministerio de Fomento, y no del de Guerra. Por lo que el abad relató a Marina en una de sus cartas, el joven Marcial, siguiendo con coherencia sus principios de tradición y honor, se había unido a la causa carlista y lo habían matado en una de las muchas batallas por la causa. Marina lamentó su muerte. Los principios e ideas de Marcial no comulgaban con los de ella, pero al menos el joven había sido coherente en todos sus pasos, y a ella y a Franquila los había salvado aquel día en que casi termina todo en Chao da Forca.

¿Cómo habría sido la historia si ella hubiese sido una buena chica de su tiempo, si hubiese admitido el cortejo del joven alguacil? Seguramente, mucho más fácil. Pero ambos se habrían quedado a medio vivir, preguntándose cómo sería exprimir de verdad su vida sobre la tierra. Él, por no haber dado con quien lo amase por encima de todas las cosas, y ella por dar un cariño artificial, domesticando y olvidando su propia esencia. Curiosamente, tras la muerte de Marcial, ni abad ni sobrina volvieron a hablar sobre la suerte del alcalde ni se preguntaron por su destino. Quizás esa fuese su condena, que no perdurase nada de él mismo más que su tiranía pueblerina y caciquil.

Franquila ejerció como farmacéutico varios meses, en los que él y Marina, acompañados de Beatriz, vivieron entre Madrid y Valladolid.

—¿Sabes que estoy pensando en que podríamos intentar publicar tu libro de remedios?

—Oh, no seas tonto. ¿Quién lo leería?

—Muchos y muy buenos farmacéuticos.

—Ninguno compraría un tratado como ese firmado por una mujer.

—Por eso podríamos ofrecerlo como si lo hubiese escrito tu padre. Así su nombre no caería en el olvido.

Ella había sonreído y jugado con aquella idea, que en sueños ya había imaginado cuando tomaba sus primeros apuntes tras las clases en la botica. Sí, tal vez algún día lo hiciese.

Mientras vivían en Valladolid, la pareja recibió en su casa, en diciembre de 1835, a Antonio Vallejo, que ya no era abad de Santo Estevo, porque ya no podía ser señor de algo que no le pertenecía. En el mes de noviembre de aquel año, tal y como él mismo había augurado tiempo atrás, se había llevado a cabo la segunda gran exclaustración monacal, y los monasterios de Oseira, Celanova y Santo Estevo, entre otros cientos, habían sido cerrados definitivamente, no sin antes sufrir toda clase de expoliaciones. El reinado de la jovencísima reina Isabel II, regentado por su madre, María Cristina de Borbón, había hecho que el liberalismo, finalmente, comenzase a retomar el trabajo que había comenzado años atrás.

—Ah, sobrina. Lo peor ha sido la música.

—¿La música?

—Sí, las partituras y los libros que aún conservábamos, también los de teoría musical... Todo se ha perdido. También se han llevado los libros de la botica y los códices más valiosos. ¿Sabes para qué se llevaban los pergaminos? Para que los coheteros fabricasen bombas de palenque. ¡Bestias e ignorantes! Lo han robado todo...

—Dicen que expropian a los monjes para dar libertad a los campesinos, tío. Para que dejen de ser siervos con tierra, esclavos de la Iglesia.

Él se rio con amargura.

—¡Con cuántas calumnias domestican al pueblo! No, hija, los campesinos habrán sido siervos con tierra, pero ahora serán hombres libres sin tierra. ¿O acaso crees que serán ellos los que tendrán dinero para comprar las fincas en las subastas? Se las llevarán los burgueses de siempre, ¿o qué pensabas? Lo que ahora nos roban servirá para pagar la guerra y financiar sus ejércitos. ¡Qué desgracia, esta España nuestra!

Marina había intentado consolarlo, pero hasta ella misma había sentido una tristeza profunda al saber del destino del monasterio de Santo Estevo. Allí había aprendido las maravillas y milagros de las plantas, allí se había hecho mujer y había sentido la vida apretándole las entrañas. En sus bosques se había enamorado, y allí descansaban para siempre su padre y su pequeño ángel, con el que soñaba siempre. ¿Qué sería de aquel lugar? ¿Terminaría engullido por el tiempo y siendo olvidado, tal y como sucede con las singularidades extraordinarias que los hombres no saben admirar?

A veces, Marina pensaba en los nueve anillos mágicos. Si era cierto que hacían milagros, a ella y a Franquila los habían abandonado, pues su pequeño había nacido muerto. Y tampoco habían protegido al pueblo de la devastación y el horror que supuso el paso del cólera por aquellos bosques. Sin embargo, era cierto que, después de cientos de años, el monasterio había sufrido su exclaustración definitiva solo cuando las reliquias no protegían sus muros. ¿Dónde las habría escondido fray Eusebio? Seguramente hubiesen sido ya objeto del saqueo. A Marina le sorprendió la tranquilidad de su tío ante aquella pérdida.

—¿No vuelven las golondrinas a sus nidos? Los anillos volverán a su hogar. Si no te los hubieses llevado, ya habrían desaparecido sin remedio. Ten fe.

Y Marina confió. Y soñó con otro mundo donde ser libre, y tuvo esperanza en los nuevos comienzos. Su tío dudó si irse o no de misiones, pero con el patrimonio de que disponía en Valladolid y con una cantidad razonable de reales anuales que se suponía que iba a recibir del Gobierno, decidió quedarse en su tierra para ver cómo evolucionaba o se destruía el mundo. Era imposible saberlo entonces, pero las guerras carlistas durarían hasta el año 1840 y terminaría por imponerse la pequeña Isabel II, que abandonaría las regencias impuestas y sería proclamada reina con apenas trece años. Ella sería la madre de Alfonso XII, y muchos la conocerían, por cortesía de Benito Pérez Galdós, como la reina de los tristes destinos.

Marina y Franquila, a diferencia del último abad de Santo Estevo, decidieron respirar otro aire y, como decía Franquila, «buscar el futuro».

—¿No te dará pena marcharte?

—Claro, mi amor. Pero de pena no se vive —le dijo él, y se acercó hasta apoyar su frente sobre la de ella—. *Caveo tibi*, ¿recuerdas?

—*Caveo tibi* —repitió ella sonriendo.

Cuando esperaban para subir al barco que los llevaría a América, Marina suspiró con nostalgia mientras contemplaba el puerto atlántico de Vigo. Apretó el brazo de Franquila, que miraba con su habitual calma hacia aquel horizonte, que ahora era desconocido y lejano.

Y Marina sintió que se llevaba dentro aquel Reino de Galicia. Su aire marinero y su fiero y frío mar azul, sus bosques y la música del agua de las fuentes de Santo Estevo. El amor escondido tras sus muros de piedra eterna y el silbido del viento en las ramas de los robles y castaños. Porque Galicia era el misterio de las miradas antiguas y sabias; era furia, nobleza, dolor, era verde y era agua. Para Marina, que tanto vivió, aquel reino fue siempre añoranza.

30

Amelia, hecha un ovillo, parecía dormir sobre aquella modesta cama del húmedo calabozo de la Casa de Audiencias. El aire era rancio y pesado. Era como si en aquel claustrofóbico espacio se hubiesen almacenado las viejas tristezas y miserias de las que ya nadie guardaba ningún recuerdo. Pero Amelia no era consciente de dónde estaba ni del entumecimiento de su cuerpo, porque en su obligado descanso, consecuencia del narcótico que le habían administrado, soñaba. Y en su sueño veía a Marina, que caminaba por el bosque. Sus cabellos eran más espesos y enroscados de los que había tenido en realidad, y sus ojos más azules y oceánicos que los verdaderos, pero así era como Amelia la imaginaba.

Su madre le había hecho llegar lo que a su vez su abuela le había contado sobre aquella curandera de la familia tan respetada en Vigo, que venía a ser la madre de su tatarabuela. «Una mujer adelantada a su tiempo», le había asegurado; de ella sabía que se había escapado con el amor de su vida, un joven farmacéutico llamado Franquila, con el que había vivido hasta su muerte. Que incluso decían que habían tenido un hijo antes de casarse, y que en la familia no sabían por qué había muerto, pero que estaba enterrado en Santo Estevo, una pequeña aldea de Ourense donde el padre de Marina había ejercido como médico para los monjes. ¡Un hijo antes de casarse, en aquella época! Una tía abuela de Amelia decía que no, que sí que se habían casado pero en secreto, aunque aquella fantasiosa posibilidad había sido desechada por la familia y diluida después en el olvido.

Amelia admiraba el recuerdo de Marina. Sabía que después de su estancia en Santo Estevo había vivido en Madrid, en Valladolid y hasta en Portugal, aunque parecía posible que solo hubiese bajado al país vecino para que Franquila escapase del reclutamiento militar. Quién sabe si también por aquella causa, o por otra, ambos habían emigrado a Brasil primero y a Cuba después, bastante antes de que la emigración fuese un movimiento en masa a finales del siglo XIX. Allí, a pesar de unos comienzos duros, sabía que habían hecho fortuna y amistades extraordinarias, pues aún se guardaba en la familia el testamento en que Franquila y Marina dejaban en legado algunos bienes a un matrimonio formado por una tal Beatriz López y un tal Manuel Basanta, que se habían asentado con fortuna en aquellas tierras americanas y que habían sido padrinos del primero de sus hijos.

Amelia no sabía cuánto tiempo había pasado aquella inseparable pareja en América, pero tenía la sensación de que todo lo que habían vivido había sido tocado y respirado intensamente. Decían que había sido una historia de amor como ninguna otra, que él respiraba por ella y que ambos latían en un mismo corazón. Amelia tampoco sabía cuándo habían regresado exactamente a Galicia, pero sí tenía constancia de que lo habían hecho en buena posición y de que se habían instalado en Vigo, donde habían criado a tres hijos. Él había puesto una farmacia en la ciudad, justo en la Puerta del Sol, que había adquirido mucha popularidad porque en ella se exponía el original de un libro que había escrito su suegro: era un compendio de antiguos remedios monacales a los que se sumaban conocimientos médicos modernos, y que por su innovación había tenido un gran éxito en el sector. *La farmacopea de Santo Estevo*, firmada por don Mateo Vallejo, era sin duda un trabajo excepcional que se había convertido en un clásico, valorado incluso en boticas extranjeras. En su portada, el dibujo de una gran rosa contaba sin palabras que allí se guardaban secretos de la materia transmutada, de la alquimia que lograba encontrar el equilibrio entre la fe y la razón.

Cuando Franquila murió, decían que Marina se había apagado con él y que, aunque se esforzaba por sonreír a sus hijos y a sus nietos, se escapaba con más frecuencia a Santo Estevo, donde había enterrado a su marido y donde antes solo acudía una vez al año, para visitar a su padre e hijo muertos. Contaban que se había vuelto a poner el luto, como ya había hecho varios años en su juventud, para pasear ella sola por los bosques encantados de Santo Estevo, donde quizás se guardaba la memoria de las cosas. Cuando vio próximo su final, pidió a sus hijos ser enterrada en aquel lugar y les dictó un sencillo epitafio que recordase cómo había sido su paso por aquel pueblo ahora abandonado, y en cuya desolada decrepitud se intuía todavía una antigua belleza. La propia Marina, Franquila, su padre, fray Modesto, Marcial, todos... todos permanecían en aquel lugar. ¿Cómo despedirse de un sitio semejante, en el que vivir había sido como adentrarse en un sueño?

Amelia no sabía cuánto habría de verdad en aquella historia familiar; suponía que generación tras generación la leyenda de sus antepasados se habría adornado bastante. Pero lo que más le llamaba la atención era la aventura que siempre contaban su madre y su abuela, conforme Marina y Franquila, escapando de unos malvados que no habían acertado a explicarle, habían huido en su juventud de Santo Estevo con unos anillos mágicos para llevarlos a un lugar seguro. Pero nadie sabía nada más sobre aquel misterioso episodio.

En su sueño, y entre adormecidos delirios, Amelia pudo ver a Marina y a Franquila, joven y fuerte, buscando algo perdido en el bosque. Ella se había agachado y, al levantarse, lo había hecho con una pequeña cajita de plata entre las manos. Al abrirla, el brillo los había cegado a los dos. Amelia había intentado gritar, pero no había tenido fuerzas. Era como si su sueño fuese artificial, demasiado profundo como para salir de su encierro narcótico y pesado.

¿Sería verdad aquella historia de los anillos? ¿Cómo era posible que su madre y su abuela se hubiesen inventado un cuento semejante? Con el tiempo, Amelia había ido olvidando aquella leyenda familiar, guardándola en el baúl de la infancia, hasta que comenzó a trabajar en el Centro de Restauración San Martín. Allí había conocido a Pablo Quijano, con quien había llegado a mantener una relación de amistad extraordinaria. Tal vez por ello, cuando murió su novio, tres años atrás, él había sido uno de sus principales apoyos: quizás por la mera cercanía, quizás por su experiencia para reconfortar a las personas, guiándolas y dándoles un abrigo espiritual. O tal vez porque la familia de Amelia estuviese en Vigo y solo se viesen algunos fines de semana, confiando el resto de su tiempo al trabajo y la soledad.

Fue por entonces cuando Quijano y Amelia fueron una mañana a revisar el estado de un confesionario de la antesacristía de Santo Estevo, que la diócesis quería restaurar para llevar a otra parroquia. Allí Amelia había redescubierto la leyenda de los nueve anillos, que ya tenía prácticamente olvidada porque, de hecho, no había regresado a aquel pequeño pueblo desde niña. Le supuso solo un rato averiguar, con ayuda del padre Julián, dónde estaba enterrada Marina. «Fue como un sueño.» Oh, ¡cuánto le habría gustado a Amelia haber conocido a Marina! Al parecer, Franquila reposaba a su lado, pero no constaba su rastro en la lápida. Los dos continuaban juntos y, ya para siempre, bajo el mismo aire secreto.

Los anillos de los que hablaba la leyenda familiar debían de ser, sin duda, aquellos de los nueve obispos: ¿cuáles otros, si no? Fue entonces cuando Quijano, muchos meses antes de que apareciese Jon Bécquer en sus vidas, la llevó a la Casa de Audiencias y le contó junto con Ricardo la historia de los nueve anillos. En efecto, Franquila y Marina se los habían llevado, pero por orden del abad, buscando protegerlos de la usurpación masiva de los bienes del monacato. Sin embargo, había sucedido algo indeterminado que había hecho que los anillos terminasen desapareciendo. Era un borrón en el libro de la historia, una de esas narraciones que al no haber sido escritas se terminan olvidando, porque además están llenas de secretos. Todo habría caído en el olvido definitivo si no hubiera sido porque, casi treinta años atrás, Ricardo había decidido arreglar la vieja casa del médico, que era de su propiedad, para que la familia de su mujer se animase a visitarlos en verano, y así esta se dejase de quejar por no tener nada que hacer en aquella aldea perdida.

Durante las obras de restauración encontraron correspondencia dentro de un saquito de cuero, oculto tras una pared de madera con doble fondo. Entre aquellas cartas había una de Marina desde Portugal dirigida a su padre. Le relataba parte de lo que le había sucedido tras su huida de Santo Estevo con Franquila, y le explicaba que habían entregado los anillos al padre fray Eusebio en la botica de Oseira, ocultándose después y sabiendo de la muerte del boticario, ocurrida solo dos días más tarde. El alcalde Eladio Maceda había dado orden de busca y captura contra ellos y se había llegado a personar en Oseira precisamente el día en que fray Eusebio «había elevado su alma al altísimo», por lo que, como habían podido —y a pesar de la enfermedad de Franquila—, se habían escapado de la villa camuflados en un carro de verduras.

Ricardo Maceda no acertaba a entender cómo había permanecido allí oculta aquella correspondencia, pero, por lo que sabía, el último médico del monasterio hasta la exclaustración había muerto allí mismo, pues, tras la subasta para adquirir la vivienda, constaba en la documentación que habían «tenido que ser retirados los enseres del médico del monacato, fallecido de forma repentina por enfermedad infecciosa». Y aquel último médico, dadas las fechas y las indicaciones de la documentación, tenía que haber sido sin duda el padre de Marina. Tras su muerte, la casa había quedado finalmente vacía, y solo se llamaba a un médico de Ourense si era necesario, hasta que en 1835 exclaustraron a los monjes.

Que Ricardo investigase qué podía haber sucedido con aquellos anillos fue lo más natural, dadas las circunstancias. No guardaba ninguna esperanza real de encontrarlos, y los imaginaba fundidos y convertidos en alhajas para algún burgués de la época, pero aprovechó su puesto en el hospital provincial para inspeccionar el botamen. Por si acaso. Llevaba veinticinco botes revisados sin encontrar más que hierbas y resinas hasta que dio con uno que, por fuera, ponía *Cainca*. Al abrirlo, Ricardo se encontró su contenido medicinal casi convertido en cera, como derretido por el paso del tiempo. Y dentro de aquella sustancia indefinible aparecieron los milagrosos anillos revueltos entre masa resinosa y espesa. ¿No resultaba increíble que hubiesen permanecido allí mismo, ajenos a su importancia? No llevaban envoltura alguna: tal vez se la hubiese comido el paso de los años. El monje que los había escondido había prescindido de la cajita de plata, imposible de introducir en ningún albarelo, y el destino de aquel antiguo y sagrado recipiente ya resultaba imposible de determinar.

El boticario fray Eusebio había sido muy inteligente, sin duda. Ricardo sabía que aquel polvo había comenzado a dejar de ser usado ya un poco antes de la época de la desamortización, y por eso debía de haber sido ese bote el escogido por el monje. Se había empleado para hidropesías, pues no era raro que los pacientes sufriesen retenciones de líquidos por causas variadas. A Ricardo le resultó imposible separar limpiamente los anillos de la masa en la que estaban enredados, de modo que decidió llevarse el bote para hacer la operación en casa tranquilamente; sin embargo, al final decidió quedarse también aquel albarelo, como un trofeo insólito que también fuese por sí mismo una reliquia.

Después, comenzó progresivamente la veneración secreta de aquellas reliquias, de las que todo el pueblo iba teniendo conocimiento. Entregarlas a la Iglesia nunca pasó por la mente de Ricardo, reacio a permitir que aquellos símbolos ancestrales se viesen sujetos a los vaivenes políticos de la diócesis y a la muy probable posibilidad de que se los llevasen de Santo Estevo. ¿Acaso no los había encontrado él? ¿No era cierto que, evidenciando el milagro que las propias reliquias suponían, estas habían logrado permanecer incorruptas y ajenas a los hombres durante más de doscientos años? ¿No era esa suficiente señal como para custodiar los anillos y preservarlos de los azares de la historia?

Amelia había respetado aquella silenciosa tradición secreta, considerando que Ricardo no hacía mal a nadie. Incluso Quijano, como representante de la Iglesia más a mano, protegía aquella iniciativa con interés. Él también sabía que la parroquia, por falta de fieles, podría cerrar las puertas de aquella pequeña iglesia algún día, y que todo dependía de quién llevase las riendas en cada momento.

Cuando Jon llegó al taller preguntando por unos cuadros, Amelia no sabía a qué se refería, pues don Servando no les había detallado gran cosa en su llamada, y el archivero no sabía nada del secreto que custodiaban los vecinos de Santo Estevo. Sin embargo, cuando el antropólogo explicó sus verdaderas intenciones, ella miró a Quijano preguntándose qué hacer o qué decir, tomando el silencio como la única opción. A fin de cuentas, aquel tal Jon Bécquer solo investigaba el paradero de las reliquias por mera curiosidad, no como trabajo formal de su empresa de localización de piezas de arte. Sería como un juego.

Quijano la animó a quedar con el profesor, a vigilar sus pasos, dando por seguro que no encontraría nada. No le dieron una importancia excesiva. De hecho, cuando Quijano animó a Bécquer a visitar el Archivo Histórico Provincial lo hizo con ánimo de que se aburriese, pues no le constaba que en un archivo civil pudiese encontrar nada de interés; lo que no se esperaba era que Jon Bécquer, de allí, saltase al Archivo Catedralicio, donde había hallado aquel extraordinario documento del inventario de la desamortización, del que él no tenía conocimiento y por cuya causa y culpa Bécquer había podido seguir investigando.

Cuando Amelia comenzó a sentir algo por Jon, a ser su amiga, empezó a dudar sobre si debía mantener o no aquel secreto. De camino a Lugo, escuchó las noticias en la radio de su coche, y supo que había aparecido el cadavér de un hombre en el antiguo huerto monacal de Santo Estevo. Le pareció extrañísimo, y una silenciosa intuición le sacudió un calambre en el estómago. Telefoneó a Quijano, que al principio le respondió con evasivas, para terminar revelándole que pensaba que Ricardo, a juzgar por las últimas conversaciones que habían tenido, podría ser el responsable. Su comportamiento respecto a los anillos durante los últimos meses le había parecido un tanto obsesivo, propio del inicio de una decadencia mental producto de la demencia. Ella había regresado a Ourense de inmediato, y, desde allí, ambos habían ido hasta la Casa de Audiencias en el propio coche de Quijano. Durante el trayecto, habían guardado un silencio atemorizado, deseando que Ricardo Maceda no hubiese cometido ninguna locura.

Cuando se sentaron a hablar con el anciano y este les confesó lo que había hecho, a ella le sorprendió que Quijano la agarrase del brazo, la llevase aparte y la frenase en su ánimo de llamar inmediatamente a la policía.

—Espera. No podemos hacerlo.

—¿Cómo? ¡Cómo que no podemos! Esto se nos ha ido de las manos... A lo mejor Jon tiene razón, ¿sabes? Lo mejor sería decir dónde están los anillos y acabar con esto de una vez..., quizás sí puedan ayudar a revitalizar la zona. Lo que no voy a permitir es que un viejo desahuciado se ponga a matar gente. Ahora ha sido Comesaña, pero mañana puede ser otro. La gente habla. Este secreto que tenéis es imposible de mantener. ¿Es que no lo ves?

—Así que te ha abducido el profesor. Ya te has vuelto idiota, como todos.

—¿Qué?

—Qué pasa, que te gusta, ¿no? La culpa es mía, por fiarme de ti.

—Pero qué dices...

Amelia, atónita, había mirado a Quijano y había intuido en él unos celos viscerales que hasta entonces jamás había visto, y una suerte de enfado, de locura en sus ojos, que la asustó. Quijano la obligó a volver junto a Ricardo y le explicó, con un tono despectivo que jamás había utilizado antes con ella, cómo resultaba inviable descubrir a Ricardo y mucho menos desvelar el paradero de los anillos. A ella toda aquella lista de argumentos le parecía absurda; delirante, incluso. Fue Ricardo quien le llevó un vaso de agua, le pidió que se tranquilizase y le aseguró que ella tenía razón y que iba a confesarlo todo ese mismo día. ¿Cómo pudo ser tan ingenua? Bebió sin pensar, presa de los nervios, y perdió el conocimiento solo dos minutos después.

—Tranquilo, Quijano. Solo es para que duerma unas horas.

—Que Dios nos ayude, porque no sé qué vamos a hacer.

—De momento, mantener la calma. Ya pensaremos qué hacer con Amelia. Es una buena chica, entrará en razón. Ayúdame a llevarla abajo antes de que vuelva Lucrecia.

—¿Y Elsa?

—Con ella, en Luíntra de compras. Vamos.

—Pero cuando vuelvan...

—Déjamelo a mí. Tendré a Amelia sedada y ellas no se enterarán, nunca bajan al sótano, y los calabozos están tan aislados que aunque gritase dudo que la oyese nadie.

—No sé...

Ricardo vio la duda en los ojos de Quijano, que comenzaba a sentirse sobrepasado.

—Escucha. La tendremos descansando abajo hasta que se nos ocurra algo. A Amelia le diremos que se desmayó y que la cuidamos aquí el fin de semana. Bécquer debe de estar a punto de marcharse. Le explicaremos que ya regresó a Madrid.

—¡Pero si ya sabe lo que le hiciste a Comesaña! Podrás dormirla, pero no hacerla olvidar, Ricardo.

El anciano se mostró inflexible, firme y confiado.

—Atiende... Cuando Amelia despierte, sobre Comesaña le dirás que no sabes nada, que estabas equivocado; que lo mío han sido desvaríos de viejo, que yo soy incapaz de matar una mosca, ¿estamos? Además, tampoco tendría ninguna prueba.

—Pero a Comesaña le harán la autopsia, y se sabrá lo que hiciste.

—No, le harán la autopsia y se sabrá que lo envenenaron, pero no quién lo hizo.

Quijano resopló, comenzando a sudar.

—Pero ¿cuánto tiempo vamos a tener a Amelia ahí? No podemos... ¿Y el trabajo? El lunes tiene que ir al taller.

—Coño, Quijano. Pues cógele el móvil y manda un mensaje haciéndote pasar por ella. Y con todo lo que reciba, lo mismo. Lo contestas y ya está. Y a ella le decimos que la estuvimos cuidando de fiebres, de ansiedad, de lo que sea. Ah, y a Bécquer se lo bloqueas, por si la llama. Mejor que ella crea que el tipo ha perdido el interés... Hazme caso, yo sé de mujeres.

—No es tonta, Ricardo. Sabrá que la has drogado.

—¿Y qué va a hacer? ¿No volver a hablarme? ¿Ir a la policía? ¿Con qué pruebas? —le había replicado, tomando aire e intentando no toser.

La fría lucidez de Ricardo impresionó a Quijano, que terminó por obedecerlo como si la orden hubiese venido del mismísimo Jesucristo.

31

Justo después de que Ricardo decidiese pegarse un tiro y desparramar lo poco que le quedaba de vida sobre la tapicería de su salón, Xocas comenzó a intentar reanimar a Pablo Quijano. Procuró taponar su herida, aunque sin éxito, y comprobó horrorizado que había perdido ya mucha sangre. El joven cura murió en silencio y con un gesto de incredulidad en el rostro, de una forma que él mismo habría calificado de absurda e impensable. El sargento le había retirado la pistola a Lucrecia, y había dejado a la mujer de Ricardo bajo la atención de Elsa, que, a pesar de que no dejaba de llorar, intentaba consolar a su señora y desviar su mirada de donde se encontraba su marido muerto. Ramírez se quedó a cargo de ambas mujeres mientras contactaba con sus compañeros del cuartel y con el servicio de asistencia sanitaria, en tanto que el sargento y Jon bajaban a buscar a Amelia.

Descendieron unas anchas escaleras de piedra y llegaron a un descansillo que, por una parte, parecía dar salida a un pequeño jardín trasero con vistas sobre Santo Estevo y, por otra, se encaminaba hacia un pasillo estrecho y breve lleno de oscuridad, bloqueado por una gruesa puerta cerrada con una llave que habían dejado puesta en la cerradura. La abrieron y bajaron una cantidad de escalones que les pareció interminable, hasta que dieron con dos gruesas puertas de madera; su estado era lamentable, pero mantenían su vieja robustez tras unos gruesos cerrojos de hierro negro.

Jon echó mano a su bolsillo buscando su teléfono móvil para utilizarlo como linterna, pero cayó en la cuenta, enfadándose consigo mismo, de que se lo había dejado en la habitación del hotel. Xocas, sin embargo, sí llevaba una pequeña linterna que, aunque no daba toda la luz que les hubiera gustado, les ofreció algo de claridad. Por fin, dieron con un interruptor en una de las esquinas del pasillo y lo accionaron, viendo que la luz que les abría el camino provenía de una bombilla desnuda en el techo.

Abrieron la primera puerta con suma precaución y sin que Xocas dejase de empuñar ni un segundo su Beretta 92, dispuesto a disparar si fuese necesario. Sin embargo, allí solo encontraron un sótano húmedo y abandonado; tenía el suelo de tierra y unas curiosas argollas en la pared, bien sujetas en lo alto. A Jon le parecieron siniestras, y durante mucho tiempo se preguntó qué función concreta habrían tenido. No era extraño que hubiesen dejado aquel espacio en desuso, porque era demasiado pequeño para una habitación, aunque lo suficientemente amplio como para haber sido utilizado como bodega o trastero de emergencia.

Desde luego, quien hubiera sido encerrado allí abajo, además de sufrir una sensación de absoluta claustrofobia, se habría sentido completamente engullido por la casa, sin salida posible. Cuando abrieron la otra puerta se encontraron a Amelia hecha un ovillo sobre una cama estrecha. Estaba vestida, y su cuerpo cubierto con una manta de alegres colores, que contrastaba con el aspecto triste de aquel viejo calabozo, que olía a humedad y a orina. Intentaron despertarla sin conseguirlo, aunque Xocas tranquilizó a Jon, asegurándole que solo parecía estar sedada. Fue Bécquer quien la subió en brazos hasta el piso superior. Decidieron esperar fuera al soporte policial y a la ambulancia, pues el panorama en el salón era completamente desolador.

Santo Estevo se llenó durante unas horas de un baile de luces y sirenas insólito, haciendo que los huéspedes del parador se asomasen, indiscretos, hasta donde permitían los cordones de seguridad de la policía judicial. A pesar de que ya habían llegado los miembros de la Sección de Investigación bajo el mando de un teniente, era Xocas Taboada quien explicaba y asesoraba, y quien, en la sombra, dirigía las actuaciones que se llevaban a cabo. Fue un día largo. Jon terminó derrumbándose por la noche, agotado, en la habitación del parador. Ya solo contarle a Pascual lo que había sucedido lo había retorcido por dentro. Su socio, como medio país, había visto en las noticias que, en un pueblo perdido de Galicia, *una secta* había custodiado unas reliquias milenarias para su veneración.

—Que no, Pascual, que no era ninguna secta. Eran..., no sé, como guardianes, ¿entiendes? Igual que el caso de la corona etíope, ¿te acuerdas? Pues en este caso es parecido, porque creían que al no devolver los anillos custodiaban un estilo de vida.

—¡Pero qué dices! No tendrás el síndrome ese, ¿no?

—Qué síndrome.

—¿Cómo se llama...? El de Estocolmo.

—Eso es para los secuestrados.

—Ya me entiendes... Bueno, da igual. Es que esto no tiene nada que ver con lo de la corona, joder. El tipo la guardó hasta que vio que era seguro devolverla, pero sin matar a nadie, que es un detalle importante.

—No fue un crimen premeditado. Y Ricardo creo que sufría demencia senil o algo por el estilo. El pobre estaba desahuciado.

—¿El pobre? —se asombró Pascual, viendo cómo Jon hablaba de un asesino—. Te va a quedar estrés postraumático, verás —se lamentó con tono preocupado—. Tienes que venirte ya para Madrid. ¿O quieres que vaya yo a buscarte?

—No, no, voy a quedarme un par de días, quiero ver cómo está Amelia, se la han llevado al hospital... y seguramente tenga que volver a declarar ante la Guardia Civil.

—¿Amelia? ¡No me jodas! Una de las locas de la secta... ¿No ves como sí tienes el síndrome?

Jon suspiró agotado.

—Pascual, han muerto tres personas por mi culpa. Amelia no sabía nada del asesinato de Comesaña, y cuando lo supo quiso llamar a la policía.

—Pero sí que sabía lo de los anillos.

—Eso da igual. Que no dijese dónde estaban era..., no sé, una especie de homenaje a una tatarabuela suya que huyó de Santo Estevo con los anillos para protegerlos de la desamortización. Nos lo ha explicado Lucrecia esta tarde.

—¿Lucrecia? ¿Quién es Lucrecia?, ¿la mujer del que se ha pegado el tiro?

—Sí.

—Joder. ¿Y los anillos? ¿Los has visto?

— No, los guardaba Ricardo y, ahora, evidentemente ya no podrá decir dónde los escondió.

—Seguro que están en la casa, cuando la registren los encontrarán, sin duda. Pero tú no te tortures, ¿eh? ¡Ni hablar! Si han muerto es porque eran una panda de tarados. Tú no has matado a nadie. Además, guardar esos anillos era absurdo. ¿Qué era lo peor que les podía pasar? ¿Que los expusiesen en una vitrina de un museo de arte sacro?

—Los protegían de los cuatro vientos —replicó Jon con la mirada fija en la pared.

—¿Los cuatro qué...? Jon, no me asustes. No te me pongas a hablar como un puto caballero templario, ¿me oyes? Mira, lo que tienes que hacer ahora es dormir. ¡Dormir! Descansa, han sido muchas emociones. Ya me contarás todo con detalle y escribiré un artículo sobre esto, seguro que nos vuelven a publicar en el *National Geographic*.

Jon suspiró y no dijo nada. Pascual no podía saber que cada uno de aquellos vientos eran los precipicios, las crueldades y los soplos de fortuna de cada época, de cada historia. ¿Qué aires soplarían en cada una de las centurias del mundo, contra qué demonios y circunstancias tendría que luchar cada cual según el instante del tiempo en el que hubiese nacido? Pero Jon, ahora, sí sabía que todos estamos a merced de los vientos y que todos llegamos a ser lo que somos según nos atrevemos o no a caminar contra ellos. Y que si nos detenemos a escuchar el sonido del aire podemos avanzar por los bosques más oscuros.

Tras un rato más de charla, había terminado colgando el teléfono a Pascual de forma afectuosa, pero Jon sentía que su amigo no había entendido nada. Ahora él sí comprendía qué había querido decir Ricardo: aquellas reliquias no importaban por lo que valían, sino por lo que significaban. Si él no hubiese aparecido en escena, aquel misterio habría permanecido oculto: era un secreto inofensivo. Ricardo, Quijano, Amelia y el resto del pueblo no hacían daño a nadie. Se limitaban a mantener viva una llama de esperanza, un lazo en la comunidad. Era injusto que hubiesen muerto tres personas por aquello, pues no eran traficantes, ladrones ni malhechores.

Quizás tuviese algo de razón Pascual y no debía torturarse, pero dentro de sí lidiaba con un sabor agrio que lo perturbaba. Era cierto que el fanatismo, quizás incluso acompañado de cierta demencia, había guiado los últimos pasos de Ricardo. Y en estos pasos había enredado a Quijano, que se había autoimpuesto la imposible misión de preservar lo que estaba ya dispuesto a morir. Pero también era cierto que, posiblemente, Ricardo no se habría convertido en un asesino si él no hubiese aparecido preguntando por los anillos. Aunque, ¡ah!, la misión de aquellos *guardianes* era tan efímera..., ¡su supervivencia era tan limitada! Era imposible conservar las costumbres y tradiciones porque el mundo giraba cambiando constantemente: así habían ocurrido las cosas desde el principio de los tiempos. Cambios, evoluciones, historia olvidada.

Jon cerró los ojos y, aquella noche, bailó entre sueños y pesadillas huyendo por un bosque, sin saber de quién era la sombra que lo perseguía.

Dos días después, Jon fue a visitar a Amelia al hospital en Ourense. Fue un encuentro extraño, y ambos se sintieron como desconocidos que, sin embargo, sabían mucho el uno del otro. Ella le contó con todo detalle lo que sabía sobre sus antepasados, Marina y Franquila, y Jon pensó que no debía de estar nada mal tener un referente familiar como aquel: aquella pareja debía de ser un buen ejemplo al que acudir cuando uno necesitase agallas para sobrellevar la vida.

Quizás, al principio, Amelia se hubiese dejado llevar por Quijano a causa de su propia debilidad, sobrevenida tras la soledad en que había caído después de perder a la persona que más quería en el mundo. Y tal vez él mismo fuese un infeliz no por culpa de su hermano muerto ni por su dolor fantasma, sino por sus propias y cobardes obsesiones.

Amelia lo miró con tristeza.

—Lo siento. Tenía que haberte contado la verdad desde el principio.

—Tranquila, ahora lo importante es que te repongas. Soy yo el que debería disculparse..., me siento responsable de lo que ha pasado.

—No, Jon. Tu búsqueda era lícita. A Ricardo y a Quijano se les fue la cabeza, nada más.

—¿Y Antón? —preguntó el antropólogo, como si hasta aquel momento se hubiese olvidado por completo del que había sido el último guardián del monasterio—. ¿Lo sabía?

—Sí, sabía lo de los anillos, pero ni él ni nadie podía imaginar que Ricardo hubiese envenenado a Comesaña. Bueno, nadie salvo Quijano. Siempre fue muy listo. Ya sé lo que me hizo, pero de verdad que él no era así... Vas a pensar que estoy loca —sonrió con amargura—, pero creo que hasta lo voy a echar de menos.

—No, qué va —replicó Jon, reflexivo—, te comprendo. Y tú, ¿qué vas a hacer?

—¿A hacer? No te entiendo... Creo que mañana me dan el alta, ¿te refieres a eso?

—No, quiero decir que si seguirás trabajando en el taller o te vas a ir con tu familia a Vigo, no sé...

—Oh, no, de momento me quedo. Seguiré en el taller. La restauración es mi vida. Don Servando ha venido a verme esta mañana... A la diócesis no le ha hecho ninguna gracia que me callase lo de los anillos, claro, pero no van a despedirme. Como te imaginarás, don Servando y Blue están alucinados con todo esto, no sabían nada... Pero es curioso, ¿sabes? Después de todo lo que ha pasado me siento más fuerte. Lo que ha sucedido ha sido como..., no sé, como un revulsivo —reconoció. Después, miró a Bécquer con intensidad—. ¿Y tú? Imagino que te vas ya para Madrid.

—Sí, tengo un par de cosas que atender...

—*Azrael*.

Jon se rio.

—Sí, a ese gato loco también; pero debo viajar lo antes posible a Bélgica, por un nuevo encargo para Samotracia.

Amelia asintió, comprensiva. Después iluminó su rostro con una expresión de curiosidad.

—Iba a preguntártelo muchas veces, pero siempre se me pasaba... Es una tontería. El nombre de vuestra empresa... Imagino que es por la Victoria de Samotracia, ¿no?

Jon asintió con una sonrisa, y ella quiso saber más.

—¿Y por qué ese nombre? Supongo una predilección por el arte griego...

Jon se encogió de hombros, como si él no hubiese tenido nada que ver con la elección de aquel nombre.

—Has acertado. Es cosa de mi socio, Pascual, que es experto en arte griego y romano. Dice que la *Victoria Alada de Samotracia* es la escultura griega más bella de la historia... Y que si la diosa Niké era la mensajera de la victoria, no teníamos mejor nombre para comenzar nuestro proyecto.

—Un buen razonamiento —aprobó Amelia, intentando sonreír.

Jon asintió. Se sentó en un lateral de la cama y tomó a Amelia de la mano.

—Te deseo mucha suerte en todo, de verdad.

Aquello sonaba a lo que era: una despedida. Si algo

había comenzado entre ellos, ahora se había fragmentado. Quizás Jon todavía tuviera que recomponer sus ideas, vaciar su conciencia de culpabilidad, asimilar todo lo que había vivido y aprender a convivir amistosamente con aquella sombra que lo acompañaba, con aquel hormigueo incesante. ¿Quién podía saber si sus caminos volverían a cruzarse? Se despidieron con un abrazo, prometiendo avisarse si ella viajaba a Madrid o si él volvía por Galicia, aunque ambos intuyeron que era poco probable que se volvieran a encontrar durante algún tiempo. Cuando él ya iba a salir por la puerta, se volvió, sonrió y la miró con un gesto indescifrable.

—Tú también tienes esa suavidad, ese hogar y esa fuerza.

Amelia le mantuvo la mirada. Cuando él cerró la puerta y desapareció de su vista, ella sonrió sin fuerzas, comprendiendo que toda herida y todo dolor pueden llegar a perdonarse y fundirse con el olvido del tiempo.

32

Era temprano. Jon Bécquer había quedado con Xocas Taboada para un último café en la cafetería del parador. Ahora el sargento ya no llevaba el famoso caso de los Nueve Anillos, como había sido bautizado por la prensa, y era otra sección superior de la Guardia Civil la encargada del asunto.

—Al final lo voy a echar de menos, Jon.

—Y yo a usted.

—¿Ya se ha despedido de todo el mundo?

—Sí, ayer por la noche cené con Germán. Creo que va a vender la casa y se quedará en Pontevedra. Nos hemos hecho amigos, la verdad.

—Entiendo. Hablé con él cuando le tomaron declaración. Parece un hombre muy agradable.

Jon asintió, y recordó lo emotiva que había sido su despedida del viejo profesor, al que ya había invitado a Madrid. Era curioso, pero aquel cuadro del viejo marinero pintado por Lugrís había hecho honor a las teorías de Germán: si era cierto que eran los objetos los que portaban la memoria, tal vez hiciesen lo propio con el alma de las personas. Aquel Leviatán sobre el que el marinero del cuadro leía había sido un personaje celestial que se había convertido en un ser diabólico. ¿Había sido eso lo que le había sucedido a Ricardo, el anterior propietario del cuadro? Un hombre normal, un médico que toda su vida había curado a la gente, que justo antes de morir se había convertido en un asesino. ¿No resultaba incongruente, incluso perverso? Al fin y al cabo, aquellos nueve anillos milenarios eran solo objetos, rarezas viejas y olvidadas, más allá de su valor material. Pero Jon había llegado a comprender por qué Ricardo los había protegido con tanta vehemencia: aquellas reliquias custodiaban la memoria del lugar, su esencia y significado. El tiempo, los hombres y los vientos de cada época se habían encargado de ir emborronándolo todo, de difuminar la historia, pero hasta él había sentido cómo en Santo Estevo algunos objetos todavía otorgaban un sentido a las cosas. El joven antropólogo suspiró, comprendiendo que tras aquella aventura ya nunca sería el mismo.

—Sargento, al final no me ha contado lo del monje.

—¿Qué monje? Por concretar, digo —contestó Xocas mirando a Jon con gesto abiertamente burlón.

—El chico, Óscar. El que huyó por los túneles. Le tomaron declaración, ¿no? ¿Sabe por qué huyó de mí?

—Ah, sí. El chico sabía quién era usted, por supuesto. Pero no por los anillos, no se crea. En los pueblos nos conocemos todos, y cuando llega un forastero se nota enseguida... El caso es que cuando Rosa lo contrató, Ricardo lo llamó y le dijo que no se le ocurriese hablar con usted, que algo querría sonsacarle.

—Ah. ¿Y huyó solo por eso?

—No. Tardó un poco, pero al final cantó. El chico se asustó por lo que estaba recogiendo.

—¿Cómo? ¿Por las flores? No entiendo...

—Claro. A ver, quizás no se fijó con detalle en lo que contenía el cesto; no solo eran las flores, los ciclámenes, sino también su raíz, su tubérculo. Si se seca o se asa es inocuo para el hombre, pero fresco es un veneno muy potente, que se ha llegado a utilizar como vomitivo y como purgante. Ricardo le había ordenado recogerlo para él y le pagaba bien. Pero por mucho que le hubiera dicho que era para hacer medicinas, el propio muchacho intuía que el viejo no se traía nada bueno entre manos, ¿entiende? El chico sabía lo que era, así que se puso nervioso y, en fin, era como si lo hubiesen pillado preparando él mismo un veneno.

—Joder. Al final Ricardo estaba más obsesionado con los anillos de lo que yo pensaba. Y desde luego tenía mucha influencia sobre el pueblo.

—El que paga manda. Y varios de los negocios de Luíntra eran de él, y ya no le digo las fincas. De hecho, en la Casa de Audiencias encontramos unos cuantos venenos y preparados caseros. A su mujer le había dicho que eran medicinales, para el dolor que él mismo sufría, pero quién sabe qué pensaba hacer con todo aquello.

Jon se quedó pensativo unos segundos, asombrado ante la potencial máquina de matar en que Ricardo parecía haberse convertido.

—Pero Lucrecia no tenía nada que ver con todo esto, ¿no?

—No. Sabía lo de los anillos, por supuesto, pero no tenía ni idea de lo que su marido le había hecho a Comesaña. La mayor prueba de ello fue que lo defendiese a usted cuando iban a liquidarlo.

—Sí, quién lo diría, la que parecía la más loca y amargada del mundo resultó ser la única normal.

—Bueno, normal...

—Con conciencia, quiero decir.

—Eso sí —consintió Xocas con una sonrisa cáustica.

Jon lo miró con curiosidad.

—Pero, sargento..., ¿y los anillos? ¿Los han encontrado?

—No —negó Xocas con una mueca de disgusto—, y le aseguro que hemos registrado toda esa maldita casa. Tal vez los tenga otra persona del pueblo... o Ricardo se los diese a Quijano, no lo sé, porque él desde luego no estaba para desplazamientos largos. Pero en el piso de Quijano tampoco hemos encontrado nada. Lo que sí ha aparecido en la Casa de Audiencias es el frasco del botamen de Oseira junto con algunos elementos litúrgicos que debieron de pertenecer a Santo Estevo. Estaban bajo llave en un secreter del siglo xix. Pero... ni rastro de los anillos. Ricardo se ha llevado a la tumba el secreto de su paradero.

—Quizás sea mejor así.

Xocas sonrió.

—Tal vez llegue otro antropólogo metomentodo dentro de cien años y descubra dónde los guardó ese viejo loco.

—Para entonces ya estaremos muertos —replicó Jon con un gesto descreído y lleno de desánimo.

—Pero habremos vivido... —Xocas esbozó una sonrisa de buen perdedor, y señaló con la barbilla el claustro de los Caballeros—. Y esto seguirá en pie.

Jon miró a Xocas con ese afecto respetuoso que solo se tiene por los buenos camaradas, y terminó aquel último café disfrutando de la franqueza y el buen humor del hombre que lo había acompañado durante gran parte de toda aquella aventura.

Cuando se despidieron, Bécquer decidió acercarse un último instante al mágico claustro de los Obispos, cuyo encanto lo había empujado a iniciar aquella investigación. Para su sorpresa, había dentro un grupo enorme de gente ensayando para una actuación que tendría lugar aquella misma noche, en la que él ya estaría en su Madrid, peleando a arañazos con el pequeño *Azrael*.

Alguien que parecía el director ordenó a todos los que estaban en el claustro que tomasen la posición que les había indicado. Fue entonces, viendo cómo se disponían, cuando Jon comprendió que se trataba de un coro. Justo cuando el joven profesor iba a marcharse, una voz paró el tiempo.

Era, sin duda, la voz principal del coro, un tenor que había comenzado a cantar casi en un susurro, haciendo crecer la potencia de su entrada progresivamente y logrando ahora que su voz rompiese el aire con una fuerza arrolladora. Tambores y veinte voces masculinas y femeninas comenzaron a acompañarlo y a entonar el *Hallelujah* de Leonard Cohen, en una versión muy similar a la que había cantado el grupo Pentatonix, logrando una fuerza que habría hecho estremecer hasta el alma del diablo.

Desde luego, cuando se presencia la magia, hasta los más cándidos saben que ese instante no se volverá a repetir. Para Jon Bécquer aquel lugar ya no era un parador. A sus ojos, todos sus adornos modernos se habían desvanecido, y era el monasterio de Santo Estevo el que cantaba. Era como una verdad atronadora, porque ya daba igual lo que ocurriese con sus piedras, sus recovecos y escondites: todas las almas que habían sido capaces de sentir la vida allí permanecían. Toda la furia, la injusticia, las palabras rotas que no valieron nunca nada, los héroes que se olvidaron. Incluso Marina y Franquila, que habían huido de los tiempos que les habían tocado con aquellas reliquias milenarias. Todos cantaban aquel *Hallelujah*, porque habían respirado y estrangulado el tiempo hasta el final, y porque ya eran ajenos a todos aquellos vientos contra los que habían tenido que rugir.

Bécquer tocó por última vez una de las piedras del claustro de los Obispos, deslizando su mano sobre la superficie rugosa, como una caricia. Se volvió y, atravesando el claustro de los Caballeros, salió del recinto. Desde el zaguán del parador alzó la vista y pudo ver humo saliendo de la chimenea de la Casa de Audiencias. Quizás Lucrecia quemase parte de su amargura y algún recuerdo antes de regresar definitivamente a Madrid. O tal vez pasase por allí cerca Germán, fingiendo tener prisa porque lo esperaba para comer su esposa muerta.

Jon sintió como si una niebla invisible llena de nostalgia se le colase dentro, y comprendió qué era la *morriña* de la que hablaban los gallegos, pues intuyó que tardaría en volver. Y supo entonces, sin ninguna duda, que dejaba parte de sí mismo en aquella fortaleza de piedra, en aquellos bosques densos y repletos de almas que todavía servían de inspiración al viento.

Curiosidades

La primera vez que visité el monasterio de Santo Estevo, que yo recuerde, fue en el año 1996. Descubrir aquella mole de piedra escondida en el bosque supuso un instante de estupor y de asombro absolutos. Su abandono y desolación no mostraban decrepitud, sino belleza. La curiosidad anidó en mí y fue cultivándose en silencio en mi memoria. Regresé varios años después, con el monacato ya convertido en parador, y supe de la leyenda de los nueve anillos, quedándome hechizada por ella y por la misteriosa desaparición de las reliquias.

El personaje de Jon Bécquer se inspira en Arthur Brand, que actualmente es popularmente conocido como el Indiana Jones del mundo del arte, que ejerce en gran medida de detective para encontrar piezas robadas o desaparecidas. Los casos que se citan en la novela de la corona etíope, del anillo de Oscar Wilde o del Evangelio de Judas, por ejemplo, son reales y tras su localización se encuentra este inusual detective.

Todos los textos y referencias históricas a los que aludo en la novela son así mismo reales, a excepción del inventario del Archivo Catedralicio y de las memorias de Mariano Castañeda de la biblioteca de Oseira, creadas por mí para el desarrollo de la trama.

La figura de Mariano Castañeda está inspirada en el padre Jerónimo Mariano Usera y Alarcón, que tomó los hábitos en Oseira en 1824 y falleció en La Habana en 1891.

En relación con el personaje de fray Modesto y sus peripecias en los Reales Hospitales de Madrid, así como con su ánimo por cambiar el azúcar por la miel, debo aclarar que me he inspirado en el monje benedictino de Santa María de Silos, fray Isidoro Saracha.

Así mismo, cuando hablo de un historiador que investigó el botamen de Oseira, me inspiro en el trabajo del investigador Anselmo López Morais, que publicó el artículo «El botamen de farmacia del Hospital Provincial de Ourense».

El artículo de Miguel Álvarez Soaje sobre el botamen de Oseira, publicado en 2016 en el número 31 de la revista *Ágora do orcellón* del Instituto de Estudios Carballineses, es real y en la novela lo he citado de forma literal.

Por lo demás, la información histórica también se ajusta a la realidad; el cólera asoló Galicia cuando lo indico, aunque no me consta que llegase nunca hasta Santo Estevo. Sí resulta cierto, en cambio, que los cuadros de los obispos dispongan de clavos de madera y no de hierro, hecho extraordinario para el que la verdadera restauradora del Centro de Restauración San Martín no encontró explicación. La que yo he dado se ajusta a los remedios de la época, pero es fruto de mi imaginación.

La casa de audiencias y la del médico se encuentran donde se describe en la novela, al igual que los restos de los *sequeiros*, los túneles de agua y el inquietante Lugar de la Horca. La maravillosa fuente del claustro de los Obispos puede ser admirada en la actualidad en la plaza del Hierro de Ourense.

El bosque de los cuatro vientos existe tal y como lo describo, aunque en realidad se trata de un lugar sin nombre: lo bauticé cuando descubrí la colina de los cuatro vientos.

Los matrimonios secretos llegaron a ser a principios del siglo XIX una práctica casi común, especialmente entre personas de distinta clase social. De hecho, apenas tres meses después de que Fernando VII falleciera, doña María Cristina de Borbón-Dos Sicilias contrajo esta modalidad de matrimonio con un sargento de su guardia; a pesar de tener varios hijos en común, negó la relación durante muchos años.

Finalmente, tengo que confesar que mi investigación sobre los nueve anillos siguió un camino paralelo al del propio Jon Bécquer, aunque el final de mis peripecias detectivescas fue distinto. Quién sabe, tal vez sí encontré las reliquias y decidí dejarlas en su refugio, al abrigo de los vientos. Quizás vosotros, si os adentráis en la espesura de los bosques de Santo Estevo, encontréis caminos que os sorprendan.

Epílogo, febrero de 2021

El bosque de los cuatro vientos se sustenta en una leyenda milenaria, rechazada por algunos y olvidada por muchos. No fue la magia de Galicia ni el ambiente atemporal del bosque de Santo Estevo los que me llevaron a creer en un cuento dormido; fue la historia, la lógica y un pálpito seguro que me vino de no sé dónde y que me obligó a caminar hacia los nueve anillos cuando fue el momento.

Entregué el primer borrador de esta novela a comienzos de 2019, y no fue publicada hasta agosto de 2020. Tres meses más tarde, la noche del 23 de noviembre de 2020, Vania López me llamó por teléfono para contarme algo extraordinario que acababa de suceder. Ella era la restauradora en la que se inspiraba el personaje de Amelia en el libro. Yo sabía que durante esa jornada había estado desmontando los relicarios de los obispos para su restauración; ya los había inspeccionado un año antes para determinar sus daños efectivos, puesto que databan de 1594 y no habían recibido ningún cuidado, pero el desmontarlos requería la exhumación de los restos óseos de los obispos.

Quien ayudaba a Vania era, cómo no, Camilo, *alter ego* de Pablo Quijano en la novela. Ya había anochecido e imagino que hacía un frío de mil demonios. Según retiraban los saquitos con huesos de cada arqueta, apareció una bolsa un poco más decorada que las demás.

Vania solicitó permiso al párroco para abrirla, algo que en principio se le denegó, ya que aparentemente aquel envoltorio solo portaba más huesos. Sin embargo, Vania insistió, y tras deshacer muchos nudos se sorprendió al encontrar cuatro anillos. Los acompañaban un pergamino y un papel, escritos con deliciosa tipografía de corte medieval:

> Estos quatro anillos son de los que quedaron de los nueve Santos Obispos. Son los que han quedado. Los demás desaparecieron. Por ellos se pasa agua para los enfermos y sanan muchos.
>
> Estos quatro anillos son de los obispos santos deesta casa. En 1785 se hicieron las Arañas y no se pusieron los Stos. Obispos con más decencia, porque no se pudo hacer nuevo retablo: Dios quiera venga otro Abad que los saque el rezco como io quise. Deu lo vulguia. Albª/.

El 1 de diciembre de 2020, el Obispado de Ourense hizo un comunicado informando del pequeño tesoro que guardaban los relicarios de los obispos. La noticia voló como el viento, y el impacto en prensa nacional e internacional fue enorme. El CSIC (Consejo Superior de Investigaciones Científicas) se desplazó hasta Ourense para estudiar las reliquias, la bolsa y los documentos y concluyó que los anillos sí eran objetos medievales, y que al menos uno de ellos había estado recubierto de oro; sin embargo, todavía estamos esperando las conclusiones de estos estudios.

Muchos preguntan cuánto tuve que ver con este hallazgo extraordinario. Yo no sabía que los anillos estaban en los relicarios, aunque era una posibilidad, pues de hecho es el primer sitio donde Jon Bécquer echa un vistazo. Solo en la iglesia y en su vieja sacristía podía albergarse alguna pista, pues el monasterio era ya un parador sin aparentes recovecos para escondites.

Pero no fui yo, sino Vania López, quien encontró los anillos, y todo el mérito debe atribuírsele a ella. Si no hubiera insistido en abrir aquella bolsita diminuta, a día de hoy los anillos seguirían olvidados por el tiempo bajo un montón de huesos, y esta es la verdad. ¿Habría ella insistido en abrir aquel saquito si yo no le hubiese contado la leyenda? Nunca lo sabremos. En todo caso, para mí resulta mágico que Camilo y Vania, los *alter ego* de Amelia y Pablo Quijano, estuviesen presentes en el hallazgo y fuesen responsables del mismo. Merecen reconocimiento por su trabajo diario a la hora de recuperar patrimonio.

Por otra parte, ¿dónde están los cinco anillos que faltan? Algunas ideas bailan por mi cabeza, aunque no puedo contarles todas.

En el protocolo notarial de 1662 se hablaba de los anillos, pero sin contabilizarlos ni describirlos. Tampoco se indicaba que faltase ninguno, pero en la documentación encontrada se dice que solo quedaban cuatro, que el resto habían desaparecido. ¿Qué sucedió? ¿Un robo? ¿Algún vecino que tuviese los anillos en su casa para sanar a un enfermo o para traer suerte en un parto y que después no hubiera devuelto las reliquias? No podemos saberlo. Confío en que, con paciencia y perseverancia, tal vez algún día podamos averiguarlo.

Y otra cuestión: si los anillos eran milagrosos, ¿por qué esconderlos? Tal vez su culto hubiese decaído, pero en tal caso lo normal hubiera sido depositarlos en el relicario de la sacristía y no en el de los obispos sin ningún tipo de ceremonia ni inscripción de honor.

Si situamos la posible fecha de la ocultación en 1785, insisto: ¿cuál sería el motivo? Es difícil saberlo. La normativa desamortizadora ya había comenzado a llegar, aunque quizá no de forma tan contundente como para esconder las reliquias. Lo cierto es que a finales del siglo XVIII hubo un gran incendio en el monasterio, cuya reparación costó 170.000 reales, y que provocó que su colegio cerrase durante una temporada. El número de monjes se redujo a ocho, sin contar con el abad, y las enfermedades se llevaron a algunos, en un cúmulo de «contratiempos e infortunios». ¿Podría ser esta la causa para esconder las reliquias?

Tal vez la fecha de 1785 sea solo un referente del momento en que se repararon las «arañas» (lámparas), y la ocultación fuera posterior. En 1809 los franceses llegaron a Santo Estevo, se alojaron unos días en su monasterio y se llevaron alhajas, objetos de valor e incluso —según se cuenta— la vida de un sacristán por delante. Sería lógico que los monjes hubiesen intentado ocultar entonces sus bienes más preciados. Y en 1820 y 1835, sendas exclaustraciones llevaron a los religiosos a guardar libros y bienes de valor. Muchos deben de permanecer todavía en sus escondites.

Para mí, el hallazgo inyecta más vida en Marina y en su propia historia, en la búsqueda incansable de Jon Bécquer y en la de todos los personajes de nuestro bosque. Por mucho que lo deseemos, no podemos detener el viento ni cambiar el pasado, pero algunos tendemos a observarlo con inquieta curiosidad: ni todo lo que se escribió es cierto, ni lo que se dejó de escribir fue solo un sueño. Dejen que las leyendas les acompañen e inspiren, que su latido despierte su curiosidad. Ya ven que a veces, buscando lo imposible, se puede salir de la niebla.

Agradecimientos

Escribir esta historia ha supuesto para mí un viaje extraordinario, y debo dar las gracias a las siguientes personas:

Pilar Guillén Navarro, directora del IML de Cantabria en Santander, a la que he perseguido con mis habituales consultas forenses.

Miguel Álvarez Soaje, farmacéutico de Vigo que contribuyó al proyecto de restauración de la Botica del Monasterio de Oseira y que colaboró conmigo generosamente desde mi primera llamada de asalto.

Miguel Ángel González García, director del Archivo Histórico Diocesano de Ourense, que me recibió y trató con generosidad, facilitándome mucha documentación. A él debo el descubrimiento de los cuadros de los obispos en el Centro de Conservación y Restauración San Martín.

Vania López (licenciada en Bellas Artes y restauradora) y Camilo Salgado (administrador del Seminario Diocesano de Ourense y del Centro de Restauración San Martín). En ambos y en su forma de trabajar me inspiré para crear a Amelia y a Pablo Quijano, pues en la vida real sus investigaciones, visitas a parroquias y funciones son similares a las de los personajes de la novela.

Manuel Ángel García, funcionario del Archivo Histórico Provincial de Ourense, que me descubrió algunos secretos del Archivo Catedralicio.

José Jávier Suances Pereiro, arquitecto que trabajó en el proyecto de restauración del Monasterio de Santo Estevo para construir el actual parador.

David González, sargento de la Guardia Civil de Luíntra, que atendió amablemente mis dudas y preguntas sobre su forma de trabajar y casuística local.

Santiago Carrera Cal, director del Parador de Santo Estevo, y María Gimeno Munuera, responsable de Colecciones artísticas y Dirección de Desarrollo Corporativo de Paradores. Su colaboración ante mis variadas cuestiones y dudas resultó de gran ayuda. También la de Ana González Franco, jefa de Recepción del Parador de Santo Estevo, que me mostró todos sus rincones.

Manuel Pombar, último vigilante del monasterio antes de convertirse en parador.

La Asociación Móvete por Nogueira, que colaboró mostrándome caminos y contándome la tradición oral y leyendas locales de Santo Estevo.

Mi hermano Jorge, sin el que posiblemente, una inolvidable mañana de lluvia, no habría llegado a conocer el monasterio de Oseira. Yolanda Paz y Nerina Fernández, guías del monasterio de Oseira, que en varias visitas me mostraron la historia del lugar y su biblioteca, actualmente cerrada al público.

Paz Rossignoli, Cristina Naranjo y Manolo Fernández de la Biblioteca Teatro Afundación, por su inestimable ayuda a la hora de localizar información sobre los monasterios y leyendas de Galicia.

Mi agradecimiento a todo el equipo de Ediciones Destino, por confiar en mí. Mención especial a Anna Soldevila y a Alba Serrano por su paciencia.

Mis amigos Silvia Gómez, Lourdes Álvarez y Nacho Guisasola, lectores de primeros e infernales borradores, y especialmente gracias a los dos últimos por las risas, las aventuras y crímenes fotográficos en la espesura de San Esteban.

Gracias infinitas a mi familia y a todos mis lectores,

por su cariño y paciencia, y por viajar conmigo en esta travesía. Os pienso siempre.

Y gracias en especial a mi marido, Aladino, y a mi hijo, Alan, que me acompañaron en mis investigaciones visitando bibliotecas medievales, ruinas, túneles de agua repletos de arañas y bosques de leyenda. En vosotros está la magia y mi abrigo contra los vientos del mundo.

booket